甘孜州政协文史丛书总第44辑

四川省社会科学重点研究基地康巴文化研究中心2022年重点项目

「清代早期康藏地区「咏藏诗」整理与研究」

（编号：KBYL2022A002）

QINGDAI SHICI LEI
ZANGXUE HANWEN WENXIAN
JICHENG

四川大學出版社

SICHUAN UNIVERSITY PRESS

清代

诗词类

藏学汉文
文献集成（一）

焦虎三 点校

图书在版编目（CIP）数据

清代诗词类藏学汉文文献集成. 一 / 焦虎三点校
. — 成都 ：四川大学出版社，2023.11
（川藏茶马古道文献集成丛书）
ISBN 978-7-5690-6497-1

Ⅰ. ①清… Ⅱ. ①焦… Ⅲ. ①古典诗歌－诗集－中国
－清代 Ⅳ. ① I222.749

中国国家版本馆 CIP 数据核字（2023）第 227144 号

书　　名：清代诗词类藏学汉文文献集成（一）
　　　　　Qingdai Shicilei Zangxue Hanwen Wenxian Jicheng（Yi）
点　　校：焦虎三
丛 书 名：川藏茶马古道文献集成丛书

出 版 人：侯宏虹
总 策 划：张宏辉
丛书策划：高庆梅
选题策划：高庆梅
责任编辑：高庆梅
责任校对：曾小芳
装帧设计：墨创文化
责任印制：王　炜

出版发行：四川大学出版社有限责任公司
　　　　　地址：成都市一环路南一段 24 号（610065）
　　　　　电话：（028）85408311（发行部）、85400276（总编室）
　　　　　电子邮箱：scupress@vip.163.com
　　　　　网址：https://press.scu.edu.cn
印前制作：四川胜翔数码印务设计有限公司
印刷装订：四川盛图彩色印刷有限公司

成品尺寸：170mm×240mm
印　　张：28
字　　数：482 千字

版　　次：2023 年 11 月 第 1 版
印　　次：2023 年 11 月 第 1 次印刷
定　　价：98.00 元

本社图书如有印装质量问题，请联系发行部调换

扫码获取数字资源

四川大学出版社
微信公众号

川藏茶马古道文献集成丛书编委会

谨以此书献给我的父亲——焦东海

九十抒怀

焦东海

恍恍惚惚九十载，
每忆往事泪不干。
洛邑耻飘太阳旗，
少林怒学复仇拳。
脚踏湘赣灭白匪，
血染雪山卫高原。
一生奔波何所恋，
黄河长江珠峰巅。

苏 州 慢

焦虎三

壬寅虎年甲辰月庚寅日编《诗词类藏学汉文文献集成》第二卷[①]，因感而和诸先贤西招词。

月牙高悬，人在天涯，苦乐谁知。

沧桑烟雨过眼去，夕阳云散，尘间余酒尽幕欢。

遥会卫藏和声调，金戈铁马，大招唐柳摇。

青灯孤盏，故人犹在，书墨芳金。

念梵音轻诵苍庐，夜静如水，一泻扶摇梢上风。

人间轻问故去人，阴阳两世，梦境知是谁？

---

① 本书 2021 年完成，于 2022 年初交付出版社。作此词时第二卷编纂已完成三分之一。

凡　例

一、本书选题、编辑时间与范围。

（1）本书收录作品的创作时间集中于清季，编选范围为诗词类藏学汉文文献，即俗称的"咏藏诗"。其中，上编为以咏藏为主题的专著，全本全录；下编为个人集中的咏藏诗词，全本选录。特别说明，本书选录的咏藏诗，既指诗文内容咏藏，也含作者在藏期间创作的诗歌。

（2）文献作者、版本等简介，只在首条著录时出现，之后省略。

二、本书异体字、通假字等均以今常用字替代，少量异体字有特殊意义，故保留。部分文献，因毁坏或污渍等原因，原文难辨，统一以"□"表示；河流山川、府县村名，原文称谓不一，正文依旧，脚注处加以统一。

三、因古今排版体例差异，原书中题注与夹注（行间注、字间注）一律改为文后注，加"【】"列序，置于每首诗末。原诗点评变字体，依旧置于诗尾。脚注为编者注，加圈列序。

四、底本中异体字、错别字径改，必要时出脚注说明。

五、部分作品先后收于多处，本书选录时，以其创作（刊版）较早时间的版本首录，对于以后相同诗作，如内容完全一致，以"存目"罗列；内容有别，则仍录入，以供学界校勘并辑佚。"存目"罗列的脚注格式，依原刻本分为两种：书名＋题名；书名＋题名＋作者名。同题为免混淆，"存目"时再加注本书页码，即：书名＋题名＋作者名＋本书所在页码。

六、由于受当时条件的限制，部分文献用词乃至格式互不统一，个别措词有历史局限，与今略有差异。为保证资料的完整与真实，达到"存史"之目的，我们对所选文献均照实而录。文章因涉诸多学者，行文各异，有些称谓、数字不尽统一，为尊重原创，除少量错、漏之处外，我们一律不加修改。

代序（一）

关于加紧抢救少数民族濒危文化的建议①

冯骥才

我国有 55 个少数民族，他们遍布全国，经济多样，生存环境各异，社会历史阶段和经济发展基础不一，其文化底蕴深厚，特征独具，相互迥异，夺目迷人。少数民族为灿烂多姿的中华文明的形成和发展做出了不可磨灭的贡献。他们的文化是中华文明的重要组成部分，是人类文化宝库中的珍贵遗产，也是各个民族安身立命之根本，是他们的身份与各民族精神之所在。

由于历史与地理条件等诸多原因，少数民族地区的经济和社会长期滞后，人民生活相对贫困。在经历新中国建设特别是改革开放以来，少数民族地区进入崭新的发展时期。特别是随着国家扶贫力度的加大和西部大开发的推进，少数民族地区的经济、生活和社会正在发生空前的、急速的、翻天覆地的变化。这是人民企盼的，也是历史发展和进步之必然。但我们也要看到，在这巨大的变革中，一些民族的传统与文化面临着濒危与消亡，这值得我们特别关注和着意应对。

当前，在强大的经济一体化浪潮中，面对来势迅猛的西方化、汉族化、单一化、消费化，处于弱势的少数民族文化无力应对，只有随着潮流改变自己。很多富起来的地区，少数民族传统民居已经被"小洋楼"取代，民族服装服饰及其工艺日渐式微。由于没有相关的保护法规，古董贩子乃至外国人在少数民

---

① 本文原题《关于加紧抢救少数民族濒危文化的提案》，收入冯骥才《灵魂不能下跪：冯骥才文化遗产思想学术论集》（宁夏人民出版社，2007 年）。又题为《关于加紧抢救少数民族濒危文化的建议》，发表于《凯里学院学报》2008 年 2 月第 26 卷第 1 期。经冯老同意，收入此书做代序，收入时有修改。

族地区肆意廉价地搜寻宝贵的文化遗存。越来越多的少数民族年轻一代外出打工，远离自己的传统。不少地方听唱史诗的，已经不是当地的年轻人而是旅游者。学校教育缺少民族文化内容，青年人对自己的文化传统缺乏必要的认识，缺少必要的感情。民间文化的传人——老艺人、匠人、歌手、乐师、舞者、故事家、民俗传人相继去世，很多经典文化已经无人传承。如今，民族语言在不少村寨已不复使用。一些民族语言（如赫哲语、满语、塔塔尔语、畲语、达让语、阿侬语、仙岛语、苏龙语、普标语等），本民族里会使用的人都不多。随着最后一个鄂伦春人的迁徙和定居农区，他们的狩猎文化至此终结。这些形成并发展了成百上千年的民族文化板块正在瓦解。

在今天这样一个高速发展的时代，如何抢救和保护少数民族文化是一个历史性的大课题，也是全世界都没有找到最佳方案的大挑战。但是如果不加紧抢救、记录、保护，就是对历史的犯罪，有悖于当今国际对待文化遗产的文明观，有悖于先进文化建设的性质规定，有悖于民族平等的社会理想。故此提出以下建议。

（1）加快我国非物质文化遗产的保护立法。立法保护的重点应是少数民族文化。

（2）民族区域自治地区的现代化，要持整体的和谐的发展观。要把保护和发展民族文化，作为衡量该地区官员政绩的重要内容。国家要加大民族地区濒危文化抢救和保护的财政投入。

（3）我国民族多，文化繁多，在保护上不能项目化，而应该体系化。项目保护是枝节保护，体系保护是整体保护。故建议由国家民委牵头，建立国家权威的中国少数民族文化数据库。以图片、文字、录音、录像等多种技术手段，综合地存录民族文化资料。各民族自治区域应制定文化抢救方案和保护体系。选择一些少数民族自治区域做经济、文化、社会协调发展的试点，取得经验，进而推广，逐步形成严格、严密与科学的中国少数民族文化保护体系和民族发展的科学模式。

（4）对一个小民族的迁徙，一种重要民族文化形式的消失，乃至杰出民间文化传承人的故去，都要给予极大的关注，应做到事前有紧急抢救，即及时开展抢救性记录、调查和整理。有关部门应在财政上给予保障。

（5）设立少数民族文化抢救基金，唤起社会各界对少数民族文化的关爱、尊重与保护。

（6）在全国各地学校教育中开设有关我国各少数民族的文化成就与重要特征的课程，增进民族间的学习与了解；在民族区域自治地区和少数民族较集中地区开展本民族或多民族文化知识的学习与鉴赏，传承民族文化，培养民族情感，强化民族审美。应该组织好此类教材的编写，使之具有科学性、文化性、可读性。

（7）确定和设立少数民族文化遗产日，开展综合性的关涉各个少数民族文化的宣传展示活动，提高少数民族传承自己文化的自觉。

（8）建议由国家民委牵头，定期组织高层次、多部门、多学科的关于少数民族地区文化和经济协调发展的研讨；研究与探索现代化进程中文化保护与经济发展、传统文化与现代文化和谐发展之路；研究民族民间的建筑、服饰、生活用具的设计与民间工艺的发展关系，以使民族文脉循序进展。

当前，我国少数民族文化受到的冲击正在日益加大，濒危是全方位的，抢救和保护已是刻不容缓。少数民族文化不能最终只是一种旅游资源。文化是民族的根本，失去文化便意味着民族的消失，故此希望国家从事关少数民族兴衰存亡的角度考虑这一十分紧迫的工作，尽快制订计划与措施，变被动为主动，使中华各民族的经济与文化共存共荣，交相辉映，永葆中华文明的灿烂多姿。

代序（二）

茶马古道的历史变迁与现代功能[①]

任新建

在我国各民族生活中，藏族由于"其腥肉之食，非茶不消；青稞之热，非茶不解"而将茶作为"一日不可或缺"的生存必需品。但藏族所居的青藏高原地区，素不产茶。为了将川、滇的茶叶运入，同时将土特产输入内地，一条条以茶叶贸易为主的交通线，在藏汉民族商贩、背夫、驮队、马帮披荆斩棘下，被开辟出来。它们像一条条绿色的飘带，横亘于青藏高原与川、滇之间，蜿蜒曲折于世界屋脊之上。穿过崇山峻岭、峡江长河，越过皑皑雪原、茫茫草地，像一条条剪不断的纽带，把内地与青藏高原相连接；似一座座跨越时空的金桥，把汉藏民族的兄弟情谊传送。由于唐代以来这种贸易关系主要是以茶叶与马匹进行交换，故历史上称之为"茶马互市"或"茶马贸易"。伴随这一贸易而开通的商道，因而被称为"茶马古道"。

历史上的茶马古道并不只一条，它是以川藏道、滇藏道与青藏道（甘青道）三条大道为主线，辅以众多的支线、附线，构成的一个庞大的交通网络。地跨川、滇、青、藏四区，外延达南亚、西亚、中亚和东南亚各国。在这三条茶马古道中，川藏道是开通时间最早、运输量最大、历史作用也最大的大道。

---

① 2018年5月18日，政协四川省甘孜藏族自治州委员会主办的"茶马古道文化历史研讨会"在康定市举行。会上由笔者代表"康巴藏族传统村落文史调查工程"二期工作组向与会专家介绍了本丛书编写大概，得到任新建等诸多前辈的鼓励和赞许，任老同意以一文代作本书序言。经商议并经任老同意，特选此文。此文发表于《中华文化论坛》2008年S2期，收入时有改动。

一、川藏茶马古道的历史变迁

(一) 汉代的茶马古道

四川古称"天府",是中国茶的原产地。早在两千多年前的西汉时期,四川已将茶作为商品进行贸易。当时,蜀郡的商人们常以本地特产与大渡河外的莋等部交换牦牛、莋马等物。茶作为蜀之特产应也在交换物之列。这一时期进行商贸交换的道路古称"牦(旄)牛道",它可算是最早的"茶马古道"。其路线如下:由成都、临邛(邛崃)出发,经雅安、严道(荥经),逾大相岭,经旄牛县(汉源),过飞越岭、化林坪至沈村(即莋都,为西汉沈黎郡治地),渡大渡河,经磨西,至木雅草原(今康定市新都桥、塔公一带)的旄牛王部中心。邛崃是当时蜀郡的商贸中心和茶、铜铁器的主要产地,因此成为汉代茶马古道的起点。

这条最早的茶马古道,实际上也是"南方丝绸之路"的第一段(成都至旄牛的一段),只不过"南方丝绸之路"由成都、邛崃至旄牛县后,不是向西进入康、泸地区,而是转向南,进入邛部(西昌地区),然后进入云南,再通往印缅。

(二) 唐宋时的茶马古道

唐代,伴随文成、金城公主下嫁而兴起的唐蕃政治、经济、文化大交流,使吐蕃出现"渐慕华风"的社会风气。饮茶之习也被传入吐蕃,逐渐成为社会风习。

宋时,中央政府正式与涉藏地区建立起了"以茶易马"的互市制度。随着茶马贸易的加强,茶马古道亦随之有了较大的展拓。这一时期的茶马大道主要为"青藏道",即通常所说的"唐蕃古道"。唐蕃古道在前期主要是一条政治交往之路,后期则成为汉藏贸易进行茶马互市的主要通道。这条道路东起关中地区,经过青海,从四川西北角的邓玛(原邓柯县),过金沙江,经昌都、那曲至拉萨(逻些)。这一时期虽在四川的黎(汉源)、雅(雅安)亦设立茶马互市口岸,专门供应康区茶叶,但由于当时所易之马主要产自青海一带,故大量的川茶从川西的邛崃、名山、雅安和乐山等地经成都、灌县(都江堰)、松州

（淞潘）过甘南，输入青海东南部，然后分运至西藏、青海各地。这条茶道一直延续至今，经由这条路输往涉藏地区的川茶被称为"西路茶"。

（三）明清时的茶马古道

元代，西藏被正式纳入祖国版图，为发展西藏与内地之间的交通，元政府在涉藏地区大兴驿站，于朵甘思境内建立 19 处驿站，从而使四川西部与西藏间的茶马大道大大延伸。明朝特别重视茶在安定藏地、促进国家统一中的作用，政府制定了关于藏地茶叶的生产、销售、税收、价格等的一系列法规和制度，抑制茶商投机倒把；开辟了自碉门（天全）经昂州（岩州，今泸定岚安镇）逾大渡河至长河西（康定）的"碉门路"茶道，并于岩州（岚安）设卫，驻军以保护茶道畅通。成化六年（1476）规定乌思藏、朵甘思各部朝贡必须从"四川路"来京。于是，四川不仅是边茶的主要生产地，也成为"茶马互市"的最主要贸易区。

明代川藏茶道分为"南路"（黎碉道）和"西路"（松茂道）两条。

"南路"茶道中，由邛崃、雅州至打箭炉段又分为两路。一路由雅安经荥经，逾大相岭至黎州，经泸定沈村、磨西，越雅加埂至打箭炉。因其是自秦汉以来就已存在的大道，故名为"大路"。另一条是自雅安经天全两河口，溯昂州河，越马鞍山（二郎山），经岩州，过大渡河，至烹坝，到打箭炉。因系山间小道，故又被称为"小路"。由这两条路上运输的茶分别被称为"大路茶"与"小路茶"。

自打箭炉至西藏的茶道路线如下：打箭炉北行，经道孚、章古（炉霍）、甘孜，由中扎科、浪多、柯洛洞、林葱（原邓柯县）至卡松渡过金沙江，经纳夺、江达至昌都；然后经类乌齐、三十九族地区（丁青、巴青、索县等地），至拉萨。由于这条路所经大部分地区为草原，适合大群驮队行住，故自明至清，这条路一直是川藏茶商驮队喜走之路。

"西路"茶道：由灌县沿崛江上行，过茂县、松潘、若尔盖经甘南至河州、岷州，转输入青海。

清代，四川在治藏中的作用大大提高，四川与西藏关系的密切，进一步推动了川藏"茶马贸易"。康熙四十一年（1702），清廷在打箭炉（康定）设立茶关。之后，又于大渡河上建泸定桥，开辟直达打箭炉的"瓦斯沟路"。原由碉门（天全）经两河口、昂州河、岚安、烹坝、打箭炉的茶道，改为天全—两路口—门坎山—马鞍山—泸定桥—打箭炉一线，岚安口岸由此衰败。打箭炉成为川茶输藏的集散地和川藏大道的交通枢纽。清代打箭炉至昌都的南、北两条茶马大道情况如下。

南路大道：由打箭炉经里塘、巴塘、江卡（芒康）、察雅至昌都。由于这条路主要供驻藏官兵和输藏粮饷来往使用，故习惯上被称为"川藏官道"。但实际上此道也经常是茶商驮队行经之路。

北路大道：由打箭炉经道孚、甘孜、德格、江达至昌都。此道原为明代川藏茶马古道的大道，是运茶驮队主要行经的道路，故习惯上被称为"川藏商道"。

两道汇合于昌都后，由昌都起又分为"草地路"和"硕达洛松大道"两路，至拉萨汇合。

二、茶马古道的现代功能

（一）茶马古道是丰厚的历史文化资源，具有很大的旅游吸引力

川藏茶马古道有两千年的历史积淀。这条古道上星罗棋布的古镇、众多的历史建筑遗迹、淹没在历史岁月中的茶市旧貌、依稀可辨的驮队遗踪，这些都让人浮想联翩，想追寻那千年的踪迹。这条古道所穿越的"民族走廊"地区，能让人深刻感受到多元文化的绚烂多姿。这条古道上还有大量的掌故与传说，留下了许多历史之谜。这些都引人入胜，可开发为颇具特色的旅游项目。

（二）茶马古道有丰富的文化内涵与外延，可以开发为一系列旅游产品

茶马古道不仅是一条道路，更是一个历史文化的载体，有着极为丰富的文化内涵。例如，伴随这一古道诞生的茶文化、汉藏商贸文化就值得深入发掘。可以将这些开发为特色旅游产品。另外，邛崃作为茶马古道的起点和边茶的主要生产基地，可借助茶马古道打造"中国茶的故乡""茶马古镇"等品牌。

（三）茶马古道是促进川滇藏旅游联动的纽带

茶马古道是祖国统一的历史见证，也是民族团结的象征，它就像一座历史的丰碑，让人感受到汉藏情谊的隽永与深厚。茶马古道在时间上跨越两千年，在空间上跨越川、滇、藏、青数千公里。任何一地想单独打造这一旅游产品都不可能，必须联手进行，必须区域分工、彼此联动，各自扮演一个独特的角色。因此，从这个意义上讲，在打造川滇藏旅游吸引物上，茶马古道与"南方丝绸之路"可相辅相成，成为促进川、滇、藏旅游联动的最佳纽带。

目　录

清代诗词类藏学汉文文献集成（一）

19

卸巴塘篆务行抵炉城。郑静山夫子即赐三年报最进关图并长歌。

下　编

上

编

奉使纪行诗

爱新觉罗·允礼

本书为清代咏藏诗集，爱新觉罗·允礼撰，二卷。允礼于清雍正十二年（1734）奉命赴藏，次年返回北京，该诗集便作于此期间。诗集多为七律和五言古诗，其内容描述了涉藏地区的山川形胜、风土民情、建筑艺术、宗教信仰等，并有注释，为清代咏藏诗文中的佳作。

爱新觉罗·允礼，原名爱新觉罗·胤礼，因讳改名。清朝宗室、大臣，满族，爱新觉罗氏，圣祖玄烨第十七子，雍正元年（1723）封果郡王，管理藩院事。六年，晋亲王。七年，管工部事。次年，总理户部三库。十一年，授宗令。十二年，赴泰宁，送达赖喇嘛还西藏，途中巡查诸省驻防及绿营兵。十三年回京，办理苗疆事务，旋授遗诏辅政。乾隆即位后，赐允礼亲王双俸，越二年卒。

允礼喜文善诗词，著有《西藏志》《奉使纪行诗》上下卷、《静远斋诗集》十卷、《春和堂诗集》等，并辑有《古文约选》等。①

允礼早年就沉浸于对藏传佛教经典的学习和修行，并与当时藏传佛教在北京的代表人物来往密切。允礼一生不但位高权重，而且笃信藏传佛教，尤其是宁玛派。他将许多藏传佛教典籍，特别是伏藏，组织整理并翻译为蒙文和满文。②

"雍正时，撤回在藏兵士，只在通藏路口、要隘处驻扎。雍正五年（1727），西藏五噶隆（清政府册封的执政官）之间发生矛盾，首席噶隆康济鼐

---

① 高文德主编：《中国少数民族史大辞典》，吉林教育出版社1995年版，第400页。
② 苏发祥：《允礼与藏传佛教》，载《中国藏学》，2009年第1期。

被杀，变乱由是而发。颇罗鼐愤然而起，率兵征讨阿尔布巴等人，清廷派兵增援。其间，雍正切实为七世达赖喇嘛的安全着想，将其移驻里塘。复在打箭炉西北，里塘东北方向，建泰宁城，并用银四十万两，仿西藏大昭寺，建惠远庙，请达赖喇嘛入住。当时准噶尔部又不安稳，于是增兵泰宁保护达赖喇嘛，使巴塘、里塘与西藏腹地声势相连。后准噶尔部请和，遂在雍正十二年（1734）秋七月，命将达赖喇嘛迁回西藏，为示隆重，特遣果亲王允礼前往泰宁，与达赖喇嘛相见，送其入藏。这是允礼政治生涯中的一件大事，也是清朝治藏史上的一件大事。允礼于当年十月自海淀起程，历河北、山西、陕西、四川等地，再由成都到达泰宁。"[①]

返回后，允礼将此行所记，汇编于册，分为两类：个人日记《奉使行纪》两卷，上卷从圆明园至抵泰宁，下卷为泰宁至返圆明园；纪行诗《奉使纪行诗》一卷。后允礼将纪行诗与部分个人日记编为《奉使纪行诗》，分为上下两卷，上卷即《奉使纪行诗》，下卷《奉使行纪》，即原《奉使行纪》卷下。

考允礼所著与刻本，并无《西藏日记》一题，其行纪日记稿本（上下两卷）应为《奉使行纪》，而正式刻本只有《奉使记行诗》和《奉使行纪》卷下两卷而已。

1937 年，北平城府禹贡学会印行其行纪日记稿本，编入《边疆丛书甲集之四》，两卷合一册，始题为《西藏日记》二卷一册，故《西藏日记》非原名也。盖因其《奉使行纪》卷上（圆明园至抵泰宁），手稿甚多编改，四处涂鸦，殊难辨识。疑因之，故刻本时只录其下卷。今国内学界以《西藏日记》为题，论述颇多，实有瑕疵也。冀望由此改之。

允礼的《奉使纪行诗》与《奉使行纪》，是其一生中最为重要的文学作品，作为涉藏地区早期的通志类文献，始终是人们了解涉藏地区地理环境、民俗文化、军事政治及佛教思想的重要材料，其作品兼具历史性、文学性和政治性。由于允礼身份特殊，所著之言可被视为清廷治藏方略的带政策性指向的政治类文学化的官宣本，对于后人研究清早期的治藏方略与边疆政策，具有无可估量的独特价值，加以其行纪与纪行诗中大量引用途经地的方志典籍，其中不少今

---

① 赵艳萍：《果亲王允礼及〈西藏日记〉并诗》，载《乐山师范学院学报》，2009 年第 6 期，第 21 页。

已佚失，故而更加珍稀。

　　《奉使纪行诗》《奉使行纪》现有诸本，多以雍正十三年和硕亲王府刻本为底。上海古籍出版社《清代诗文集汇编》影印两书雍正十三年和硕亲王府刻本，本书以此为底本，乃首次整理。该书分为上下两卷，卷上为《奉使纪行诗》，卷下《奉使行纪》即其日记的卷下。

纪行诗序

《小雅》皇华之诗，遣使臣之乐，歌也其次。

章曰：周爰咨诹；其三章曰：周爰咨谋；其四章曰：周爰咨度；其末章曰：周爰咨询。[①] 盖凡存、问、频、省，所之之国，为经之地，万民之利害、礼俗、政教、刑禁之得失，人风之康乐、愁苦，物产之薄瘠、丰饶，无一不周咨广询，以备使归之顾问，不独小行人之职为。然而《大雅·烝民》之篇纪：仲山甫之，徂齐则第。望其遄归，且原其心。曰仲山甫，永怀而他无及焉。岂山甫为王股肱，所任重于外事，故众望其遄归，而山甫亦永怀，于是而无□及乎其余欤。

雍正十二年冬，余奉使泰宁，计程凡五千九百余里。往返仅六阅月，又以其间校阅燕、晋、秦、蜀之兵，其余计日按程。公馆严肃，有司旅。见旅退虽欲问民之瘼，察吏之疵，而诹谋询度其道，靡由匪独，时有不暇也。惟是不过名山大川、雄关重镇，俯仰形胜辄。追念祖宗奕世之威德，抚古圣贤豪杰遗迹，则忾乎。想见其为人，赋诗言志，往往流连而不能自已。其他□□洞壑幽遐环谲之观，风雨晦明物序旅怀之触，有会而作，亦间厕其中。至于圣恩优渥，过越寻常。在途复颁训旨慰谕谆谆，赏赐频仍，传车相踵。瞻望宸极，激忱时结，则《大雅》所称"永怀者"，盖信有焉。

返役逾月，偶检前稿，编而录之。因为序，其崖略如此。

雍正十三年岁次乙卯夏五月

和硕果亲王识并书

---

① 语出先秦佚名的《皇皇者华》。原诗：皇皇者华，于彼原隰。駪駪片夫，每怀靡及。我马维驹，六辔如濡。载驰载驱，周爰咨诹。我马维骐，六辔如丝。载驰载驱，周爰咨谋。我马维骆，六辔沃若。载驰载驱，周爰咨度。我马维骃，六辔既均。载驰载驱，周爰咨询。

卷上　奉使纪行诗

　　雍正十有二年，岁在甲寅，果亲王允礼奉旨前往打箭炉与达赖喇嘛相见，兼阅视经过地方营伍。随于十月朔后五日，圆明园陛辞起行。

帝德庆当阳，春台育八方。

渊衷勤在宥，文告展遐荒。

威偃风霆赫，恩覃雨露瀼。

爱深西顾眷，特沛北辰章。

柔远承朝命，巡边历弱羌。【1】

衔恩轻鸟道，展力勇鳞骧。

恋阙微忱结，辞天圣训详。

浑河明剑佩【2】，枫叶映旍常。

凤堞连云迥，燕山拱极长。

乾坤凝望辟，道路际时康。

赤县丽歌发，皇华虎节扬。

只余靡及念，夙夜衮衣傍。

　　【1】唐《地理志》：陇右道，古雍、梁二洲之境，其大川河、洮、弱、羌，休屠之泽。

　　【2】桑干河，一名"浑河"。

卢沟桥

朝发蓬山仗节行，太行如拱马头迎。

忽看远渚流虹影，遥听长渠泻玉声。

候骑屯云笼树合，前旌渡水漾沙明。

回瞻斗极天颜近，靡及初怀第一程。

良 乡

一辞云陛渡桑干，晓日初程霜气寒。

亭障遥连烟岫翠，幕帱低拂涧枫丹。

广阳雉堞迎箫吹[1]，料石蜂台驻彩竿[2]。

浩荡琉璃涵圣泽，文禽多少起澄澜。[3]

【1】良乡本汉广阳地。

【2】料石冈在县东三里，道出其下，浮图甚高。

【3】琉璃河多鸳鸯，往往千百成群。

涿 州

云山迢遰送珂马，前指王程涿鹿野。

右环督亢左碣石，雄镇燕南实天假。

太平无事轩辕师，一统不茁楼桑枝。

梯航鹣鲽会万国，摩肩击毂无停时。

蔀屋淳朴沐圣化，十月霜场满禾稼。

羔豚报赛乐千村，采风揽辔重冈下。

定 兴 二首

涞水东南接海流，车书万里达皇州。

抗旌十五及边过[1]，陋煞提封阻白沟。

【1】《定兴县志》：范阳故城当孔道，为秦汉故址。迤北九里为九及，十五里为十五及，皆由故城得名。

寒芜尽处出层台，曾以黄金网骏才。

雾鬈即今空冀北，千金岂似四门开。[1]

【1】燕昭王黄金台以在定兴者为正。

安 肃

安驱凡几堠，飞隼指梁门。[1]

冈势龙蟠郁，河流鸡爪浑。[2]

塞云连赵代，冬日暖乾坤。

圣瑞高亭下，佳名应至尊。[3]

【1】安肃本战国燕武遂地，五代周分置梁门口寨。

【2】县西龙山盘郁蜿蜒，若蟠龙之势，故名。又，鸡爪河平地涌出三派，分流形如鸡爪。

【3】县北有麒麟店，土邱隆然，上建游亭。颜曰"圣瑞"。

保 定

都会殿京南，星分箕毕毕。[1]

甸服拱黄图，雄要冠方域。

鳞鳞版户繁，肃肃兰锜饰。

秋澄易水波，玉映郎山色。

樊舆炎灵旧[2]，畿辅首岩邑。

瞭馆屹相望，取道城东出。

蹴迎烦牧守，各以天心敕。

王事无稽程，星驾金台驿。

空烦祇候盛，骑火通天赤。

【1】《广舆记》：保定府天文尾箕，兼昴毕分野。

【2】途经清宛界，汉樊舆地。

铙吹词　二首　保定阅兵作

忠爱心余缵武功，私猻献猀有遗风。

旬宣帝命教冬阅，攘臂争开霹雳弓。

雕弧月偃戟霜铦，驷介麚麀整暇传。

旌羽缤纷金鼓肃，静如山岳动如川。

满 城

石券雕阑卧彩虹[1]，北平形胜画图中。[2]

波澄马耳泉源远【3】，寨转鱼条山翠空。【4】

咫尺神京轮似织，缀旒下国地称雄。

抱阳灵岫瞻阳月，拂面岚光暖霭融。【5】

【1】《县志》：方顺桥坚致雄伟，传隋时创。当中山孔道，轮蹄凑集。

【2】满城，汉北平县。

【3】桥下水发源马耳山。

【4】鱼条山在县北，一名"鱼条寨"。

【5】抱阳山两峰环抱，中谷温和，冰雪不积，故名"抱阳"。

庆　都

藓合穹台滱水东，郁葱佳气幕晴空。【1】

一轮心印轩图外，万古文思玉宸中。

电绕斗维征圣瑞【2】，凤翔宫树飒英风。【3】

停骖道左深钦仰，更喜尧天旷世同。

【1】《名胜志》：尧母庆都氏陵旁有台，曰"尧台"。林木辉映，佳气郁葱。

【2】《春秋合诚图》：庆都生于斗维之野，天大雷电。

【3】《府志》：凤凰架在尧台后，古时松柏苍翠、枝柯交加，传有凤凰集此。

定　州

太行西峙海东络，驿路云开博陵郭。【1】

寒风猎猎靡桄旆，唐河飞渡千缇幕。【2】

典午璇图江左移，鲜卑曾此一成托。【3】

五木夸祥刺藁燃【4】，定武千载空庐落。

只应明月与清风，鸡台高送烟宵鹤。【5】

【1】《名胜志》：州城本汉旧基，隋开皇于此置博陵郡。

【2】清水河，一名"唐河"。

【3】《水经注》：后燕慕容垂建都中山，即此州地。

【4】详见《晋书》后燕载记。

【5】明月、清风皆此州铺店名。《十道志》：州东南有鸡鸣台。《图经》云：
汉光武所筑。

9

新 乐 二首

一画前民用，回湟尚有城。【1】

薛碑无一字，心向画前呈。【2】

【1】《县志》：伏羲城在县西南，旧址尚存，中有羲台。又，县地唐置回湟镇。

【2】台上有碑，其字剥落，不可读。

沙河津树合【1】，交跖往来踬。

共乐升平日，中山酒价低。【2】

【1】沙河桥在县南门外。

【2】《地理通释》：新乐，古鲜虞国，战国为中山。

藁 城

徒骇之滨古肥子【1】，涸流潏滠寒烟起。

平畴一带散霜踬，塞鸿惊拂芦花水。

【1】滹沱，即古徒骇河。藁城，春秋肥子国。

正 定

中原左界标大郡，被山带河井闾盛。

峨峨北岳天作镇【1】，蜿蜒率然首尾应。

滹沱折旋晋冀来【2】，飞腾沃荡势奔迅。

河北巨浸此称首【3】，弥漫浩森平如镜。

星昴殷冬水势落，乱流潚洌轮蹄竞。【4】

参差金碧倒影寒，隆兴宝相人天敬。

铣鋈金容七丈强【5】，大千沙界雄无并。

仁皇御制勒贞珉【6】，屃赑穿跌神力劲。

赤文绿字日月辉，鼎书云篆龙鸾映。

永填【7】高山与大川，千秋咸仰生民圣。

【1】恒山旧为北岳。《正定县志》：正定以恒山名。志望也。

【2】《杨慎外集》：滹沱源出代郡大戏山下，循太行，掠晋冀，而东注于海。

【3】《唐六典》：河北大川曰"滹沱"。

【4】杜甫诗：渡河不用船，千骑常澥冽①。

【5】《正定府志》：隆兴寺即大佛寺，在东门，全身，高七十三尺。

【6】隆兴寺碑文圣祖御制寺中，榜额凡十有九，皆御笔亲书。

【7】镇同。

获 鹿

展轮霜晓骑骈阗，石邑东垣错壤连。【1】

磴道云开龙出岫【2】，涧崖萝合鹿跑泉。【3】

土风半已同参伐，山势全犹拱日边。【4】

前指邮亭平楚外，一行征雁沵寥天。

【1】《广舆记》：获鹿战国石邑。地正定，中山国东垣邑。

【2】《隋志》：石邑县有封龙山，一名"飞龙山"。《通志》：封龙绵亘于南太行，环抱其北。

【3】《广舆记》：鹿泉水，在县西北。《周义记略》：韩信攻赵，引军出井陉，师患无水，忽见二白鹿跑地出泉，遂名"鹿泉"。

【4】过获鹿井陉以后，便属山右界。

井 陉

阨塞西南井陉矗，总领隘口三十六。【1】

因地置守扼雄关，一线中通刚转毂。

崒崒悬崖势建瓴，全赵坐困中原鹿。

大将旗鼓天上来，成安遂入淮阴握。【2】

洵知在德不在险，非关背水奇兵伏。

方今德化万三五，民间白首惟耕读。

土门壁上骑穿云【3】，绵蔓渡口冰敲玉。【4】

闲忆穆满旧升台，裴回峰顶开遐瞩。【5】

【1】《正定府志》：井陉故关隘口凡三十六。

---

① 又作"撇烈"。

11

【2】《寰宇记》：井陉口即韩信、张耳用背水军援赵处。

【3】《地理通释》：井陉口今名"土门口"。唐杜甫诗：土门壁甚坚。

【4】《元和志》：绵蔓水在县西南。韩信击赵，使万人先行背水为阵，谓此水也。

【5】《穆天子传》：猎于铏山之西河，又至于陉山之遂，升于三道之磴。注：燕赵谓山脊为陉，西河即绵蔓水。《正定府志》：陉山上有猎台，相传周穆王猎铏山时筑。

乐 平 二首

路入甘淘口[1]，并州景气新。

五陉回望处，晓霭隔嶙峋。[2]

【1】《广舆记》：甘洮铺，亦名"甘淘口"，属太原平定州界。

【2】《名胜志》：太行八陉，井陉第五。

岚光明古驿，石磴一层层。[1]

无数山田辟，悬知比岁登。

【1】《平定州志》：柏井驿，在乐平县柏井镇。

固 关

固关出赵境，飞雪引行人。[1]

渐入深山去，还逢野渡频。

停骖咨疾苦，问俗喜清淳。[2]

三尺丰年兆，归来二麦新。

【1】是日雪。

【2】山右俗最淳朴。

平定州 四首

州治万山中，嘉流截地通。

侵星略约上，翻赖济川功。[1]

【1】明郝成《济川桥记》：平定在太行万山之中，去城不半里，嘉水亘其

前。旧有石桥，曰"济川"。

　　　　逼窄古榆关，霜蹄落叶间。[1]

　　　　上游疆晋索，汾曲指前湾。[2]

　　【1】《广舆记》上城古榆关也。《通志》韩信下井陉驻兵于此。因高阜为寨，以榆塞门，因名"榆关"。今谓之"上城"。

　　【2】《平定州志》：西弛汾曲，据太原之上游。

　　　　闻道补天处，娲皇灶尚存。

　　　　应余五色石，回日劚云根。[1]

　　【1】明陆深《浮山遗灶纪》：平定之山以浮名者二，东浮山即女娲氏补天之处，其炼石灶尚存。

　　　　平地珠帘涌，飞湍彻骨寒。[1]

　　　　香炉千尺泻，何似此间看。

　　【1】《太原府志》：水帘洞在平定州绵山妭女祠下，水从平地涌出，下赴绝涧，悬流如珠帘。

盂　县　二首

　　太行支麓似云礽，不断千峰马首青。

　　刚是嘉山送征旆，又看双鹤下青冥。[1]

　　【1】嘉山属乐平。《名胜志》：嘉山以草木美畅故名。《盂县志》：县南有双鹤山，高峰独出，又有双鹤洞、双鹤泉。

　　羊肠道自大钟开[1]，幽伯遗墟半草莱。[2]

　　一道芹泉寒绿绕，乱峰倒影更崔嵬。[3]

　　【1】《广舆记》：盂县，春秋仇犹国。《一统志》：仇犹故城在县治东。韩非子云：智伯欲伐仇繇，道不通，因铸大钟遗之，仇繇大悦，除道而纳。

　　【2】《杨慎外集》：九域国并州有幽犹城，史樗里作"仇犹"，韩非子作"仇繇"。

　　【3】《太原府志》：盂县面临双鹤，背枕仇犹，芹水环流，滹沱汹涌，又有芹泉驿。

寿　阳

贺鲁台隍接上城[1]，朝暾回射驿楼明。

数声戍角吹山转，一片松涛卷旆行。[2]

燕子岩前闻燕蛰[3]，鸦儿峪口听鸦鸣。[4]

风光欲动长安别，曾记昌黎诗句清。

【1】《寿阳县志》：贺鲁城在县西北，相传赵简子所筑。

【2】《县志》：方山一作寿阳山，有灵松岩、文殊台等胜，金王雷有松声万壑秋风急之句。

【3】燕岩山在县西岭，多蛰燕，故名。

【4】鸦儿峪在县东南，谷径幽邃。昔有迷行谷中者，见鸦儿飞鸣得路，因名。

榆　次

何处曾言石，骖镳径魏榆。[1]

神林迎佩冷，井谷挹泉纤。[2]

北拥参差岫，南横大小涂。[3]

并门雄剧邑，此地著舆图。

【1】《左传》：石言于晋、魏榆注服处，魏邑，榆州里名，即今榆次县。

【2】《榆次县志》：神林岭在县东南，地阴寒，盛夏常有积雪。寒泉者，在县东井谷村，土人疏之，有溉田之利焉。

【3】□朴《思凤楼记》：榆为邑，俯瞰巨川。群山出邑城之后，为自古雄剧之地。《通志》：罕山北峙，涂水南萦。《县志》：涂水有二：一曰"大涂水"；一曰"小涂水"。

徐　沟

冻旗初日下悬窑[1]，象谷回看树影遥。[2]

径转同戈原野阔[3]，徐驱不觉玉骢骄。

【1】悬窑属榆次窑之外沟，深四十余尺。见《一统志》。

【2】《太原府志》：徐沟北望晋藩，南跨象谷。

祁　县

上嘉祁大夫【1】，遵王化偏党。【2】

遗封麓台麓，凭轼结遐想。【3】

团柏百战余，隆舟一径上。【4】

人事几迁移，高风初不往。

回看蜃蛤化，纷纷但宿莽。

【1】《广舆记》：祁县，春秋晋祁邑。

【2】《左传》：无偏无党，王道荡荡，祁奚有焉。

【3】《明统志》：麓台山在县东南。

【4】团柏镇在县东，白圭镇南。五代时用兵之所，见《通鉴》及《九国志》。又《祁县志》：龙舟峪关在县东南，两壁皆山，亦曰"隆舟峡"。

平　遥

载骤中都路【1】，嘹嘹塞雁群。

楼寒金井水，观度玉清云。【2】

木落风偏劲，山高日易曛。

西河遗泽远，岳壁起清芬。【3】

【1】《括地志》：春秋中都故城，在平遥县西十二里。

【2】《平遥县志》：金井楼在县中街，楼高百尺，下井水色如金。又，县西南侯冀村有玉清观。

【3】县南岳壁村有子夏祠。

介　休　三首

介山怜介子，古烧杂新烟。

千禩同寒食，何须绵上田。【1】

【1】《明统志》：介休之介山，即古绵上介之推避文公处。《左传》：晋侯求之推不获，以绵上为之田。

15

法日今逾炳，高僧空际归。

一声堪猛省，岩外午钟飞。【1】

【1】《汾州府志》：抱腹岩在县东，群峰环抱，形如抱腹。《法苑珠林》唐释志超：止汾州抱腹山，数感异僧乘空来往。唐太宗游抱腹岩诗：梵钟交一响，法日转双轮。

振藻薄风骚，横汾盛罕侪。

欲寻清跸处，雀鼠谷空高。【1】

【1】《水经注》：冠爵津，汾津名也。在介休县之西南，俗谓之"雀鼠谷"。左右悉结偏梁阁道，累石就路，萦带岩侧。《唐书·元宗纪》：开元十一年北巡并州，经雀鼠谷。《全唐诗》张说有《扈从南出雀鼠谷诗》，帝赐答，群臣和者甚众。

灵 石

锁钥平阳拱上游，冷泉天险驻行驺。【1】

丈围瑞石清汾竦【2】，一拓纤痕碧巘留。【3】

星历并门凡几递，云横霍阜又三州。【4】

河东取道行刚半【5】，更促前旌大会头。【6】

【1】明沈复礼《重修冷泉关记略》：山西平阳为畿辅右翼，而灵石之冷泉关尤捍卫平阳重地，为之锁钥。《一统志》：灵石县郭家沟合诸山之水，上有天险桥。

【2】《名胜志》：隋文帝开皇中，因巡幸傍汾，开道得石。文曰：大道好吉因，分置灵石县。今县北门外有瑞石，高六七尺，玲珑类太湖石，相传即隋文汾滨所获。

【3】《广川书跋·唐崇徽公主手痕碑》在汾州灵石。李山甫《崇徽公主手迹诗》：一拓纤痕更不收。

【4】入山右，太原、汾州、平阳，已历三郡。灵石，平阳所属，霍山属霍州，已在望矣。

【5】计山右所行路程，至此约半。

【6】方舆路程，过仁义驿，十里至大会头。

霍　州

冀州之镇太岳尊【1】，位坎司冬峙北坤。【2】

东友太行西昆仑，鸿蒙开凿孕灵根。

扶舆磅礴谁能原，环回日月光吐吞。

护养万物大德敦【3】，时若两旸剂寒湿。

功与恒岳无轾轩，夏后乘橇曾高骞。【4】

奕代植璧肃骏奔，朱书白衣神明存。【5】

鸟避林木虎守门【6】，永佐黑帝五谷蕃。【7】

山邮未得星辰扪，目送彤霞绕绛幡。

【1】《诗地理考》：霍山，一名"太岳"，在霍州。《周礼·职方氏》：冀州镇，曰霍山。

【2】黄潜《太极赋》：南乾北坤。

【3】《白虎通》：霍之为言护也，护养万物也。《风俗通》：霍者，言万物霍然大也。

【4】《书·禹贡》记：修太原至于岳阳，又，壶口雷首至于太岳。注：今河东霍山是也。《史记》：禹山行乘橇。

【5】《史记·赵世家》：知伯攻赵，赵襄子奔晋阳，原过从后。至于王泽遇三人，与竹二节，莫通。曰："为我以是遗赵无恤。"原过受之，以告襄子。襄子剖竹有朱书，曰："余霍太山山阳侯，天使也。三月丙戌，余将使女反灭知氏，女亦立吾百邑。"襄子再拜，受神之令，遂祠三神于百邑，使原过主霍太山祠祀。《唐书》：武牙郎将宋老生屯兵据险，义师不得进。忽有白衣老父诣军门，曰："霍山神遣语唐皇帝，若向霍邑，当东南傍山取路，我当助兵破之。"遣人往省，果有微道，于是进师斩老生，遂平霍邑。因置祠焉。

【6】《水经注》：霍太山有岳庙，庙甚灵。鸟雀不栖其林，猛虎常守其庭。

【7】《洞渊集》：颛顼为黑帝，治北岳。上应毕昴之精，下镇燕地之分野，主五谷蕃熟之司。

赵　城

奔霄烟堁外【1】，采莫认遗风。【2】

不遇周王骏，连城谁氏墉。【3】

【1】奔霄，马名，周穆王八骏之一。

【2】《毛诗》：彼汾一曲，言采其莫。

【3】《史记·赵世家》：造父以善御幸于周穆王，穆王赐造父以赵城，由此为赵氏。

国士桥

野烟幂历水迢迢，残碣犹题豫子桥。【1】

木叶经霜飞不住，山头松柏未曾雕。

【1】桥在赵城县南八里。

洪　洞

飞鞚藐姑西【1】，杨侯旧堞低。【2】

杉松关古庙，黼绣冷椽题。【3】

不与三后列，谁将九德齐。

□扬仪盛烈，道左马频嘶。

【1】《寰宇记》：姑射山在洪洞县西三十二里。

【2】《广舆记》：洪洞，周杨侯国。

【3】祝颢《虞士师庙碑记略》：洪洞县南去城十三里，官道之东虞士师皋陶之墓在焉。道西原上，乃其祠也。

平　阳

河东名郡古皇都【1】，楼橹云连廓远模。

风自有唐敦素朴，国因近盐足清娱。【2】

神人姑射山头雪【3】，昴宿荣河天畔榆。【4】

异代庥征应不隔，试看壤祝遍康衢。

【1】平阳古为尧都。

【2】府属有盐池，是以富饶。

【3】山在郡西。

【4】尧时五老浮河。

曲　沃

涨消汾浍岸沙明[1]，山色环围一镜平。

野烧出林冲雁过，虒祁宫畔夕阳横[2]。

【1】《广舆记》：曲沃，春秋晋新田邑。《平阳府志》：曲沃前抵紫荆，后距乔岳，浍水横其襟，汾河引其带。

【2】《曲沃县志》：虒祁宫在县西南，东阳呈里与绛州接界。《左传》：叔弓如晋，贺虒祁也。《水经注》：宫在新田，晋平公之所构。

闻　喜

骑遂台骀障泽边[1]，涑川董泽漫寒烟[2]。

征人到此都倾耳，冀副嘉名似汉年[3]。

【1】《闻喜县志》：洮水在县东南。《左传》：台骀能业其官，宣汾洮，漳大泽，以处太原。

【2】《县志》：涑水在县南，董泽在县东北。《左传》：伐我涑川。又，董泽之蒲。

【3】《县志》：闻喜故城在县东南，故桐乡也。《汉书·武帝纪》：元鼎六年，将幸缑氏至左邑桐乡，闻南越破，因以为闻喜县。

安　邑　二首

虞坂临官道[1]，盘盘石磴斜[2]。

云衢骐骥骋，不复困盐车[3]。

【1】《安邑县志》：虞坂在县东南，南北孔道，石崖峻险。

【2】金元好问《虞坂行》：虞坂盘盘上青石。

【3】《国策》：昔骐骥驾盐车上虞坂，迁延负辕而不能进，盖其困处也。

堕叶随风散，高丢绝顶分[1]。

条山迎画戟，峦霭晓氤氲。

【1】《县志》：中条山在县南最高处，曰"分云岭"，有分云神洞。又，风谷洞在分云岭西，形若半井，投叶即飞。

运 城

虎形非煮海【1】，鼎味仰池流。【2】

灵贶今逾普，供输二十州。【3】

【1】《左传》：盐虎形。

【2】县有盐地。

【3】《县志》：盐池在县南，池神庙在盐池南。唐张濯《池神庙纪略》：宝应灵庆池者。《山海经》所谓"盐贩之泽"也。供华夏二十余州。又，灵贶休征，日新月盛。

中条山

地迥天高气沈寥，南行日日傍中条。【1】

眉瞻远黛桐乡驿【2】，髻见轻螺绛水桥。【3】

董泽柳枯和雾隐，清原松老倚云骄。

马嘶长坂霜全滑，旗卷疏林叶半凋。

猗顿宅边烟漠漠【4】，令狐城外树萧萧。【5】

排空岚影联青幛，罨画湖光湿翠翘。

筑邑漫诤秦逼晋，卜都应忆舜承尧。

当年曾聚陶渔伴，此地因留耕凿谣。

巨镇匼河盘屈曲，崇冈劈华峙岩峣。【6】

名尊雷首浮银汉，势挟风陵吼碧宵。【7】

池涌瑞盐征解阜，洞余丹灶任逍遥。

探幽鹿苑梯悬柏，撷秀桃源草拾瑶。

五老峰前芝作供【8】，双人石上鹤相招。【9】

酒沽桑落村头市【10】，歌听王官谷口樵。

虞芮田闲膏雨露，夷齐庙古沸笙箫。【11】

不须薄登寻封迹，宁俟鸯浆灌药苗。【12】

土脉融时泉欲发，阳和到处雪先消。

风仪昔纪文明盛，梅信今传春意饶。

骥伏莫教悲局促，鹏抟直拟上扶摇。

殷勤合记山灵语，好护遄征使者轺。

【1】《蒲州志》：中条山，西起雷首，东直太行，南跨平陆、芮城，北跨临晋、解州①、安邑、夏县、闻喜，垣曲诸境，凡数百里。

【2】闻喜县，古桐乡也。

【3】绛水桥在曲沃县西北。

【4】猗顿故居在猗氏县南王寮村。

【5】令狐城在猗氏县西十五里。

【6】宋王禹偁《中条山》诗：崛起巨河边。又，西轻华耸莲。

【7】风陵堆在蒲州南，风陵乡即风陵渡。

【8】五老峰在临晋县西南，接中条山。

【9】元王恽《游中条山王官谷记略》：峰半有石突然，曰"落鹤台"。又，西有石拱立，曰"双人"。

【10】详虞乡诗注。

【11】蒲州有夷齐祠。

【12】鸾浆亦详虞乡诗注。

虞 乡

郇瑕西畔解梁城[1]，表里河山晋莫京。[2]
五老星飞光灼烁[3]，百梯霞举势峥嵘。[4]
帝台浆挹玻璃冷[5]，桑落泉澄沆瀣清。[6]
闻道王官岩壑胜，麟台篇什立功名。[7]

【1】猗氏县系春秋郇瑕氏之地，虞乡县晋解梁城地。俱见《明统志》。

【2】《舆地志》：表里河山，风气完萃，为三晋襟喉。

【3】《虞乡县志》：五老峰在县西南。《元和志》：尧升首山观河渚，有五老人飞为流星，上入昴，因名其山为五老山。

【4】《县志》：百梯山在县南，古盐道山也。一名"坛道山"。《水经注》：盐道山孤标秀出，罩络群山之表，来去者连木，乃陟百梯方降，故名。

【5】《山海经》：高前之山，其上有水甚寒，而清帝台之浆也。郭璞注：解

---

① 解州：原文误刻为"解解州"。

21

县南坛道山，有水潜出，停而不流者，是一名"鸳浆"。

【6】《县志》：桑落泉在县东北。汲之不竭，决之不流，既湮复出，即酿桑落酒泉也。

【7】司空图诗有"侬家自有麒麟阁，第一功名只赏诗"之句。①

蒲 州

龙门一曲处，风气萃蒲津。【1】

关险全临晋，山形半入秦。【2】

楼窥飞鸟上【3】，柏郁大河滨。【4】

秖有重华日，环回万古新。【5】

【1】《元史》：蒲州北负关陕南，阻大河。王思诚《河中形胜》诗：关设蒲津扼两壖。②

【2】《州志》：蒲津关在黄河西岸，山、陕之要隘也，一名"临晋关"。

【3】《州志》：鹳鹊楼在州西南城上。唐畅当有"迥临飞鸟上"之句。③

【4】《水经注》：首阳山临大河，北去蒲坂三十里。《名胜志》：首阳山夷齐祠下有古柏二，相距数尺，厥余上交，若兄弟之相倚，传为二贤手植。

【5】《明统志》：蒲州，古蒲坂，虞舜都。有雷泽、历山、舜宅、舜井、二妃陵诸古迹。

风陵渡

千里长源此一湾，寒风激浪射冲关。【1】

---

① 诗出司空图《力疾山下吴村看杏花十九首》。司空图（837—908），河中虞乡（今山西省运城市永济市人），晚唐诗人、诗论家。字表圣，自号"知非子""耐辱居士"。司空图成就主要在诗论，《二十四诗品》为不朽之作。《全唐诗》收其诗三卷。

② 王思诚（1291—1357），元兖州嵫阳（今山东省济宁市兖州区）人，英宗至治元年进士，授管州判官。累迁翰林国史院编修官、待制等职。顺帝至正元年为国子司业，寻拜监察御史，屡上疏言时弊。行部州县问狱，多惩恶平冤。至正十二年召拜礼部尚书兼国子祭酒。又出为陕西行台治书侍御史。十七年守奉元，御红巾，召察罕帖木儿来援，关中解严。旋奉召入都，卒于途。

③ 出自唐代畅当的《登鹳雀楼》。畅当，生卒年不详，河东（今山西省运城市永济市）人，唐后期儒士。官宦世家，畅璀之子。初以子弟被召从军，后登大历七年进士第。贞元初，为太常博士，终果州刺史。与弟诸皆有诗名，有诗一卷。畅当父亲畅璀，唐肃宗时官至散骑常侍，唐代宗时，与裴冕、贾至、王延昌待制集贤院，终于户部尚书。

方舟幸值安澜日，云气平看两岸山。

【1】《名胜志》：风陵渡与陕西潼关相对。

潼 关

潼关百二雄，势建高屋瓴。

险塞锁天枢，长墉倚云屏。

河岸冰成梁【1】，太华霜后狞。【2】

夹道脱木叶，萧萧风雾暝。

在昔桃林野，放牛教服耕。【3】

何以秦汉还，纷纷事战争。

王霸不一姓，列戍在户庭。

天门守虎豹，下者山负虹。

我朝恢皇纲，遐陬讫声灵。

治安不弛备，管籥固岩扃。

行役履道坦，仆马无劳形。

丸泥笑迻封，弃襦鄙俗情。

为语抱关者，试读《道德经》。

【1】《水经注》：黄河自龙门南下至潼关，折而东流。

【2】唐张翊《潼关赋》：连太华而为城。

【3】潼关卫本周桃林地。

华 山

华岳辟鸿蒙，金天列位崇。【1】

乾端标峻极，水府奠惟崧。【2】

拔地五千上【3】，干霄百二中。

削成仙掌迥，擘放大河通。【4】

峰与三光并，池将列宿同。【5】

西雍高顿颎，东井应龙嵸。【6】

日月回岩半，烟霞隔翠空。

车箱飞鸟尽，箭栝暝猿穷。【7】

玉女云垂幕，莲花雪映丛。【8】

森罗开气象，杳冥动昭融。

鸾凤连翩集，真灵飒沓聚。【9】

耕耘驯虎豹【10】，雨露役霾霾。【11】

异苑纷难述，灵征栋欲充。

便程归盛德，沛泽仰宏功。【12】

玉检昉虞典，芝泥自汉隆。【13】

铲崖恢杰构，镇岳焕瑶宫。【14】

先帝时巡迈，丰碑睿藻耇。【15】

神庥敷肸蛮，精意贯苍穹。

奉绍经秦甸，翘瞻伟化工。

何当凌绝顶，玉液进仙僮。【16】

【1】石氏《星经》：西方白帝司秋，司金，司西岳。杜氏《通典》：先天二年，封华山神为金天王。

【2】唐李商隐《修华岳颂》：基洞水府，峻极于天。① 按：水与坤同。

【3】《名胜志》：太华之山削成，而四方其高五千仞。

【4】《述征记》：华山对河东首阳山，黄河流于二山之间。古语云：此本一山当河，河水过之而曲行。河神巨灵，以手擘开其上，以足蹋离其下，中分为两，以通河流。今华岳上指掌之形俱在，脚迹在首阳山下，亦存焉。

【5】《昭文馆记》：华山上有三峰，上接三光，中有石池二十八所，上应二十八宿。

【6】张衡《西京赋》：巨灵赑屃，高掌远跖。后周《华岳颂》：下枕周秦之郊，上应东井之宿。

【7】车箱、谷箭、栝岭，皆登山极险峻处。见《华岳志》。又，唐杜甫亦有"车箱入谷无归路，箭栝通天有一门"之句。②

【8】野志：西岳有芙蓉、明星、玉女三峰。

【9】《昭文馆记》：莲花峰上蕴金玉，藏风雷，为大帝之别宫，神仙之窟宅。

---

① 应为李商隐的骈文《修华岳庙碑》。
② 出自杜甫《望岳》。

【10】《真仙通鉴》：魏有道士王悝，居华岳熊牢岭。常种黄精于溪侧，虎为之耕，豹为之耘。

【11】《九域志》：华山神祠能兴云致雨。霍霍，雷师名。

【12】《华阳县志》：风旱祷请，靡不报应。

【13】《虞书》：八月西巡狩至于西岳。《九域志》：自虞舜西狩，三代以降，莫不有祀，然皆不庙，立庙自汉武帝始。

【14】《华岳志》：镇岳官在华山中峰上。

【15】康熙四十二年圣祖西巡至华阴，发帑金修葺岳庙，并御制碑文，立石。又御题"瑞凝仙掌"四大字匾额。

【16】诗含神雾。华山上有明星、玉女持玉浆，得上服之，即成仙道。

华 州

岳云遥映渭川流，毛女峰西第一州。【1】

风物郑南闲领略，疏篁泉石古亭幽。【2】

【1】唐姚合《寄华州李中丞》诗：毛女峰前郡。王建《赠华州郑大夫》诗：通化门前第一州。

【2】《方舆·路程》华州本周郑国，州西南有峰，名"郑南"。《华州志》：高平亭在州北。一名"游春亭"，一名"西溪亭"。宋陆游笔记：至华州之郑县，过西溪，疏篁泉石可爱。唐杜甫《题郑县亭子》诗：郑县亭子涧之滨，户牖凭高发兴新。

渭 南

未挹双流胜，先登万里桥。【1】

寒烟笼雉堞，轻霭入山椒。

半日孤村杳【2】，三门清汉遥【3】。

新丰堪系马【4】，不必上吴船【5】。

【1】成都府城南有万里桥，渭南县西湭桥，亦名"万里桥"。左思《蜀都赋》：带二江之双流。

【2】半日村在县东南，《寰宇记》：此村以山高，日影常照其半，故名。唐郎士元别业在焉，士元并有《半日村别业诗》。

【3】三门水在县北。《名胜志》：即秦始皇引渭贯都，以象天汉者。

【4】《广舆记》：渭南本汉新丰地。

【5】《渭南县志》：万里桥跨湋水上，此水自倒虎山来，上下川原七十余里，灌田数千顷。竹木蓊郁，人烟环匝，昔人号为"小江南"。

骊山温泉

西邮来奉使，经此古温泉。

沸讶阳冰涣，潜凝阴火然。【1】

溅波千点雪，澈底一泓天。

可侠纤埃净，能教积滞捐。【2】

神功元一炁，灵迹俨双仙。

荡涤洪炉禽，沧涵银汉连。

虚无来素女，仿佛遇丁芊。【3】

风佩摇声细，云鬟照影妍。

鸿蒙浮玉海，激滟泛珠渊。

下上华清月【4】，东西绣岭烟。【5】

宝箓张道济，绮语杜樊川。

宫忆初唐建，名垂正观年。

【1】《海赋》：阳冰不冶，阴火潜然。

【2】庚信《温汤碑略》：醴泉消疾，神水蠲痾。

【3】秋林伐山。丁芊，祝融女，嫁元冥子，为温泉之神。

【4】唐温泉宫，又名"华清宫"。

【5】东绣岭在骊山右，西绣岭在骊山左。

西　安

横鞭上霸桥，迥眺秦封域。【1】

五纬非昔辉，八川犹浞浞。【2】

林表隐终南，高秀仙都匹。

绵延带坤垠，平掌对门阈。

遥想虎踞年，雄视小八极。

缇绣火照耀，土木天逼仄。

五陵竞豪奢，九衢恣崇饰。

香车斗风游，华屋鸣钟食。

王气盛蓟门，鹑野遂寡色。

当年西笑人，回望燕台日。【3】

【1】霸桥在西安咸宁县东，跨霸水上。

【2】唐骆宾王《帝京篇》：五纬连影集星躔，八水分流横地轴。按：八水：谓渭河、泾河、黄河、洛河、浐水、澧水、镐水、霸水。

【3】桓谭《新论》：关东俚语，人闻长安乐，则西向而笑。唐李白诗：四海望长安，颦眉且西笑。

又 二首

河津华壐互回环，风土车中见一班。

百二重关朝北极，亿千万寿媲南山。

金城雄丽豳岐古，绣壤膏腴鄠杜闲。

须识清时敦富教，周京钟鼓遍人寰。

合沓秦山拥节旄，关河形胜缅神皋。

渭流晓映黄陂净，岳翠寒凝紫阁高。

犹喜西京留雨露，却看华阙翳榛蒿。

唐碑汉碣多遗迹，暂驻星轺试彩毫。

铙吹词 二首，西安阅兵作

西方貔虎尚桓桓，荼火军容刁斗寒。

休养百年兵气靖，阵云乍合动雷欢。

儆士羞言善指麾，纳民轨物习威仪。

雍容振旅言归处，五色云光在画旗。

咸 阳

寂寞祖龙居，寒原接碧虚。

耕人售篆瓦^{【1】}，牧竖上鲸鱼。^{【2】}

渭水千年绿，嵕山九点疏。^{【3】}

不经三月火，北坂比何如？

【1】《长安志》：秦瓦形制精妙，瓦头皆作古篆，盘屈隐起。

【2】《名胜志》：渭水又东径兰池官北。始皇引渭水为长池，筑蓬莱山刻石为鲸鱼，长二丈处。

【3】《三秦记》：九嵕山，高六十余丈。其山九峰俱峻，故名。山之麓，即咸阳北坂。

兴　平　三首

黄山迤逦白渠斜^{【1】}，槐里风光旧帝家。^{【2】}

肃轸始平原上望，霜林深处噪寒鸦。^{【3】}

【1】《通志》：黄山在兴平县北一里。宋敏求《志》：成国故渠在兴平县北一里，即古白渠也。^①

【2】《兴平县志》：兴平，秦废邱地。汉高帝改曰"槐里"。

【3】宋敏求《志》：始平原在县北二里。

棠梨瑟瑟水无波^{【1】}，词客千秋托兴多。^{【2】}

汉庙唐陵残照里，路人偏忆马嵬坡。

【1】宋敏求《志》：马嵬废驿在兴平县西。元马祖常诗：马嵬坡上棠梨树，犹占秦原几日春。^②《兴平县志》：马嵬坡旁有马嵬泉。

【2】《中州集》：马嵬过客题诗甚多。道陵诏录其诗，得五百余首。

大云教入永平年，白马驮经倡法筵。^{【1】}

震旦即今兰若遍，白椎谁证大乘禅。

【1】白马寺在兴平县东南。《释氏通鉴》：东汉明帝永平十年，帝于城西雍门外别立一寺，与滕兰居之。以白马驮经而来，遂名"白马寺"。

---

① 宋敏求（1019—1079），字次道，赵州平棘（今河北省石家庄市赵县）人。北宋大臣、史地学家、藏书家。宋家藏书富，熟于朝廷典故。他编著有《唐大诏令集》、笔记《春明退朝录》，补《六世实录》。此处"志"指宋编著的地方志《长安志》，其考订详备。

② 出自马祖常《杨妃墓》。马祖常（1279—1338），字伯庸，元代色目人，著名诗人，有诗文集《石田集》十五卷收于《四库全书》。

武　功

遥遥有鳌封，川原沃且美。【1】

树艺恢古初，俗化遵遗轨。

开周已八百，庙食更忆祀。

峨峨太白巅，泱泱清渭水。【2】

至德絜崇深，取象犹非拟。

柱下千年后，蟠根肇仙李。

舆图盛王会，逾乡丰沛比。【3】

鱼龙讫寂寞，台阁平芜靡。

赫赫思文宫，崇报今犹始。【4】

德力不同科，此语闻前史。

【1】《名胜志》：武功本古有鳌氏国。按：鳌与邰同。后稷封此。唐柳宗元《武功县丞厅壁记》：武功土疆沃美，其人善树艺；其人有仪让，大雅遗烈存焉。

【2】明薛瑄《过武功》诗：渭河水远波声小，太白山高树影重。①

【3】旧史：唐太宗生于武功之别馆。《唐会要》：武德元年，以武功旧宅为武功宫。六年改为庆善宫。贞观六年，太宗幸庆善宫，赏赐闾里，同汉丰沛。

【4】《元和志》：姜嫄、后稷二祠，俱在县西南二十里。

五丈原

横峰侧岭忽斜壁，绝顶穿云混苍碧。

风声飒飒五丈原，丞相雄图留片石。【1】

当年魏将败卤城，畏蜀如虎不敢争。

巾帼羞蒙妇人服，区区仲达何曾生。【2】

惟幸兵行不东出，渭南一炬懿壁空。

———

① 薛瑄（1389—1464），字德温，号"敬轩"。河津（今山西省运城市万荣县里望乡平原村）人。明代著名思想家、理学家、文学家，河东学派的创始人，世称"薛河东"。

试问曹家能有几，张郃轻笑诸葛公。①

【1】宋敏求《志》：石桥山侧有五丈原，诸葛武侯屯军处。

【2】《三国志》：亮数挑战司马懿，坚壁不出，因遗懿巾帼妇人之饰。

扶　风

云屏翠带拥晨驺【1】，洄美饴原俯道周。【2】

三畤苍凉连赤烧，凤山亭上重回头。【3】

【1】扶风县《法门寺记》：面太白而千叠，云屏枕清渭而一条翠带。

【2】《通志》：饴原在扶风县西北，本"周原膴膴，堇茶如饴"而名之也。

【3】《寰宇记》：三畤原在县南。昔秦文公作鄜畤，宣公作密畤，灵公又作上畤，故名"三畤"。唐李端诗：平芜连赤烧扶风。《县志》：县南飞凤山上有远爱亭，苏轼有"聊为一驻足，且慰百回头"之句。②

岐　山

泰华以西名山七，峻嶒地乳当其一。【1】

太王荒作文王述，王业已定元公出。

规天条地前无匹，神灵永永此庙食。【2】

娑罗白杨扶殿极【3】，清泉一泓治则湜。【4】

轻轩于役迫冬日，遥睇宫墙缅至德。

二南风化期无斁。【5】③

【1】《说文》：泰华以西名山七，一曰岐山。《河图》：岐山在昆仑东南，为地乳。

【2】《岐山县志》：周公庙在县西北凤鸣山下。

【3】《县志》：庙门娑罗树二，松柏三，皆大逾十围。入门有白杨，亦千年物。

【4】苏轼诗注：周公庙后百步有泉，依山涌出，清冽异常。《国史》所谓

---

① 此处刻印有误，原文"惟幸兵行不东出，武功不然渭南一炬懿壁空试问曹家能有几张郃轻笑志大无谋诸葛公"。

② 出自苏轼《扶风天和寺》。

③ 此处底本有脱漏。

"润德泉"。时平则流也。

【5】苏辙和周公庙诗：二南犹自有遗风。①

凤 翔

鷟鸑声中扬玉鞭，冰峦层叠凤台偏。【1】

轩臣迎日曾推策【2】，禹迹开岐着导汧。【3】

未暇八观矜藻耀【4】，偶从三辅历风烟。【5】

黄沙何限前朝事，记取斜晖岭树边。

【1】《雍录》：文王之在岐也，有鷟鸑来鸣其地。《凤翔县志》：凤女台在县南，秦穆公所筑，以居弄玉箫史者。

【2】《县志》：凤翔有古鸿冢。《汉书·郊祀志》：黄帝得宝鼎，问于鬼臾区，于是迎日推策。鬼臾区号大鸿，葬于雍，古鸿冢是也。

【3】《名胜志》：岐山之阴，汧水绕焉。即《禹贡》所谓导汧及岐者也。

【4】《名胜志》：苏轼调凤翔作《八观诗》。八观者，谓：石鼓、诅楚文、王维吴道子画、维摩塑像、李氏园、东湖、真兴寺阁、秦穆公冢。

【5】《明统志》：凤翔府本汉之右扶风，与左冯翊、京兆尹，谓之"三辅"。

宝 鸡 二首

蠢蠢西北万玉篸【1】，塔河津渡晓霜含。

山程此去闻前什，桥栈连云三十三。【2】

【1】《宝鸡县志》：县西南弥望，连峰叠巘，杳然无际。

【2】宋张方平《过汧河》诗：三十三程桥栈外，平川始下鹿头关。②

峭仞奔霆会益门，乱峰中衮一丝行。【1】

更登大散关头望，无数云山此送迎。【2】

【1】《县志》：益门镇在县西南，西据益门山，古益州境。自秦来者，由此入益，故名"蜀道驿"。《程记》：益门镇，元时筑，石壁峭绝，往往瀑水成川，

---

① 出自苏辙《次韵子瞻题岐山周公庙》。

② 张方平（1007—1091），字安道，号"乐全居士"，谥"文定"。应天府南京（今河南省商丘市）人，北宋大臣。

声若奔霆，一径如发，明灭乱峰中。

【2】《县志》：大散关在县西南，为秦蜀之襟喉。南山自蓝田而西，至此方尽。又西则陇首特起，汧渭萦流。关当山川之会，南北之交，故苏轼诗有"北客初来试新险，蜀人从此送残山"之句。①

祝鸡台

宝鸡尔何神，流空示光耀。

殷若堕地雷，群雉互惊叫。

遂使悠谬人，作畴奉坛兆。【1】

虽非太乙贵，仪秩颇相肖。

雄雌谁判析，近远孰凭眺。

陈仓与南阳，附会供一笑。

助霸本牵合，兴王尤臆料。

西秦翻混一，东汉乃再造。

臧孙祀爱居，徒贻展禽诮。

凤凰集岐阳，文周肯祈报。

【1】陈宝祠在宝鸡县东二十里。秦文公作《列异传》。秦文公时，陈仓人掘地得异物，若羊非羊，若猪非猪，牵以献公。道逢二童子，云此名为"媚媚"，乃言云："彼童子名'徐宝'。得雄者，王；得雌者，霸。"乃逐童子，化为雉。陈仓人告公，发徒大猎，果获其雌，俄化为石，置之汧渭之间，为立祠。《史记·封禅书》：陈宝祠神，来也②常以夜，光辉若流星。从东南来，集于祠。城则若雄鸡，其声殷云。

凤　县

宝鸡已无声，仙凤犹鸣岭。【1】

阁道亘虚空，木末过人影。【2】

天梯屈曲连，扪参还历井。

---

① 出自苏轼《石鼻城》。
② 也，原文无，据《史记》补。

骖镳炊断续，散队如旋缏。

石作奇鬼狰，崖露青锋颖。

吼云朔风劲，漱玉飞泉冷。

古戍松林深【3】，高隐紫柏静。【4】

大谷新开道，斗绝武休境。【5】

秦山势欲断，陇水声方哽。

关河忻渐谙，土俗得周省。

惟与帝乡遥，回飙时引领。

【1】《凤县志》：凤岭在县东三里之凤皇山上。

【2】《舆程记》：陕西栈道长四百二十里，自凤县东草凉驿为入栈道之始。

【3】《驿册》：松林驿在凤县南一百十里。

【4】《名胜志》：紫柏山在柴关岭下，山多紫柏，相传张子房曾隐于此。

【5】新开道在县南。明何景明诗：堑山通大谷。《驿册》：武关驿在凤县东南武休关。《方舆胜览》：褒斜谷旁连武休关，地斗入。

褒 城 六首

画隼晓暾中，巉岩复阁通。

马鞍廿四岭，登顿半乘空。【1】

【1】自凤县画眉关而下，至褒城马道百里关，俗谓之"二十四马鞍岭"。险峭特绝。

江听嘉陵远，流看嶓冢清。【1】

褒斜横渡处，不断暝猿声。【2】

【1】《名胜志》：汉江在褒城县南，即沔水，自沔县流入。《书·禹贡》：嶓冢导漾，东流为汉。

【2】移武关，以小舟渡，入褒城县界，上多猿及鹦鹉。

首险青桥渡，奇峰碧落攒。【1】

千山木落尽，津树独凌寒。【2】

【1】发马道，渡青桥河。奇石插天，飞湍箭激。有旧碑在道左，大书"云栈首险"。

【2】《褒城县志》：青桥山殊险峻，缉木以渡。树萝蒙密，岁寒不凋，桥因此名。

　　　　不送千门晓，昂然七曲山。【1】
　　　　何如鹦鹉语，伴客过重关。

【1】《蜀志》：七盘岭在县北鸡冠关。下山自北而上盘回七转，由此入连云栈。明程轨诗：山盘七曲下鸡头。《名胜志》：鸡冠关，一名"鸡头关"。关口大石层棱突出，状如鸡头，故名。唐韩愈诗：大鸡昂然来。

　　　　龙战浮岚外，褒斜荒薛围。【1】
　　　　岩栖高往躅，不与白云飞。【2】

【1】《汉中府志》：褒谷，在褒城县东。《元和志》：北口曰"斜南口"，曰"褒"，同为一谷。长四百余里。汉张良说高祖烧绝栈道；曹操出斜谷军，遮要以临汉中；诸葛武侯由斜谷取郿，皆此道也。

【2】《府志》：褒谷，汉郑子真隐处。唐胡曾《谷口》诗：子真独有烟霞趣，谷口耕锄到白头。①

　　　　阁竟得康庄，天回埤堄长。【1】
　　　　却看飞鞚处，霞外几寒铓。

【1】《舆程记》：阁道至褒城之开山，驿路始平。唐顾非熊诗：栈道危初尽，褒川路忽平。②《汉中府志》：褒城县城，明弘治间筑，周四里余。

沔　水

　　　　明德长怀导漾功，沔流一水注江东。【1】
　　　　探春莫问梅花笛，嶓冢山头夕照红。

【1】《苏氏书传》：汉始出为漾，东南流为沔。

沔　县

　　　　蜀都出沔阳，黄沙古堠长。

---

　　① 出自胡曾《咏史诗·谷口》。原书为"唐胡鲁"，误，径改。胡曾，唐代诗人，邵阳（今湖南省邵阳市）人。生卒年、字号不详。胡曾爱好游历。咸通中，举进士不第，滞留长安。咸通十二年（871），路岩为剑南西川节度使，召其为掌书记。乾符元年（874），复为剑南西川节度使高骈掌书记。乾符五年，高骈徙荆南节度使，又从赴荆南，后终老故乡。
　　② 出自顾非熊《行经褒城寄兴元姚从事》。顾非熊，顾况之子，姑苏（今江苏省苏州市姑苏区）人，生卒年不详，其性滑稽，弃官隐山，不知所终。著有诗集一卷，录于《新唐书·艺文志》。

卧龙遗垒在，诸葛大名扬。[1]

鱼水千秋契，风云三顾忙。

一言基鼎业，百战志匡王。

才艺公成武，忠良尹相汤。

鞠躬酬付托，竭节巩苞桑。

力屈吞吴魏，心源过汉唐。

动饶儒气象，身系国兴亡。

人事无遗恨，天时未可量。

中原留胜算，上将落寒铓。[2]

毅魄前谁亚，丹诚远更芳。

翘瞻松柏路，神爽故洋洋。

【1】《路程记》：黄沙驿三十五里至诸葛武侯庙。《沔县志》：诸葛城在县西，即武侯垒也。又，督军坛在县东南定军山下。

【2】《宋书·天文志》：诸葛亮伐魏屯于渭南，有长星赤而芒角，西南流，投亮营。

宁　羌　二首

黑水梁州域[1]，开山讵五丁。

秦牛沉峡水[2]，羌笛度邮亭。

雾合层峦湿，云留万树青。

盘桓忘险阻，赭濯奉声灵。

【1】《书·禹贡》：华阳黑水惟梁州。

【2】《通志》：五丁关在州东北。五丁山，其峡曰"五丁峡"，亦曰"金牛峡"。俗传即秦作五石牛绐蜀处。明薛瑄《金牛峡》诗：巨峡三千里，天开几万年。又，梁州旧禹迹，谬矣五丁传。

寒岩冬不枯，滴水悬碧溜。[1]

恍如入翠微，琤琤闻玉漏。

峡影承午日，绮林晖清画。

流霞在画屏，秀色盈衣袖。

【1】《舆地记胜》：滴水岩在州北滴水下。注：四时不竭。

广　元

七盘壁立画秦川【1】，星骑骁胜剑外天。

江岸冰棱争雪色，栈中禽语斗春圆。

三分井络存筹笔【2】，万里巴云落彩笺。【3】

南有嘉鱼传丙穴，不逢上水漫延缘。【4】

【1】《明统志》：七盘关在广元县北，为秦蜀分界处。

【2】《广元县志》：朝天驿在县北朝天镇，即古筹笔驿也。旧传诸葛孔明出师当驻军筹划于此。①

【3】蜀出笺纸。唐李商隐有"五云章色破巴笺"之句。②

【4】丙穴在广元县北。晋左思《蜀都赋》：嘉鱼出于丙穴。刘渊林注：丙穴出嘉鱼，尝以三月取之。

桔柏渡

千峰抱益昌【1】，双江汇巨壑。【2】

长风激惊湍，鸥泛如雀跃。

冲波连巨舰，利涉欣所托。

乃知舟楫材，异彼横略彴。

【1】广元地，唐天宝初号"益昌郡"。

【2】桔柏渡为嘉陵、白水二江合流处。

剑　门

梁山远上白云屯，越砥吴镡未足论。【1】

锦里更凭玉作垒，刀州合倚剑为门。【2】

隆中人稳麒麟卧，井底蛙空窟宅尊。

传语彰明李供奉，而今蜀道是平原。【3】

---

① 《方舆胜览》注曰："在绵谷县去州北九十九里，旧传蜀诸葛武侯出师，尝驻此。"
② 出自唐代李商隐的《行至金牛驿寄兴元渤海尚书》。

【1】《名胜志》：剑门在剑州东北，即古梁山也。有大小二剑山，谓之剑阁道。

【2】《广舆记》：蜀有锦城，故锦官也。一名"锦里"。玉垒，山名。左思《蜀都赋》：包玉垒而为宇。《晋书·王濬传》：濬夜梦悬三刀于卧屋梁上，须臾又益一刀。主簿李毅贺曰："三刀为州字，又益一者，明府其临益州乎！"唐姚合诗：东川横剑阁，南斗近刀州。①

【3】李白本成都彰明人。②

梓 潼 三首

小市带疏林，深冬过上亭。【1】

得人延停处，一曲雨淋铃。【2】

【1】《路程记》：入梓潼县界三十里至上亭铺，旧为上亭驿，即宋上亭镇也。

【2】《舆地纪胜》：上亭驿，即明皇幸蜀闻铃声之地。《蜀梼杌》：明皇幸蜀，初入斜谷，霖雨弥日，栈道中闻铃声，帝采其声为《雨淋铃》，曲以寄意。③唐罗隐诗：细雨霏微宿上亭，曲中因感雨淋铃。④

蜀魄何年帝【1】，枯株亦炳灵。【2】

五丁开凿晚，疏事半非经。

【1】杜宇为古蜀帝所化，见《名胜志》。

【2】《方舆胜览》：夏禹于泥陈山伐梓树，神化为童子，故其水曰"潼水"。

七曲玉为堂【1】，文星佐运昌【2】，

---

① 出自唐代姚合的《送任畹及第归蜀中觐亲》。姚合（777—843），唐代著名诗人。陕州（河南省三门峡市陕州区）人，宰相姚崇曾侄孙。世称"姚武功"，其诗派称"武功体"。生平见洛阳出土《姚合墓志》。他擅长五律，以幽折清峭见长，善于摹写自然景物及萧条官况，时有佳句。与贾岛诗近，世称"姚贾"。原书为"东川悬剑阁"，误，已更正。

② 彰明即今彰明镇，隶属于今四川省绵阳市江油市。

③ 《蜀梼杌》二卷，一名《外史梼杌》，宋张唐英撰。张唐英字次功，自号"黄松子"，蜀州新津（今四川省成都市新津区）人。丞相张商英之兄。熙宁中官至殿中侍御史，事迹附载《宋史·张商英传》。

④ 出自唐代罗隐的《上亭驿》。罗隐（833—910），原名罗横，字昭谏，杭州新城（今浙江省杭州市富阳区新登镇）人。唐代文学家。著有诗集《甲乙集》，颇有讽刺现实之作，多用口语，于民间流传颇广。

何劳解剑赠，雷杵自光芒。【3】

【1】《名胜志》：灵应庙在梓潼县北，七曲山顶即梓潼庙也。神姓名"张恶子"，唐李商隐《张恶子庙》诗：下马捧椒浆，迎神白玉堂。

【2】《三余赘笔》：梓潼神祠在处有之，而学宫事之尤谨。① 按：梓潼为四川属县，上属参宿，有忠良孝谨之象。其山水深厚，为神明之所宅。或谓：斗魁为文昌六府，主赏功、晋爵；或谓：星为张宿之精，即诗所谓张仲孝友是也。

【3】《寰宇记》：唐僖宗幸蜀，亲幸其庙，解剑赠神。《九域志》：张恶子祠，世著灵应，土人岁上雷杵十枚。

绵　州

左绵治界川东路【1】，涪水天池山泽互。【2】
芙蓉流学巴字环【3】，卧龙象作斗枢布。【4】
泉飞廉让示官箴【5】，井出形盐足民赋。【6】
盛暑无虞蚊蚋侵，法堂不藉鹰鹯傃。【7】
三冬气候只如春，霜风不改青青树。【8】
唐家帝子爱楼居，碧瓦朱甍半新故。
切星凭眺属骚人，浩荡云天慨前度。【9】
北望嵯峨指大匡，世传李白读书处。【10】
朗抱不遇轩与羲，空教笔底腾烟雾。
蜀江自昔炳英灵，问今谁继青莲步。

【1】《蜀都赋》：左绵巴中，百濮所充。

【2】《元和志》：绵州东据天池山，西临涪水。

【3】《名胜志》：涪水自北经州城，西析而为二，安昌水自东迤逦绕城东南，汇为芙蓉溪，成一巴字。每江涨，登山望之，宛然。因名"巴字"，又名"东津"。即唐杜甫东津观打鱼处也。

【4】《元和志》：绵州地形如北斗，卧龙伏焉，为蜀东北之要冲。

---

① 《三余赘笔》一卷，明都印撰。都印，苏州吴县（今江苏省苏州市吴中区）人，字维明，号"豫庵"。该书为笔记杂谈，共分二十六类，有乡里风俗、文字考证、典籍辨析、山川胜迹、古玩等，颇有价值。

清代诗词类藏学汉文文献集成（一）

【5】《寰宇记》：绵州有廉水、让水。按：《宋书》云，范百年，梓潼人。宋明帝问卿："乡土有贪泉否？"百年曰："臣居梁益之地，有廉水、让水，不闻有贪泉。"帝嘉之，即拜蜀郡太守。

【6】《绵州志》：州东南皆有盐井。

【7】《绵州杂录》：虾蟆滩旧有石如蟆，状张口，向南。相传城中自昔无蚊蠓，为此石所致。又，唐姜皎画角鹰于督邮亭壁①，甚精妙。刺史模于石，竖州后堂，当时鹰隼不敢入城。

【8】宋陆游东津诗：蜀天常燠少雪霜，绿树青林不摇落。

【9】《绵州图经》：越王台在州城西北，高百尺。上有楼，下瞰州城。唐显庆中，越王贞任绵州刺史日作台。② 杜甫诗：孤城西北起高楼，碧瓦朱甍照城郭。③

【10】《州志》：大匡山在州北，一名"康山"。李白读书堂存焉。

德　阳　二首

出险登坦途【1】，千里净如扫。

骑过鹿头关，神弛龙尾道。

【1】《名胜志》：白马关在德阳县东，相对者为鹿头关。唐杜甫《鹿头山》诗："及兹险阻尽，始喜原野阔。"盖山势自剑门来此始尽，自关以西，道皆坦平矣。

绵竹环仙山，拔宅闻相属。【1】

不如一双鲤，孝弟堪型俗。【2】

【1】德阳本汉绵竹县。《云笈七签》：德阳县隶上山，昔卫叔卿于此得道；大霍山昔罗真人，名瑱，修道上升之所；浮中山，昔韩众于其上得仙。又，《名胜志》：德阳县东关内，有许旌阳真君丹井。

---

① 姜皎（？—722），秦州上邽（今甘肃省天水市）人，唐朝大臣，姜遐之子。善画鹰鸟，杜甫有诗《姜楚公画角鹰歌》。

② 原脱一"台"字，今据文意补。

③ 出自杜甫《越王楼歌》。

【2】宋苏轼诗：广汉有姜子①，孝弟行里闾。又，至今空清泉，无复双鲤鱼。② 按：今德阳昔属广汉地。

汉　州

次律栖迟地【1】，君平卖卜州。【2】

台边泉自洌【3】，湖上景空幽。【4】

雁驿巴僮骑【5】，犀桥贾客舟。【6】

岷峨山色近，东井正当头。【7】

【1】唐房琯罢相后，出守汉州。次律，琯字。③

【2】《元和志》：严君平卜台在汉州东一里。

【3】《益州记》：君平卜台后有通仙井。

【4】《明统志》：房公湖在汉州西南，琯为州日所凿。《名胜志》：房公湖凡数百亩，洲岛回环，亭榭甚多，同时高适、杜甫皆尝赋咏。

【5】汉州有金雁驿，见唐韦庄诗。④

【6】州北里许有犀桥，见《益州记》。

【7】《蜀都赋》注：岷山之地，上为东井维络。

新　都

葭萌辞旧堞【1】，广汉得新都。【2】

图与峨眉寿【3】，名同井络孤。【4】

升平先六府，保泰在三谟。

八阵存何意，惓惓混一模。【5】

---

① 原为"姜诗"，据苏轼诗改。

② 出自苏轼《送邓宗古还乡》。

③ 房琯（697—763），字次律，河南缑氏（今河南省偃师市缑氏镇）人。本姓屋引，高车族。唐朝宰相，正谏大夫房融之子。

④ 指唐代诗人韦庄的《汉州》："北依初到汉州城，郭邑楼台触目惊。松桂影中旌旆色，芰荷风里管弦声。人心不似经离乱，时运还应却太平。十日醉眠金雁驿，临岐无恨脸波横。"韦庄（约836—910），字端己，京兆郡杜陵县（今陕西省西安市）人。晚唐诗人、词人，五代时前蜀宰相。韦庄工诗，其律诗圆稳整赡、音调嘹亮，绝句情致深婉、包蕴丰厚；其词善用白描手法，词风清丽。与温庭筠同为"花间派"代表作家，并称"温韦"。所著长诗《秦妇吟》与《孔雀东南飞》《木兰诗》并称"乐府三绝"。有《浣花集》十卷，后人又辑《浣花词》。

【1】《寰宇记》：葭萌故城在汉州东五十里。

【2】《明统志》：新都，汉置广汉郡。

【3】《舆地记》：弥牟镇，在新都县北，一名"八阵乡"。以有孔明八阵图也。《成都图经》：八阵凡三，在夔者六十有四，方阵法也；在弥牟者一百二十有八，当头阵法也；在棋盘市者，二百五十有六，下营法也。

【4】杜甫诗：功盖三分国，名成八阵图。①

【5】明杨慎《新都八阵图记》：八阵图在新都者，象城门四起，中列土垒，约高三尺。耕者或划平之，经旬复突出如故。

成 都 十首

鱼凫都会壮西南【1】，封域先经版部谙。

今日亲临锦官境，更收名胜入骖骦。

【1】《名胜志》：蜀之先首名"蚕丛"，次曰"柏灌"，次曰"鱼凫"。

川合东西地五千【1】，锦城弹压峡中天。【2】

云山不隔皇威赫，万里依然辇毂边。

【1】《蜀都赋》：经途所亘五千余里。

【2】杜甫诗：青山各在眼，却望峡中天。②

城分太少兆阴阳【1】，白菟巍楼正土方。【2】

传是神明呈象筑，总为今日巩金汤。【3】

【1】《成都府志》：太城，今府南城；少城，今府西城，皆秦时张仪筑。按：《易》阴阳有太少之分。

【2】《元和志》：府城西南楼百有余尺，名"张仪楼"。临山瞰江，即宣明门楼也。《名胜志》：张仪楼后又名"白菟楼"。《成都古今注》：初张仪筑城，以城势稍偏，故作此楼以定南北。《周礼·夏官·职③方氏》：掌土圭之法，以正日景。又，《左传》：士弥牟营成周，物土方。注：物相也，相取土之方。

【3】《周地图记》：初，张仪筑城，城屡坏，不能立。忽有大龟，周行旋

---

① 出自杜甫的《八阵图》。

② 出自杜甫的《峡隘》。

③ "职"原作"士"，据文意改。

走。巫言："依龟行处筑之城。"乃得立。

罗肆殷填万货丛[1]，由来巴㮃擅财雄。[2]

况逢休息年余百，更沐今皇长养功。

【1】《蜀都赋》：罗肆巨千，贿货山积。

【2】《史记·货殖传》：巴蜀南御滇僰，西近邛筰，土地饶沃。又，《蜀都赋》：亦以财雄，翕习边城。

教始文翁敞学堂[1]，坐移邛筰入儒乡。

千年石室苍苔护，高眹今来孰继芳。[2]

【1】《名胜志》：文翁学堂，今为成都府学。

【2】《华阳国志》：文翁立文学精舍讲堂，作石室。安帝永初后，学堂遇火，太守陈留高眹更修立，又增造二石室。狄遵度《石室赋》：石室之幽，古城之陬。烟剥雨落，苔萃藓稠。

高跨虹霓朗七星[1]，更疏江渎溉春塍。[2]

驱车九折多循吏，利赖无先秦李冰。[3]

【1】《华阳国志》：西南两江有七桥，皆秦时李冰造，上应七星。

【2】《风俗通》：秦昭王使李冰为蜀守，开成都两江，溉民田，至今利赖。

【3】《汉书》：王尊为益州刺史。先是王阳至九折坂而叹曰："奉先人遗体，奈何乘此险?!"遂弃官去。尊至问："此非王阳所畏道耶?"叱驭而前。曰王阳为孝子；王尊为忠臣。

往闻官俗盛春游，箫鼓喧阗簇画辀。

返朴比看同内地，不烦太守作遨头。[1]

【1】《岁华纪丽》：成都游赏之盛甲于西南。凡太守岁时，宴集骑从，杂沓士女栉比。或以坐具列于广庭，以待观者，谓之"遨床"。而谓太守为"遨头"。

华阳厥贡尽精良，药市多堪珍上方。[1]

寿世功仍归圣主，普求民莫树甘棠。

【1】《岁华纪丽》：蜀中多产药材，列市会城。正月观街药市，九月玉局观药市。

海眼支机藓几重【1】，碧鸡金马旧坊空。【2】

杜陵雅慕乔松寿，星使虚劳巴水东。

【1】《寰宇记》：成都武担山，俗曰"石笋"。杜光庭《石笋记》：成都石笋，又号"四海之眼"。朱明虹《楮谈支机石》：在府城西南，严真观旧址。高可五尺余，石色微紫，近土有一窝，傍刻"支机石"三篆文。

【2】《梁益记》：成都之坊百有二十，第四曰"碧鸡坊"。汉宣帝时，或言益州有金马、碧鸡之神，可醮祭。而致遣王褒持节求之，故成都有碧鸡坊。

掞天扬马空文藻，建福江山洵丽都。【1】

道出岷阳聊点笔，十年旁魄笑伧夫。【2】

【1】《河图括地象》曰：岷山之地，上为井络，帝以会昌神以建福。

【2】《文选》注：左思赋三都，构思十年。《吴都赋》旁魄而论都，抑非大人之壮观也。《世说》：陆机初目左思为"伧夫"。

挟纩四章章六句【1】

帝德上兮，威远畅兮。

爰命视师，勤谘访兮。

巴蜀之士，如挟纩兮。

明明玉垒，濯濯锦水。

列幕云屯，扬旌霞绮。

有怀腹心，邦之守矣。

月惟季冬，乃习五戎。

选骑崇良，试器及锋。

如江如汉，陈列方中。

控是南邦，拱于北极。

畏神服教，饮和食德。

永永于斯，休养生息。

【1】成都府阅兵作。

草　堂

万里桥西烟郭斜，清江枕屋屋扶花。【1】

峥霄大句蟠千古【2】，立海雄文健百家。【3】

当日许身齐稷契【4】，只今侨寓府岷巴。

瓣香认掣鲸牙处，无数眠鸥起白沙。【5】

【1】杜诗《万里桥》：西一草堂又田舍，清江曲又雍陶诗。浣花溪里花多处，为忆先生在蜀时。

【2】赵抃诗：子美浮槎传大句。①

【3】杜赋：九天之云下垂，四海之水皆立。②

【4】杜诗：许身一何愚，自比稷与契。③

【5】杜诗：或看翡翠兰苕上，未掣鲸鱼碧海中。④

发成都

五听锦城鸡【1】，冬狩申讲阅。

重恐严程濡，幰盖凌晨发。

津树几萦纡，云堞藏嵼嵼。

陹江何修广【2】，架竹通行辙。

长虹卧澄澜，中流俨超越。

伟彼抱节君，兼此济川伐。【3】

【1】留成都凡五日。

【2】陹江即金马河，在新泽县界。

【3】是日雨过竹桥。

新　津

廉纤清行尘【1】，总辔武阳道。【2】

圣灯入层云，仙杖蘸陂草。【3】

春烟连水碓，吟风茂岩筱。

---

① 出自赵抃《张公咏》。赵抃（1008—1084），字阅道，号"知非"，衢州西安（今浙江省衢州市柯城区信安街道沙湾村）人。北宋名臣，有《赵清献公集》。

② 出自杜甫《朝献太清宫赋》。

③ 出自杜甫《自京赴奉先县咏怀五百字》。自：应为"窃"

④ 出自杜甫《戏为六绝句》。

嘉平月已弦[4]，暄暖过春杪。

葱茜瓜芋蓝，嘤鸣下上鸟。

岂繄辍冬令，风气分穹昊[5]。

【1】是早微雨。

【2】新津本汉犍为郡武阳县地。

【3】圣灯山，一名"普贤山"。世传乡人苟瑜奉释教于此山，有普贤圣灯出现。县北龙池，旧名"葛陂"。费长房至此，以杖掷陂中化龙处。

【4】时十二月初八日。

【5】此地暄暖，忘其为隆冬也。

邛 州

平冈浅濑水云重，严道铜官淡远峰。[1]

小雨初晴风鬣健，画眉声里过临邛。[2]

【1】铜官山在州东南。

【2】地多画眉。

名 山

星历坡陀涩马蹄，巍关盘折入金鸡。[1]

缘江雪浪青衣驶[2]，傍麓香琼紫蓴齐[3]。

几处花鬘迎道左，一方风景近天西。

使轺未暇闲登陟，三十六蒙翠黛低[4]。

【1】过金鸡关，石磴峻险。

【2】沿雅河即青衣江。

【3】山产茶。

【4】宋姚辟诗：三十六蒙好处，倚栏频动吟情。①

---

① 姚辟，字舜徒，鄞县（今浙江省宁波市）人，一作慈溪（今属浙江）人（见《宝庆四明志》卷八、《延祐四明志》卷四）。神宗熙宁九年（1076）进士。释褐县尉。哲宗元符中，历提举成都府路、荆湖南路常平，江东转运副使。卒于知夔州任上。《乾道四明图经》卷二有传。低本诗与现存此诗有出入。

雅　州

山行躐峈岭，林木繁以丛。

暗蘯族云布，马头零雨蒙。[1]

泞淖剧黏黐，蓼辘纷氛雾。

豁然两崖劈[2]，僵立双苍龙。

穿栈一径上，喘汗傗絷笼。①

所历渐已高，唯听泉琤琮。

回顾从骑辈，一碧连杉松。[3]

翔萃饶恬翼，如识梯藓踪。

侧脑争下视，游目忘飞翀。

登顿竟日力，暝色罨丰茸。

山村息余驾，胧月升前峰。

【1】是日复雨。

【2】崖名"对岩"。

【3】山径弥望皆青杉。

荣　经

听尽巴歌雁影遥，山深箐密雨潇潇。

鸣鸾荦确安驱少，洒渧频勤贯耳獠。

相　岭

奉使抚西戎，严冬登相岭。

古人不朽名，千载如斯永。[1]

【1】大相公岭在邛崃山顶，相传诸葛武侯征西南夷经此，因名。

九折坂

蜀险历益奇，邛崃拓西臂。[1]

---

① 左思《吴都赋》："沈虎潜鹿，絷笼傗束。"

昔耳峻坂名，九折今躬莅。

冰凌夏犹结，况蹑婺女次。

鞚冻揩策登，列骑束如猬。

鼓勇跻其颠，雾雾开目眦。

群山次第出，俯瞰等平地。[2]

豁达关徼通，华羌指掌视。

如披枕秘书，标新复领异。

【1】《寰宇记》：九折坂，邛崃山之西臂也。

【2】自九折之顶望蜀中众山，累累如平地，常多风雨云雾，少有晴明。

清　溪　二首

升镫山城霜月明，摄衣石级与云平。

西南历尽蚕丛路，马首峰回更北行。[1]

【1】出都皆西南行，至此始折而北。

二州风雨有偏饶，风土曾闻阁道谣。[1]

传语圣人辉玉烛，自今雨顺更风调。

【1】清溪本黎州卫，谚语："黎州多风，雅州多雨。"

飞越岭

微霰从风点绿油[1]，峥嵘涧道泥行辀。

带痕一缕苍山腹，玉挺千枝雪岭头。

清梵出林藏古寺[2]，野猿啸侣溯寒流。

敲唫金镫饶幽兴，岂羡王恭鹤氅游。

【1】途中值雪。

【2】岭有伏龙寺。

泸定桥　康熙四十五年敕造

巴云尽处连荒服，泸峰孤峻泸江恶。

蜀相五月渡何艰，宋祖玉斧兹藏锷。[1]

我朝声教暨流沙，况是沉黎禹疆索。

一从两炉隶职方，毳衣膜拜踵交错。

番獠雾集百货通，沮于溯湍时前却。

飞絙栈阁人悬渡，介恃草船与苇筏。

尽宾月窆开必先，就安去殆恢天作。

一鼓晋国赋宁同，六齐[2]周官法加扩。[3]

疆吏祗役竞奔趋，卜地鸠工食安乐。[4]

青蜺蜓蜿碧天垂，凌风浩荡千钧托。

岂须鞭石梁鼋鼍，万载宏模一朝廓。

迄今星霜逾二纪，黄金云牓新犹昨。

蛮歌番舞跖轮蹄，贡途永永安山岳。

【1】宋太祖以玉斧划大渡河，即此水也。

【2】去声读。

【3】桥皆熔铁以庀事。《左传》：遂赋晋国一鼓铁。《周礼·冬官》：金有六齐。

【4】桥址地名安乐。

大　冈

已过连云栈几重，何如首险大冈峰。

行人莫漫生劳顿，万水千山不易逢。

打箭炉

绝徼牦牛外，羌浑星散居。

通华缘蜀相[1]，问俗驻轺车。

险尽猢梯月[2]，霜空雁足书。

欣承淳化洽，烟火遍荒墟。[3]

【1】打箭炉，未详所始，旧传诸葛武侯铸军器于此，因名。

【2】大小猢梯，皆山路极险处。

【3】炉地旧属荒墟，今则间用扑地矣。

至惠远庙 地名"噶哒"

击钵吹蠡拥使车并，为迎丹綍下冰天。
星霜三月衔恩重，雨露殊方拜诏虔。
久抚不毛同近甸，更回离照烛遐边。
狄鞮宣谕欢雷动，喜见皇仁万里传。

除　夕

馈岁曾闻蜀国风，纷纷迎送庆恒丰。
今知八表无殊俗，共戴尧天乐意同。

雍正乙卯元旦

曙色歌声动列屯，西南属国共朝元。
滴酥熬芋充供奉，宣德还分柏叶尊。

立　春

入春已浃辰，此日更迎春。
春风被远域，春归劳使臣。

附：《川藏哲印水陆记异》等收录的
果亲王奉使纪行题刻诗

　　《川藏哲印水陆记异》，著者吴崇光，字小瑾，江苏武进（今江苏省常州市武进区）人，于光绪二十九年（1903）随驻藏大臣有泰入藏，帮办文案事宜，兼洋务局及巴塘防堵等差。三十二年请假回籍，由拉萨至亚东关，经大吉岭过印度，海路自香港转回上海。途旅所记，汇为是书。吴丰培在《川藏游踪汇编》跋中言："此书备载入印程途，殊多可取。"

　　《川藏哲印水陆记异》收录有部分果亲王此次奉使纪行的题诗，而《奉使纪行诗》中未录，现录于下，诗名由编者据诗意而命。

化林营

　　　泰宁城到化林营，峻岭临江鸟道行。

　　　天限华羌开此地，塞垣宜建最高坪。

二道水

　　　微雪坚壁插青天，一线中通鸟道难。

　　　马过溪头蹄带雪，断崖千尺挂龙泉。

　　另，任乃强《泸定导游》中收录有果亲王《头道水》诗，现录于下。

头道水

　　　才过鱼通栈几重，忽看飞瀑泻高峰。

　　　天将玉乳流悬壁，人道金山傍古松。

　　　到此顿教开俗眼，坐来直欲洗尘胸。

　　　十年山水经游遍，不信奇观意外逢。

卷下　奉使行纪

雍正十三年乙卯元旦，在惠远庙率文武官弁拜万岁牌于都冈楼。

是日天气晴和，臣民欢忭，望阙抒诚，咸荷帡幪。

午宴达赖喇嘛及僧徒千八百人，酋长百十八人。

初二申时，大雨雪。

初三日，晚晴。

初四日，达赖喇嘛恭进皇上丹书于都冈楼。【1】

初五日，余赠达赖喇嘛金帛等物。

初六日，余赉僧众、酋长等金帛。

初七日至初十日，俱接见达赖喇嘛。

十一日，微风。

十二日，立春，雨雪闻雷。泰宁一带雪山处冬月即雷。

十三日，大风雪，晚晴。

十四日，微雪。

十五日，晴，晚复大雪。

十六日，大雪，晚晴。

十七日，复大雪，晚晴。

十八日至二十日，见达赖喇嘛如前。

二十一日，晚雪。

二十二日，晚雪。

二十三日，达赖喇嘛赆馈，受其铜像、画像，余却之，随分颁从使官属。

二十四日，见诸酋长。

二十五日，见达赖喇嘛如前。

二十六日，恭迎上谕及赐物至。

二十七日，赏土司、番人等银两，劳其修治道路。

二十八日，微风。

二十九日，再宴达赖喇嘛及僧徒、酋长，如前。

三十日，大雪，晚晴。

二月朔日，达赖喇嘛宴饯于都冈楼。上建三檐黄伞一，彩幢二，绒缨白旗二，皂缨赤绿白旗二，绵帐四。番僧数人俯睥睨上，吹海螺喇叭，以迎余。同达赖喇嘛中道入，余东坐西向，达赖喇嘛西坐东向。座高七尺，加四褥。次章嘉胡土克图西向，座高四尺五寸；诺木罕东向，座高二尺。再次都统蕭格、副都统福寿西向，公琐南达儿扎东向，皆褥地坐。其下东列席六从使官弁，西列二番僧、酋目及西藏使臣、章嘉弟子等，褥地对向坐。

坐定，僧揭席冪肴。三行饼徽层垒上列，杏桃诸品初献时，二老僧向上三拜，北面倚柱坐，口喃喃诵番词。诵竟，楼西南隅鼓吹大作，其鼓以铁为腔鞔，一面形如半瓜，四番优跃而出，一人抹首赤锦，三人抹首素帛，并锦窄袖，红革履，腰束绛带，膝缀铜铃，右握斧，左绾帨，鱼贯躬身入庭。中屈右膝，以手抄地至额。已而，竦躯双举斧，超距曲踊，俯仰合节，有率然之势。斧柄置铃，声琅琅与鼓相应。良久，鞠躬告退。中华优，前奏乐，乐三终，番优更跃而进，撚其斧，作跂立状。挥其帨作蹲伏状，十荡十决，仍鞠躬退如前。中华优，再奏乐，乐三终。番优三上，侧身立两臂运掉，支左诎右，若射若拤。欹摇斧振铃，挥帨前逐，散列四隅。复聚而肩，随敛而鳞次，仍鞠躬退如前。

是时，观者目为愕眙，心神震荡。问其制，云：唐时公主嫁西番所携之乐伎也。余尝考《周礼》：靺师掌教舞靺乐，旄人掌教舞夷乐，鞮鞻氏掌四夷之乐与其声歌。《礼记》曰：昧东夷之乐，任南蛮之乐。今番优盖即任昧之遗意耳。宋熙宁中，尝取乐于高丽以备国风。则此亦可资轺轩之采矣。逮搂上乐作，宴遂毕。

初二日，达赖喇嘛及酋长恭修请安之仪。余赠达赖喇嘛及僧众、酋长等金帛。

初三日，发惠远庙。达赖喇嘛送至庙门，番僧等跪送道左。

泰宁本四面枯山，百物不产，岁多风，寒燠不时。其地为控扼诸藏要区。元以番僧八思巴为大宝法王，镇抚各部。明初，置乌斯藏、朵甘二指挥司官，故国公南哥思丹八亦监藏等，封番僧为大宝、大乘二法王及阐教护教、阐化赞善等王，各给印诰，俾教导其众。后制金牌信符以通茶货。今西番诸部落，皆为达赖喇嘛所属。自受敕封以来，部落无烦扰，各遂其生矣。

本朝德威大播，皇上煦育仁慈，番民睹使车言，旋引手加额，咸切训行近光之思，益信声名洋溢远矣。

余因避遮多山瘴，自泰宁东南行。进雅落沟，自入谷数里，山岭突兀，林木葱郁。憩下板厂，望雪山高耸，烂然如银，其间复舍碧色光芒。射目者，万年冰也。遂帐宿于山下，忽一缕云气起自雪山，少顷已积雪弥漫。山林隐形矣。终夜大雪，深二尺余。按：杜甫诗：更夺蓬婆雪外城。①《元和志》：大雪山，一名"逢婆山"。胡三省《通鉴注》：蓬婆岭，其地在雪山外。金履祥《书注》：岷山数百峰，大雪山三峰，闯其后一谷，名铁豹岭者，江水正源也。其西南分一源，又为大渡江。盖大雪山绵亘番界，《禹贡》第指蜀江所发以为岷山导江，其实江源在大雪山，犹导河积石而河源却在昆仑也。

初四日，发雪山，攀绿诘曲而上者二十里许，及顶有平地十余里。路南积水一泓，地名"海子"，为深雪所覆，不见其涯涘平处。周围复起高山，非人所可登陟。爰陈牲帛，西向祭其神。人骑旋转雪中，深若陷淖。憩马家店，迤东一派，杉林睿无涯际，又三十里许，乃帐宿于中岵，其地有温泉。

初五日，自中岵起程，雪势虽微，山势犹险。憩卧牛庄山，路渐平。附山傍涧而行，碉楼稍多，至热水塘，气甚郁蒸，弛而过，宿打箭炉。按，《宋史》志：严道县有碉门砦。《元史》志：至元二年，授雅州碉门安抚司高保四虎符。《名胜志》：飞越山下有唐时三碉城，今雅州府西北天全州与打箭炉交界，为唐之和州镇。宋元之碉门，盖番民皆垒石为之，故曰"碉门"，曰"碉楼"。《篇海》云：碉楼，石室是也。

初六日，发打箭炉，憩柳杨，宿头道水。途中山桃初绽，绿草茸茸，香气馥郁，扑人口鼻。

初七日，过大岗山，憩黄草坪及小烹坝。过泸定桥，宿东岸公署。桥跨大渡河。按：《汉书》以青衣水为大渡水。《水经注》以旄牛徼外之鲜水为大渡水。唐宋以后，始以古湔水为大渡水。湔水，即《水经注》之渽水也。湔、渽字形相似而讹。然班固云：大渡水东南至南安入渽。郦道元云：渽水南至南安

---

① 出自杜甫的《奉和严大夫军城早秋》。

入大渡水。则大渡与渽、浽至下流始合耳。古青衣水，今谓之"平羌江"。《方舆胜览》：大渡河于黎州为南边要害之地，河流澎湃如瀑，船筏不通，名曰"噎口"。殆天设险以限蛮夷。今自建桥之后，梯航贡献，王路荡平，迥异①前代规模矣。

初八日，憩冷碛，宿化林坪化林都司署内。长春花一株，高丈五尺，花如碗大。坪下崖中产石燕，每长夏，阴雨则飞出坠草间。人得之，则石也具燕形。

初九日，过飞越岭。《名胜志》：唐飞越县，在飞越山下，为沉黎西境要害之所。憩林口，宿泥头铺。是日大雪。

初十日，憩富庄，宿清溪县治。县南有清溪关，《名胜志》：古清溪关，唐韦皋所凿，以通好南诏者。自此出邛部，经姚州而入云南，谓之南路，在唐为重镇。尝侨置宁州于此。是日遇风。

十一日，过大相岭观所作石刻，憩黄泥铺及箐口，宿荣经县治。县以荣经二水得名，荣水在城北，一出相岭，一出番界。经水在城南，一出瓦屋山，一出改丁河，一出汶川，五水会流，总名荣经水，北至雅安西，入青衣江县界。麦苗四寸，遍处皆茶花。

十二日，微雨。过飞龙关，憩观音铺及新添站，宿雅州府治。按《禹贡》：蔡蒙旅平，和夷底绩。《正义》曰：蒙山在蜀郡青衣县，蔡山不知所在。《舆地广记》：蔡山在雅州严道县。严道，今荣经县也，并无此山名。叶梦得妄以雅安县东周公山名当之。《明统志》遂谓蔡山在州东五里，又有地名旅平，在州东十里。夏禹治水，功成旅祭于此。皆荒谬不足证信。和夷，《水经注》：和上夷所居之地。《寰宇记》：和川路在严道县界西，至大渡河五日程。《唐书》志：雅州有和川镇兵。《蔡传》云：和夷，地名，严道以西有和川是也。但又云有夷道，则非《水经注》夷水东过夷道县，北在荆州域，若严道以西，古别无夷道之称也。

雅州有延锦花，叶似秋海棠，花如紫荆。草本而矮科，孟冬开花，季春始萎。

十三日，过金鸡关，憩名山县。有蒙山，即《禹贡》之蔡蒙也。《水经注》：县有蒙山，青衣所发。《元和志》：山在县南十里，每岁贡茶，为蜀之最。《寰宇记》：山顶受全阳气，其茶芳香。《茶谱》：山有五顶，中顶曰"上清峰"，所谓蒙顶茶也。

再憩新店，宿柏站。是日，恭迎上谕及赐物至。

十四日，微阴。憩大塘，抵邛州，宿鹤山书院。观去年所作石刻，复书匾留之。鹤山，在城西八里。相传汉胡安于此乘鹤仙去，故名。《益部耆旧传》：胡安，临邛人，聚徒于白鹤山，司马相如徒之受经。四周林麓盘郁，景候融和，绛桃绿柳，烂如锦绣。

县界有火井，《蜀都赋》"火井沈荧于幽泉"是也。《名胜志》：民欲火者，先投以家火，顷许如雷声，用竹筒盛其焰，藏之拽行，终日不灭。井有二水，取井火煮，即成盐。

十五日，晴。憩斜江河，宿新津县治。地产獭，民多畜之捕鱼。

十六月，憩双流旧县。川省督、抚等来迎。谒武侯祠，过万里桥，进成都府南门，宿督署。《元和志》：万里桥架大江水，在县南八里。蜀使费祎聘吴，诸葛亮祖之祎，叹曰："万里之路，始于此桥。"因以为名。杜甫诗：万里桥西一草堂。岑参《万里桥》诗：成都与维扬，相去万里地。

是日，书匾送李冰祠。

十七日，在成都赴满洲城校阅旗兵。

十八日，再阅旗兵。

十九日，三阅旗兵。

二十日，游昭觉寺，寺在北门外。宋圆悟勤禅师塔院[1]，今住持百余僧，多伧俚。

二十一日，校阅标兵。事毕，发成都帐，宿于昭觉寺。

二十二日，憩天回镇，晚宿新都县治。《华阳国志》：蜀以成都、广都、新都为三都。广都即故双流县也。新都故城在今治东二里。《蜀志》：法正依刘璋为新都令，即此。

二十三日，憩弥牟镇。武侯祠观所作石刻。

---

① "勤"，原稿误作"勒"，据文意改。

是日，天气骤热，从人改服单袷。翠竹成林，嘉葩间厕兰香袭人，遍地皆菜花。土人云：子可作油，茎叶不可食。

过十里河桥，抵汉州。东汉益州刺史治旧，有雒县，以城东洛水得名，亦曰"沉犀水"。《华阳国志》所称"蜀之渊府，浸以绵洛者"也。宋明道程子曾为州牧，多善政，至今祠之。

出北门，乘船观渔人纵獭捕鱼，不减少陵所咏绵州东津景色。晚刻恭迎赐物至。

二十四日，过金雁桥。裴松之《蜀志注》：刘璋子循守雒城，张任勒兵出雁桥与先主战，即此地。

憩小汉镇，宿德阳县治。是日微雨。

二十五日，阴雨。憩孟家店，过绵阳河，上落凤坡，谒庞士元祠。书匾曰：忠节凛然。联曰：人杰不必以成败论，赤忠须得于是非明。

宿罗江县治。夜雨达旦。

二十六日，早拜发奏章。午时，雨止。发罗江，憩皂角铺，过绵河，宿绵州。西关有越王楼，杜甫诗"孤城西北起高楼，碧瓦朱甍照城郭"是也。甫又有《左绵公馆海棕诗》，今无考。

二十七日，阴，无雨。自绵州过河，憩沉香铺及魏城驿。罗隐有《魏城逢故人》诗"澹烟乔水隔绵州"，即此处也。

晚抵梓潼县，宿。《水经》有梓潼水出其县北界，南入于涪。时蜀中一种花盛开，俨如紫丁香，木本，无叶，高一二尺，弥山谷，嗅之辄头痛，名"闷头花"。

二十八日，天阴。经梓潼庙，晋谒观所书二匾勒石。憩上亭铺，宿武连驿。《名胜志》：剑门东南有七盘岭，废武连县设焉。

二十九日，憩柳池沟。沟南有墓碑书"大顺二年"，盖献贼僭号也。令州守削去之。是夕，宿剑州。《寰宇记》：武侯相蜀于此立剑门，以大剑山至此有隘，束之路，故曰"剑门"。有小剑城、大剑城，相去三十里。

三月朔日，阴。憩石洞沟，宿剑门驿。蜀有万年松，产峨嵋山，长二三寸，宛然成树。采置箱箧，经年不枯，植盆盎中，沃以水，青翠如初。

初二日，晴。憩大木塘，宿昭化县治。县界与广元之龙门石柜相错，南接剑门，古葭萌白水地也。《寰宇记》：有马鸣阁在利州昭化县。《魏志》：徐晃与夏侯渊拒刘备于阳平，备遣陈式等十余营绝①马鸣阁道。

初三日，阴。由昭化桔柏渡登舟抵广元县。《方舆胜览》：昭化驿有古柏，土人呼桔柏，故以名潭。

初四日，阴。广元登舟，游千佛崖，观所书石刻匾额及偈。《名胜志》：千佛崖，即古龙门阁。先是悬崖架木作栈而行，后凿石为千佛像，遂成通衢。

憩沙河铺，陆行过朝天关。余前经此地，第从舟中遥望，今目击。岩壑之美，冈峦之峻，仰穿天窟，层云荡胸，始洗出山灵真面目。是夕，宿朝天镇。

初五日，阴。白下峡登舟溯流而北，过上峡及三滩峡，仍回朝天镇宿。盖嘉陵江有上下二峡，危峰耸峙，一水中贯。其上流为三滩水，浅而驶舟，人畏之。滩北曰"三滩峡"，峰峦凹凸，怪石参差，猿猴成群，跳崖攀树。宋文同诗：岭若画屏随峡势，水如衣带转岩阴。②洵记实也。

初六日，晴。历龙洞背。憩神宜驿，宿朝头铺，亦曰"砖头驿"。川路至此始竟。

初七日，陕西兵弁来迎。过七盘关，憩黄坝驿。

是夕，抵宁羌州治，刘宋为东益州，旧谓之"白马城"。《水经注》：东带白马城，一名"阳平关"，浕水南流入沔，谓之"浕口"。按：阳平关在州北九十里。《蜀志》：先主次于阳平关，与渊、郃等相拒。又：姜维表请分护阳平关口，即其处。《通典》：张鲁弟卫据阳平关，横山筑城十余里。《周地图记》：褒谷西北有古阳平关。③

初八日，憩滴水铺。过五丁关及金牛峡，再憩宽川铺，宿大安驿，一曰"大安关"。《名胜志》：三泉在大安军东关外，濒江石上。《宋史》：绍兴中，刘子羽留吴玠等守三泉。子羽以潭毒山形斗拔，其上宽平有水，乃下令筑垒。按：潭毒，与四川广元错壤，为蜀口之障。古时垒砦尚存。余曩过此，见荆榛悬挂，杂木蔽亏，令有司伐去以便行旅。今则翳阴卑湿者，悉成爽垲，因留匾

---

① 原无"绝"，据文意加。

② 出自宋代诗人文同的《依韵和图南五首·过朝天岭》。文同（1018—1079），字与可，号"笑笑居士""笑笑先生"，人称"石室先生"。北宋梓州梓潼郡永泰县（今属四川绵阳市盐亭县）人。著名画家、诗人。

③ 《周地图记》，作者不详，或说北周宇文护撰。一百零九卷（一作九十卷，一作一百三十卷）。记述北周政区沿革、山川道里、地名缘由、事件、传说、古迹等。已佚。清王谟有辑本，收入《汉唐地理书钞》。《元和郡县志》《太平御览》《太平寰宇记》均有引文。

于峡，曰"升平孔道"。

初九日，憩青阳驿，再憩沮水。《水经注》：沔水又东南，径沮水戍而东南流。注：汉曰"沮口"。按：沔水一曰"沮水"。宁州本汉时沮县地，县盖以水名也。宿沔县治。《水经注》：沔水又东径，沔阳故城南城，萧何所筑。南对定军山。《蜀志》：先主自阳平南渡沔水，绿山稍前，于定军山势作营，即其地。其故城在今治东南十六里。

初十日，谒武侯祠，观所题诗勒石。渡沔水拜武侯墓。书匾二：曰"名垂宇宙"；曰"醇儒气象"，留于祠，并题墓碑之阴。

渡沔水东行，憩旧州铺及扭项铺，宿褒城县治。褒谷长四百七十里，与斜同为一谷，北口曰"斜"，南口曰"褒"。两谷高峻，中间谷道褒水所经。《史记》：张良送高祖至褒中，说以烧绝栈道者也。又有箕谷，《蜀志》：建兴六年，诸葛亮扬声由斜谷道取郿，使赵云、邓芝为疑军，据箕谷。谷口有石如门，曰"石门"。《蜀都赋》：岨以石门。盖在汉中之西，褒中之北。司马迁有云：巴蜀四塞，栈道千里，唯褒斜绾毂其口。

十一日，过鸡头关及观音碥，观所作诗，俱勒石。《名胜志》：明洪武中，增损历代旧路，修建鸡头栈八十五间，有鸡头巡司，即今鸡头关也。憩青桥驿，抵马道驿宿。《名胜志》：去褒城五十里，曰"马道山"，马道驿设焉。有甘亭关，隋开皇时置，今为甘亭戍，亦谓之"甘亭山"。

十二日，经马鞍二十四岭，憩武关驿，再憩青羊铺，过画眉关，宿留坝。

十三日，微雨。憩庙台，过柴关岭，再憩榆林铺，宿南星铺。栈中多冬青树，生石罅中。枝干臃肿，根木下垂，纠结缠络如龙蛇之状。杜甫诗"下有冬青林，石上走长根"是也。①

十四日，憩废邱关及新红铺，过凤岭，宿凤县治。

---

① 出自杜甫的《木皮岭》。

十五日，微雨。憩王家台，再憩草凉驿及北星，宿黄牛铺。竟夜大雨。

十六日，晴。憩东河驿，再憩煎茶坪，又憩益门镇，观所作石刻。始出栈道。唐欧阳詹《栈阁铭》曰：秦之坤，蜀之艮，连高夹深，九州之险。阴溪穷谷，万仞直下，奔崖峭壁，千里无土。余往冬经陟时，躐雪嗫风，攀磴上下。今则春林杏霭，山谷葇迷，又一番景色矣。遂渡渭水，宿宝鸡县治。《元和志》：陈仓城在宝鸡县东二十里，鸡爪峰之下。有二城：上城，秦文公筑；下城，魏将郝昭筑。按：苏轼诗"鸡岭云霞古"[①]，即指此峰。又轼诗：回趋西虢道。[②] 今有虢国古城，与岐山县交界，谓之"西虢"。渭河有磻溪石，相传吕尚钓处，上有膝痕，轼诗"安知渭上叟，跪石留双骭"是也。[③]

是日恭迎赐物至。

十七日，憩邸店及连村，宿凤翔府治。府唐肃宗置，与成都、京兆、河南、太原为五京，本汉时三辅地也。苏轼《凤翔八观》诗：曰石鼓，曰诅楚文，曰王维吴道子画，曰维摩像，曰东湖，曰真兴阁，曰李园，曰秦穆公墓。墓在城东南隅。轼诗橐泉在城东，墓在城中，无百步是也。橐泉，秦宫名，亦谓之"祈年宫"。石鼓，今在京师太学内。

十八日，抵岐山县，小憩。再憩益店，宿扶风县治。遇番使延见舍馆。

十九日，憩杏林，宿武功县治。《水经注》：斜水径武功县，亦谓之"武功水"。诸葛亮遣虎步监孟琰据武功水，司马懿因水长攻琰，亮作竹桥，越水射之，桥成驰去。其水北流注渭。

是日，西安藩臬来迎。

二十日，憩河道村及马嵬镇，宿兴平县治。

是日，遇风晚刻。两县本周犬邱地，秦曰"废邱"，项羽封章邯都此。

二十一日，晴。憩马跑泉，宿咸阳县治。秦故都也。《西京赋》，秦里其朔，实为咸阳。《三秦记》以在九嵕山南，渭水北，山水俱阳，故名。商鞅所

---

① 出自苏轼的《壬寅二月，有诏令郡吏分往属县灭决囚禁。自十三日受命出府，至宝鸡、虢、郿、盩厔四县。既毕事，因朝谒太平宫，而宿于南溪溪堂，遂并南山而西，至楼观大秦寺、延生观、仙游潭。十九日乃归。作诗五百言，以记凡所经历者寄子由》。

② 出自苏轼的《壬寅二月，有诏令郡吏分往属县灭决囚禁。自十三日受命出府，至宝鸡、虢、郿、盩厔四县。既毕事，因朝谒太平宫，而宿于南溪溪堂，遂并南山而西，至楼观大秦寺、延生观、仙游潭。十九日乃归。作诗五百言，以记凡所经历者寄子由》。

③ 出自苏轼的《磻溪石》。

筑冀阙处。周镐京在县东二十五里。

是日，将军、督抚来迎。

二十二日，上毕原，谒文武、成康陵及周公、太公墓。按《帝王世纪》，文武、成康皆葬于毕。《左传》杜注：毕国在长安西北，今咸阳县北五里毕原是也，亦谓之"毕陌"。秦谓之"池阳原"，汉曰"长平陂"。《皇览》云：文王、武王、周公冢，皆在京兆长安镐聚东社中。《史记》：成王葬周公于毕。《礼记》：太公返葬于周。《正义》曰：葬于镐京，陪文武之墓。遗墟荒阜故，老表而识之。历代尊崇，亦可谓：一体君臣，祭祀同也。

憩三桥，抵西安府治，宿督署中。

是日，恭迎上谕及赐物至。

二十三日，延见将军、督抚、学使等。

二十四日，拜发奏章，校阅旗兵。

二十五日，雨。

二十六日，晴。再阅旗兵。

二十七日，三阅旗兵。

二十八日，校阅骑射。过满洲城，晚复雨。

二十九日，大雨。

三十日，晴。谒文庙，观碑洞。其碑刻凡二百二十余座，中有唐国子学石刻《九经易》九卷，《书》十三卷，《诗》二十卷，《周礼》十卷，《仪礼》十七卷，《礼小戴记》二十卷，《春秋左氏传》三十卷，《公羊氏传》十卷，《谷梁氏传》十卷，《孝经》十卷，《论语》十卷，《尔雅》二卷。

考唐时立之学官，必云"九经"，谓《易》《诗》《书》及"三礼""三传"。石经则兼《孝经》《论语》《尔雅》，仍目为"九经"。贞观中，孔颖达作《易》《书》《诗》《礼记》《左氏春秋》《五经正义》。永徽中，贾公彦撰周礼仪礼《义疏》。宋时，邢昺疏《孝经》《论语》《尔雅》，孙奭疏《孟子》，皆奉诏作。唯《公羊疏》不注姓名，《谷梁疏》用唐杨士勋，于是有十三经之目。明代但取"四书""五经"颁为功，今又蹈蹶于宋元儒一家之言，而注疏尽废。我圣祖仁皇帝稽古右文，诸经传注各有汇纂博综，兼收集汉唐宋诸说之长。皇上颁示簧宫，扶植经学，甚盛典也。

石经文刻自开成中，郑覃同、周墀、崔球、张次宗、孔温业等共为校定。

今传为欧阳率更书者，误。《旧唐书》讥石经字乖师法，然终胜今之监本、坊本，穷经好古者于此与有助焉。

余前过西安，有作，今亦刻石。是日，游曲江雁塔寺，唐时进士题名处也。留匾曰"兹云法雨"。又过兴善寺，留匾曰"涅盘妙心"。

四月朔日，发西安，憩灞桥，抵临潼县，宿。

初二日，登东岫岭，憩新丰零口，抵渭南县。有下邽故城、莲勺城，俱在县北。《汉书》：宣纪常困于莲勺卤中。注：如淳曰，莲勺县有盐池，纵广十余里，其乡人名为"卤中"。《元和志》：唐之下邽，即汉之莲勺也。是夕，宿赤水。

初三日，憩柳子镇及敷水，宿华岳庙。

初四日，晨起登华山。天气阴曀，翠色溟蒙。过王猛台。按：《晋书》载记猛隐于华阴山间，桓温入关，被褐诣之，扪虱谈当世之务。温欲与俱南，猛请还山咨师，遂止此。盖其所居遗迹云。历希夷峡，旧传陈抟隐处，今有云台观。逶迤而前，峦壑幽奥。抵娑萝坪十八盘及青柯坪、回心石，风雨交至，蜿蜒入千尺幢。仰见苍崖壁削，颏洞蒸岚，修眉浓绿，突露天罅。其撷捼陡上者三峰：曰"莲花"；曰"仙掌"；曰"落雁"。余峰儿孙罗立，不可纪极，隐现于烟雾之中。若拱若伏，争奇角胜，飞泉奔注，界道喷珠。

余自客冬出都，叨荷天慈，筋力颇胜。畴曩蹑磴披岩，殊觉健举，睹兹奇特，兴趣转盛。而垂绠峻滑，难登洗盆玉井，相望咫尺，恰如方丈三山，航海者风辄引去。诵少陵"铁锁高垂不可攀，致身福地何萧爽"二语[1]，踯躅而归，仍宿华岳庙。

初五日，憩钓桥，宿潼关县治。《水经注》：华岳本一山当河，河水过而曲行，河神巨灵，手荡脚蹋，开而为两。[2] 王涯《仙掌辨》云：天设四渎，自有以通，无假神力。锐而出者为虎牙，偶而背者为熊耳，角而崛者为牛，首冠而峭者为鸡头。其亦有所作乎？斯论韪矣。又《水经注》：河在关内南流，潼激关山，因谓之潼关。[3] 自潼关东北，流历黄卷阪，北出东崤通，谓之函谷关。又门水北径弘农县，故城东城即故函谷关，校尉旧治处也。汉武帝元鼎四

---

① 出自杜甫的《玄都坛歌寄元逸人》。
② 出自《水经注》卷四。
③ 出自《水经注》卷四。

年，徙关于新安县，以故关为弘农县，弘农郡治。按：秦函谷关在陕州灵宝县西南十二里。汉弘农县，隋桃林县也。潼关故城在今潼关县东南四里。王应麟《地理通释》：自潼关至函谷，历陕华二州之地，俱谓之"桃林塞"，即《左传》晋詹嘉所守者也。

初六日，校阅满汉兵毕，登潼关城楼，观所作石刻，复书匾曰"河山在望"。出关谒禹庙，看石刻。遂渡黄河，憩匼河及新店，宿蒲州之寺坡底。《名胜志》：河西岸有蒲津关，通陕西朝邑县界，即秦孟明济河焚舟之所。

初七日，憩七级，抵虞乡县。本西魏之南解县也，北周保定初改名元省，今仍分临晋置。是夕，宿解州。

初八日晨，谒关圣庙。发解州观盐池，谒池神庙。书匾曰"灵贶麻征"，并观两处所作石刻，宿运城。是日遇风。按《左传》：晋人谋去故绛，诸大夫皆曰："必居郇瑕氏之地。"沃饶而近盐。杜预曰：监盐池，盖即今池是也。《山海经》：高前之山，其上有水甚寒而清，谓之"帝台浆"。郭璞曰：今河东解县南坛道山，有水潜出，淳而不流，即此处。

郇城在临晋县东北十五里。故瑕城在县西南五里。《水经注》"涑水又西南，径瑕城"是也。

初九日，憩陶村及水头镇，宿闻喜县治。《水经注》："涑水出河东闻喜县东山黍葭谷，俗谓之'华谷'，至周阳与洮水合。"《左传》台骀汾洮之神[1]，此洮水也。涑水西径董泽陂。《左传》：董泽之蒲，可胜既乎？[2]注曰：闻喜县东北有董池陂，蒲杨柳可以为箭是也。周阳故城，在县东二十里。《史记·田蚡传》景帝封蚡弟胜为周阳侯，即此。

晚刻，雨。

初十日，雨止。憩上东镇及隘口，过侯马，抵高县镇，宿。

十一日，憩蒙城及赵曲镇，入平阳府谒帝尧庙。是夕宿府治。

十二日，憩阳曲镇，经洪洞县，春秋杨侯国，晋并之赐，羊舌氏为采邑，今县东南有故杨城。《水经注》汾水南过杨城西，即此也。又经赵城县，造父

---

[1] 《春秋左氏传·昭公元年》："昔金天氏有裔子曰昧，为玄冥师，生允格、台骀。台骀能业其官，宣汾洮，障大泽，以处大原。帝用嘉之，封诸汾川，沈、姒、蓐、黄，实守其祀。今晋主汾而灭之矣。由是观之，则台骀，汾神也。"

[2] 出自《左传·宣公十二年》。

之封邑也。《史记》周穆王赐造父以赵城，由此为赵氏。抵霍州，宿。

是日，恭迎上谕及赐物至。

十三日，憩施庄及仁义镇，游淮阴侯祠，过灵石县。隋开皇时巡幸，傍汾开道，得灵石于此，故置县取名。再憩索州镇，宿义棠桥。

十四日，过介休县，憩湛泉及张兰镇。历平遥县，汉名"平陶"，后魏避讳，改。《水经注》"泌水东南注于文水，径大陵县东南，屈到平陶县东北"是也。[1] 宿五里庄。

是日，书匾曰"汉代人杰"，送淮阴祠。

十五日，憩祁县。《水经注》：侯甲水又西北流，径祁县故城南，自县连延，西接邬泽，是为祁薮。《尔雅》之"昭余祈[2]"矣。[3] 后为祁奚采邑。《国语》悼公使祁奚为元尉。注云：奚，晋大夫高梁伯之子也。奚孙盈，始绝。《左传》魏献子分祁氏之田以为七县：邬、祁、平陵、梗阳、涂水、马首、孟也。[4] 邬在今介休县东北；平陵亦曰"大陵"，在文水县东北；梗阳在清源县南；涂水在榆次县西南，《汉书》之梗阳乡、涂水乡也；马首今寿阳县；孟，今阳曲县西北大孟城，一曰"大祁城"。再憩尧城，过徐沟县。宿永康镇。

是日，晋抚来迎。

十六日，抵王胡镇，校阅太原旗兵。憩石贴，宿太安驿。远望西山崛围诸峰，亭亭拱立，翠络碧攒，汾水夹流，晋阳之形胜也。

十七日，憩清平镇，抵寿阳县治。《寰宇记》：马首故城在县东南十五里。《水经注》：洞涡水东流南屈，受阳县故城东，即寿阳也。韩愈有次寿阳驿诗。[5] 再憩芹泉驿，以芹泉山而名。盖泉源有二：出南山谷曰"南芹"；出北山谷曰"北芹"。二泉合流，东入平定州界，亦名"琴泉"。是夕，宿新兴店。

---

① 《水经注》卷六："文水出大陵县西山文谷，东到其县，屈南到平陶县东北，东入于汾。"注曰："文水径大陵县故城西而南流，有泌水注之。"

② 祈：当为"祁"，下同。

③ 《水经注》卷六："侯甲水又西北宜岁郊，径太谷，谓之'太谷水'。出谷西北流，径祁县故城南，自县连延，西接邬泽，是为祁薮也。即《尔雅》所谓'昭余祈'矣。"

④ 《左传·昭公二十八年》："秋晋魏献子为政，分祁氏之田以为七县，分羊舌氏之田以为三县。"《春秋地名考略》卷五，杜注：七县，邬、祁、平陵、梗阳、涂水、马首、孟也。

⑤ 指韩愈的《夕次寿阳驿题吴郎中诗后》。

十八日，憩平潭镇，抵平定州。州为唐广阳县，有故城在州南三十里，有绵山在州东，一名"紫金山"，泽发水之源也。按：《水经注》：泽发水一名"阜浆水"，一名"妒女泉"。《元和志》：妒女，子推妹，旧传同子推焚死。《唐书》：高宗将幸汾阳宫，并州刺史李冲元以道出妒女祠，俗云"盛服过者，必致风雷之灾"，乃别开御道，知顿使狄仁杰止之，遂罢役。今有唐李谭碑在娘子关。本古承天关，亦以妒女改名。盖因水有妒名，村俗凿空祀为妒女，又以水出绵山，后人并附会为子推之妹。考其册号不载祀典，而碑称：妒水兴云致雨，侔造化力。则膢腊庙祭，似亦报功非诬，但神号应厘正耳。

宿柏井驿，是日多风。

十九日，憩故关入北直界。再憩板桥，过井陉县。《穆天子传》：猎于铏山之西河。注云：燕赵谓山脊为陉，即陉山也。宿微水。

二十日，憩获鹿县。中山国之石邑也。再憩赵陵铺，渡滹沱河，宿正定府治。

隆兴寺本隋龙藏寺故址，有隋碑，系开皇六年恒州刺史、鄂国公、金城王孝偓立，右①齐开府长兼行参军九门张公礼撰文。余亦题诗留刻。

二十一日，发正定府。本春秋鲜虞国地。《左传》晋荀吴假道于鲜虞。杜预注：中山之新市县。《水经注》：兹水又东出新市县，入滹沱河。新市故城又东经常山城北，今有新市城，在府西北恒山郡，城在治西南十五里。恒山即常山，避汉文讳，改名。

是日，憩伏城驿，宿新乐县。

二十二日，憩明月店，抵定州，古中山国也。汉为安喜县。《蜀志》：先主讨黄巾有功，除安喜尉，即此。唐常置定武军于此。苏轼雪浪斋故址在文庙后。轼于元祐八年由端明学士出知定州，集内有《中山松醪赋》，盖在州时作也。

是日，天气热，宿清风店。

二十三日，憩庆都县。因尧母庆都诞尧于此，故名。有都山，一名"望都山"。《水经注》：博水出望都县，东南流，径其县故城南。②

---

① 右：原误为"石"，据文意改。
② 出自《水经注》卷十一。

是日，保定总督率官弁来迎，宿方顺店。

二十四日晨，拜发奏章，遂行。憩大激店，抵保定府治，仍宿督署莲花池。

别业府治，唐曰"定州"，宋曰"保州"，元合称为"保定路"。有清苑河，在城西二里，源自鸡距泉，来①分流绕城南。刘因诗"十载鸡泉隐"是也。②因又有《横翠楼赋》云：西北有峰，琅然而秀者，为郎山。西四十里有泉，穴城而来者，为鸡水。③ 横翠楼，元万户张柔所构，即营莲花池者也。《水经注》：徐水屈东北径郎山，又屈径其山南。④《寰宇记》：郎山在清苑县西北五十里。

二十六日，校阅旗兵。

二十七日，发保定府，憩曹河。《水经注》：徐水又东，左合会曹水，水出西北朔宁县曹河泽，东南流，左合岐山之水，又东南径北新河县故城南，王莽之朔宁县也。曹水又东，入于徐水。⑤

是日，抵安肃县。县即战国时之武遂。《史记》"赵使李牧攻燕，拔武遂"是也。《水经注》：易水东流屈径长城西，又东流，南过武遂县南、新城县北，俗又谓是水为"武遂津"。津北对长城门，谓之"分门"。按：分门，亦曰"汾门"，即梁门陂，隋名县为遂城，刘因《遂城道中》诗"铁城秋色接西垣"是也。

再憩固城，宿北河店。

二十八日，阴雨。憩高碑店，宿涿州。《水经注》：汉高祖六年，分燕置涿郡。涿之为名，当受涿水通称矣。⑥ 涿水，出上谷涿鹿县，东北流径涿郡故城，西与桃水合。又圣水自涿县东与桃水合，世谓之"涿水"。又挟河东北注圣水，世谓之"挟活河"，又谓之"巨马水"。按：此则涿、桃、圣三水及挟河

---

① 此处疑有衍文。
② 出自元刘因的《登保府市阁》。刘因（1249—1293），字梦吉，号"静修"，雄州容城（今河北省保定市容城县）人，元朝著名理学家、诗人。
③《横翠楼赋》原文：金台雄壮甲天下，而山水人物为最也。其西北有峰，望之巉然而立，巍然而高，琅然而秀者，郎山也。其西四十里有泉，穴城而来，流分而派衍，环乎市井之间，为一时之伟观者，鸡水也。
④ 出自《水经注》卷十一。
⑤ 出自《水经注》卷十一。
⑥ 出自《水经注》卷十二。

并汇一流，今之巨马河，盖兼诸水之称。又有范水，在州西南，范阳郡以此名。

二十九日，晴。发涿州，憩琉璃河，宿长新店。

闰四月朔，恭诣圆明园复命。

【1】丹书者，番语，即献寿之谓。

番行杂咏四十首^①

李殿图

　　李殿图（1738—1812），号"石渠"。直隶高阳（今河北省保定市高阳县）庞口村人。乾隆二十年（1755）中举。乾隆三十一年中进士，授庶吉士。乾隆三十四年任国史馆编修，乾隆三十五年任顺天乡试同考官，乾隆三十九年主湖南乡试，后升任广西道监察御史。乾隆四十四年遭父母之丧回籍守孝三年，乾隆四十六年补山东道监察御史，次年转任河南道监察御史，乾隆四十九年任礼部给事中。乾隆四十九年，甘肃回民田五举兵起义，皇帝命阿桂、福康安前往镇压，李殿图随军掌管军站、粮饷事宜。史记李殿图"从阿桂、福康安赴军治粮饷、台站，授巩秦阶道。军事初竣，民、回相仇，焚掠报复，讹言时起。殿图处以镇静，叛党缘坐，妇稚量情释宥；罹害户口，随宜赈恤，流亡渐安"。其间，又奉皇帝之命，对泾、渭清浊流源进行勘察。乾隆六十年任福建按察使。嘉庆三年（1798）任福建布政使。当时福建官方任意征用民间畜力，对农业生产"渐形滋扰"，李殿图遂上疏奏请严行制止。同时他还建议：刑事诉讼必须速为审结，开释无辜，以使民安业；关津税口，应严格执法，杜绝官署利用职权谋私。在李殿图任期，福建地方财政收入大为增加。

　　嘉庆六年，李殿图任安徽巡抚，翌年又调福建。当时有林、陈、蓝、胡等大姓氏族纠众械斗，李殿图依法制裁，稳定了社会治安。嘉庆十一年，皇帝以李殿图"台湾剿捕事殷，操守尚好，但军务未娴"，调任江西巡抚。后因他未能及时向朝廷陈奏军情，受到斥责。又因对海口偷漏水米查禁不力，降为五品京堂，继而改任翰林侍讲，于嘉庆十五年引病退休，嘉庆十七年卒。光绪元年

---

　　① 《番行杂咏四十首》为清乾隆间刻本题名，后世有版本又简称《番行杂咏》。

（1875）追谥"文肃"。

李殿图不仅是一位干事精炼的能吏，也是一位爱好广泛的文学家。他爱好地理，勇于探险求索，长于实践。乾隆十五年，"高宗几余考泾、渭清浊源流，命殿图亲勘。自秦州溯流至鸟鼠、崆峒，绘图附说以进，诏嘉其详实"。这次考察，李殿图撰写了《泾渭清浊流源辨》，图文并茂，考据翔实，深得乾隆赞许。

乾隆五十八年，因"卓泥土司与四川松潘、漳腊各番争噶固山界，殿图轻骑履勘，历小洮河、丈八岭、鹦哥口，皆人迹罕到，群番导行，片语判决，立石达鱼山顶而还"。这次甘川两省的旅程，李殿图将沿途所见所闻，以诗歌的体裁和风土（俗）诗的风格，详尽加以实录，是为《番行杂咏四十首》。该书重在采风，于"番地"所记实勘，"番情"细节丰满，具有很高的历史、地理与民俗学价值。

《番行杂咏四十首》有清乾隆间刻本，1932 年李氏后人刻印《番行杂咏》，该书后附《泾渭清浊源流辨》《崆峒辨误》两文。1993 年中国藏学出版社影印出版《番行杂咏　巴塘竹枝词》，此次参考中国藏学出版社影印版点校。

番行杂咏四十首

癸丑之秋，于役松潘。经行番地，所过叠藏、㽑台、若鲁、多布，皆历代文臣未至之境。登山越岭，访渎搜渠，于先儒注疏间多参订。非敢瑕疵古人，顾惟耳食不如目击，余虽不逮古人，窃幸古人所遇之时，莫我若也。至于番情、土语，即事成咏。职在采风，道取征实。倘博雅君子，细绳诗律，谓其"情无寄托，拉杂不伦"，则又何辞以对？

一①

朱圉山根走渭河【1】，更登鸟鼠订群讹。【2】

西倾荒徼应难到，岭上三株信若何。【3】

【1】朱圉山，在今之伏羌县西二十里，渭水经其下。伏羌，古伏州，春秋为冀戎地。

【2】西倾、朱圉、鸟鼠，皆隶余所治境内。登朱圉，渡渭河者，不记其次。每心疑古人泾浊、渭清之说为误，且以未穷鸟鼠之源为憾。庚戌春，廷寄以"泾渭清浊"询陕西秦抚军。余受抚军命，直穷其源。著《渭水源流考》《泾渭清浊辨》以报，与上意适相符合。益信圣明烛照数千里之外，以破千余年注疏之误，允称天纵云。

【3】《地志》：西倾在陇西郡临洮县西，今洮州临潭县西南。《皇舆表》：洮州临潭县，今为洮州卫。《地理今释》：西倾山，一名㽑台山，延袤千里，外跨诸羌。《沙州记》曰：洮水与垫江水，俱出㽑台山，山南即垫江源；山东则洮水源。今考洮水在西倾山江多岭上发源，谓之"三棵柳"，距洮州旧城正西五百里，人迹罕到。又考：今之洮州、岷州、狄道，历代皆有"临洮"之称。所

---

① 《番行杂咏四十首》均为七言绝句，风格清新自由，雅俗兼合，市风与民俗气息浓郁，不少诗作近于竹枝。原书依次排列，无序号。为方便读者使用，本书依原书次序编号。

谓洮州卫，即今之洮州。明沐英所筑洮水，又名"漒水"。

二

欲续郦经念已差，编残泾洛不胜嗟。[1]

几回待付抄胥手，束皙何能补白华。

【1】后魏郦中尉道元《水经注》四十卷。《崇文总目》称其中已佚五卷，故《元和郡志》《太平寰宇记》所引漳沱、泾、洛，皆不见于今书。余于泾水之源略悉梗概，经中未著黑水，而洮水只附见于河水。余因有松潘之行，自洮州卓泥士司，纡路番地，穷洮水之枝流，辨黑水之同异，思欲绮缀成帙，以备参考。顾以管窥蠡测，未敢操觚。

三

江多[1]洮水认源头，蓝店西偏属上游。

□谷龙桑详地志，转从狄道入黄流。[2]

【1】注见前。

【2】《水经注》：洮水东北流径吐谷浑中，自洮礓三百里有曾城，城临洮水者也。又东径洪和山南，又东径迷和城北，又东径甘枳亭。历望曲，又东径索西城，俗名"赤水城"，亦曰"临洮东城"也。洮水又屈而北，径龙桑西，而西北流。马防以建初二年，从五溪祥□谷出龙桑，开通旧路者也。洮水又西北径步和亭，出桑岚西溪，会蓝川和博，径狄道合漒水，北至抱罕，东入河。愚按：索西在今岷州。《沙州记》曰：从东洮至西洮，百二十里。今自岷州至洮州，里数相符。洮水至岷水，势直东至龙王台，折而北。疑龙王台，即龙桑之误。郦注详洮州以东入黄之路，所云洮礓南北三百里中，地草偏是龙须，而无樵柴，是以未经详注。今考洮州旧城西北百余里，有蓝店水，一股入俄和番地支岔沟，距洮旧城七十里入洮水；又洮州旧城西南六十里，车巴沟一股入洮水；又卓泥西南四十里，噶车沟水一股，入洮水。

四

烟噶三沟水怒号，车占阿角绕周遭。

同为答峪桥边水，会入洪流亦小洮。[1]

【1】卓泥城正南山中烟噶沟、巴什沟、叶麻沟，三水绕阿角等族，水势渐大，土名"小洮河"，至答峪沟，仍入洮河巨浪中。

五

南股涓流叠几重，达查喇木耸奇峰。【1】
是间亦号洮河脑，莫以旁支认大宗。

【1】东南水一股，有八日路程，山名"达查喇木"，土名"洮河脑"，并归洮河，然实旁枝，非洮河之正源也。

六

汉宋相传叠宕州【1】，于今只有宕昌留。【2】
叠州旧址埋榛莽，好向天生寨上求。【3】

【1】汉李广征西入叠州。隋开皇元年土谷浑寇洮、叠二州。唐德宗幸奉天，沦于番。宋崇宁三年，叠州番落来降，升通远军为巩州。

【2】隋置宕昌郡。唐改州，天宝陷于吐蕃，金人收复，明置驿。《书蔡传》以为三苗种裔。今考在岷州城东南一百五十里，土司马映星居之，管中马番人一十六族，其旧城在西南山顶上，颓垣废址犹存。

【3】明崇祯十年，李自成窥蜀中空虚，陷宁羌，破七盘关，分道入蜀。未几，洪承畴督曹变蛟来援。自成由洮州入番地，窜入岷州，惟时叠州俱被惨屠，靡有孑遗。国初为土司赵廷贤挖利沟番地，后赵土司于雍正年间与黄土司煽乱伏法，隶岷州地方官管辖。然山深林密，居民稀少。曩余询之，老民不能得其故址，今考其地在岷州西南，自禄撒铺由栗林番地进石门口，至白石山，又六十里，有叠州旧址，西至天生寨生番界五里。

七

叠藏讹传铁匠名【1】，发源扎力最澄清。
堪嗤稗乘称桓水，会入洮河理未平。【2】

【1】叠藏河，土人误称"铁匠河"。

【2】扎力哈哈，华言"丈八岭"，西倾之支山也，叠藏水出焉。经雅扎隆哥之北，合栗林沟、车聂脑、麻子川诸水，至岷州城东二里许，北折入洮河。

《岷州志》以为桓水，殊误。其意以洮水既发源于西倾。《禹贡》："西倾因桓是来。"则洮河南股之水即应指为桓水。不知西倾延袤千里，其支流如叠藏者，不可胜数。且叠藏入洮最近，洮河入黄直趋西北，所经皆崇山峻岭，亘古不易，非若江河下流广泽，大陆迁移靡常也，必如《州志》所云，则《书》称"浮潜逾沔"，一在西北，一在东南，纡远难通，如马牛之不相及，殊为可嗤。志乘好为牵引，不顾理之所安，姑就其近者言之：西倾在暗门之外，漳县隔洮、岷河州界，而《邑志》以为在漳县；崆峒在平凉郡城西四十里，而皋兰、西和、岷州，皆以入《志》。岷州有岷山，在洮河之北，非江水发源处。而《州志》信之，甚至礼、徽等志，凡水之自岷而来者，皆指为岷江，不知岷州固非江源，即蜀之渎山，汶阜亦非江水嫡脉。禹导河于积石，而非发源于积石；导江于岷山，而非发源于岷山。恭读御制文，河源自葱岭以东，和阗、叶尔羌诸水潜为蒲昌海，伏流地中，复出为星宿海，至积石始名"黄河"。此平定回部之后，经圣人考订，已无疑义。又，徐弘祖《溯江纪源》云："《书》言岷山导江，特汛滥中国之始。"按其发源，刚河自昆仑之北，江亦自昆仑之南，足可互证。郡邑志乘于地所本无者，人名、地名，每妄行牵入，以饰观美；而于地所本有者，于山则不考其正峰、支麓；于水则不辨其来脉、旁流，误一为众，误此为彼，不知名山不一山，大川不一川，援引错谬，则经书适滋后人之惑。余怪其枘柄不相入，因附于此。

八

番族由来百种羌，滇池迤北抵河湟。

卓泥世隶洮岷道，噶固山南划土疆。[1]

【1】洮州卓泥杨土司，其始祖些的系本卫着藏族人。明永乐间，授土司指挥佥事，子孙传袭。至朝樑，于本朝顺治十八年，仍给劄管理土务。康熙十四年，以吴逆变乱，助饷功，授拜他喇布勒哈番。朝樑曾孙宗业于乾隆四十六年、四十九年，以军功赏戴三品顶带花翎。居卓泥城，管番人二百三十四族，地接四川。五十八年，因与松潘漳腊番族互控噶固山界，余奉檄会勘，由番地裹粮前往，详见后注。

九

头衔茶马旧时同,手信添巴事已空。[1]

木舍东西皆赤子[2],信符何必铸金铜。[3]

【1】前明命中官重臣赍罗绮巴茶,在河湟、洮、岷番地市马,用事羁縻,叛服无常。正嘉以后,熟番寝通,生番为内地患。私馈皮币,曰"手信",岁时加馈,曰"添巴"。反为响导,交通肆扰。我朝重熙累洽,中外尽为臣仆,无"茶马交易"之事。陕、甘购马者,民与番公平贸易。洮州丞监收其税,而茶税归兰州道。余之官衔尚称"茶马屯田"。仍旧制也。

【2】嘉靖八年,洮、岷诸番数犯临洮,用枢臣李承勋议:"且剿且抚。"洮州东路木舍等三十一族,西路答禄失等十三族,岷州西宁沟等十五族,皆听抚,而岷之若笼、板尔等二十余族,负固不服。总兵官刘文等攻若笼、板尔,覆其巢,诸族乃降。

【3】明太祖以诸卫将士有擅索番人马者,遣官赍金、铜信符。敕谕诸番:遇有征发,必比对相符,始行。否则,械治其罪。

十

近城总以夏哇呼,什噶轮将力役输。

版筑崇墉无百雉,山河环拥小规模。[1]

【1】卓泥土城不盈百雉,亦无楼橹。然三面环山,前临洮水,亦自成结构,无怪其世有疆土也。近城者不专设头目,番言谓之"夏哇哩",犹云"直隶"也。如答峪沟、那郎寨、东古古、宋包什噶、巴路什噶、搭那什噶、蹉宋什噶,皆为"夏哇哩"。"什噶",华言"各里"。其民轮流供役,负薪汲水之事,或以妇人为之。

十 一

六哨[1]虫库隶洮衙,什藏鸡铃共洛巴。

惟有俄和耽鼠窃,囊鞬捍御倚杨家。[2]

【1】先雕切。

【2】洮州暗门外六哨虫库尔生番,于雍正六年,制军岳公招抚归诚,隶洮

州同知管辖，不属土司，共八十寨，各分族类：一曰"俄和"，番音"俄掇"；一曰"鸡铃"；一曰"什藏"；一曰"趁半"；一曰"洛巴"，俱各安静。惟"俄和"之俄多族俄谷寨、师卜多寨、师卜哈寨、什阿喇寨、仓多寨，不通语言，不入城市。遇只身商贾，每行鼠窃。土司牲畜时遭攘取。洮丞爪牙无多，则藉资杨土司"以番制番"，索还赃物，亦稍知畏法也。

十 二

喇伍什巴介汉番，汉番话语各能言。[1]

叠巴乩力生番族，西北封圻过暗门。[2]

【1】如力洛、三丹、思古等族。

【2】叠巴车巴沟、迭宕山、杂高洼山、杂什巴、桑旺堡、达加、乩力等旗，总名"窝奇落巴"，言在暗门之外也。考长城边墙要隘，皆谓之"暗门"。

十 三

铁卜中分上下旗[1]，常将百炼绕身随。[2]

莫因耳鼻超尘垢，错认传灯大导师。[3]

【1】每部落谓之"旗"，各庄里谓之"族"。

【2】各于腰间插利刃自随。

【3】铁卜番人不额面。终岁，举家共盘一沐，沐毕，咒而送之。且无发辫。余初见之，皆以为喇嘛。

十 四

双垂力则[1]尚深闺[2]，三辫平分迨吉兮。[3]

铁木普儿多益善[4]，金钩斜映月生西。[5]

【1】辫子谓之"力则"。

【2】女子两辫。

【3】妇人三辫。

【4】铁木、达喇等族周围作无数辫，金川亦然。普见妇人之称。

【5】番妇耳坠环大者，几似帘帐钩。

十　五

班吗青铜镇发箍【1】，辫垂璎珞杂珊瑚。

曼词一唱同声和，绝胜刘家大小姑。【2】

【1】"班吗"，首饰也。番妇女结玛瑙、螺钿为冠。或铜箍镇发，多系熟番，生番则否。

【2】番人唱歌音节似黔粤苗、猺，词短而音长，以曼声终之，则互相赓续。粤西猺歌有"唱歌无过刘三姑"之句。

十　六

胜图西陲遍驿骚，法王佛子萃神皋。

只今岁逐班禅队，谁把团窠制战袍。【1】

【1】元朝崇尚喇嘛，甚有詈骂割舌、殴打、截手之事。明永乐时，授番僧"大智法王""西天佛子"等号，给以印诰，世袭，岁一朝贡。由是番僧、土官，辐辏京师。成化三年，陕西副使郑安言："进贡番僧，自乌斯藏来者，不过三之一，余皆洮、岷寺僧，诡名冒贡，进一羸马，辄获厚值。得所赐币帛，制为战袍。是虚国帑而贵盗粮也。"八年，礼官言："洮、岷番人赴京，多至四千二百人。每人赏彩、币各二钞，二十九万有奇。马值在外。"副使吴玘等不能严饬武备，专事通番，以纾近患，乞降旨切责。自我朝定制，东、西藏班禅、达赖喇嘛，由甘肃瞻觐天颜，皆专委监司照料出境，官给骡价、茶、羊、糌粑，俱有成例。至西宁、洮、岷等寺，三岁轮班至京，每起不过数人。所经城乡，居民亦习焉不知。兹余经临其地，番僧焚香前导，备极恭顺云。

十　七

讲经讲法两途升，盖洛同参最上乘。

郎俊阐经那楞【1】法，于中选得坐床僧。【2】

【1】去声。

【2】番僧谓之"班第搭"，千佛衣者谓之"盖洛"，即汉语之"罗汉"，犹云入门也。"盖洛"之阐明经旨者，谓之"郎俊巴"，犹言文才；"盖洛"之长于符咒者，谓之"那楞巴"，犹言武略。就二者之中推所共服者为坐床僧，谓

之"喇嘛出哇"。喇嘛者，"高僧"；出哇者，"法台"也。

十 八

书从两藏取形模[1]，依克查奇体格殊。[2]

旁向略将回部似，左行只是异痕都。[3]

【1】西番字，得之乌斯藏经卷中，八斯巴遗式也。肖其形，似耳。

【2】番字谓之"依克"，有草书者，谓之"依克查奇吗"。

【3】国书直行右向，汉书直行左向，各回部皆横行右向，惟回部之痕都斯坦横行左向。番书横行右向，与众回部同。

十 九

吗里巴浑证佛机，风来舞作梵音飞。

传将法语凭天籁，更拜高高吗哩旆。[1]

【1】"唵吗哩巴吗浑"，佛之真言也。番人刳木中空，长径尺，围圆数寸如轴，承以四耳，中穿铁钉，贯上下两端，悬置木坊或置之寺庙。绕栏多者数十，少者三、五。每风至，则四耳冲激，如风之过箫，自然成韵。圆转作声，其声为"唵吗哩巴吗浑"，如代众僧念经者然，谓之"吗哩"。又有揭竿门首，以长布书番字佛经，悬之于竿，消除灾难，谓之"吗哩旆"。

二 十

吗哩修成结子香[1]，非丸非豆似荒唐。

须知龙象精灵在，七宝融为舍利光。

【1】吗哩子如小红丸赤豆，间带金色，有异香。喇嘛向余言："是乃佛之精灵所寄。虔诚供养，则吗哩子长小相生，自然飞至。"未知确否。

二十一

石门金锁锁何年，木客山都此竞传。[1]

趹踢《南经》详郭注，醭鸡莫讶瓮中天。

【1】自卓泥行三日，入大小两石门，皆无人之境。又南大石山为石门金锁，高万仞，人不能上，遥望如白雪障天。土人谓："山多神奸异物。有一首

二身，二首一身之兽。"余考《大荒南经》：赤水之西、流沙之东，有兽，左右有首，名曰"跋踢"，有三青兽相并，名曰"双双"。《骈雅》曰：跋踢、屏蓬，两首兽也。《兽经》曰："文文"善呼，"双双"善行。则此物疑即"跋踢"之类。天下之大，何所不有。《山海经》：□鱼四足，出桃水。余于粤西见之。飞鼠如兔，以背飞出，天池山，今之洮、岷，每多此物。余曾买得之。康熙年间，内廷侍卫奉使西域，见以乳为目、以脐为口之兽，名"鄂布泰"，又有能飞者，名"积布泰"，与《博物》《山经》实相符合，洵可牖拘墟之见云。

上编

二十二

山上洵哉复有山，枯牙叠噶[1]费登攀。

蚁缘俯向东南望，知是峨眉与剑关。

【1】在勹匀牙吾之南。

二十三

黛色参天不记春，灌丛都作老龙鳞。

何当巨掌开河曲，大庇安栖亿万人。[1]

【1】数百里高山大林，桧、柏、松、杉，挺直无曲。自有山以来，即有此木，人迹罕到，峻岭隔绝。倘能开山通道，径达洮河、兰巩一带，林木不可胜用矣。

二十四

异卉参差间绿红，灵根稍复辨芎䓖。[1]

会须遇得看山眼，并入桐君药笼中。[2]

【1】杨子云《甘泉赋》：发兰蕙与芎䓖。司马彪《子虚赋》：芎䓖似藁本。

【2】山中石斛为丛，枇杷成树，马践菖蒲，人焚椒栋，所不知者，多矣。比行至草坝，间有川、楚客民采药寄居者。而深山，则无人到也。

二十五

薄荷猫醉犬于菟[1]，物理相雠信得无。

杂毒谁知能醉马[2]，休将燕草误荛芎。

77

【1】猫食薄荷而醉，虎食犬而醉。

【2】"杂毒"，番草也。穗如猫尾，苗如燕尾草，马食之辄醉。

二十六

翠岭牙牙锦石纤，此中瓜李最多嫌。[1]
山灵岂有元章癖，为训官常计上廉。

【1】"独牙牙"，番言"神石"也。在哦力叭喇之南，石有文理可观。俗传石为山神所爱，曩有大员遣役取之，辄患昏迷。巫还故处，乃苏。

二十七

却行只觉马蹄偏，竟日微窥一线天。
七十六盘弹指计，到头不信有人烟。[1]

【1】未至车力山，扎荒草地。不闻鸟语、人声，深箐云封。马行悬磴，登车力山，屈计七十六盘。始臻绝顶，上有车力番族十数家，乃得僦屋暂憩。

二十八

番人也自好楼居，剌噶[1]层层板屋疏。
半跨山腰半溪涧，上宁妇子下储胥。[2]

【1】番言"楼"。

【2】番人多傍山为楼，层累而上。以下层之房顶作上层之庭院，居人栖止其上，几忘其为楼也。至于户牖交通，栋宇联亘，饶有巧思。上为寝室，下层糗粮、牲畜充牣其中。

二十九

裂裳拖地势蒙戎，此处原无五袴翁。
客至不须容倒屣，延年只是避头风。[1]

【1】渐近黑番，衣冠迥异。男、妇皆赤足，无裤，毷毸毛褐曳地。冬夏皮毡为帽，竹冠、草笠，乌有也。

三 十

鹦哥溜下响如雷，白马东流去不回。[1]

欲向嘉陵寻古道，贡珍端自漾川来。【2】

【1】《地理今释》：桓水一名"白水"，出西倾山。今考西倾之西南，与蜀之岷山相连，白水源出川省之若鲁、粗鲁等番族，经杨土司之桀古、卡隆，札什巴、隆札宁巴二坡、棉吗、卡松、聂木等族，至叠州之达里沟口，会哦力叭喇、独牙牙南来之水，至鹦哥谷，束于两山之间，其声如雷。东南入岷州罗答番族西固之上、下巴藏，会宕昌之羌水，名"两河口"，经阶州至文县，与涪江合，下流四川保宁府之昭化县，而入巴江。则西倾之北，属雍；西倾之南，属梁。

【2】《书》言：因桓是来。盖古之蚕丛，剑阁尚未开通。梁州由雍入冀，只有桓水一路。在阴平武都，即今之龙安府阶州、文县。所谓"西当太白有鸟道，可以横绝峨眉巅"也。汉水之上游为"漾"，是谓"西汉"，亦称"潜水"，在今之成县西和境。沔水一名"沮水"，汉时属武都郡。沮水出东狼谷，在今略阳、宁羌界，由褒斜、嘉陵以至渭水。此路不通舟楫，曰"因因其下流"也；曰"浮逐流而下"也；曰"逾由陆横流而至渭"也。于《经》文实属符合。此路至今犹为客、民往来捷径，特以成都设有驿站。故由蜀径至长安，与古道不相同耳。又考：蜀山在左，皆名"岷"；在右，皆名"嶓"。天水、汉中，东西汉水，皆为嶓冢。惟《山海·中山经》所称：嶓冢，谷水出焉，东流注于洛。在弘农渑池县南。则名同而实异耳。

三十一

白水江连黑水江，群峰夹束石淙淙。

《华阳》禹迹知焉是，不道西南更有双。【1】

【1】余初至鹦哥谷，询之土目，据云："农子出聂。"番言"黑水"也。询之通事，云："此江下流入阶州，为白水江。"又距此三百余里，源出多布，在松潘番族香咱、巴顿之间，汉言"大河脑"。《沙州记》曰：洮水与垫江水俱出嶓台山。山南即垫江源，山东则洮水源。《山海经》曰：白水出蜀。郦注以嶓台为西倾之异名。余详考情形，则西倾之北面东流者为洮河；由中而东南者为白水；江由稍西南而东南流者为垫水，土人亦称"黑水"。与《华阳》黑水无涉。垫水至四川之黑河塘与涪江合。涪江至文县，又与白水江合，流入巴江。则此"黑水"之名，又因"白水"而得，实无疑义。惟是白马、白草、叠溪、

青水诸番皆称"黑水生番"，则"黑水"之名，似无专属。不知《禹贡》州名，皆包远势而言。华山在东北，距蜀尚远，而称"华阳"，则金沙、漾备、澜沧之在西南者，不必疑其过远。且《经》文既称入于南海，则非漾备、澜沧，实不足以当之。详注见后。

三十二

万仞盘盘达峪山，是为黑白水中关。【1】

悬流南北殊归宿，梁、雍【2】分星在此间。【3】

【1】达峪山高万仞，竟日只过一山。山上泉之北流者，经乩古谷入白水江；江南流者经塔马、璆璆沟、草坝入垫江，为雍南、梁北一大关键。

【2】上声。

【3】雍、梁地率皆井鬼分野，惟松潘、叠溪则为觜参分野。按：叠溪，梁之番地；叠藏，雍之番地，相距千里。

三十三

雍梁黑水不相谋，青海黄河限巨流。【1】

雍一梁三三是二，叶榆未许混泸州。【2】

【1】《地理今释》：雍州黑水出甘肃塞外，南流至河州，入积石，今俗名"大通河"是也。《括地志》云：黑水出伊州东南流，至鄯州入黄河。今上源为流沙雍塞，无迹可考，其下流为大通河，在瓜州之南。西宁即唐之鄯州。则《括地》之说与今图合。《水经注》亦云：黑水出张掖鸡山，至于敦煌。而《蔡传》以为梁、雍二州西边，皆以黑水为界，是黑水自雍之西北而直出梁之东南也。诸家遂创为"越河伏流"之说。不知青海、黄海岂能飞越而渡？山重水复，岂其到处伏流？恭读《钦定书经传说汇纂》：雍州黑水在黄河之北，梁州及导川之黑水在黄河之南。《蔡传》以"黑水自雍之西北而直出梁之东南"，犹据纸上言之也。读此可以正蔡氏之误。

【2】环县太白山有黑水河，在白于之西。不过偶名"黑水"，与雍州在敦煌之黑水无涉。而梁州最多，统计有三，其实则梁州一黑水，入南海一黑水而已。其梁州境内者，在崌崍青衣之西，曰"泸水"，古名"若水"，旁支曰"打冲河"，下近盐井。《山海经》所谓"南海之内，黑水、青水之间，有木曰'若

木'，若水出焉"是也。又西一条出乌斯藏山中，经旄牛石下。《大事纪》以为犁牛石，故称"犁水"，讹为"丽水"。《佛经》"拔提河，一名'金河池'"，即今之巴塘河是也。河自西南绕而东北，至叙州与泸水会，而入大江。泸州距泸水甚远，而称"泸州"，以其为黑水之总汇，则以梁州黑水，专属于泸，无不可也。其入南海者，一名漾备江，出唐古忒之可跃海，经云南之丽江、大理沅江，而入安南海中。又南曰"澜沧江"，本名鹿沧，《西藏志》为"浪沧江"。经云南蒙化西南，顺宁东北至沅江，与漾备江会，入南海。则二水源异而流同，《山海经》"大荒之中有不羑之山，黑水穷焉"是也。唐樊绰以丽江为入海之黑水，其说不谬。然丽江以金沙得名，而金沙江实不由郡城。其由郡城者，乃漾备江入海之中流，未可混淆。宋程大昌以叶榆为黑水。恭读《钦定书经传说汇纂》：益州滇池在昆明，叶榆在大理，相去五六百里。程氏以滇池即叶榆，非是。谨案：叶榆为漾备之潜流。寸阴固日之光，而指寸阴为日则不可，况滇、粤之乏榆柳，犹燕豫之无檀桂。余至太平南宁境，与南交相近，未见榆柳一株，而绰及道元以水之黑似榆叶渍积而成，尤属穿凿。又，程氏云：其地在蜀之正西，又东北去宕昌不远。今考宕昌，在甘肃之岷州，距滇池六七千里。注疏之文[①]不可尽信如此。

三十四

黑以名番义独奇，或缘黑水故称斯。[1]
不然涅得松烟色，肇锡嘉名谅有之。[2]

【1】祢衡《鹦鹉赋》：故每言而称斯。

【2】询之土人云："黑番不栉不沐，松木作爨，松脂为烛。久而涅入腠理，故有是名。"

三十五

临江迟客驻经旬[1]，卧听咿嚘笑语频。
香麝清猿无伴侣，梦中又对獞[2]猺人。[3]

【1】时以四川，博观察未至。

---

① 原文为"不"字，据文意改。

【2】音撞，去声，音童误。

【3】余视学粤西，每维舟江岸，卧听土语，今犹仿佛其景。

三十六

拾苏【1】拉日【2】未分明，奔布昌阿【3】夹岸迎。

咀叠【4】道旁擎蜡盖【5】，熙然噶古【6】听声声。

【1】"当搭拾苏"，理曲也。

【2】"当搭拉日"，理直也。

【3】番言"大员"之称。

【4】跪也。

【5】烧酒。

【6】欢笑貌。

三十七

翩翩帽上炫银牌，芋莽缠腰笑语谐。

有母合应思请遗【1】，忙将一脔置于怀。【2】

【1】去声。

【2】头目、番众来迎。给以银牌，则悬诸首；烟、茗则缠诸腰；肉脯则纳诸怀。

三十八

昭靖当年自请缨，纳麟七站出奇兵。

依稀瘿嗉成禽处，伟绩千秋说沐英。【1】

【1】《明史》：洪武十年，征西将军沐英讨西番，败之土门峡。筑城洮州东笼山，击禽酋长三。副使瘿嗉子等平朵甘纳麟七站，拓地数千里。今查杨土司与松潘控地在七站族。而杨土司又有那力、那郎族，或"纳麟"对音之误。未知是否？沐英谥"昭靖"。

三十九

羊岭鹅溪古战场，黄头九百赭碉房。

正嘉剿抚均无策，漳腊何曾是大荒。【1】

【1】前明自洪武十二年，丁玉并潘于松，置松州卫，诸司入贡。累朝叛服无常。其甚者，宣德年间，千户钱宏调发征交阯，激变番人。正德年间，松潘熟番八大襄等作乱。嘉靖年间，土宣抚使薛兆乾与副使李蕃相仇讦，纠众胁金事王华，不从，屠其家。惟弘治七年，巡抚张瓒破白羊岭、鹅饮溪等三十一寨，招商巴等二十六族，皆纳款。十四年，攻青水、黄头诸寨，赭其碉房九百，差强人意。万历年间，雪山国师、喇嘛等四十八寨，寇漳腊，史称"漳腊以北皆为大荒"，则当时剿抚可知。自我朝龙安置守，漳腊置镇，松潘置丞，番人宁谧，与编户齐民无以异矣。

四 十

鼠雀谁将旧好乖，却于羊峒【1】溯根荄【2】。
普天之下皆王土，底事官私较井蛙。

【1】去声。

【2】康熙五十一年，黑番为乱。杨土司助剿有功。前山十八族，后山十九族黑番，给令管辖。七站其一也。雍正二年，羊峒番民滋扰松、茂一带，有达舍生番逼近羊峒，逆番虑难自存，乃结好于漳腊之香咱、巴顿、踏藏等酋长。转达、寒盼土司受其庇护。羊峒事平之后，达舍番族岁给香咱等族农器、皮张，以报其德。当时未经咨部有案。近年以来，达舍族之子孙，以一族番人受香咱等数家管辖，门差不能如期，因自称"达舍"，即"七站分族"，投归杨土司。而杨土司以香咱等之受达舍投归，原未详院咨部，遂归并七站族内。其相近之草坝地方，亦多汉人采药、垦田，是以两省土司互争其利。因事关番情，檄甘、川两省大员会勘。余于七日杪由杨土司番地抵界，而四川川北道博公病故，改委宁远太守李公宪宜。余于子月由阴平、武都再至川境，讯悉前情，拟令达舍族仍归寒盼土司管辖，受漳腊营约束。草坝汉民归松潘丞抚治。于达鱼山顶立界，山下林木仍听杨土司同达舍番人采樵、射猎，禁止军民滋扰。番众悦服。与李太守会详甘、川两制军。如议结案。

西招纪行诗　丁巳秋阅吟

松　筠

松筠（1752—1835），玛拉特氏，字湘圃，蒙古正蓝旗人，清朝大臣。初为翻译生员，随后考授理藩院笔帖式，后任军机章京。因颇能任事为乾隆帝所欣赏。

自乾隆中叶至道光年间，松筠历任银库员外郎、内阁学士兼副都统、户部侍郎、御前侍卫、内务府大臣、吉林将军、户部尚书、陕甘总督、伊犁将军、两江总督、两广总督、协办大学士兼内大臣、吏部尚书、东阁大学士、武英殿大学士、都察院左都御史、兵部尚书、直隶总督等职。道光十四年（1834），以都统衔休致。一年后卒，享年八十二岁。赠太子太保，依尚书例赐恤，谥号文清，祀伊犁名宦祠。

松筠为官一心为国，施惠于民，其中以治边功劳最大。《清史稿》评价："久膺边寄，晋纶扉，称名相，伊犁、吉林屯田，利在百世；然限于事势，收效未尽如所规画，甚矣缔造之艰也！"

乾隆五十九年（1794）七月，松筠升工部尚书衔，任镶白旗汉军都统，不久，任驻藏办事大臣。因当地有人谎称西南边界有廓尔喀之兵，松筠查访得知，是境外部落带兵催索欠债，并无他故。松筠恐边民疑惧，特地前去安抚，并向四川省藩库借银五千两抚恤贫穷的藏民，修建边卡。当时，因与和□政见不合，松筠久留边地，在藏共五年。《西招纪行诗》《丁巳秋阅吟》即其在藏期间所作。松筠用诗歌的形式表现了他治理西藏的政治思路、军事政策，以及战争结束后其对战争的反思；同时作品中有大量对于涉藏地区独特的宗教风俗、自然风光以及战后一派欣欣向荣景象的描写，具有一定的艺术价值和史料价值。

考《西招纪行诗》与《丁巳秋阅吟》清代版本，今有以下不同版本。

《绥服纪略》一卷、《西藏图说》一卷、《西招图略》一卷、《路程》一卷、《西招纪行诗》一卷、《丁巳秋阅吟》一卷合刊，乾隆乙卯（1795）刻本，今藏华东师范大学图书馆。

《西藏图说》一卷、《自成都府至后藏路程》一卷、《西招纪行诗》一卷、《丁巳秋阅吟》一卷合刊，清道光刻本，今藏上海图书馆。

《西招纪行诗》一卷、《丁巳秋阅吟》一卷合刊，清刻本，今藏辽宁省图书馆。

《西招图略》一卷、《西藏图说》一卷、《绥服纪略图诗》一卷、《西招纪行诗》一卷、《丁巳秋阅吟》一卷合刊，清刻本，《镇抚事宜丛书》本，今藏上海图书馆。

吴丰培将两作点校，编入《川藏游踪汇编》，1985 年 11 月由四川民族出版社出版。

本书以《镇抚事宜丛书》本为底本，参校《川藏游踪汇编》。

西招纪行诗

　　夫诗有六义，一曰赋。盖敷陈其事，而直言之也。余因抚巡志实，次第为诗，共八十有一韵。虽拙于文藻，或亦敷陈其事之义，名曰《西招纪行诗》。后之君子，奉命驻藏者，庶易于观览，且于边防政务，不无小补云。

乾隆六十年湘浦松筠自识

治道无奇特，本知黎庶苦。

卫藏番民累，实因频耗蠹。[1]

达赖免粟征，班禅蠲田赋。[2]

皇仁被遐荒，穷黎湛雨露。[3]

奉敕曰钦哉，尽心饲待哺。

敬副恩纶宣，咸使膏泽布。[4]

度地招流亡，游手拾农具。[5]

譬犹医大病，既愈宜调护。[6]

仁以厉风俗[7]，教之巳革故。[8]

圣慈活西番，蛮生咸怡裕。

谁云措置难，应识有先务。

安边惟自治，莫使民时误。[9]

凛然常恪守，西招气自固。[10]

阁部抚东北[11]，余赈西南路。[12]

巡边[13]轻骑从，民力始从容。[14]

曲水岩疆道[15]，秦关百二同。[16]

西招第一隘，战守事倍功。[17]

过江傍锁桥，舍此无他渡。[18]

前至孤山寺，趑趄恐失步。[19]

巴则西昆仑[20]，绵亘割朝暮。[21]

旁临洋卓海[22]，二分惴烟雾。[23]

较阅江孜汛[24]，行看沃野田。[25]

西达班禅庙[26]，南通帕哩边。[27]

是为南大门，屏藩有巨川。

水深溜且急，廓番无敢前。[28]

更有干坝隘[29]，迤西定结连。[30]

路皆称险要，防边宜慎焉。[31]

后招本坚固[32]，新戍气颇雄。[33]

忆昔贼侥幸，未遇此劲戎。[34]

佛法波罗密[35]，岂其欠圆通。[36]

今也班禅惠，可冀布仁风。[37]

既安莫忘危，慎初且慎终。[38]

策马彭错岭，观山胸次开。[39]

天险不可升，曷禁意徘徊。[40]

进发甲错麓，罡风佛面来。[41]

雪岩相络绎，闾阖险隘哉。[42]

协噶[43]山突兀，官寨临浮屠。[44]

僧俗善守御，失利穷贼渠。[45]

假道萨迦庙，潜抵班禅庐。[46]

回巢惧由此，径窜喀达墟。[47]

定日当要冲，量为设防汛。[48]

西南近边隘，独立三关镇。[49]

通拉果荒凉，峭壁掺天长。[50]

遥观摩顶台，遗迹斗宝床。[51]

迤暮至巴都[52]，始见小蛮庄。[53]

极边聂拉木，隘口旧无墙。

孤立营官寨，民居仅数行。[54]

在德不在险，体养成堤疆。[55]

转之达结岭，伯孜水草芳。[56]

路经巩塘拉[57]，上下马彷徨。

云峰削不成，沙碛浩茫茫。【58】

西旁琼噶寺【59】，南抵宗喀塘。【60】

堡寨称坚固，疑谍守有方。【61】

衮达人烟少【62】，卓党饶圃场。【63】

中接察木卡【64】，三桥跨虹梁。【65】

自此茂林木，飞瀑悬瑶光。【66】

济咙【67】番黎聚，田肥稞麦良。【68】

民俗微有异，人情两面望。

厥端果安在，无名榷税伤。【69】

惟德可固结，众志坚城防。【70】

萨喀邻宗喀【71】，北接阿哩①阳。【72】

游牧缺禾稼，生计惟牛羊。

民力苦竭蹷，背盐以易粮。【73】

昔有千余户，今惟二百强。

壹是苦征输，荡析任逃亡。【74】

幸遇皇恩溥，子惠救蛮荒。【75】

继以减赋纳，边氓乃阜康。【76】

伊昔半流亡，往往弃田间。

甘心为乞丐，庶得稍安舒。【77】

乃因差徭繁，频年增役夫。

出夫复不役，更欲折膏腴。【78】

凡居通衢户，乌拉鞭催呼。

耕牛尽为役，番庶果何辜。【79】

敬以广皇仁，严革积弊余。【80】

济咙通拉孜【81】，萨迦达后招。【82】

中有曲江地，要隘筹新碉。【83】

察咙产稞麦，时糴储仓廒。【84】

旋过阳巴井【85】，德庆【86】有平皋。

往复颇略地，绘图佐戎韬。【87】

---

① 即今西藏阿里地区。

宽裕保斯民，禁暴警贪饕【88】

抚巡宣圣德，纪行托挥毫。

【1】藏地各属，设有营官、第巴管理，向不知抚恤，其科敛一切，于民力能否，从无理会，蠹蠹已久，达赖、班禅不之知也。

【2】乙卯春，达赖、班禅闻知我皇上普免天下积欠钱粮、漕粮，始有蠲免番民粮赋之请。

【3】时奏入，我皇上深为嘉悦，赏银四万两，抚恤唐古忒百姓。

【4】卫藏所属在在穷民，查明既行恤赏。

【5】前后藏招集流亡番民，给予籽种、口粮，各归本寨安插力作者，共千有一百余户，俱令三年后再与达赖、班禅当差纳粮。

【6】既赈之后，尤宜休养生息。

【7】《左传》：仁以厉之，所以厉风俗也。

【8】《易·革卦》：巳日乃孚。各属营官、第巴于"仁"之一字，无从闻见，固无怪其贪饕无厌。夫仁者，非独博施济众之谓，盖礼义廉耻，皆谓之仁。因教之以洁己爱民之方并访得。凡所以蠹蠹百姓者，皆分列条款，缮写告示，檄谕各营官，尽使严革故弊。

【9】所属番民，如果家给人足，外患何由而生，是以安边之策，莫若自治。今严禁种种积弊，庶几乎农时无误，民气恬熙。

【10】余钦遵训旨，恪守章程，随时整饬，似可休养生息，以固元气。

【11】太庵阁部分办东、北两路恤赏。

【12】余往西南巡边，兼理赈济。

【13】卫藏西南一带，例应巡阅。

【14】边地固应示以威仪，然西藏之乌拉，非同北塞。盖有马之家最少，其俗每遇大小差，则有马之家出马，无马之家按户摊银若干，以为雇价。是每马一匹，已累及众人，及有倒马一匹，又须赔蛮银至数十两之多。旧俗如此，固难尽禁。虽官为赏价，亦不应过多。致有居奇，故差无大小，皆宜轻骑减从，庶免番民苦累。

【15】曲水，地名。自前藏西南行一日，宿业党；又行一日，宿曲水。曲水者，东西双溜纡回湍激，故名。此地东来之水曰"藏江"，其源出拉撒①东

---

① 即今西藏自治区拉萨市。

北；西来之水曰"罗赫达江"，其源出岗底斯雪山。二水汇此，曲折东南，由工布入南海。岗底斯，即所谓"鹫岭"是也。山在藏之西北极边，萨喀阿哩布陵境上。

【16】曲水形势险固，有兵数百，虽万人无能逾越。

【17】此地多农民，有粮草，故云：可守可战。

【18】由曲水前行三十里过渡，有皮船，此外另无渡口。虽有锁桥，仅三绳，惟土人行之，他有过往，须用船渡，此即罗赫达江也。

【19】江南岸有庙，岩岑狭径，步履维艰，亦一要隘也。

【20】自锁桥前行五十里过岭，山名"巴则"，又名"西昆仑"。

【21】过一大岭，复越高峰，长约二十余里。

【22】岭南有大海子，番名"洋卓云角"。

【23】岭头高耸，路径崎岖，旁临大海，是又一要隘也。

【24】江孜，地名，自巴则宿白地，又宿朗噶孜，过宜椒大山，宿春堆，次日始至江孜汛。有守备一员，汉兵二十名，番兵五百名。一律较阅其枪箭阵势，颇为练习。

【25】此地田肥，约有数千顷，民生尚觉宽裕。

【26】由江孜西行二日，至札什伦布。

【27】帕哩，地名，即"帕克哩"也。自江孜南行七日至此，有正副营官二员。边外与布噜克巴部落交界，该部长曾于雍正十二年，遣使入贡。赏有"额尔德尼"第巴之印，人颇恭谨。崇黄教，世与达赖、班禅通好。其部西通廓尔喀境内，道路平坦。廓尔喀每贡象、马，皆由布噜克巴送入帕克哩。

【28】帕克哩为藏地南门，保障西南。界连哲孟雄部落，其部人户无多，向与唐古忒通好，西有大河名"藏曲"，唐古忒倚为险津要隘。先是河西原有哲孟雄所属人户，后经廓尔喀侵占，以河为界。盖因藏曲水深溜急，不能船渡，仅有锁桥数绳，廓番无能逾越。是藏曲既为哲孟雄保障，又为帕克哩屏藩，此等情形，江孜汛防官兵，咸宜深悉。

【29】由帕克哩西行三日至干坝，有第巴驻此。

【30】由干坝西行一日至定结，此地驻有营官。

【31】定结、干坝两处隘口，相距札什伦布程途仅四五日，外通廓尔喀，最为险要。乾隆五十六年，贼曾分兵扰至定结，幸有戴琫番兵堵御，贼乃未敢

深入其隘口。阨塞较藏曲尤为紧要。所有在藏驻扎汉、番官兵平时更宜深悉，庶于边防有益。戴琫者，总管番兵之官，卫藏共六员，其次有如琫、甲琫、定琫。

【32】后招，即札什伦布，班禅所居之庙。依山叠砌成楼，如长蛇之势，颇为坚固。有兵一千，可守可战。

【33】旧驻汉兵无几，而向无番兵驻扎。乾隆癸丑，奉旨添设汉兵至百四十名，番兵千名，都司一员统领操练，颇称健锐，实足以资边防而昭威重。

【34】辛亥年，廓尔喀贼众仅千余人，入自聂拉木，走协噶尔，绕至萨迦沟，攻萨迦庙未下。贼皆跣足步行，深入无援。而其火药仅各有三出，众心已形疑惧，乃探知后招无备，班禅已避至前藏，遂率沿途裹掠之唐古忒男妇，头上皆缠以布，扬言众万余，进至札什伦布，时仅有都司徐南鹏率汉兵数十名，紧守营官寨，贼攻不下。恰有招集之唐古忒兵民千余人，与贼接仗，败之，贼少退却。正宜竭力攻剿，况藏地牦牛最多，且有芦草、清油、酥油，如用齐田单之火牛阵，以油浸草，束牛尾，夜晚燃之，发纵扑贼，我兵随后，擂鼓喊进，亦必取胜。而唐古忒统率之人不知纪律，恃胜不备，被贼乘夜转攻，番兵大败，贼众即入招，肆掠而遁。彼时如有现在之劲旅，不但贼不能如是猖狂，亦断不敢如此深入。余询悉情形，忆昔贼得生还者，岂非侥幸也哉。

【35】佛本尝给孤独。

【36】佛本慈悲，岂独不慈悲札什伦布而失圆通。盖福善、祸淫，鬼神之所为也，佛与鬼神合其吉凶，又焉能偏袒札什伦布。缘前辈班禅为藏地活佛，知积财而不知抚恤所属，是活佛欠圆通，遗患于身后，致有祸淫之报。噫！惟活佛尤应使知福善、祸淫之义。

【37】余至后招与班禅会晤，见其年少而通经，性颇纯素，毫无尘俗之态。询悉所得布施，不多积贮，喜为施济所属，僧俗无不感仰，此其能结人心之仁政也。

【38】壬子年，天威震慑，廓尔喀悔罪投诚，自是太平无事。然安不忘危，应令达赖、班禅及管事僧俗营官、第巴，咸知爱惜百姓，以固卫藏元气，以免祸淫之报。更应训练官兵，咸知战守之宜，而事无大小，务采众论，揆之以理，仰承圣训，久而毋稍懈惰，庶几乎慎始慎终之一端，且可免过耳。

【39】由札什伦布走岗坚喇嘛寺，过花寨子，共行三日。至此有大寺，依

山傍水，森森然，杨木万株，初不意此处竟能蓄材如此，因而胸襟豁然，谕令各处空闲所在，多为栽植，亦敏树之一端也。

【40】寺东西山路凹凸，陡险者数处，虽无戍守，故亦弗能深入，是为天然要隘，较之曲水关口，尤为险固。

【41】自彭错岭西行一日，宿拉孜营宫寨；次日又西行十余里，入甲错山。无水草，土石色尽青黑，有瘴气，罡风阵阵，行人五月尚披重裘焉。

【42】阊阖为西极之门。此地傍依雪岭，络绎相连且途长，行一日弗能尽越，须于中途过宿，次日越大岭，始至罗罗塘，是又一天然要隘。

【43】地名，即协噶尔。

【44】自甲错过罗罗塘，共行二日，至此微有田禾。官寨居山顶，下临大寺，寺寨相依，势颇险固。

【45】辛亥年，廓尔喀入寇至协噶尔时，寺僧颇有主宰，协同营官等力战坚守，贼屡失利。

【46】贼攻协噶尔不下，又以甲错路险，未遑直入。即由协噶尔东北前进，走萨迦，绕至后招。

【47】贼众深入无援，急欲回巢，因惧协噶尔僧俗截战，故不敢仍由原路。自札什伦布走岗坚喇嘛寺，入花寨子南首之辖布山沟，由萨迦庙南，绕至喀达隘口以遁。喀达东距定结仅四日程，此为紧要关隘，所有后藏定日各汛官兵，咸宜知之。

【48】定日，汛名。其地本名"第哩浪古"。自协噶尔宿蜜玛，次日行六十里至此。此汛新设汉兵四十名，番兵五百名，有守备一员，统领操演。阅其技艺，颇为健锐。除江孜、后藏、定日三汛，前藏尚有大汛游击守备等统领汉兵四百六十名、番兵一千名。共计卫藏四汛，汉兵六百六十名、番兵三千名，时常训练，可为劲旅。其番兵心虽怯懦，要在讲习作气，怯者自勇矣。

【49】定日汛岔路有三：一西北行四日至宗喀，自宗喀西南行三日，可抵济咙边隘；一西行二日即抵聂拉木边隘；一南行三日可抵绒辖边隘。此三处边外均与廓尔喀毗连，绒辖在喀达迤西，相距路程仅四日。定日一汛，可谓独镇三边。

【50】通拉，山名。自定日西行十余里入山，风大异常，寥无民居，怪石陡壁，偏坡流沙，长约百余里。

【51】相传昔达摩与弥勒曾在此山绝顶处斗法云。迤西聂拉木境内，有塔庙名"帕甲岭庙"，侧有石洞当顶，一隙透亮，内有达摩坐像，是即面壁处。

【52】地名，巴都尔。

【53】自定日晓发，行百九十里，至巴都尔地方，始有民居。

【54】由巴都尔过达尔结岭，行一日至此，是为极边。依山临涧，有小关门一座，并无墙垣，营官寨筑于关门之外，居民无多，尚有廓尔喀所属之巴勒布常川贸易者二十余人，此等巴勒布人本循良，久与唐古忒交好，甚为安静，非廓尔喀可比。聂拉木以外，相距廓尔喀巢穴阳布地方，路程仅五日，山径崎岖。巴勒布俗名"别蚌"，廓尔喀侵占已久，尽为所属。

【55】现在卫藏番民蒙圣恩赏银抚恤，似此极边百姓，皆得加倍恤赏，民心无不知感，而量加赋纳，民得休息，乐业则保障。气充外邪，无由而入，是不险而自固也。

【56】由聂拉木旋走达尔结岭，西向宿峨拉喇嘛寺。次日过嘉纳大山，宿伯孜草地，又宿拉错海子南岸。此一段水草颇佳。

【57】山名。

【58】自拉错海子前行二十里，上山走十余里至山巅，马已疲矣。既过山巅，路益陡峻，有流沙，马步维艰，真是天然险要。盖辛亥年，贼攻宗喀未下，即不敢进越巩塘拉者，惧险之故也。

【59】下至山根西行二里许，路旁有一小山，上有大寺，名"琼噶尔寺"，后有泉，亦系扼要之区。

【60】宗喀，地名。琼噶尔寺南行十六里至此。

【61】营官寨后接喇嘛寺，周围有墙垣，势颇坚固。辛亥年，驻藏大臣派绿营军功陈谟、潘占魁二人，同营官萨木珠等率番兵二百名，守驻寨堡，贼众屡攻未下。伊等竭力固守，每夜多张灯火，昼则歌唱自若，故贼疑而遁回察木卡。此兵少守御有方之善，已蒙圣恩嘉奖，其军功营官，皆赏戴顶翎。

【62】衮达，地名。自宗喀西南行一站宿衮达。路险，五月河水涨发时，须绕越大山而行，途间居民最少。

【63】卓党，地名。自衮达西南行一站至此，有民居屋舍，类内地，草木茂盛，有田禾。

【64】地名。

【65】衮达、卓党适中，有卡名"察木"。此卡以内数里间，有长桥三座。廓尔喀于辛亥年秋占拒察木，迨至壬子年夏五月，经前锋超勇公海讷兰察率兵进剿时，贼探知大兵将近，遂拆桥断路。会大兵乘夜越涧，直抵察木，贼众五百，一无得脱，尽被诛灭。是察木三桥，寔为保障。有兵数百，虽贼众万余，亦弗能越。

【66】由此前进，山明水秀，其飞瀑寔胜于打箭炉之头道水，而两旁间有山寺、民居，林木森然，鸟兽蕃多。

【67】地名。自卓党行八十里至此。

【68】济咙为卫藏极边，外接廓尔喀，西南行十日可抵阳布。番民大小四百余户，地气和暖，一年两熟。

【69】此地原无防戍，虽有正副营官二员，不过仅知收粮敛赋而已。从前廓尔喀入寇，既至济咙，番民等无能敌御，竟自顺从。因察其故，缘唐古忒向不知抚恤百姓，且以济咙田肥多产稞麦，凡有运货至宗喀以内贸易者，率由宗喀营官抽收牛、粮各色杂税，实为苦累，日久怨生，以致心存两望。于是宗喀等处百姓，有背盐赴济咙易粮者。该处番民亦即私行抽税分用，其营官等亦不之问。此复成何事体?! 因谕以圣主鸿恩及达赖喇嘛慈悲，其济咙、宗喀互相抽税一事，概行严禁。并将两处无名杂赋，分别减免，各发给印照，以垂永久。且有恩赏银两，分别抚恤。众番民无不忻感叩谢，天恩立见。民情悦裕，似皆诚心内向矣。

【70】边地既无戍守，惟有布德可以固结人心。要在训诲营官，善为抚养百姓，使之渐知战守之方。人各遵信奉行，咸能自固疆域，则外患无自生矣。每年仍应留心访查，于此等极边地方，或有夏雨冬雪过多成灾者，即饬噶布伦等差派妥人，由商上领项前往赈济，并委妥实营弁一名，同往抚恤，安慰晓示，则民心永固矣。即近藏各属百姓，如遇灾荒，亦应酌量恤赏。

【71】萨喀，地名。东南界连宗喀，西南与廓尔喀、作木朗、落敏汤交界。

【72】萨喀以北与阿哩地方为邻，西北与阿哩所属之布陵地方交界。阿哩乃卫藏西北极边，驻有营官二员，边外西北与拉达克汗部落交界，由拉达克北行月余，可抵回疆叶尔羌地方。康熙年间，准噶尔策凌敦多布曾由回疆经阿哩至藏滋扰。是阿哩地方，从前为西招要隘，阿哩之西南，半月路程所属布陵地方，驻有营官一员，为阿哩营宫统辖。境内有冈底斯大雪山，相传为名胜；境

外南与廓尔喀、作木朗等处交界，西与库诺布落交界。所有此一带拉达克、库诺、落敏汤、作木朗，皆与唐古忒和好，惟作木朗一部，渐被廓尔喀侵占迨尽。此本界外之事，与唐古忒并无干涉，然所有阿哩、布陵、萨喀等处边民，必饬交营官妥为抚养，以结人心，可期永为保障。

【73】萨喀草地无田禾，民皆游牧，畜牛羊以养生纳赋。地方宽阔，驻有营官二员管理。尚有所属之桑萨、偏溪两处地方，各有小头人分管。数十年来民多穷困，幸境内北有盐池，百姓常往还行四十余日，背盐赴济咙易米以度日纳赋。余于济咙道中，曾见此等易米之人，询悉其苦况，实属可怜。

【74】此地早年原有百姓一千余户，牛羊亦本蕃孳。实因赋纳过重，人口日渐逃亡，以至萨喀、桑萨、偏溪三处，共止剩有百姓二百九十六户。人户既少，所畜牛羊较前止有十分之二。查其应纳正项酥油及抽收牛草税银外，尚有数千两无名税赋。种种苦累，民不堪命，因忆及萨喀境内之盐池，久为廓尔喀希冀，此地百姓若不及早抚养，或致尽数逃亡，则盐池未必仍为卫藏之所有。遂谕以圣主隆施，并达赖喇嘛慈悲，所有萨喀百姓，除应纳正项酥油及二年一次例收之牛羊税银外，其余无名赋纳，尽行豁免，并发给印照，以垂永久。仍饬令该处营官，留心招集流亡，渐次安业。

【75】此等穷苦边民，幸遇恩赏抚恤，在在无不均沾雨露。番庶为之复苏矣。

【76】所有济咙、宗喀、萨喀三处百姓，皆已减免税赋，其聂拉木绒辖喀达、定结、帕克哩、阿哩等处番民租赋，查明均为减免，并示体恤，谨将办理情形入奏。仰蒙圣鉴允准，是边徼穷番，尽得休养，其生计宽舒，人心自固。

【77】宁弃田庐，甘为乞丐。民不堪命可知。

【78】缘达赖喇嘛商上每年差派杂役繁多，所属种地番民，一年交纳各项钱粮外，每户仍摊出银三两至六两不等，名为"帮贴夫役盘费"。且有管事头人，以夫役折价而肥己者，不一而足。盖此项差役，系洒扫布达拉等处寺院及秋季割草应用而派，因循年久，遂为定例，其苦累番民，莫此为甚！因查商上日需草束，原有百姓每年所交折色银两，不但足敷割草夫价，尚有盈余，尽可雇募以应洒扫之役。此在商上不过微减浮费，而众百姓每户一年省银数两，则生计宽裕。向之甘弃田庐，亦庶可渐复本业矣。

【79】余行抵罗罗塘，有番民禀诉，每年商上及大寺庙差人赴聂拉木等处

贸易，百姓等应付乌拉，苦累已极云云。复查属实，而罗罗百姓因此已逃去十之六七。凡有通衢大路及边地百姓，皆有此累。是应即为严禁。况贸易并非公事，自宜随处发价，雇觅应用，以纾民力。

【80】所需割草夫役、洒扫寺庙人夫，每年均有所收草束折色银两，雇觅应用，其百姓每户一年摊出之项，永行停派。至贸易者所需乌拉，酌定章程，皆令发价雇觅。其唐古忒大小各世家，一概不准私用乌拉。各缘由均经具奏，奉旨允行，已遍发告示晓谕，禁除积弊，或恐日久复萌，仍须查察耳。

【81】拉孜，地名。在彭错岭、甲错山中间，旁临罗赫达江，即曲水之上游也。余自济咙旋程，经宗喀转向东北，走桑萨，过达克孜、阿木陵共行十二日，回至拉孜，东南入山，而径至萨迦沟。

【82】萨迦庙距拉孜仅百余里，其呼图克图传世最久，打箭炉一带土司番众，无不倾心钦敬。相传为释教之祖释迦佛，曾出家于此。而宗喀巴又从学于萨迦云。其地方数百里，百姓亦仅数百户，喇嘛不过千余，有田禾，有水草，僧俗颇属安静。由此东北行三日，回至札什伦布。

【83】萨迦迤东沟内有两处要隘：一名"曲多"；一名"江巩"。余询悉从前廓尔喀经由此地，潜入后招，因即筑卡，以为防御，有警可由后招拨兵堵御。现令喇嘛住持，虽似梵㓲，实作望楼耳。

【84】曲多距江巩仅二里许，势颇联络迤东察咙。地方颇出稞麦，此地乃前藏所属，应令达赖喇嘛商上，每遇丰年按时价陆续收买、存贮，大有裨益。

【85】地名。

【86】地名。

【87】余自察咙出萨迦东北山，旋走岗坚两日至后招，由后招旋程走生多喇嘛寺，渡藏布河，一带山径崎岖，行七日直至阳巴井、德庆，始见平阳。沿途岩岗险隘，络绎相连，自阳巴井行三日，回至前藏。往复略地因绘全图，以资查阅。

【88】卫藏百姓性行近古，应抚之以宽，惟僧俗番目多有贪婪，而其跟役名曰"小娃子"，往往肆意勒索，百姓苦之。因查出营官庄头及小娃子婪索等弊，随即严处示惩，以慰番庶。

清代诗词类藏学汉文文献集成（一）

丁巳秋阅吟

松 筠

乾隆乙卯岁，高宗纯皇帝发帑金四万两赈恤卫藏番民，恩至渥也。余照例巡阅周览。边城敬布皇仁，凡所经行既著篇什。洎丁巳之秋，又因稽核赈务，重阅招西，见民气之已苏。钦圣慈之广被，窃幸恭际盛时。遍历佛地，按程缓辔，偶述见闻，以补前纪之未云。

嘉庆二年孟冬湘蒲松筠识

业 党【1】

总辔谨前之，登山俯仰窥。

岩峰秋气老，江水泛流迟。

行见诸蛮富，因知赖圣慈。【2】

遐方宜信敬，勉力副隆施。

【1】前藏至此七十里。

【2】乾隆六十年，钦奉恩旨赏银四万两，赈抚卫藏番民。

曲 水【1】

曲水即褚湑，汉音非蛮语。【2】

关隘【3】依岩道，江岸环幽圉。

形似阵长蛇，是谓百夫御。

岂独地势佳，随在多粮糈。

且喜近前招，程仅两日许。

欲久乐升平，治以同胞与。

惟期善时保，万载堪安处。

【1】业党至此九十里，铁索桥换乌拉。

【2】曲水，地名。唐古忒语水曰"褚"，旋流曰"滑"。

【3】关门依山临水，注见《纪行诗》。

巴　则【1】

巴谷【2】羊肠路，灵山左右泉。

深陂沿麓作【3】，引溉陌阡田。

转上岖湾径，旁临不测渊。【4】

水平程自稳，秋暖马争先。

麦熟【5】蛮乡庆，欣看大有年。

【1】曲水至此五十五里。

【2】巴则，唐古忒本呼巴孜。巴，峰也；孜，高也。

【3】山根一带，渠似天然。

【4】巴则山阳有大海子，番名"羊卓云角"，又名"云错"。梵语"错"，海也，环山四百余里。

【5】此地气候较暖，有两熟者，深秋始获。

白　地【1】

白地海边秋，汪洋沿往复。【2】

龙渊虽广大，造物包荒独。

学量宜知天，养心可获福。

徘徊忘路纡，即景堪娱目。

【1】巴则至此九十里。

【2】自巴则走白地至朗噶孜，俱纡绕海岸而行。

朗噶孜【1】

层巅朗噶孜，高耸佛头青。【2】

官寨惟僧主，番民好听经。

时和人乐业，岁稔稻连町。

暂宿安行帐，晨征尚带星。【3】

【1】白地至此九十里，换乌拉。

【2】朗噶孜本名"那噶尔孜"。番语那，鼻也；噶尔，白也；孜，高也。白山鼻上叠砌营官寨，形似佛头。

【3】西招山野深秋，往往午后多风，固宜早发早住。

春 堆[1]

纳锦岗桑麓，济科嘉布山。

相传通衢护，咸祷菩萨蛮。[2]

秋暖山犹翠，时和花尚鲜。

我行经两度，逊此乐丰年。[3]

【1】朗噶孜至此百二十里。

【2】纳锦、济科，皆雪山。唐古忒咸称菩萨护法，能怙恃行人，故过往皆礼之。

【3】乙卯夏过此时始行耕作，未若今秋目睹稞麦丰稔。

江 孜[1]

秋阅江孜汛，蛮戎演战图。

炮声发震旦，鼓气跃争驱。

锐技惟蜇进，雄师在令呼。

百年虽不用，一日未应无。

训练能循制，屏藩足镇隅。

赏颁嘉壮健，感激饮醍醐。

【1】春堆至此百二十里，换乌拉。

白 朗

白朗山村阔，耕田四野饶。

壶浆长路献，鞨乐土音调。[1]

恭顺因王化，熏陶赖圣朝。

于时保赤子，无虑山水遥。

【1】沿路番民跪献糌粑、土酒，而此处尤多，并习歌舞，以乐丰年。

后　藏【1】

遐方祝嘏礼尧天【2】，咫尺慈颜御座前。【3】
乐奏须弥极乐世，山呼【4】圣寿大千年。
化成久道恩施远，九有边荒感激虔。
更喜群僧无量赞，班禅近侍读经专。【5】

【1】白朗至此九十里，换乌拉。

【2】恭遇圣皇万万寿圣节。

【3】札什伦布供有圣容。

【4】率同汉蕃官兵，齐班行礼。

【5】班禅近侍圣容，督领僧众，虔讽①无量寿佛真经。

中秋日阅兵用前韵

较阅须弥万里天，汉番军将勇无前。
能枪能箭兼他技，挥令挥旗胜往年。
梵宇观兵仪尚简，蛮戎习艺志尤虔。【1】
操防重地需能事，移调都司责任专。【2】

【1】如璋色楞能演一马三箭。

【2】升任都司戴文星素谙操防，因奏请接驻后藏。

班　禅【1】

智慧生成缘性天，现身此辈可光前。
幼龄说法莲花座【2】，奕世传经仙鹿年。
衍教屏藩遐域固，安生普渡用心虔。
信知释道能行远，神妙圆通本静专。

【1】仍叠前韵。

【2】班禅年甫十六，勤经典，晓"温都逊"，且能与众僧裸衣讲禅，可谓再来人也。梵语"温都逊"，乃诸经源流。

岗坚喇嘛寺【1】

古寺那尔汤【2】，金磬久珍藏。【3】

---

① 据文意，似当作"诵"。

长圆式如瓮，摩挲声若簧。[4]

右旋声则阴[5]，左转声则阳。[6]

乌斯咸心信，岂非一慈航。[7]

问俗知丰歉，免输数户粮。[8]

年丰何可忽，民天何可忘。

精勤以自勉，惕励以省方。

【1】后招至此九十里。

【2】札什伦布迤西五十里那尔汤庙内贮全藏经版，又西南二百里，有萨迦庙，皆经四五百年矣。

【3】殿藏古磬一口，为镇寺之宝。

【4】以细棰轻摩磬口，音若笙簧。

【5】音细。

【6】音洪。

【7】似此俗尚，固不必信，亦不可鄙。

【8】沿途秋收丰稔，细询得悉岗坚附近有被雨雹伤稼者十数家。因谕以达赖喇嘛慈悲，免其本年赋纳。复饬噶布伦遍谕各处营官查察，倘有似此者，一体酌蠲。

花寨子[1]

两度林公运米桥，因知广济令音昭。[2]

为名通惠铭劳绩，且饬年年慎递遥。[3]

【1】本名辖布格登，番户百余，属萨迦，岗坚至此六十里。

【2】壬子夏，大兵深入阳布时，林观察督运粮糈至辖布大河，水发难渡，观察捐银建桥及前藏喇嘛噶布伦、后藏岁琫模尔根堪布急公会办，桥成以济。观察即今方伯也。余两度过此，因志之，并题曰："林公通惠桥。"

【3】仍饬噶布伦及岁琫堪布，每年动闲款修补巩固，宜便行之。

彭错岭[1]

庙侧有岩岗，直辟下临江。[2]

固是三关一，因置千载防。[3]

工作无多费【4】，利益保封疆。

寨卡互维持，制律用知方。【5】

【1】花寨至此百一十里，属后藏，换乌拉。

【2】彭错岭山势雄峻，营官寨高居山巅，而庙在山根，近临大路。庙东五里有岩道，下临岗噶。

【3】札什伦布迤西通衢有三：左即萨迦沟，前已相地奏请动项置卡隘。中则珠鄂咙，路在萨迦迤北，亦筑长墙为隘。彭错岭又在珠鄂咙迤北，是为右路。中左既有卡隘，右路不可无防，因令依山筑卡，以为保障。

【4】班禅仅费百金。

【5】营官寨在新卡迤西，又居山顶，自成犄角之势。中左右三关，如分屯枪手数百，可破万敌，尤在督率有方，兵心有主耳。

嘉 汤【1】

昨宿山旁近水旁【2】，涛声不息送秋光。

插天峭壁连星月，傍寺森林斗绿黄。

清晓溯流【3】登翠麓，午前缓辔至嘉汤。

烹羊煮粥呼群从，衲裰【4】征衫【5】满座香。

【1】彭错岭至此六十里，属后藏。

【2】彭错岭。

【3】即岗噶江，源出冈底斯雪山。

【4】噶布伦札萨克喇嘛卓尼尔、通译等一行居右。

【5】守备等官及兵丁等一行居左。

拉 孜【1】

晓越日东巴，保障岂浮夸。【2】

前登科布拉，天险实堪嗟。【3】

通衢重扼要，形势胜萨迦。【4】

行观拉孜地【5】，丰岁验秋华。

男妇迎歌舞，虔诚意可嘉。

边民共乐利，逃亡尽还家。

壹是皇恩溥【6】，衔感更无涯。

【1】嘉汤至此六十里，属后藏，换乌拉。

【2】自嘉汤西行十里许，江岸有直壁，番名"日东巴"。登岸数丈，仅容一骑临江而度。

【3】过日东巴数里，又有大岭，番名"科布拉"。

【4】辛亥年，廓尔喀经萨迦沟扰至后招，无敢走大路，盖以重险之故。

【5】东南通萨迦，西南达定日、聂拉木，西北经阿木岭、达克孜、桑萨，直通宗喀、济咙。

【6】乙卯年，恩赏抚恤招还流亡，今已渐次复业。

甲错山【1】

层巅无瘴迥非前【2】，淡荡微风晴日妍。

拉布卧云天咫尺，炙羊温饱各陶然。

【1】宿处地名拉布拉孜，至此九十里。

【2】乙卯夏经此，雨雪交加，风冷殊甚。

罗罗塘【1】

清晓越嶒峨【2】，波绒顿九河。【3】

日中步缓缓，迤暮问罗罗。

昔苦今何若？咸称已脱苛。【4】

田禾微有歉，量减感慈多。【5】

【1】甲错至此百二十里。

【2】过甲错大岭。

【3】有波绒巴者，相传为唐古忒大家，世居游牧甲错山阳。有九山九河，即其东界，于此敬备茶尖。

【4】乙卯年，奏明晓谕：凡商上及各大寺庙差往聂拉木贸易者，自罗罗起，所需人夫、牛只，皆令随在发价。其唐古忒世家及达赖喇嘛亲属人等，概不准私用乌拉，一一严禁。今已二年，询之百姓，据云无复苦累矣。

【5】询悉田禾有被霜者，饬交噶布伦查明，谕以达赖喇嘛慈悲，量为减赋。

协噶尔【1】

协噶近荒边，乌拉踊跃先。

俗僧兼应役，何惜费千圆。【2】

【1】罗罗塘至此五十里，换乌拉。

【2】此地喇嘛有马，愿与百姓同出应役，甚为踊跃。

密玛塘【1】

策马过岩峡【2】，前之果琼拉。【3】

更渡瑃褚河【4】，平旷至密玛。【5】

【1】协噶尔至此七十里。

【2】自协噶尔晓发，西南行数里，山名"罗哩夹沟"，仅容一骑。

【3】山名，释曰"小山门"，为协噶尔屏障。

【4】水名"瑃褚"。盛夏涨发，难渡。

【5】山名，有塘汛。

定日阅操【1】

太平操远镇，缓带勤兵韬。

心略临机应，阵行随势挠。

连环本健锐，九子准鸣鼓。【2】

野战突前胜，婴城逸待劳。

仰攻气用作，俯压步宜牢。

鼓进金声止，扎营地择高。

劫人防劫己，崇令【3】在崇号。【4】

仁智定师律，勇严公贬褒。【5】

出奇自堂正【6】，主诡类皮毛。【7】

矢慎私淑古，惟精克秉旄。

圣明申教诫，军制重甄陶。

勿久稍生懈【8】，钦承巡一遭。【9】

庙谟扩神武【10】，士气群雄豪。【11】

闉阇千载靖，长兹赓旅豂。

【1】密玛至此六十里。

【2】京都健锐营，习九进连环神火，卫藏依法教演。三进连环及九子枪，无不准鼓而发，足昭威重。

【3】口传旌挥曰"令"。

【4】钲鼓曰"号"。

【5】《武经》云：智、仁、勇、严。

【6】李药师用兵，以正出奇。

【7】羊叔子师行，无用谲诈。

【8】频年奏入较阅情形，屡蒙圣训谕：以勿久而懈。

【9】一年一次。

【10】乾隆戊申、壬子两次平定廓尔喀。

【11】壬子冬，定日新设汉、番官兵，今已成劲旅。

定汛山城【1】

离龟【2】卧西方，金融质益强。【3】
城起先天势【4】，廨建祖乾阳。【5】
番师宜居巽【6】，蛮卒用坤藏。【7】
昂然克靖远【8】，保障【9】万年康。

【1】汛城居山，有云：山形类虎者。因矍然以虎本木属，难镇金方，若拟为金宿，则又宜静而不宜设汛其上，以震动之。因熟察山形，实似龟非虎，乃忻然为诗以志，并书"离龟永固"四字，刻以藏武庙。

【2】《易·离卦》有为龟之系。

【3】金得火炼。

【4】山形如龟，城建龟背，而门开离位，教场又居城外震方，皆极安妥。先天八位：乾一、兑二、离三、震四，起正南而止东北；巽五、坎六、艮七、坤八，起西南而止正北。

【5】守备署居乾位，吉甚。然不宜亢，亢则有悔，或与戴琫等不睦，抑待兵过严，皆亢也。似此边远大汛，固宜慎选员弁，尤宜循循教诫。

【6】戴琫寓守备迤西，既居巽方，固能巽顺。

105

【7】兵本金象，分居城中离、坎、艮、坤，土以生之，炼以水火，可谓止至善矣。

【8】兑位武庙昂然，乃金悦之象。

【9】汛城本因故寨而建，固天然保障耳。

莽噶布蔑【1】

沿山出汛隘【2】，初阅未经由。【3】
小憩嘉溥【4】地【5】，前程路转悠。
微霜秋草润，晴日晚风柔。
悬足群羊听，应知无猎谋。【6】

【1】定日至此百一十里。

【2】定日西北有山隘，驻定瑹一。番兵二十五名防汛。

【3】己卯年由定汛行两日，至聂拉木过嘉纳山，走伯孜拉错，始至宗喀。此次询悉聂拉木秋收丰稔，番民乐业。而定日西隘，路达宗喀，且系戊申年廓尔喀入寇所经，应即查阅。况路程与经聂拉木等，骑从亦无劳顿。

【4】地名。

【5】属后藏。

【6】过嘉溥尔仍系前藏协噶尔营官所属，一带山润草肥，野有黄羊，见人不惊，惟悬足而听。缘唐古忒向不畋猎，人或即之，则风雪立作，似此山野皆然，固非猎场可比。

莽噶布堆【1】

路近山风烈，天晴亦不妨。【2】
谁知零落地，珠默弟兄伤。
遗址蛮村冷，空场田亩荒。【3】
皇威镇遐域，诛暴慰循良。【4】
庙算垂良策，钵衣传教黄。
爵收销逆慝，势弱永安康。【5】

【1】莽噶布蔑至此五十里。

【2】此站最近。途经大山口，遇风甚烈，然晴明日暖，余勒橐纵骑，即时

106

至站，从者一无所苦。

【3】闻此一带先年人烟本多，后因藏王珠尔默特那木札尔欲害其兄珠尔默特彻布登，于是珠尔默特彻布登拥兵经此，避至阿哩。珠尔默特那木札尔复屡次发兵，由此征进，沿途多被骚扰，以致居民流亡十之八九。

【4】乾隆庚午，珠尔默特那木札尔谋逆伏诛，并查出珠尔默特彻布登系伊所害，蒙恩恤赏珠尔默特彻布登世袭辅国公。现伊曾孙林亲彭楚克承袭。

【5】先是珠尔默特那木札尔信崇红教邪术，渐至谋逆。既诛，奉旨除其王爵，禁其邪术，振兴黄教，卫藏乃安。

过洋阿拉山【1】

> 闻昔廓尔喀，长驱经此山。【2】
> 大兵临协噶，小丑乞和还。【3】
> 惜未塞归路，纲疏逸野狂。【4】
> 巡边知扼要，特笔未容删。

【1】自莽噶布堆西南行二十余里上山。此山形若长墙，而莽噶布堆又有层碉，战守功倍，惟饷运艰远耳。

【2】戊申年初入寇，由莽噶布堆、定日一带至协噶尔。

【3】是年，有钦差大臣及成都将军提督，督兵迎至协噶尔，廓尔喀乃乞和还巢。

【4】彼时官兵初至，未谙舆图。如果预由甲错山阳分兵，经波绒巴游牧，绕至羊阿拉及莽噶布堆等处邀击之，可使片甲不归，并免辛亥年之大役也。

叠古芦【1】

> 暮及叠古芦【2】，回忆经巴都。【3】
> 迤南聂拉木【4】，旋转住浮屠。【5】
> 向宿伯孜地，遥连见坦途。【6】
> 既书前所历，又叙却敌图。【7】

【1】莽噶布堆至此百里。

【2】属波绒巴。

【3】乙卯年由定汛过通拉大山，行百九十里，至巴都尔宿。

【4】由巴都尔行七十里至此。

【5】由聂拉木旋走达尔结岭，转西行百三十里，宿峨拉喇嘛寺。

【6】自峨拉过嘉纳山西北行九十里，即伯孜。系草地，属波绒巴，今至叠古芦，南望伯孜旧宿之地，游牧殊为宽阔平坦。

【7】此次吟叙路程，尚缺前所经行聂拉木数站，因补书之。复忆及乾隆戊申年廓尔喀入寇，本系两路：一由济咙、宗喀、波绒巴、洋阿拉山、定日大路至协噶尔；一由聂拉木、通拉山、定日会于协噶尔。贼皆跣足着履，鲜能急走，而乘马者甚多，形与在藏贸易之巴勒布相同，固非劲敌。我兵应由洋阿拉等处截其归径，已见前注。至其仍由聂拉木回巢者，应自罗罗塘分兵出协噶尔南山迤南，绕至定日通拉山峡，伏而击之必胜。或即于协噶尔西之果琼拉山一带伏兵截战，亦可全胜。所有卫藏西南沿边帕克哩、定结、甘坝、喀达绒辖形势，略见《纪行诗》。

拉错海子【1】

城淖青如碧，一望琉璃明。

红香布微悃，哈达代帛呈。【2】

复来宿旧野，汐湍听新声。

呼吸天地率，无涸亦无盈。

【1】叠古芦至此九十里。

【2】山野宿处，遇有海子，应以藏香、哈达致礼。

宗　喀【1】

两越巩塘拉【2】，重来宗喀地。【3】

田禾灾被等，征半抒民累。【4】

【1】拉错海子至此百一十里，换乌拉。

【2】山名。

【3】此处有营官。注见《纪行诗》。

【4】有番民禀诉：田禾夏被虫食，秋复霜打，所获稞麦止四五分。因饬噶布伦察实，谕以达赖喇嘛慈悲，蠲免本年征粮一半。

衮　达【1】

衮达隶宗喀，经行灵瓦昌。【2】

两山千仞并，边地好岩疆。

【1】宗喀至此百里。

【2】山名。

邦　馨【1】

越卡【2】豁双眸【3】，青山去路悠。

长松秋不老，雪岭洁无俦。【4】

中有招提户，天然壁垒修。【5】

方舆须目睹，经远赞皇猷。

【1】衮达至此百一十里。

【2】地名，察木卡，天然扼塞。注见《纪行诗》。

【3】卡迤南，秋景可玩。

【4】通衢两岸，山树森森，秋气温暖，而此山之外，群峰积雪峨然。

【5】察木卡迤南有蛮村，名"卓党"。又南十余里，深涧以左突起石壁屏
山，仅有一径，可谓西招门户。

济　咙【1】

巡阅来边境，遐藩忱悃将。【2】

款酬橄逊睦，要服守成章。【3】

壹是皇恩致，无须显寸长。

忻兹秋省敛，获见有余粮。【4】

时使民何怨，即旋役免忙。

嘉禾正晚熟，岂可误登场。【5】

【1】邦馨至此二十里。

【2】廓尔喀王遣其头目二人，随带兵役、背夫共三十七名，前一日至济咙
候迎，呈献瓜果、蔬菜以及米面食物。并具禀请安，表其诚敬。

【3】因好言抚之，答以锦缎荷包、香珠、茶叶及手卷等项，并赏头人札木

榜、达哩玛亲达赖二人缎绸、茶叶、银两。及其兵役、背夫，亦分别赏以银钱、茶布，无不欢欣感激。又檄谕该王褒其盛意，教以和睦邻封，安守疆界。该头人又称：阳布鲜有甲噶尔贸易之人，意欲在藏商头前往阳布会商交易云云。因谕以买卖乃商民私事，不应官为料理，尔等寄信与藏中头人自行商办可耳。该头人应诺曰：谨遵指示而行。并于路旁叩送，辞色恭顺。盖外藩荒夷，无非图利，似此乞请，只好羁縻。晓谕从则甚妙，否则随机而应，譬如该王必欲商头前往，亦不可固阻。缘此商头本系巴勒布早年来藏久住贸易之人。总之不必官为使去，伊若乞假回家，听之可耳。倘有关系疆界之事，固应照依原定章程，檄饬遵行。大凡遇有面谕事件，俱应和容悦色，反复开示，伊必遵信奉行也。

【4】蛮家各有积蓄。

【5】即日旋宿邦馨，以早还一日，则乌拉人夫早安一日。且免仆从贸易，贻笑边隅。

阳布站程

济咙达阳布，缓程十日赴。

藩使急趋来[1]，因知疆外路。[2]

【1】使称：该王令伊等速来。因赶紧九日，行抵济咙。

【2】因来使所述，询诸前曾经行之人，济咙外有色新卡，有热索桥，有包达木，有协布鲁，有噶多，有东觉、马黄山，有章站，有雍雅，有白果地，有堆补木，有帕朗古，有吉尔济，有别蚌宗，有泼冲拉山，有贾喀呢，有腔孜岗，有朗卡格密，迤南即阳布，共十八小站，每站三四十里不等，通计约七百余里。

即　事

回忆前番普济贫，极边休养太平民。[1]

时曾谆饬除私敛，今已咸遵俗化淳。[2]

【1】乙卯年钦奉恩旨，赍银赈抚边民。

【2】是时询悉宗喀、济咙，番民不睦，营官因之互相抽收货物、牛只等税，遂严行禁止。今巡访知宿弊已革，番民欢悦，且两处和睦，向之恶习已除。

还宿邦馨

荒番遮道诉，粮赋累为深。[1]

昔户今摊派，有田无力耘。[2]

可怜兵火后[3]，复值暴尪频。[4]

稽实减征纳，慈悲达赖仁。[5]

【1】途次琼堆，有男妇泣诉告累。

【2】此地原有番民五十五户，今止存八户，而仍照原数征粮。

【3】戊申、辛亥，两被廓尔喀骚扰。

【4】后出天花，复遭瘟疫。

【5】遂饬噶布伦询明，谕以达赖喇嘛慈悲，照依实户征粮，并札饬营官遍查有似此者，俱着按照现户征收，可期休养生息。

还宿衮达

落敏小番氓，使来衮达迎。[1]

遐柔感圣化，蕞尔输愚诚。

重障[2]足资卫，羁縻不可轻。

况是木珠戚，劝义慰殷情。[3]

【1】落敏汤，系边外一小部落，地在济咙、宗喀西北，其原委详见《绥服图诗》。该部长名旺结多尔济。今闻巡阅，遣使行六日至衮达，具禀请安。

【2】该部长世与唐古忒通好，固为疆外保障。

【3】该部长之妻，系宗喀营官萨木珠之姊，因并赏其夫妇缎匹、香珠、哈达、佛尊。乾隆戊申年，廓尔喀入寇至宗喀时，萨木珠同军功陈谟、潘占魁固守官寨，殊为奋勇出力。已详《纪行诗》。

还宿宗喀，次日供奉帝君圣像于琼噶尔寺

琼噶岩岩势，山巅梵寺空。[1]

敬供关圣帝，威远镇西戎。[2]

【1】琼噶尔喇嘛寺高居山顶，势颇岩峻，在宗喀迤北，久无僧住，亦无佛像。

【2】乙卯年过此，矢愿供奉帝君，永安边境。今塑像择吉安奉寺内。令宗喀喇嘛住持、营官照料，月给商上钱粮，以供香火。春秋先期由藏拨银，就近遣营官备牲敬祀，俱交噶布伦遵办。

霍尔岭【1】

岭头风净雪凝尘，晓日晴光岩道新。【2】

也是喇嘛虔祀好【3】，征人处处稳行巡。

【1】由宗喀还，越巩塘拉大山，至此九十里，属宗喀。

【2】前两日巩塘拉微见风雪，本日过山，晴光和暖。

【3】随来之噶布伦系喇嘛，每遇大山，必放桑虔祷。余至鄂博，亦拈香叩祝，献以哈达。山野荒径，由来如此，过者咸宜致敬。

恰木果【1】

淖岸虔申礼【2】，宗邻暂小憩。【3】

复登拉萨尔【4】，再至藏江际。【5】

【1】霍尔岭至此属宗喀。

【2】来时曾祭巩塘拉山东南之拉错海子，旋程过山路，向东北宿霍尔岭草地，亦有海子，因致礼焉。

【3】宗喀近邻萨喀，由霍尔岭行五十余里至萨喀东境，该处营官于此敬备茶尖。

【4】山名，亦系大岭。乙卯年阅边旋程经此，既过山，又系宗喀所属之地。

【5】过拉萨尔山行五十余里，又至前所宿之恰木果地方。此地旁临藏江，其源发自冈底斯雪山。

列克隆【1】

沿江【2】观水静，缓辔觉心清。

心水若浑一，天君可泰亨。

【1】恰木果至此八十里，属宗喀。

【2】即昨日所见藏江，沿岸直走一站。

达克孜[1]

渡过冈噶津[2]，转上鹫峰路。

乐水知者心，乐山仁者度。

身乃天地塞，性乃天地赋。

巡阅布皇仁，殊恩千载遇。

【1】列克隆至此六十里，属后藏，换乌拉。

【2】在达克孜迤西。

汤　谷[1]

忘却前游[2]山不知，忽高忽险路参差。[3]

幸逢竟日无风雪，大岭逶迤步坦夷。

【1】达克孜至此百四十里，属萨喀。

【2】乙卯年曾经此。

【3】有大山两座：南曰"贡喀江鄂拉"，北曰"江拉"。

又

骑从勤劳合款酬，野筵不必有珍馐。

肥羊香米调羹馔，行帐从容诗兴遒。

桑　萨[1]

问俗经游牧，蛮生赖草肥。[2]

前苛除未尽，今议养无依。[3]

纾力能余力[4]，防微谨细微。[5]

安民斯保障，蠲赋仅几希。[6]

【1】汤谷至此百三十里，属萨喀。

【2】此地不产稞麦，注见《纪行诗》。

【3】乙卯年曾除此地苛敛，尚有"噶斋"，即牛羊税办理未妥。今询悉民隐，饬交噶布伦定议，其牡畜蕃滋之家，照向例交纳，至其牛羊无多者，仅令交纳酥油，蠲除税赋，以纾民力。

【4】能纾民力，乃得其力。

【5】萨喀南界落敏汤，外通廓尔喀，其西北界连阿哩境，有盐池，是为边外一带希异者，此虽细微，不可不慎。其运盐易米，注见《纪行诗》。

【6】保障边地，全资百姓，蠲赋无几，获利无穷。

札布桑堆【1】

游牧人安恬，鞭牛运池盐。【2】
班禅尝怀抚，赋税不曾添。

【1】桑萨至此九十里，属后藏。

【2】盐池在阿哩境内。此地番民以牛运盐，日行三十余里，还须四阅月。

阿木岭【1】

海子无波浪【2】，鱼儿自坦夷。【3】
晶光照佛地，手印传慈悲。【4】
俗尚不应鄙，情推可易治。
山川随在祀，风雪未尝危。

【1】札布桑堆至此六十里，属后藏。

【2】海子名"金莫错"。

【3】此水无碱，产大鱼。

【4】相传虔礼者于日出前登山观之，得见水影，有似佛手者。

僧格隆【1】

问讯天池【2】际，惩奸慰善良。【3】
巡方为省敛，差役减从纲。【4】

【1】阿木岭至此百四十里，属后藏。

【2】自阿木岭东行七十里有海子，唐古忒呼为"那木错"，乃番语天池也。

【3】有告营官之催头任意勒索者，因即讯明，痛责示惩，并罚营官出赀，给还百姓。

【4】此地户少，粮差过重，因饬后藏卓呢尔同营官查明，谕以班禅慈悲，各按实户纳粮，唐古忒谓"户"曰"纲"。

察布汤泉【1】

涤垢因汤沐【2】，洁身犹濯心。
心清好治狱，鞫断惩贪侵。【3】

【1】僧格隆至此八十里，属后藏。由僧格隆东行四十里，渡藏江，过拉孜，至此系入萨迦路。

【2】此地温泉甚佳，因沐浴焉。

【3】番民有诉强占田亩者，讯明饬令归还，并即予罚示惩。

萨迦庙【1】

五百余年庙，宗传大西天。【2】
甲错别有路，春堆玛布连。【3】

【1】察布至此九十里。

【2】萨迦喇嘛原在甲噶尔，已传百数十辈，其后建庙于此，又历五百三十年矣。甲噶尔，即大西天。

【3】萨迦庙西南山沟名"春堆"，玛布甲在甲错大岭迤左，其西南路通定日、聂拉木；东南通定结、喀达，系两隘口；东北经察咙即通札什伦布。所有廓尔喀属之巴勒布贸易人等，来往俱经此。故廓尔喀熟悉道里。前由春堆、玛布甲入寇，询知其详，故志之。

察　咙【1】

新碉已落成，威重昭清平。【2】
怀保利施德【3】，操防宜力精。【4】

【1】萨迦庙至此百一十里。

【2】察咙西南相地砌卡三处：一曰"曲多"；二曰"江巩"；三曰"阿尼巩"。形如梵碉，所有碉墙，叠砌方洞，以便施放枪炮，势颇联络。

【3】谓达赖、班禅。

【4】谓汉、番官兵。

那尔汤【1】

朗拉天然隘，层巅扼要长。【2】

习劳须步演，都守合知方。【3】

【1】察陇至此百五十里。

【2】由察陇东北行七十里至朗拉山，形势险要。

【3】朗拉山距后招百余里。都司等暇时，应督率汉、番兵丁步行上下操演，既可习劳，兼得熟悉情形。

还至后招【1】

江岸旧无堤，奔湍任所之。

番黎群苦诉，疏导适其宜。【2】

【1】那尔汤至此五十里。

【2】后招东北，藏江南岸既滩，北岸日涨。所在达赖、班禅两属百姓，田亩多被冲没，因即饬岁璋、堪布、噶布伦、札萨克喇嘛，鸠工疏通北岸涨沙，并于南岸上游近山数处，各筑挑水坝，以杀其势，然后塞其漫口，可期大溜，仍归故道。

阳巴井【1】

四渡岗波秋阅冬【2】，霜峰晴暖路从容。

问田省牧为筹画【3】，达木观兵过玉峰。【4】

【1】自札什伦布旋程，七站至此：第一站曰"额莫尔岗"，九十里；二曰"那木岭"，百三十里；三曰"喇汤"，百一十里；四曰"宗木汤"，九十里，换乌拉；五曰"玛尔江"，百四十里；六曰"巴布赖"，百三十里；七乃阳巴井，八十里，换乌拉。喇汤迤西有田禾，东北一带，俱系游牧。

【2】九月十九日立冬，二十三日由札什伦布旋程，东北行七十余里，西渡藏江，乃至额莫尔岗宿。第一次在曲水迤南渡江，系自右而左。二次渡江，在达克孜迤西，系自左而右。三次渡江，在拉孜迤南，系自右而左。往复共四渡，皆岗噶水也。先时过渡，惟有皮船，今四处皆有木船矣。

【3】一带秋收丰稔，惟那木岭西之琼地方山沟内，有前藏属民十九户，百六十口，后藏属民五十户，二百九十四口，因被雷灾，嗷嗷待哺。即饬噶布伦及后藏卓呢尔等，谕以达赖、班禅慈悲，计口每日给糌粑若干，一月一发，散至来年秋成为止。并着明春借给籽种，无误耕作。二十七日至玛尔江游牧，访

知该处百姓原有五十六户，现已流亡三分之二，缘正赋外，商上造佛派缴木炭积久折银，每二年不下万余两，其逃亡者即向现户摊派。一带游牧，均为苦累。甚以叩贺天喜，进佛为词，又行加派，实非情理。随告知达赖喇嘛、济咙胡土克图，饬噶布伦通行晓谕：准照实户交纳、永革摊派、加派诸弊。

【4】乙卯年巡阅，由阳巴井东行七十里，宿德庆。又六十里宿朗孜。又六十里抵前藏。今往达木校阅，自阳巴井分路，东北行八十里，宿霞菩提大雪山根。又八十里宿宁仲汤泉。又八十里乃至达木。

达木观兵[1]

游牧固安生，因何武备轻。[2]

健儿须奖率，法度赖持衡。

严重缘旌旆[3]，驰驱准虹钲。[4]

习劳图猎较[5]，御盗卡防营。[6]

枪箭操乘马[7]，腾骧利远行。[8]

练兵申纪律，制锐养升平。

【1】达木系草地，所居官兵本青海、蒙古。初，青海厄鲁特固什汗剿灭藏巴第巴，因留兵二千余住此护卫达赖、班禅，后固什汗曾孙拉藏汗于康熙年间被准噶尔戕害，达木蒙古亦被掳去十分之九。雍正初年，青海罗布藏丹津与察罕丹津构衅，该游牧人众有避兵投藏住达木者。自是达木所居新旧蒙古共八百余户，遂为八鄂托克，后置固山达佐领、骁骑校各八员，分管所属，因呼为"达木八旗"。固宜劝之教之，用成武备。

【2】各贪安逸，未娴兵技。

【3】虽曰"八旗"，并无旗帜，因添设旗纛，排演队伍。

【4】虽有兵而无号令，因置海螺以起之，钲以止之。

【5】兵众虽有枪箭，未能娴熟而不知围猎，躬率教之，以习劳焉。

【6】其游牧东北常被盗牛只，而不知踩踪寻觅，因谕令高处设卡瞭望，以巡盗贼。

【7】今因山达共攒骑兵五百，虽各习马枪马箭，向不期会操演，以致控驭生疏。因先教以围猎，继演阵法，可期健锐。

【8】幸各有马，足资驰骤。

还抵前招[1]

秋阅周西极，冬旋经艮维。[2]

轻骑且缓辔，我马得忘疲。[3]

慎役[4]防滋暴，束兵[5]训所司。

兢兢严克己，翼翼谨循规。

乘便稽民隐，行逢省敛时[6]，

两巡宣圣德，咏志愧修辞。

【1】由达木东南行八十里，宿错罗鼎草地。又四十五里，宿拉康洞，换乌拉。此迤南有田禾，由此西南行七十里，宿达隆。又七十里，宿伦珠宗。又八十里，宿嘉里察木。又七十里，宿萨木多岭。又八十里乃至前藏。

【2】达木在前招正北约二百余里，中隔大山，路险且少民居，故由达木东南经呼征达隆地方旋藏，路在前招东北。

【3】沿途乌拉、马牛、人夫，或三五日或六七日一换，非驿站可比。每日固宜缓行。所役人夫，每晚散给酥茶、糌粑，不使枵腹，则随带器用，不致遗失。而每于更换之际，酌量远近，分赏银钱，以酬其劳。并面询，倘有倒毙牛马即偿价，以免其累。所有经过尖宿，酌赏银钱三五两，并赏营官、头人绸布，谕以毋许攒派百姓。

【4】仆从。

【5】随从。

【6】向年夏季巡行，未若今秋藉得省敛。

卫藏和声集

和宁（和瑛）　　和琳

《卫藏和声集》一卷，和宁、和琳合著。

和宁（1741—1821），因避讳道光，后改为和瑛，字润平，号"太庵"，额尔德特氏，先祖为蒙古喀喇沁，因从清太祖皇太极，遂入镶黄旗，自曾祖至乃父，诰赠光禄大夫。[①] "乾隆三十六年进士，历任户部主事、员外郎，安徽太平府、颍州府知府，庐凤道观察。五十三年升任四川按察使，五十五年任布政使，九月调任陕西布政使。五十七年三月，刻印《西藏志》。五十八年十一月，因'稍谙卫藏情形'，奉命赴藏，'帮同和琳办事'。十二月抵成都，除夕到雅州，五十九年三月至拉萨。和宁在西藏任帮办大臣、办事大臣长达八年，至嘉庆六年五月方才离开西藏。在藏期间，政事之余则醉心于学术研究和文学创作。"[②] 其间，有《西藏赋》《藩疆揽要》《杜律精华》等著作，并参与了《卫藏通志》的编撰。

和琳（1754—1796），满洲正红旗人，钮祜禄氏，字希斋，号"华坪"。大学士和□之弟，清朝名将。乾隆时由生员补吏部笔帖式，历任兵部侍郎、工部尚书、四川总督等职。骁勇善战，行事节俭，与军机大臣福康安有深交。

乾隆五十七年（1792），廓尔喀贸然兴兵侵略西藏。经过和□周旋，时任正蓝旗汉军副都统的和琳被派往西藏，与大将军福康安共事。后和琳因与大将军福康安配合得非常默契，得到乾隆皇帝的信赖，步步高升，先授都统衔，不

---

① 关于和宁生平考述，参见文香：《清代边吏和宁研究——以新疆任职为中心》，北京师范大学硕士论文，2012年。

② 严寅春：《满蒙汉藏情谊深 驻边唱和别样新——〈卫藏和声集〉简论》，载《西藏民族学院学报》（哲学社会科学版），2014年第6期，第14页。

久升任工部尚书。

乾隆六十年（1795），和琳赴贵州从福康安镇压石柳邓领导的苗民起义，次年福康安死，他代为主帅，在围攻平陇战役中染病身亡，追封一等公爵，年仅42岁。乾隆晋赠其为世袭一等公爵，谥"忠壮"，赐祭葬，配享太庙。

《卫藏和声集》为甲寅年（乾隆五十九年），和宁与和琳在藏期间的唱和诗集。"集中共收诗88题193首，其中和琳30题59首，和宁56题132首，二人联句2首；二人叠相唱和22次，唱和之作有109首之多。集中尚收有和宁酬答祝德麟、徐长发、吴树萱等诗作3题6首，以及是年十一月巡视后藏时所作15首纪行诗和《题袁才子诗集》《挽云岩李司马四首》等诗。"①

《卫藏和声集》今存清代刻本，书目入《贩书偶记续编》。2015年，国家图书馆出版社出版《中国古籍珍本丛刊·广东省立中山图书馆卷》，全62册，其中第60册收录该书影印本，本书以此为底本。

《卫藏和声集》的作品，部分又收录于和宁《易简斋诗钞》与和琳《芸香堂诗集》，本书在后面编录这两部书稿时，对于同一诗作，如内容完全一致，以"存目"罗列，并标明在《卫藏和声集》中的诗名，如果诗名有重复，则标出本书所在页码，方便读者按图索骥；内容有别，则仍录入，以供学界校勘。

① 严寅春：《满蒙汉藏情谊深 驻边唱和别样新——〈卫藏和声集〉简论》，载《西藏民族学院学报》（哲学社会科学版），2014年第6期，第13页。

卫藏和声集

宿宜党寄怀　希斋

骊驹一月抵三秋，都为遐荒少宦游。
支帐群看酣伯雅，乘船谁信步碉楼。
髻山四面偕君伫，新柳千条不我留。
野宿风光殊可绘，二更弓月挂峰头。

答寄怀元韵　太庵

招西入夏冷如秋，系念文旌赋远游。
握别童山环毳帐，归来弦月满僧楼。
敲诗与共忘醒醉，选佛场宜听去留。
惆怅瓜期先鹿马，怜吾东望更搔头。

春堆再叠前韵　希斋

春堆风冷讶深秋，笑我无端热宦游。
剩有泉声喧毳幕，却无人迹倚危楼。
客途藉酒偏难醉，诗思凭邮不暂留。
聊托蜀笺相慰问，未能心事话头头。

寄答前韵　太庵

硕画筹边费两秋，壮哉佛土不虚游。
欢逢客里芝兰室，喜结天涯棣萼楼。

121

倚马缥缃频传寄，渴人醽醁且封留。

性真见处唯诗酒，何必禅关棒喝头。

前诗既成，适别蚌寺僧送白牡丹至，复用前韵寄怀　太庵

番俗何曾麦有秋，天教鹿韭上方游。

春寒耐尽骊山寺，雪艳初登谢客楼。

顽仆插瓶聊我伴，残僧护槛为公留。[1]

定□布算同心赏①，富贵花中有白头。

【1】第穆园花未放，公旋犹及玩也。

札什伦布对雨，适接太庵和韵寄怀之作叠前韵　希斋

山房晓雨气支秋，珍重蛮笺慰客游。

寡和阳春骄楚馆，可餐闺秀艳隋楼。

花王似受空王戒，国色端为好色留。

我本情痴饶蒜发，正防笑我肤如头。

代白牡丹答叠前韵　太庵

释迦院里度春秋，蕴藉冰容待冶游。

节近天中犹见雪，园开地母且登楼。

霜根欲倩韩仙染，玉蕊全凭殷士留。

空到色香真妙喜，何妨簪上老人头。

札什伦布对雨有感　希斋

能使峰岚势不分，化工权合让阴云

平添千涧波涛吼，静扫十洲疫疠氛。

中土麦秋泽未降，边庭仲夏陇初耘。

远臣私向天曹祝，无宁先沾慰大君。

答前韵　太庵

禅语华夷岂分，无私端合际风云。

---

① 原本缺字。

从教宦辙谜鸿爪，却喜天涯靖野氛。

黄毳千家当昼呗，青稞万陇趁晴耘。

随车雨更怀中土，不负苍生望使君。

江孜归，次叠前韵 希斋

古人言别动言秋，信是秋容惨客游。

况我重裘不畏夏，知君望远日登楼。

官无事累归应早，佛有情缘意自留。

端的牡丹约未爽，何须屡问大刀头。

答前韵 太庵

遥传西极望丰秋，恨未联缰共雅游。

客枕梦归千里雁，佛灯花结五更楼。

敲诗驿骑情何恨，携酒登龙话少留。

最是关心吟赏日，郊原指顾麦昂头。

济咙禅师祈雨辄应，志喜二首 太庵

佛力真无量，高名夷夏闻。

相逢评震旦，伴我慰离群。

法咒龙窥钵，翻经石触云。

会消千岭雪，噢雨靖尘氛。

芸阁龙烟树，清溪曲绕门。

兼衣人忘夏，罢射鸟争喧。

柳眼开新碧，苔心洗旧痕。

快逢霖雨望，小试到蛮村。

答前韵 希斋

儒生苍生念，同仁一视闻。

夷能随夏俗，鹤自耀鸡群。【1】

梵咒原通法，神龙岂靳云。

123

宁书年大有，痘亦渐收氛。

敛却神功后，看山绿到门。

黑云朝态变，白楮夜声喧。

阶草长无助，畦花绽有痕。

柳亭欣谢柳，疑入剡溪村。

【1】窃比禅师。

第穆园牡丹将谢遂不果游　　太庵

喜园绿树耐寒风，渺渺禅栖韵不同。
身作天香花作相，要知无相是真空。

晓望即事　　太庵

五月寒犹峭，遥空雪嵌山。
马嘶青草陌，鸠唤绿杨湾。
释子巢云静，番儿出寨闲。
塔铃风定后，不语挂栏杆。

赋得虞美人　　限"愁"字　　希斋

丽质辞垓下①，芳踪遍九州。
有情随物化，无地不春愁。
戚宠生空恃，虞心死未休。
似惊声叱咤，犹敛态娇羞。
楚舞风翻袖，啼妆雨缀旒。
青苹悲晤语，红豆怯相投。
证道来西土，征诗上小楼。
皈依②忘怨慕，佛国好勾留。

---

① "下"字原缺，据《芸香堂诗集》补。
② 原文为"衣"。

清代诗词类藏学汉文文献集成（一）

124

赋得虞美人 限"愁"字 太庵

佛子拈花笑，虞兮得好休。

根随天女散，名向楚宫收。

帐下曾怜舞，风前尚解讴。

低枝含露泣，弱蒂背人羞。

夜半三军夺，霜飞一剑投。

香消宁恋蝶，色正肯输榴。

似倩湘魂染，还同蜀魄留。

红颜千载驻，应脱奈何愁。

大招掣胡图克图即事 太庵

古殿奔巴设，祥晨选佛开。

谁家聪令子，出世法门胎。

未受三涂□，先凭六度媒。

善缘升已定，信手我拈来。

喜 雨 太庵

祈霖上策感天和，甘澍霏霏入夜多。

四面晓云酣未了，万家宿麦醒如何。

鬼能为厉痴应解，雨独称师化不讹。

试问山川灵也未，泽加枯骨胜刑鹅。

喜 雨 希斋

神人呼吸信能通，敢说文章感召功。

致旱有因嗤象教[1]，好生为德仰苍穹。

地蒸湿气犹含雨，山敛车云自蔽风。

志喜小楼联半就，是谁先我走诗筒。

【1】自达赖以下皆谓："不雨，系禁止人死割喂鹰犬之故。"诚不值一噱。

旅馆独酌　希斋

督护乘边署雀罗，睡魔才遣又诗魔。

谈经佛国惭丝染，运甓军门耻佞囮。

顾影圣贤相问答，逢场风雨任吟哦。

三年解职君恩重，旅梦还容乡玉珂。

答前韵　太庵

漫空碉寨似星罗，却遣愁魔入酒魔。

问政犬羊天外俗，翻经龙象教中囮。

忘形射圃分筹乐，得意诗坛共砚哦。

莫盼瓜期先代日，忍教惆怅想鸣珂。

夜雨屋漏呼童戽水　太庵

床下波澜屋上泉，三更惊起泛槎仙。

刚逢甲子浇淋雨，谁向招提补漏天。

书画沾濡忙掩护，枕衾潮湿怕移迁。

喜无戏瓦闲童子，一水泠泠入定禅。

答前韵　希斋

承尘夜半涌飞泉，顷刻凌波步水仙。

旌节暂为勾漏令，土泥难补女娲天。

榻间似放支奇入，屋上谁将息壤迁。

我笑阿兄睁困眼，强拈诗说野狐禅。

六月二日夜雨滂沱，喜而不寐。偶忆梦堂先生"雨声不放梦还家"之句，拈以为韵作《听雨词》七首[①]　太庵

番市连朝忙社鼓，灵童出海商羊舞。
果然入夜势滂沱，有客天西呼法雨。

依稀叠鼓送残更，枕手思眠背短檠。
遮莫潇萧空外响，楼高檐滴却无声。

天涯宦寄耆阇崛，责在司民兼选佛。
禁当人定雨凄凄，万里怀归心岂不。

旅窗漫作愁霖唱，万井仓箱须满望。
娈娈霡霂聒耳根，甘津却胜天花放。

宴罢南楼春满瓮，归鞍曾踏浓云空。
蛟龙索斗夜鸣骄，为破诗人孤枕梦。

一洗尘氛靖百蛮，卧听绕阁水潺潺。
万喧沉寂难成寐，留取乡心午睡还。

山南轻转阿香车，布谷声声闹晓衙。
收敛神功缘底事，慈云归入梵王家。

壬子岁春，敬斋相国率六师徂征廓尔喀，不再战而番民降服，永为外藩。某以筹办军粮来藏。事定，随留镇抚。
见川民运饷者，流落不能旋里，捐资拨兵护送启行。
其有生计听留外，三次共得二百人。因诗以志焉　希斋

欃枪扫后藏，羌叟耀西招。
转轮乏流马，丁壮陟岩峣。
老谋赵充国，不战降麤么。

①　英廉（1707—1783），冯姓，字计六，号"梦堂"，别号"竹井老人"，辽宁沈阳人，隶属汉军镶黄旗。清朝大臣。著有《梦堂诗稿》。董琪树在《梦堂诗稿·跋》中称其诗"质素近情"。

六军振旅还，百岁尘氛消。
可怜役夫众，归路嗟迢遥。
雪峰七十二，斗日寒威骄。
人可万里步，腹难终夕枵。
家乡忍弃置，乞食度昏朝。
谁无父母望，谁无妻子娇。
去帷弹别调，疑死悬灵祧。
凡此无告苦，司民中心焦。
大烹有余养，分俸匪名要。
计程统限缓，量口授食饶。
玉关嘱生入，鬼方毋涂膏。
黔首咸感泣，塞风声萧萧。
心慰良用慨，赓诗白吏寮。

答前题元韵　太庵

哀鸿鸣万里，旋定无人招。
云天入绝眦，雪岭排嶕峣。
嗟哉巴蜀民，孰非襁褓么。
流离琐尾态，坐视真魂消。
我驻瓦谷山，艰途强半遥。
孤馆困僮仆，瘦马嘶不骄。
忽传陆员卒，空手愁饥枵。
司空助裹粮，得以来今朝。
当其初出役，泣别妻儿娇。
父母握手嘱，生还继宗祧。
仁者念及此，草木回枯焦。
昔闻范承吉，名以代输要。
归者数千人，所仗公厨饶。
如君助赀斧，更使润脺膏。
充兹不忍心，愿以曹随萧。

寄语还蜀者，布告司民僚。

题袁子才诗集　太庵

名园曾访白云隈，虎踞关南看竹来。[1]
文苑耆年钦宿老，吟编万里得奇瑰。
脱离尘迹堪称子，道尽人情信是才。
风雅摩婆过半百，心花从此赖君开。

【1】丙午秋，余游金陵，访随园未遇。

分赋赏心十咏　太庵

射　得"身"字

悬弧男子志，万里试游人。
鹄设青蔬圃，曹分绿树津。
发而由正己，失则反求身。
即此堪循省，休夸破的神。

弈　得"先"字

梵地羁迟日，楸枰事足贤。
理原规战守，数自起勾弦。
不语心谋合，无争算得先。
愿师苏子意，胜负总欣然。

读　得"通"字

万卷何能破，群书在会通。
挟来蛮嶂外，摊入梵楼中。
宁比穷经伏，聊希识字雄。
开编心赏处，一洗俗尘空。

吟　得"高"字

岂作寒虫响，生涯琢句劳。

律惭垂老细，思入远人骚。

风雨怀逾旷，江山助更豪。

清诗堪供佛，敢诩曲弥高。

书 得"心"字

少废钟王学，于兹霜鬓侵。

荒山看乞米，清昼展来禽。

未识挥毫兴，长怀执笔心。

兰亭真有骨，且近墨池临。

饮 得"欢"字

般若汤何贵，移空绝域难。

香知开瓮少，醉觉数杯宽。

偶对春花晚，能消夏雪寒。

况逢良友共，兀兀有余欢。

谈 得"清"字

别有如兰契，非关四座惊。

日长闲拂尘，花落静桃檠。

话任搜神远，言归论世平。

个中抽妙绪，不让晋人清。

歌 得"谐"字

一发穿庐兴，清讴足写怀。

心随黄鹄落，响入白云谐。

丝竹听偏泥，宫商谱任乖。

莫愁声乍起，连臂唱蛮娃。

静 得"为"字

不到尘劳息，憧憧宁久持。

寸田芟蔓草，一水净方池。
定慧谁曾见，操存只独知。
况当禅寂地，政合在无为。

睡 得"甜"字

自入迦维域，真成吏隐兼。
年华分鹿幻，仕路典槐占。
事简神能守，心斋梦自甜。
谁知栩栩蝶，先我得虚恬。

分赋赏心十咏 希斋

射 得"身"字

书垂无逸戒，执射勖闲身。
地僻交多厚[1]，弓柔技易神。
绿杨时落叶[2]，苍隼不惊人。
观德还争饮，都忘揖让频。

【1】谓太庵。
【2】俗以中红心为中，羊眼应是杨叶。

弈 得"先"字

鬼阵非吾好，逢场亦偶然。
无心争胜负，随手得偏全。
戏具才方面，机谋启寸田。
奕秋休笑我，终局是谁先。

读 得"通"字

昼永防摊饭，甘为食字虫。
略观求意解，时习异心通。
不道居官长，翻成入学童。
牙签珠玉润，忘象仕优中。

吟　得"高"字

边塞饶风景，闲情亦足骚。

拈须时对月，分韵偶题糕。

兴[1]致适相会，推敲却惮劳。

所欣抒意趣，和者任弥高。

书　得"心"字

携有黄庭句【1】，晴窗试一临。

希王教子法【2】，师柳事君心。【3】

争似香留褥，偏宜墨染襟。

况居般若地，般若是知音。【4】

【1】同轴道书也。

【2】羲之观献之作字，每于后夺其笔，不动。曰："此子可教也!"

【3】上问书法于公权，对曰："心正则笔正。"

【4】余每摹写《心经》，故及。

饮　得"欢"字

适性怡情物，功同玉液丹。

回春宁待腊，浇腹胜加餐。

朝博花神笑，宵增月姊欢。

流连防耳热，恰到半醺难。

歌　得"谐"字

三百篇风旨，村讴自写怀。

不闻宫羽谱，始与管弦谐。

清客休弹指，佳人妄击钗。

会真词句改，谁为证音乖。

---

① 兴：原为"性"，据《芸香堂诗集》改。

谈 得"清"字

未逢知己友，反舌讶无声。

倾盖同人后，高谈一座清。

百家争品秩，三教辨纵横。

转笑昌黎叟，缘何语不平。

静 得"为"字

孟子求心放，丹经教意为。[1]

守真传秘密，习静种根基。

脉住绵绵际，光含焰焰时。

个中消息好，难语不知知。

【1】《性命圭旨》有讲《用意》一篇。①

睡 得"甜"字

动极思维静，低帏旎枕恬。

虫飞犹入梦，日午不惊签。[1]

梅帐酣黄熟，鸳衾绕黑甜。

旅人三昧在，蝴蝶日窥帘。

【1】齐高帝每睡，令人投签殿上。

旅馆小酌联句

禅心小住蜜罗天，太。有计逃禅订酒仙。

伯雅红酣灯烬短，希。越瓯绿认茗旗先。

不妨得句频呈草，太。敢以藏钩任拍肩。

轻转阿香风送雨，希。晴随义驭柳飞棉。

乌蛮鬼俗真难变，太。白蛤家声讶竟传。

---

① 《性命圭旨》全名《性命双修万神圭旨》，作者不详，中国道教气功重要著作，分元、亨、利、贞四集。相传出于尹真人高弟之手。

守法曹公钦坐镇，希。知人萧相感推贤。

金兰欲谱同心卦，太。玉节今撑半壁边。

漫道旅情增怅触，希。君恩未报正华年。太。

夏日遣怀即事，以少陵"灯花何太喜，酒绿正相亲"为韵五律十首　太庵

佛转迦维国，天西最上层。

山河超两戒，龙象说三乘。

地辟韦皋绩，人传定远能。

劫来妖祲靖，无尽礼燃灯。

其　二

梵阁凌空起，丰碑表更华。

十全垂翰藻，万里老烟霞。

信有园游鹿，虚无钵咒花。

请看西岭雪，绝顶不飞鸦。

其　三

那用轮铃相，荒酋乐止戈。

廓藩成赤子，法域普春和。

干羽诚应尔，诗书教若何。

悉昙章万部，空比六经多。

其　四

茧茧绣面人，叩头招门外。

毛地产无多，氄僧食已太。

牒巴庆弹冠，噶伦知束带。

铨除辨等威，事更劳沙汰。

其 五

奇哉天地葬，竟少中心泚。
未解化凶残，云何参妙喜。
掩薶教始兴，刻木风期美。
安稳遍苍生，是为真佛理。

其 六

男女市阛间，百货通无有。
捻麨酥糊口，饮泉泥在手。
性如□□□，欢入柳溪柳。
亵露不为羞，群酤阿拉酒。

其 七

婆心敦素风，法性宽愚俗。
岁祝麦禾黄，村讴山水绿。
灭汝拂庐征，为渠平屋足。
所乐人熙熙，长年无折狱。

其 八

戒杀不谈兵，疆场谁用命。
灞上儿戏军，阃外书生令。
鱼阵布森严，柳营看峭正。
楼居千万家，得养鸡栖性。

其 九

双节童山驻，威声壮藏王。
笼官登祍席，社衲稳绳床。
列部依天宇，繁星近太阳。
不愁兵燹劫，古殿保金相。

其 十

万里岩疆重，皇家设教神。

空瓶开善种，客宦斗强身。

解语花应笑，忘机鸟亦亲。

百年如寄耳，云路悟前因。

遣怀即事五律十首　希斋

考最要荒外，年来悟①琢冰。

让仁谁变俗，问道我模棱。

心悔常崇佛，签占近得朋。

清谈恒入夜，堆泪验馋灯。

其 二

冈洞呜呜发，边声抵暮笳。

才惭王粲赋，醉学阮宣家。

冷署闲敲句，明窗试画沙。

似应忘结习，底事笑拈花。

其 三

一剑乘边障，连年受佛呵。

壮心依北斗，表字号东坡。

忆昔闻三藏，于今恰二何。【1】

可知班定远，铃阁也张罗。

【1】何充、何准俱信佛法，今太庵与余名又皆"和"字，故借用。

其 四

叔子镇襄阳，轻裘宽博带。

---

① 悟：原作"晤"，据《芸香堂诗集》改。

风流事可师，肉食人何会。
未悟超三乘，敢云借四大。
所欣吏隐兼，政简毋嫌太。

其 五

闲消一局棋，败北心良喜。
如作赋三都，暂抛家万里。
呼茶却酪奴，酾酒扶灯婢。
宦境足逍遥，忘形真知已。

其 六

不畏日当天，飘巾风入牖。
小楼半架书，深院多载柳。
时约素心人，共倾无事酒。
谁道令公贫，饔飧充二九。

其 七

瓶浸野花红，窗含浓荫绿。
阿香挟雨飞，杜宇啼愁续。
一梦夜常惊，六尘身独触。
庄周蝴蝶缘，未必非燕玉。

其 八

妻妾薄徐公，不如朝对镜。
青春日日遥，白发星星①迸。
身后纵流芳，眼前随啸咏。
穿柳放心收，法犹持笔正。

---

① 星星：原作"惺惺"，据《芸香堂诗集》改。

其　九

术逊孙思邈，龙官授药方。

蛮疆驱疫鬼，番女变梅妆。

红友清樽引，青虹宝匣藏。

筹边频问镜，齿发细端相。

其　十

盛夏成春服，青奴免贴身。

卧听微雨过，起看乱山新。

有景容诗道，无愁藉酒亲。

墙阴一派绿，近接我芳邻。

俟驾未行速，柬已至。且喜且感　希斋

间日清谈一会期，偶贪午睡马交驰。

宦情谁与吾侪傲，酒盏棋枰更赋诗。

闻成本家摄杭州将军篆　希斋

不到西湖枉此生，记曾丙午驻双旌。

八年梦想坡公意，一半勾留白传情。

洛浦赋空传子建，银河槎再问君平。

水仙王雅风光丽，寄语将军少出城。

挽云岩李司马四首[①]　太庵

夫子真廉静，繁华一洗空。

---

① 李世杰（1716—1794），字汉三，号"云岩"，贵州省毕节市黔西市隐者坝（今城关镇黎明村）。为官五十余年，以清正廉明而闻名遐迩。德才兼备，官至兵部尚书。乾隆三十六年五月，升任四川盐驿道，七月任四川按察使兼行巡抚职，总理清军征剿大小金川南路军的粮饷，驻扎打箭炉。办事干练有为，团结僧俗，为平定大小金川之乱及发展打箭炉经济，作出了重要贡献。后两任四川总督，其间率军击退廓尔喀人侵略，对安定西藏、保卫祖国起到了重要的作用。

官箴钦若谷，易卦仰元同。【1】

白发抽身后，青山别梦中。

云西风烛泪，冷照耋龄终。

【1】李若谷教其门人，以居官当清慎勤缓。邵元同尝作"忍默恕退"四卦揭之，坐隅先生兼而有之，故举似焉。

忆昔清江浦，沉疴勿药瘳。【1】

需贤重镇蜀，有客送临州。【2】

二载亲颜色，三巴起颂讴。【3】

芙蓉谁作主，万树锦城留。【4】

【1】丙午，余之任皖江时，谒先生病剧，几不能言。

【2】丁未，先生复节制四川，余送至临淮。

【3】戊申，余迁蜀臬，从先生游者二载余。

【4】先生镇蜀，曾栽芙蓉数千株，今已成荫。

南省司戎岁，官场五十年。

一朝轻解组，绿野许归田。【1】

黔水鱼游乐，秦关雁信传。【2】

长空云断日，回首意茫然。

【1】庚戌，迁大司马告归还里。

【2】余自庚戌冬调秦藩时，通音问。

万里惊砂客，难禁哲萎悲。【1】

心师怀宿老，人世叹全归。

吊鹤无缘尔，骑龙信有之。

两行知己泪，不尽写哀诗。

【1】余癸丑冬，奉命驻藏。甲寅夏，始闻先生仙逝。

答祝止堂师见寄元韵，并简玉崖观察同年　太庵

髟山四面炎天雪，鸦飞不到音书绝。

忽传邮骑鱼通来，扫磨老将霓旌回。

缄开细字寒暄问，道自昆仑寄岩信。

信中遥及客雕题，关情数语投荃蹄。

井瓶消息何所有，浩气蟠空歌一首。

锦笺字字讶骊珠，犹是当年射雕手。

自古文章盟寸心，文章知己难兼金。

因缘契分叨衣钵，免教白蜡悲销沉。

劫来泥爪费推详，年华六九夸身强。

江云渭树空过眼，蜀栈重经徂且长。

而今选佛天西会，扫除智水昏波爱。

优昙文比六经多，安心且学禅宗派。

何曾投笔更悬刀，薄书廿载抽身劳。

欣逢黑子销氛日，喜园低护梵云高。

侧闻五柳达天命，定知夫子贫非病。

香芹新掇桂枝媒，趋庭笑看文灯映。

云间自昔多才人，鱼鱼雅雅争扶轮。

马帐数千生徒乐，董帷半百丹铅辛。

噫嘻白苧城边花，满溪岩疆六月兼。

衣时人生出处等，蕉鹿佛场事业通。

华夷不嫌桃李冰，街罡尚有同声霜。

鹤在平羌江上兴，莼鲈虽好休招退。①

新诗一寄塞垣中，蛮陬万里如惊鸿。

何当吟作庄生蝶，游遍江南廿四风。

次徐玉崖同年见寄元韵　　太庵

吴淞江上忆三鳣，廿载花砖步上贤。

门下我曾名附尾，寰中君更老筹边。

帝乡旧雨人如昨，蛮语新诗也梦牵。

万里鸣沙无雁使，凭将禅味好风传。

---

① 此处疑有误。原文"不浅莼鲈虽好休招退"。

联　句　_{希斋　太庵}①

文墨论交醉亦应，敲诗唤酒共寒灯。

壮怀不让骞英使，雅韵全无本淡僧。

安稳苍生聊尔耳，超离苦界果何曾。

吟成漫听空阶雨，一枕黄粱最上乘。

食菜叶包戏成五律　_{得"包"字　太庵}

菘芥如蟠掌，兜来十指交。

肉疑青箬裹，饭讶绿荷包。

入口知兼味，沾唇免代庖。

不曾劳匕箸，一饱漫相潮。

答前题元韵　_{希斋}

五侯鲭聚处，馋口得知交。

箸倩双纤代，羞承一叶包。

君臣②都染指，丁甲佐行庖。

大嚼尝真味，扬雄自解嘲。

大暑节后得食王瓜、茄子，喜赋十二韵兼以致谢　_{太庵}

君不见：

大官绮席侈膳御，日费万钱无下箸。

鸾脯腥唇错海珍，艰难生理轻菜茹。

乌斯水冷夹山童，不施草木光熊熊。

幸有官园储畦井，富哉芦菔饶秋菘。

知君淡泊风流客，政声噉薤能留白。

忽传山外寄珍蔬，谁道天涯生意窄。

亭亭青玉束王瓜，垒垒紫璎盛密茄。

---

① 作者名为编者所加。

② 君臣：《芸香堂诗集》做"舆儓"。

上编

落苏依法和盐豉，雪片觚丝溅齿牙。

喜无专飨分甘每，瓜未瓞瓟茄未馁。

会教夷夏俨同风，气味吾乡终不改。

清腴见晚恨难胜，斒斓佐酒共挑灯。

此邦此味谁得似，冰壶先生玉版僧。

答前韵　希斋

工布粳米易穷御，干肉糌粑无劳箸。

官厨大有饕餮资，漫道血饮毛兼菇。

予今齿豁头半童，胹蹯宰夫不解熊。

饔飧非自鄙肉食，羔豚虽精逊晚菘。

冷署过从忘主客，酒秤一经浮三白。

中原肴馔纷横陈，豪来不觉天地窄。

更欣黄瓜与紫瓜，鸡汁煨瓜蒜和茄。

红尘一骑帕克里，强于西域得佛牙。

卫藏原田何每每，土瘠水寒种易馁。

当从巴蜀驿致之，到此空嗟色香改。

君不见：

太庵宗伯喜不胜，吟诗大嚼挑银灯。

瓜茄有灵幸知已，宁遇恶客毋逢僧。

答吴寿庭学使同年见寄元韵四首　太庵

兰膏绮席唱骊歌，一别蚕丛似转螺。

梦入云山高有路，春深雪海净无波。

蛮程每滞乌拉少，旅橐还欣糌粑多。

踏破禅关三月暮，艰难历尽感如何？

一幅涛笺出锦城，愁肠初放眼花明。

诗中兰蕙薰班马，客里神山忆岛瀛。

文阵君怜通亚榜，吟坛我喜步名卿。[1]

风雷竺国如潮信，不似装张判雨晴。

【1】希斋司空雅兴颇豪，朝夕朝和。

巴山鹫岭两分岐，念我知交竞一时。

寄语锦官人个个，高眠佛阁日迟迟。

醁醽佳酿储盈缶，檐葡名花供几枝。

百丈禅师应许可，清凉世界在无为。

梦魂御结圣恩褒，万里岩疆佐镇叨。

寒士却惭香案吏，丈夫须佩赫连刀。

教獠诗书知政简，理藩案牍少形劳。

殷勤道向文昌使，留取都门答解袍。

札什城大阅番兵，游色拉寺书事四十韵　太庵

胆勇壮寒酸，羽骑发平屋。

迢迢札什城，路转溪桥曲。

晨风吹面凉，波漾青畴缛。

指点鱼丽营，纷沓马蹄蹴。

白徒农家聚，赤老师教夙。

卒伍数盈千，土团攒矗矗。

飞旗散碧霞，毕拱中军纛。

渢然击节鼓，戴瑸先起肃。

如瑸甲瑸流，各各腰弭箙。

引强争命中，偶失颜增恧。

火阵九子连，鸦队平分六。

疾雷奋炮云，齐止快转辘。

一作气撼山，利趾飘风速。

绛头声哑嚇，走戟夸角逐。

岂知座上人，阃外春秋熟。

豹韬久生尘，健儿尽跧伏。

口手两不满，胡以督力戮。

促然赁市佣，涣焉离倏倏。

伟哉振节麾，趋兹番落族。

143

练锐术无他，渴赏成心腹。

银牌挂离离，帛端堆簇簇。

茶布与牛羊，旅奠压平陆。

犒赏欣有差，劣者施鞭扑。

腾箭阵云卷，虎螭余勇足。

控制万里豪，军中两儒服。

放怀兴不浅，北指山之麓。

色拉寺中来，佛阁行厨沃。

刲羊烧炙香，杯酒抒心蓄。

凭窗列岫明，烂若铜生绿。

丛林百丈开，几案罗金玉。

笑问塔中僧，似晓《传灯录》。

饥僧本骨人，肉山未免俗。

肉僧成朽骨，骨山藏活肉。

我辈受孔戒，护汝十万秃。

塔僧若有灵，胡睹前车覆。

天威薄海西，绝徼无飞镞。

文令需可人，武满何自黩。

半藏我已转，全锋君未露。

悠谬青石梯，荒唐白玉局。

举觞漫问天，且作长城筑。

七夕遣怀　太庵

黄姑此日镇多情，最喜天开放午晴。

释子漫夸经晒阁，须知晒腹有书生。

布达拉前百丈碉，当年赞普渡银桥。

人间天上逢兹夕，叵耐愁云锁寂寥。

平明洒泪雨凄凄，入夜微云掩未齐。

遥忆深闺增惆怅，牵牛独见在河西。

客途生怕说良辰，鹤驾緱山事岂真。
梦里还家须发黑，笑看儿女学浮针。

生涯万里致空瓶，绮节消愁酒一经。
天未两星看柳宿，更无情绪看双星。

蛮风那解磨睐罗，囊布停机也掷梭。
旅馆不妨孤兴遣，梵声权作步虚歌。

清宵衣冷欲披裘，养拙人眠乞巧楼。
且学汾阳初出塞，不劳织女下银州。

答前韵　希斋

正苦孟秋连夜雨，欣逢七夕一宵晴。
姮娥代速天孙驾，净扫闲云放月生。

不闻乞巧上危磴，旅梦惊回晓月桥。
世上一年天一日，红凡欢会转寥寥。

边风飒飒雨凄凄，万笏朝天玉笋齐。
人到列星分野外，女牛仍隔影东西。

一年一度庆灵辰，认妄为真妄即真。
守拙有功新卖巧，不须丝孔透金针。

宦迹年来类钵瓶，喜无封事谱棋经。
儿童恁指黄姑宿，我向寰中认使星。

薄暮秋云淡似罗，料应青女解金梭。
牛郎此夕排家宴，可惜缠头一曲歌。

纵有风流叔子裘，何堪同上仲宣楼。
举斝私酹双星祝，不倡群僚请典州。

立秋日遣怀　希斋

迎来青女送祝融，三载安边第几功。

145

顾恺不妨头早白，朝云何处泣残红。

空阶滴滴催诗雨，大漠萧萧落叶风。

日暮酒阑人籁寂，秋声又起梵王宫。

答前韵　太庵

焦暑三旬雪未融，知秋一叶省元功。

野无蟋蟀藏深绿，屋有山花泣晚红。

近满喜看天畔月，轻寒初试塞垣风。

新诗那用商声报，人在西南第八宫。

蛮讴行　太庵

博穆【1】恨不生中原，世为墨赛【2】隶西番。

阿叭【3】阿妈【4】尽老死，捞乌角角【5】趋沙门。

剩有密商【6】年十五，早学锅庄踏地舞。

胭脂粉黛通麻琼【7】，拉撒【8】认通【9】充役苦。

苏银【10】欢乐柳林湾，连臂叶通【11】声关关。

自寻擢卡【12】索诺木【13】，几迷【14】坐就时开颜。

上者确布【15】饶塞藕【16】，木的【17】角鹿【18】缀囚首。

萨通【19】丰盈褚巴【20】新，甲呛【21】阿拉【22】不离口。

次者买布【23】嫁农商，毕噶【25】动噶【26】勤稞秧。

闲时出玛【27】售囊布【28】，贡达【29】樵汲无灯光。

一朝擢卡【30】还肓密【31】，亢罢【32】萧条谁悯恤。

生儿携去塔戎布【33】，陈各尼参【34】泪如泽。

忽听传呼朗仔辖【35】，安弃【36】达洛【37】修官衙。

铲泥筑土莫共泽【38】，鸠工火速董【39】来加。

阿卓【40】胼胝落呢马【41】，费尽涉磨【42】萨糌粑【43】。

更番倘误端聂儿【44】，章喀【45】亲交业尔把【46】。

达楞【47】无奈起蛮讴，相思苦楚端【48】交愁。

播依【49】那用吹令卜【50】，咿唔敕勒动高楼。

高楼索勒银钱赏，棕棕【51】越唱青云朗。

来朝忙布【52】买玛拉【53】，燃灯喇谷【54】前供养。

祷祝来生多抢错【55】，男身宫脚【56】转中华。

不然约古【57】河伯妇，乌拉【58】躲却随鱼虾。

【1】女。

【2】百姓。

【3】父。

【4】母。

【5】兄弟。

【6】单身。

【7】不见。

【8】佛地。

【9】永远。

【10】谁。

【11】唱。

【12】夫。

【13】造化。

【14】妻。

【15】富者。

【16】金银。

【17】珍珠。

【18】珊瑚。

【19】饮食。

【20】衣服。

【21】黄酒。

【22】清酒。

【23】贫者。

【25】春。

【26】秋。

【27】街市。

【28】毪毽。

【29】晚。

【30】夫

【31】中国。

【32】房屋。

【33】远方。

【34】昼夜。

【35】管地方头目。

【36】大人。

【37】今年。

【38】懒惰。

【39】打。

【40】早晨。

【41】日落。

【42】气力。

【43】食炒面。

【44】公干。

【45】银钱。

【46】管事人。

【47】今日。

【48】情。

【49】番音。

【50】笛。

【51】笑也。

【52】多多。

【53】酥油。

【54】佛像。

【55】叩头。

【56】保佑。

【57】跟随。

【58】差徭。

关帝庙拈香口号　太庵

蛮雨镇纷纷，秋寒破晓氛。

麴尘波涨野，絮帽岭披云。

人肃千年像，心随一瓣芸。

忠贞兼义勇，洵足靖边氛。

答前韵　希斋

初秋雨郁纷，岩岭积微氛。

深树笼烟雾，灵旗扬湿云。

心香尝瓣瓣，神贶自芸芸。

默佑熙朝盛，千年靖塞氛。

中元夜感怀　太庵

北斗京华望，中元忆少龄。

荷灯千叶月，火树一林星。

花果空王献，盂兰祀事灵。

十年虚扫墓，风雨故园听。

答前韵　希斋

报国迦兰地，还欣不惑龄。

秋惊风肃肃，镜鉴发星星。

十季别邱垅，三年逝曜灵。

乡心萦雨夜，金钥梦中听。

达赖喇嘛浴于罗卜岭往候起居　太庵

黄云麦熟绕诸蛮，览兴初登笔洞山。

绝巘晴开天北路，大江流折海西湾。

牧羊石叱羊群起，调象人依象教闲。

月窟从今成外户，那凭达赖扣禅关。
芝径云林响碧湍，锦床趺坐当蒲团。
杉檀漆斛全无用，白鸽黄鸳且共欢。
活水探源来石甃，野花随意数雕栏。
笑渠离垢何缘洗，我欲临流把钓竿。

答前韵　希斋

秋潦方兴看浴蛮，胜于眉皱耸肩山。
可怜肉佛身三尺，那用源泉水一湾。
祇树偶过缘免俗，浮生半日漫云闲。
而今悟得空王理，打破禅关入汉关。
浑水方池响急湍，此中离垢大疑团。
藏孙居蔡违其性，惠子观鱼晤所欢。
可有留丹艳白石，阿谁窥浴倚朱栏。
知公未必思垂钓，直是怀归赋竹竿。

再赋前题元韵　太庵

我闻浴佛日，佛生白静蛮。
三昧栴檀海，十方甘露山。
吐水降二龙，冷暖各一湾。
本来无垢身，灌顶心自闲。
噫嘻千载后，流化沙门关。
我闻浮图澄，脏腑洗流湍。
一孔照室光，六尘随波团。
法力叹幽渺，沧浪歌余欢。
□□□□□，困顿如牛栏。
逝放江湖兴，却胜鲇鱼竿。

太庵生日　希斋

边秋雨霁曙光新，僧俗今朝庆大椿。

桃窈东方偏有味，交逢公瑾始知醇。

梵声都作华封祝，诗句权为鱼目珍。

笑我称觞先猎酒，料公介寿亦思莼。

约期间日忘如水，恐隔多时喜似人。

万里立功原不朽，醉中更说八千春。

答前韵 　太庵

吟君雅什眼花新，屈指同科祝老椿。

阅世已看飞鸟过，论交难得饮醪醇。

悬门弧矢当年贺，下坂轮蹄此日珍。

梦里雍陶添暮齿，诗中张翰有乡莼。

一生心印还千佛，百发秋光聚两人。

最喜白云关不住，双林犹赋《上林春》。

中秋日磨盘山口号　太庵

阊阖风无极，中秋度晓凉。

野溪澄见底，垄麦刈登场。

秃鬓山容赭，披离树色黄。

定知今夜月，七宝合成霜。

中秋无月　希斋

最好中秋月，边山不耐看。

塞云真解事，屏过水晶盘。

排闷歌蛮女，观风采稗官。[1]

瓣香深拜罢，把酒望长安。

【1】太庵击节，谱其宫商。

答前韵　太庵

万里月同秋正满，如何怯被两人看。

霜娥乍掩青鸾镜，云母轻遮白玉盘。

天柱峰头思道术【1】，梅花风里忆词官。【2】

太清点缀非无意，收敛光芒魄里安。

【1】赵知微有道术。中秋无月，备酒看登天柱山赏玩。天开月莹，下山则阴晦如前。

【2】永乐时中秋赏月，云阴。召学士解缙赋诗，逐口占《落梅风》词一阕，饮过夜半，月复明。

食桃偶成　希斋

边山八月讶秋高，珍重番官献熟桃。

千里传柑仙有术【1】，三年忘味首频搔。

颊融酸液防牙软，人动归心致梦劳。

不是元都兰若树，刘郎讽咏任挥毫。

【1】此桃来自藏南部落。

答前韵　太庵

灵鹫峰头秋气高，何年弹核结仙桃。

珍疑西母青衣捧，窃兔东方白首搔。

亦有酸风知俗改，聊凭乡味憩神劳。

食瓜剥束无消息，硕果中秋入彩毫。

小恙顿愈　太庵

维摩示病近如来，木叩金鸣总未开。

灵液似泉凭谏果，果然此味美于回。【1】

【1】见惠橄榄膏，含之嗽止。

巫俗羝羝本异乡，谁知豢熟有灵肠。

倘逢煮鹤烧琴手，一饱何论未见羊。【1】

【1】以畜羊留赠，为不忍杀也。

天涯淡泊有同侪，馈我山蔬处士鲑。

玉版说禅聊尔耳，肯教万里学长斋。【1】

【1】晨惠素肴，颇适口。

戏 答 _{希斋}

秋高塞上牧羊肥，内热端由大嚼非。
馋口讳言饕餮性，褊心错认杜康威。
五更数咽华池水，一服应胜橄榄衣。
我赠柔毛兼戒杀，愿公休患忘生机。

答前韵 _{太庵}

醹酒干糇羝牡肥，早知口腹论交非。
百年心迹闲居士，半世勋名老令威。
奈有归期催秫马，岂无别泪点征衣。
正须陶写分阴惜，遮莫剧谈物外机。

口 占 _{希斋}

无人调护自扶持，久客初将客况知。
但得防风如避盗，不须尝药更求医。

连珠体答三首 _{太庵}

无人调护自扶持，绝塞风霜苦自知。
百病须防从口入，瘳于未病是良医。

默默禅师最上医，无人调护自扶持。
饭到饥时眠到困，盘冰斗火复何知。

风来闻阃鹊先知，镇日垂帘且当医。
此去更饶冰雪路，无人调护自扶持。

希斋司空【1】 _{太庵}

廿载青云路，欢逢出处偕。
山川周雍蜀，波浪辨江淮。
倾盖皇都近，张旃梵国谐。

阳关三叠曲，回首漫伤怀。

戎马倥偬日，青门送使骖。
恨垂挟策愿，竟少未筹参。
月窟烽烟息，天边法雨涵。
盍簪驰荡节，虔卜利西南。

自渡鱼通水，巉岩万古稀。
冰餐鸦攫肉，雪卧犬牵衣。
夜怖枫人度，朝看飓母飞。
暮春投馆候，边日静寒晖。

化宇番王服，含生岂异邦。
乍惊雷震榻，叵耐雨淋窗。
鹊尾香炉重，鸱夷国器双。
不劳更柝急，守户赖群龙。

冈冻声无赖，晨喧大小昭。
磨盘江活活，笔洞柳萧萧。
狄马驰青坂，篮舆走碧桥。
记曾明月夕，平阁举杯邀。

最好花时节，香昙第穆园。
隔山酬小别，匝月慰重论。
拓羯争跳涧，山羝怕触藩。
归来春满瓮，数数冷卿温。

塞步追攀兴，剧谈快隔晨。
异方欢处少，乡味共时亲。
倪荡遗今古，掀豗忘主宾。
天涯风雨夜，巧遇对五竺。

五竺皇仁普，千秋乐止戈。
衔刀观市舞，踏地听林歌。
蛮女招松石，番僧斗海螺。

天慈劳口谕，高枕为人和。

草檄传诸部，群怀邓使君。[2]

永无东向马，岂有北来军。

雪嶂封千叠，关河界两分。

书生叨坐啸，镇日赋闲云。

宿缘堪异处，厥诞一秋齐。

隔纪年同酉，重申命宅西。

晚香怜野菊，孤影放山鹈。

倘结华岭会，家山印佛梯。

不受菩萨缚，禅通学奥儒。

覆盂参妙谛，博塞悟浮图。

鹤版尚书写，鸾笺刺史符。

伫看欢喜界，夷夏鼓洪炉。

黄色眉闲起，敲诗兴更豪。

三年贪佛日，九月熟仙桃。

白社思攀准，彤庭议代曹。

瓜期欣早及，先我脱征袍。

此别堪称贺，临岐转黯然。

遥岑添瘴雪，落日暗蛮烟。

离绪千钟洗，乡心竟夕燃。

寸怀山岳重，不尽浣溪笺。

百首《和声集》，联吟似弹丸。

缥囊侵露冷，彩笔涩霜寒。

社燕栖才稳，秋鸿送欲酸。

西窗频剪烛，别泪不轻弹。

挹翠屹山庄，平分射柳堂。

夜来添好梦，客里送还乡。

芸阁风吹榻，萧斋月照梁。

蜀山遮万点，疑是屋连墙。

把袂了无语，翘瞻墨竹东。
赭山分雁使，白发忆壶公。
遮道铜钲帽，连郊铁印骢。
锦江春水绿，一洗塞尘空。

诸葛勋名地，流传治蜀严。
巴渝占坎习，邛筰苦山兼。
有木皆交让，无泉不饮廉。
化行顽梗俗，休负万民瞻。

窭薮不容穴，藏身鼠自衔。
文章叨命达，勋业愧才凡。
养拙能存道，推心在至诚。
所欣兰臭合，与世别酸醎。

书剑孤悬地，都忘雪鬓侵。
不言交似水，自有调如琴。
旅况蜗藏壳，离情鹤在林。
定知分襫后，难遣独归心。

万木凋黄叶，羲和驭转冬。
算程催夜警，愁雪及春浓。
漫醉离群酒，常怀揽照容。
百年修尺宅，唯有豁心胸。

别后无他计，磨丹演六经。
界天慵望雪，入夜只看星。
任冷陈蕃榻，还登汲黯庭。
与君分慧业，萧索守空青。

鸡犬同中夏，人偏重译交。
鬼巫难作厉，生肉竟充肴。
放梵聊从俗，翻经当解嘲。

棘林香万束，藉以护僧巢。

尺五天光近，欢停帝里车。

风流羊叔子，倜傥马相如。

得意扬君旌，关心过我庐。

西昆凭细说，胜寄百行书。

釜底看城廓，迢迢玉垒关。

更穿千丈穴，又出万重山。

信美非吾土，怀归想别颜。

飞车如可到，何苦梦中还？

转烛三秋客，成都重把杯。

闰桐他日老，慈竹旧时栽。

行李冰霜重，须眉电露催。

幸无多酌我，留醒看红梅。

【1】奉命节制全川，将东归。为赋韵诗三十首述事志别。

【2】后汉邓叔平为护羌校尉，皆言："邓使君待我以恩信。"咸叩头，曰："唯使君所命！"

甲寅冬仲[1]   希斋

山川满目塞云飞，充国筹边内召归。

敢谓变夷矜己力，差能宣化仰天威。

蛮疆小试惭经济，政绩初成任是非。

我爱番情容利诱，攀辕男妇解依依。

梵韵羌讴听乍终，河梁行李又匆匆。

山程日暖冬稀雪，毳幕宵寒路避风。

大有同人蓄①别恨，都将友谊入诗筒。

展笺不忍三复读，恐触私情忘却公。

---

① 蓄：《芸香堂诗集》做"怀"。

半载追随互见招，深谈不惜坐通宵。

灯明客馆杯浮蚁，月转碉楼句入瓢。

治藏有经烦手纂，理川无策代梅调。

重劳小队旗亭饯，一派离情系柳条。

骊歌一阕烛光寒，赴阙心欢恋友酸。

怕说歧途便分手，惟怜绝域滞同官。

胜常一纸托鳞羽，惜别千言益饮餐。

他日春明门外遇，柳丝齐拂两人冠。

【1】予奉诏东旋，谨成四律留别太庵。

夜抵僵里【1】　太庵

万里客中客，初贪聂党程。

河山环野暗，霜月带沙明。

别寨灯燃梦，娄杯酒系情。

一年经两别，胡以慰生平。

【1】十一月初十日。

曲水见雁①

怪尔离群雁，早飞渡藏江。

阳春回谷暖，曲水合流泷。

岂为稻粱饱，聊凭信义双。

天西谙月令，燕雀已心降。

过巴则山

曳罢牦牛纤，声声昇老竿。

石林穿有路，江涘府无澜。

---

　　① 《卫藏和声集》未署作者的诗作，均为和瑛所作，又录入和瑛《太庵诗草》《易简斋诗钞》。三者关系为：《卫藏和声集》编纂在前，为和瑛编选本；《太庵诗草》续编入乙卯、丙辰等的咏藏诗作，次之；《易简斋诗钞》为作者最后的修订本。

野阔群羊叱，天空一鹗寒。
世途经崄巇，行路不知难。

海　子

万顷澄无底，西南海一杯。
蛟龟潜伏矣，鹅鸭乐悠哉。
震泽渔樯入，昆明战舰开。
倘与舟楫利，从古涉川来。

亚喜茶憩

匝绕勾弦路，停骖亚喜村。
覆碉藏哺燕，突灶集悬鹑。
家室经年复，牛羊望岁蕃。
此邦旋定后，曷策抚诸番。

宿浪噶子

毳帐灯花结，欢浮大白忙。
别肠三宿久，续梦五更长。
畏酒临觞诉，挤诗得句狂。
书生旧习业，垂百未相忘。

宜椒道上

一剑寒暄割，西风扑面骄。
冰坚银阙耸，雪卷玉尘消。
驿骑经时少，人烟着处遥，
漫争驰快马，前路怕危桥。

晓发江孜

蛮阁起觚棱，朝暾曜上层，
四山无点雪，一水见流冰。

树影环舆马，炊烟绕谷陵。
会看春景暮，陇麦绣千塍。

札什伦布

竺国羁臣肃，天涯拜圣颜。
口传温语诏，心度化人关。
梵呗空中放，神光到处攀。
西南千里日，喜眺塞云闲。

班禅额尔德尼

十四年前佛，童男幻作真。
劫来逢隔世，犹是晤前身。
慧业聊应尔，灵根信不泯。
莫嫌予强项，千佛转随人。

次希斋韵

罽山开锦字，述别隔由旬。
聚散风花梦，浮沉雪爪身。
珠缘瞧蚌采，剑岂刻舟循，
欲访真西子，无盐恐效颦。

春堆口占

千里相思万里飞，连天火炬促征骈。
归心却忘身为客，未得归时且当归。

望多尔济拔姆宫

摩利支天迹，流传拔姆宫。
斗涵分野外，豕化百蛮中。
弱水难飞渡，神山入望通。
未知媟女行，结习可曾空。

登　舟

铁索桥边渡，争呼蠏壳船。

一湾松绿水，万里蔚蓝天。

彼岸登何易，迷津问足贤。

百年真泡影，回首意茫然。

古柳行

柏生两石间，郁郁不得长。

高冈有梧桐，凤皇鸣上下。

物生各异地，同归大块壤。

（一解）

嗟哉古柳树，权桠根崛强。

两干依岩畔，荫可十亩广。

一干卧江干，水面浮槎濋。

薄植落蛮乡，盘错千秋奘。

（二解）

缅彼中原道，简书阅来往。

作絮任飘零，系马遭啮痒。

城市供劳薪，斫削如棒莽。

（三解）

造物无弃物，因材笃岂枉。

仙人木瘿瓢，太乙青藜杖。

苟足适于用，取资定不爽。

（四解）

兹柳生不材，臃肿拳曲像。

雨露幸无私，枝叶滋培养。

托根井鬼方，上列星精象。

（五解）

古柳古柳兮，作歌寓慨慷。

不为枯树悲，无取假山赏。

夭矫若游龙，生意空摩荡。

汝寿全天年，江山独偃仰。

（六解）

致意太庵由后藏回署　希斋

握晤余旬日，欢肠别绪并。

儿童齐秣马，行李预登程。

足未离三藏，心先抵上京。

防公乡思炽，不敢炫归情。

今日迎骖从，旋看祖帐予。

离怀盈客馆，别酒拟芎庐。

佛法虽无补，天恩自有余。

云笺期不乏，一样叩兴居。

巴塘诗钞①

李 苞

　　李苞，字元方，号"敏斋"，清代兰州府狄道州（今甘肃省定西市临洮县）人，诗人吴镇的内侄。②乾隆四十二年（1777）拔贡，乾隆四十八年举人。由甘肃崇信县（今甘肃省平凉市崇信县）训导，升任广西阳朔（今广西壮族自治区桂林市阳朔县）知县，因母丧丁忧，服阕，补授东城兵马司副指挥，俸满升授四川剑州（今四川省广元市剑阁县）知州③，后又任巴塘粮务委员、山东都转盐运使司滨乐分司运同等职。

　　李苞工诗文，著有《青毡吟》《牵丝草》《侍松吟》《朝阳集》《剑山诗草》等集，嘉庆二十二年（1817）合编为《敏斋诗草》两卷，刊刻发行，《诗钞》（两卷）同年也一并刊刻。又著有《敏斋诗话》，评论当时诗人，颇有见地。他编辑的《洮阳诗集》，辑录了清代前期临洮诗人的大量作品，很有学术价值。

　　李苞宦游四方，所经之处，常咏之于诗篇。他的山水纪游、羁旅行踪之作，名篇佳作甚多，流传颇广。④其诗工于五律，对仗工稳，声韵铿锵，妙联佳句层出不穷，甚为时人称道。《晚清移诗汇》称其诗"雅有唐音""清婉可诵"，清代著名诗人吴镇在《牵丝草序》中评其讴吟山水之作"领异标新，脱

---

　　① 又名《巴塘诗草》。
　　② 吴镇（1721—1797），甘肃临洮人，字信辰，一字士安，号"松崖"，别号"松花道人"。吴精于诗词与绘画、书法，为清代著名诗人，被称为"关中四杰"之一。著《松花庵全集》（十二卷），其诗词精妙奇警，脍炙人口。
　　③ 罗康泰：《甘肃人物辞典》，甘肃民族出版社2006年版，第107页。
　　④ 张霞光、黄河笑、牛继清主编：《定西历史人物选编》（内部资料），定西地委宣传部1996年，第162页。

弃凡近"①。

嘉庆九年春，年届 55 岁的李苞奉调巴塘粮务委员。他于三月初从成都出发，沿着川藏茶马古道西行，经过 44 个台站，行程 1500 多里，终至巴塘。嘉庆十一年夏，《巴塘诗钞》成稿。该年，任职西藏粮务委员的林乔荫②任满三年东归。宿于巴塘行馆时，于立秋前一日（八月七日）写有一序，概要其与李苞的交往及是书撰写的经过。林乔荫对《巴塘诗钞》评价极高，认为其扩展了杜甫写实主义诗歌的领域，造诣独特。

《巴塘诗钞》两卷，李苞著，李华春③点评，其弟李苟校阅。其内容可分为两大类，即作者在蜀地与康藏往返期间的纪行诗以及在巴塘写作的边塞风土诗。纪行诗以记游为主，描述个人行旅途中的游历见闻、感受或描写山水景物；风土诗以记物为主，集中描述作者官居巴塘三年期间所见的民俗风情与杂物奇景，偶有少量文人雅士之间的唱和诗与赠诗。诗作部分附有作者笺注，诗后附有李华春的点评。本书据嘉庆二十二年刊刻本点校，为首次整理。

李之咏藏诗作，清新自然，边塞风土尽入其中，不避粗，不讳俗，俗雅兼得，自是一股清流之风。但李华春点评，多溢美，也实存言过谄媚之处，阅之不可不辨。

① 郑鸿云：《李苞》，载《甘肃经济日报》，2012 年 6 月 29 日第 4 版。
② 林乔荫（1744—1805），福建侯官（今福建省福州市）人，字育万，一字樾亭。乾隆举人，嘉庆庚申年（1800）任四川江津知县，嘉庆六年赴藏任西藏粮务委员，嘉庆十一年届满返程，卒于途中。林乔荫博治多闻，治"三礼"，时称精赅，著有《石塔碑刻记》《瓶城居士集》等。其在藏期间，著有《西藏闻见录》，为最早反映西藏风土人情的套曲（两组），其也被誉为"反映藏族风情的第一位散曲家"。关于林乔荫"入藏时间"的考证，可参见王汉民《反映藏族风情的第一位散曲家——林乔荫》（载《文献》2004 年第 3 期）。
③ 李华春，生卒年不详，字实之。甘肃狄道人。清乾隆四十二年（1777）举人，嘉庆元年（1796）出任清涧（今陕西省榆林市清涧县）训导。

巴塘诗钞 _{卷上}

李华春实之评选
临洮李苞元方稿
弟芎相徵校阅

庚申辛酉间，余令江津。适临洮李君元方，以剑州刺史权巴邑篆。江巴相去百余里，知其治状甚悉，两邑之民情土风一也，因取其所以。为政者师之匪直，欣得朋而已。

明年，余奉檄赴西藏司粮务，而李君亦以甲子之春出塞，管巴塘戍兵之饷。虽相去四五千里之远，而治兵糈，驭夷人所职，同期于奉。宣圣天子怀柔荒服之德，意无弗同也。

今年夏，余期满得代东还，道出巴塘。晤李君，留两日，相与慰劳语次。李君出所为《诗草》二卷，皆其西来道中及抵巴塘所作。挑灯读之，风骨遒隽，气韵沉雄。而摹写蛮荒山川、景物，则于杜老行役诸诗之外，别具炉锤。一似造物者于齐州九点之外，留此未经人道之语，以供诗人之洗发，而圉域中之观者，仅沾沾于一丘一壑，流连咏叹蚓窍蝇声，恐不足当轩辕道士之一哂也。

忆往在渝州，余与李君论诗。余举似渔洋、秋柳之作，李君颇以余为知言。而两载江津、三年羌塞，治谱有一之似否，余不自知，尚望李君之明以告我也。

嘉庆丙寅立秋前一日
侯官愚弟林乔荫书巴塘行馆

165

发成都

随牒向天涯，驰驱从王事。
卫藏古佛国，诸番分种类。
君不勤远略，聊存羁縻意。
大小胡图克，按年贡物至。
近绥赖使臣，远驭凭大吏。
土兵兼戍卒，一路纷布置。
余将理粮储，惟慎乃攸司。
闻说今巴塘，南近南诏地。
春风亦曾到，薄遣烟花媚。
学稼青稞宜，学圃诸蔬备。
冬裘夏不葛，氆氇耐油腻。
羊羊乳可酪，芦酒少能醉。
此去殊不恶，更惬四方志。
祖道锦城外，行役偕予季。
他乡有知心，握手欲垂泪。
夜雨净游尘，晓云逐轻骑。
经过武侯祠，肃然令人廑。
征蛮多战功，擒纵勇且智。
遐荒畏神明，至今不少异。
前途访古迹，有诗当远寄。

刊落浮华，独标质干，乃有此境。

新津县渡江至杨家场宿

江水下彭门，曲折经皂里。
一渡复一渡，三渡呼舟子。
是时三月初，绿波漾清泚。
桃花飞已尽，未添桃花水。
渡舸无须楫，双篙刺罗绮。

行人利涉川，农夫举锸俟。

水浅不上堰，我田将何恃。

栽秧时一错，终岁呼庚癸。

今日天气热，夜雨应不止。

挑灯坐旅馆，预为田家喜。

触处缠绵，似元次山。

过蒙山

昔闻蒙山名，今日过其侧。

岧然立县西，岗峦何屴崱。

摺叠屏风形，渲染画图色。

松杉若幢幡，千万竖山脊。

精气冲井络，岷峨同一脉。

分此一支秀，天半接云液。

特产茗数株，雀舌含嫩碧。

山灵时守护，世人不易得。

有司沐浴告，拨云始采摘。

瓯贮献彤庭，殷荐表精白。

兹山实灵异，岂业神仙宅。

王事近彭彭，峻岭不遑陟。

邑宰延入馆，初见若素识。

饮我贡余茶，支体顿畅适。

山下往来人，大都名利客。

此即清凉散，欲火饮能熄。

卢仝七碗后，清风生两腋。

尚未领其妙，只获闲中益。

我拟著茶经，妙义勤剖析。

他日入山中，兼可煮白石。

触景生情，词能达意。

过飞龙关

两山窄夹路，一水急冲石。

陡上飞龙关，身高跨云脊。

严道此屏障，西望山更逼。

横出几千仞，欲阻远游客。

寥落坐剑州，何若事行役。

艰险心不惮，登临性所适。

矧此黎雅境，幽奥日开辟。

漏天今无雨，岚翠空中滴。

壮怀逸兴，流溢行间，结更超妙。

荥经道中

蝉鸣杨柳岸，正是暮春时。

山陡农难垦，水清人易知。[1]

林篁排箭筍，野茗斗枪旗。

物产兼风土，行吟当竹枝。

【1】邑宰朱公振源，居官清廉。

箐　口

连峰中断处，岧嶤复嶙峋。

树列旌旗暗，山开璧垒新。

孤村烟漠漠，浅水石粼粼。

险或车箱似，迟回入谷人。

奇险称题。

九折坂

昔闻九折坂，险绝更窅冥。

四时多雪雨，一日错晦明。

我来值春暮，淫滑叹难登。

石被苔藓裹，云从林木生。

奔湍雷奋怒，阴崖鬼凭凌。

径危栏干遮，涧曲桥梁横。

在昔汉王阳，车回不敢行。

今通南诏境，兼达舍卫城。

声教被蛮荒，世途险阻平。

鞅掌缘王事，按日计行程。

登邛崃山

才过九折坂，旋登邛崃山。

罡风斗然至，吹我欲上天。

松柏少枝叶，草青当暮春。

百鸟不肯来，我马嘶层巅。

板屋几人家，舆夫稍息肩。

地炉燃榾柮，围坐人解寒。

下视清溪县，乃在大山间。

城真如斗大，一望可了然。

缓步下峻岭，二十有四盘。

幸无顽恶石，当路阻我前。

道旁荆棘里，有花如杜鹃。

颜色何艳丽，不欲受人怜。

行行日将落，晚炊起青烟。

回看下山路，云锁白鹤关。

画不出者，诗能写之，乃知诗中有画，未足为奇。

清溪县

城压下山龟[1]，溪流浚作池。

西南通道路，今古镇边陲。

地瘠生涯薄，山深物候迟。

谁怜贤邑宰，心力已云疲。

高桥至林口

深涧宽丈余，巨梁跨左右。

过桥喜新霁，山路便行走。

雪色冷来禽，风意澹垂柳。

稍觉烟景阔，又入箐林口。

淡雅。

登飞越岭

嵯峨飞越岭，人随高鸟度。

努力方半里，屏息才一步。

缥缈登云梯，迢递朝天路。

虎豹石蹲岩，龙蛇藤挂树。

深山春欲尽，阴崖雪犹沍。

松杉冷无色，溪壑惨少趣。

尘衣风抖擞，公事日驰骛。

山灵留不得，人扶下山去。

结句超妙。

发化林坪住泸定桥

林深反无鸟，山晓犹烟雾。

欲早起却迟，竟为幽谷误。

遵隈径诘曲，傍崖心恐怖。

涧水分顺逆，我行异沿溯。

山木罥官桥，春波涨晚渡。

故交会面难，客馆且小住。[1]

起四句与谢康乐"猿鸣诚知曙，谷幽光未显。岩下云方合，花上露犹泣"，同一奇妙。

【1】谓泸定桥巡检王公廷暻。

宿头道水客馆

重掩象肺腑，幽深寓耳目。

峰疑日月避，山将天地束。

飞瀑频湿衣，悬崖欲压屋。

对面岭云白，随意阶草绿。

跋涉已半月，淹留忽三宿。

昼夜风雷响，春睡不敢足。[1]

通体精湛。

【1】涧水与瀑声如雷雨。

打箭炉

孤城镇山脚，低洼如井臼。

一道水穿心，三面岭开口。

溪流与山风，终日相争吼。

坡上沙常流，涧中石欲走。

边陲此要隘，建置已永久。

蛮夷虽向化，犹需强兵守。

西赴大荒西，聚粮谋诸友。

夏雪更凛冽，裘宜狐貉厚。

丈夫四方志，精神当抖擞。

不待故人饮，自劝一杯酒。

老句纷披，一结趣极。

炉城即事

莽莽征蛮地，悠悠选佛场。

昔年曾壁垒，此日已城隍。

教尚沿西域，强能比北方。

将军开燕寝[1]，释子处蜂房。

氆氇裁衣厚，醍醐作饵香。

丫头通汉语【2】，土目凛王章。

哑哑多鸟鸟，萧萧只白杨。

山含风气冷，涧带雨声忙。

牛马来邛筰，盐茶出益梁。

当归连远志，又入旅人囊。【3】

锻炼精工，可补风土记。

【1】明正土司甲木参诺尔布诰授武显将军。

【2】汉民称□妇为"丫头"，有为汉民役使者，颇通汉语。

【3】炉城以西并无炮治药物。

出炉城

中华极西地，古迹打箭炉。

自此入大荒，跋涉更艰虞。

参戎皆都阃，杯酒钱阛阓。【1】

相约三年别，后会图欢聚。

慷慨就长道，人喘马气粗。【2】

僮仆挟弓矢，相戒遇萑苻。【3】

前面大雪山，入夏犹模糊。

一望寒生栗，逼我白头颅。

真情真景，在笔足以达之。

【1】署协镇参戎德公印、都阃图公棠阿饯别。

【2】自打箭炉以西，令人气喘，地气使然。

【3】□民有要人于路而攫财物者，□人谓之"甲巴"。

宿折多山麓

野店三四家，零落傍山麓。

疲马驮人卧，午鸡唤客宿。

夏日照山雪，寒光夺人目。

无云雹何来，丁丁打板屋。

店主同乡人，能击秦中筑。

蛮语虽不习，风土已惯熟。

山深无猛虎，可以保六畜。

即此是乐郊，莫嫌近寒谷。

风气萧寒，凄然在目。

早行过折多山

太白引行人，行向天西畔。

山腰青一片，鞍马冲烟断。

历坂逊九折，揽辔增三叹。

大荒飞鸟外，兹岭复天半。

毫无云木秀，徒然雪漫漫。

沙砾所积成，嵼崿空凌乱。

岭西夏犹冬，重裘御青豻。

野饭犹难得，劳薪命炊爨。

阿娘坝

遥临阿娘坝，地势稍平旷。

麦苗长二寸，春意已云畅。

寨中蛮夫妻，农事颇素尚。

相率锄平芜，彼此互馌饷。

宛然田家风，鸡犬篱落放。

只愁霜雪早，不畏烟雨瘴。

闲时诵佛经，间或学樵唱。

碉房与碉楼，远近交相望。

内地长官过，竞看作何状。

游人广阅历，风俗资采访。

阿娘坝至东俄洛

才出土囊口，又入冰雪窟。

夏日不能热，寒气侵肌骨。

冈上大营寨，石垒犹崛岉。

传言威信公【1】，于此屯劲卒。

朝廷尚柔远，声教已四达。

至今卫藏使，岁贡贡金佛。

矧兹附近蛮，耕凿安生活。

只缘地气冷，开垦未宽阔。

俄洛与提乳【2】，二水流滑笏。

会入雅龙江，万里朝滇渤。

【1】岳公钟琪。

【2】二水名。

晨发东俄洛过高日山

蛮中百户长，道左伛偻状。

牛羊塞前途，马来齐相让。

八角破碉楼，野鸟巢其上。

石室烟生处，几家相依傍。

入谷杉参差，青翠生意畅。

数日走童山，见此一神王。

登登高日峰，绝顶恣眺望。

回首东来路，雪岭反西向。

游子出成都，行李费摒挡。

至此叹裘敝，风寒思挟纩。

雪岭反西向，比少陵"雪岭界天白"更奇。

宿卧龙石

蛮民不凿井，结庐傍水浒。

过客停征骖，亦作东道主。

初夏日晷长，到来已亭午。

轰轰雷数声，云脚拖衡宇。

对面千仞山，上雪而下雨。

溪草抽碧线，岭树翻白羽。
景色分浓淡，高低异寒暑。
他日逢云林，烦将画图补。

卧云①石至中渡

日行烦车马，夜梦乘舟楫。
旅魂不妄宁，客思亦庞杂。
平明催就道，鞭系自相接。
添雨新水驶，戴雪寒嶂叠。
路逢戍卒说，兼司往来牒。
久愆瓜期代，边域尚承乏。
三巴余贼盗，干戈未能戢。
战劳戍且逸，安敢念妻妾？
此卒知大义，兼能遵令甲。
朝廷豢军士，恩厚且仰答。
导我以先路，舆梁不劳涉。
行行至中渡，人烟凑山峡。

中间代叙戍卒语意，皆从工部诗中得来。

中渡旅夜

一出打箭炉，多宿涧水边。
今宵聒耳甚，万马渴奔泉。
风雷浑不辨，湍响彻空山。
板屋漏及身，始知夜雨悬。
还家赖旅梦，高枕难安眠。
孤灯光荧荧，披衣理残编。

再宿中渡

松光照四壁，山昏未及西。【1】

---

① "云"应为"龙"字。

客闷无可遣，吟余茶代酒。

野店寂无人，散步道左右。

峡中天不大，尚得见北斗。

万籁都不闻，只闻寒溪吼。

长途借马骑，明日能行否。[2]

二作具见荒凉之景。

【1】蛮中不生茶子之属，故无油。□人燃油松照夜，谓之"松光"。

【2】至中渡须换夫马，因此留滞。

途中闻堂弟霞卿凶信[1]

未现宰官身，甘从地下人。

岁空逢甲子，夜枉守庚申。

雁断秦川月，鹃悲蜀国春。

遥怜堂北草，含露泪痕新。

共索长安米，同为蜀郡游。

相思忽两地，一别竟千秋。

枯树枝丫立，寒溪鸣咽流。

行囊书札在，检阅涕难收。

二首格律浑成。

【1】弟芬乾隆己酉拔贡，由镶黄旗教习于嘉庆癸亥二月内引，见以知县用。今甲子正月初七日去世。

自中渡至麻盖中

急急涧中水，溢出道上流。

碎石啮人足，垂藤打马头。

日正峡光满，雨余山色幽。

绿阴寒忘暑，红叶夏变秋。

尽日无禽语，溪声入耳遒。

道傍野牡丹，香被山蝶偷。

似此蛮中景，宛从尘外游。

谁言荒凉甚，只益旅人愁。

自麻盖中过雪山至西俄洛

昨日穿云林，今朝过雪山。

咫尺风土异，苍茫宇宙宽。

火龙不到处，夏日亦生寒。

冻泉依石泻，清冰作镜看。

松杉畏生岭，避风藏山湾。

遂令重叠嶂，头秃空巉岏。

饥马恨草短，仆夫苦衣单。

悲歌猛虎行，惆怅行路难。

西俄洛晨起

寒驿无更柝，梦回天已晓。

山窗上朝暾，不闻有啼鸟。

万籁感俱息，尘念已力扫。

起视山店外，昨夜雪皓皓。

四月草木变，一夕天地老。

前山更险阻，怅然悲远道。

以上三首，清寒坚瘦，境愈奇，而诗愈妙。

夜　雪

蛮中风气异，入夏雪漫漫。

孤烛三更静，重裘四月寒。

西行通卫藏，北望阻长安。

奔走人将老，何时卸马鞍。

凄婉感人。

三宿西俄洛

客向西域去，心常急如矢。

177

车轮不生角，宛转岂能已。

数片东来云，前日同到此。

相别一两日，云行亿万里。

而我胡为者，行行又复止。

乘屝果何术，还当问羽士。

奇情中具有苦情。

自西俄洛过日工达山至咱马拉洞

杉翠润客衣，青不到山顶。

溪水互迎送，走谷势俱猛。

牦牛负行粮，兼驮蒙山茗。

登降策其后，马足不遑骋。

此地近崔苻，剽劫一时逞。

往来西域贾，弓矢交相警。

我非列御寇，过此亦天幸。

能如李频诗，翻愿豪客请。

自咱马拉洞上山又过一山至火珠克

上岭旋下岭，身困道边坐。

煮茗饮僮仆，择草秣牛马。

毳幕几蛮户，傍溪起炊火。

坡头羊三百，笠蓑无人荷。

一径穿白云，又被连峰锁。

地寒土硗埆，石乱路坎坷。

有时无云雨，空中雹常堕。

人言怪物为，经过防么麽。

是日天晴霁，征衫游丝惹。

入店主人言，如此风色寡。

一片神行，妙入化境。不可以字句论工拙也。

里塘晤李益昌明府

金顶光耀日，枕山梵刹古。

僧徒三千人，会食听粥鼓。

市肆屯百货，外地重商贾。

惜哉千顷地，寒不产禾黍。

吾宗益昌令，索谂治县谱。

来此筹边策，糇粮满仓庾。

渝州一见面，别后想笑语。

绝域今握手，备述尝险阻。

云行空虚中，变化不自主。

茫茫大海阔，崖岸在何许？

大荒天之涯，风惨霜雪苦。

治装请从事，甘心我与汝。

君饮塞外水，已历两寒暑。

及瓜代有期，蜀云快先睹。

我曳短后衣，犹沐黄梅雨。

征夫徒骁骁，王事叹靡盬。

君克导先路，我亦能踵武。

他日再相逢，一笑吾辈腐。

"云行"四语忽入比体，风人①遗音。

里塘至头塘

郊原平如掌，袤延百余里。

入夏草方青，野花点点紫。

想像入山中，景色亦如此。

岂料荒凉甚，秋草至今死。

岭头残雪明，点缀琼瑶似。

---

① 风人诗，又叫子夜体，为我国古代民歌的一种体裁。诗体谐音、双关。

塞外四五月，赖有此景耳。

不然不毛山，更对青山耻。

过客搜枯肠，被诮管城子。

矫夭瘦硬，又似山谷一派。①

头塘至喇嘛丫

南风满山来，势较北风猛。

纵御狐貉厚，亦难当此冷。

岩畔百顷池，湛虚涵光景。

风尘恐老瘦，不敢俯窥影。

寒驿马色惨，野戍人烟迥。

西随流水去，转入云林境。

离离青稞苗，高高苍松顶。

疏雨点客衣，尘襟烦一整。

登喇嘛丫山顶，见对面一山，孤峰峭绝，积雪皓然。蛮中诸山无此特出者，惜不知其名耳

塞外千万山，危峰独插天。

具此奇峭状，可惜落百蛮。

上凝太始雪，终古白日寒。

鹤驾仙能到，铁索人难攀。

山灵不求知，其名亦不传。

僻壤有畸士，寂寞过岁年。

"山灵"四句妙解。

至二郎湾望二郎山

税驾二郎湾，仰眺二郎山。

① 山谷一派指宋代文豪黄庭坚（1045—1105）首创的"江西诗派"。黄庭坚，字鲁直，号"山谷道人""山谷老人"等。黄诗以杜甫为宗，提倡诗"无意于文，夫无意而意已至"之髓、"点铁成金""夺胎换骨"之法。诗风奇崛，韵险句拗。

四面斧削成，略如司寇冠。

松杉满谷中，冰雪明云端。

咫尺天路近，可望不可攀。

二郎湾至立登三巴，亦名"热梯"

宛转遵水曲，高低傍山麓。

阴岭柏不大，阳坡草全绿。

幕随牛羊徙，经倩风月读。[1]

蛮语烦人译，蜗居借客宿。

千里入已深，诸酋见颇熟。

热梯分界处，转畏简书促。[2]

"经倩"句奇而雅。

【1】□人书"唵嘛呢叭咪吽"六字于布幡、绸片上，植竿悬之，风起飑飑有声，云：代口诵矣。

【2】热梯系巴塘所属。

立登三巴至大朔

山行畏雪光，瞹瞹不离目。

溪岸夏留冰，马踏碎寒玉。

万杉嵌石壁，锦屏斗藻绿。

天工复逞巧，奇峰纷攒簇。

道傍多古柳，壅肿而拳曲。

南风吹嫩碧，亦颇丰致足。

忆游万柳堂，京华仰芳躅。

今走蛮荒道，情景忽感触。

大朔夜与同诸弟

关山又关山，明月关山外。

我行西复西，仰见太白大。

今夜云烟净，兼息天地籁。

寂寞蛮貊邦，相与停车盖。

过大朔山至小巴冲

去天才尺五，登陟竟足躩。

女娲补青天，余石未尽铄。

黄梅时不雨，六出纷纷落。

夏雪与冬雪，新旧争厚薄。

林木蔽天日，山腰路谁凿。

绿云中断处，莽麦绣山脚。

此间节气正，风土亦不恶。

明日三十里，牛马卸囊橐。[1]

【1】小巴冲距巴塘三十里。

小巴冲抵巴塘

激石一水奔，插天两壁对。

行行出谷口，斗然豁眼界。

雪晴柳飞花，云暖麦吐穗。

芳菲四月天，锦绣千顷地。

梵呗僧归院，交易工居肆。

土官最恭顺，客子多流寓。

曰余来兹土，正值望甘澍。

虔心祷彼苍，昼夜雨倾注。

初到巴塘中宵有感

雀散鸦楼人掩关，清宵习静一灯闲。

松风响起轩楹外，梅雨凉生枕席间。

手答雁书通卫藏，身随龙剑落夷蛮。

岂知今夜闺中梦，犹绕巴江与蜀山。

通体清新，一结深情无限。

巴　塘

童山重叠绕巴塘，中有田畴麦穗长。

四月榴花惊火艳，双溪竹箭响雷硠。

木梯高下登蛮寨，金顶东西辟佛堂。

以有易无犹古制，谁居奇货是茶商。

迢递西通选佛场，中原声教被蛮荒。

官船云渡竹笆笼[1]，驿骑星飞梨树塘。[2]

阃外熊罴屯古戍，朝端龙虎镇边疆。

自惭寥落剑州牧，也到天涯司糗粮。

气象雄浑。

【1】竹笆笼，地名。设塘船四只。

【2】梨树，塘名。设塘兵驰递公文。

观刈禾

家家镰刃喜新磨，趁老晴天共刈禾。

不识尧民击壤意，阿弥陀佛即农歌。[1]

【1】□人刈禾时齐唱"阿弥陀佛"以作歌。

过茶树垭抵牛古渡而回

南山日在眼，白云招我来。

苦为俗事绊，无暇履莓苔。

今日过其下，匆匆策马回。

有船不得渡，瞻望空徘徊。

非关虎豹阻，岂因猿鸟猜。

一行作下吏，七尺堕尘埃。

起极高超。

副土司送桂一枝

童子未入户，香气已扑鼻。

好花如好友，迎接倒双屣。

疑从天上来，肯逐秋风至。

明窗与净几，此间堪位置。

清姿涵沆瀣，微馨陋茉莉。

味外更有味，岂许凡夫嗜。

寂寞蛮貊邦，迢递风尘吏。

何意云外友，竟不我遐弃。

多君亦仕宦，不为俗务累。

今日芳树下，共谁酪酊醉。

灌　园

秋风逐雷霆，返照送虹霓。

高山割云雨，阴晴异东西。

西涧水清浅，东涧水带泥。

带泥亦有济，野老争灌畦。

我有三亩园，菜田犹未齐。

待灌秋禾罢，余润分小溪。

每于起笔振势，直追少陵。"带泥"二句接得入化，逼真古音。

听诵经声作

僧雏日诵经，功课严于士。

海螺继晨鸡，催促大众起。

上殿和南罢，贝叶摊短几。

千口同一声，宛转周复始。

儌舍与寺邻，不必常随喜。

日闻梵呗音，恍悟清净理。

观诗亦不妄，瓣香杜子美。

诵诗与诵经，功课可相比。

灯下见蠹鱼，深入书卷里。

精华尔不得，徒然钻故纸。

送陆秀山孝廉旋里

秀山匹马来梁州，东西两川恣遨游。

王宰善画巴蜀山，君诗笔力与之侔。

十万大剑磨天际，银河夜洗芙蓉秋。

能事促迫翻见妙，镌刻直使鬼神愁。

一旦束装欲归去，五岳丈人不能留。

片纸告别飞塞外，郑重奚翅琼瑶投。

君苗尚未焚笔砚，以诗代札附星邮。

只愁匆匆归去早，鱼入锦水任沉浮。

甲子中秋

去岁剑州看秋月，今秋塞外过佳节。

壮怀不逐流水去，逸兴偏逢良宵发。

东家丹桂枝连卷，一里香不到酒筵。

径欲移席琼树下，只恐主人无事已。

安眠小楼开高牖，东望不足西回首。

姮娥与我虽有约，明年此夜未免久。①

音节高妙，想见与酣落笔。

赠正土司之长子札什盆错克、次子格宗策凌

公子才情不碌碌，尔翁为尔设家塾。

净几挥毫兼削竹**【1】**，佛经圣经一齐读。

夷稗生恐妨五谷，春月豆子得雨熟。

充肠羊酪日一斛，不如醍醐发性速。

【1】番字用竹笔，蘸墨书之。

---

① 此四句疑刊刻有误，原文：安眠小楼东西开高牖东望不足西回首姮娥与我虽有约明年此夜未免相隔一年久。

菜 圃

青青圃中菜，虫食叶无存。

食叶犹自可，切莫及其根。

嚼得菜根香，我尝味此言。

嗟嗟虫与人，性命一亩园。

有古意。

八月十八日忆弟芍、侄振新时应乡试毕

一望云飞有所思，还家未必肯迟迟。

两行驿树蝉声满，正是长安道上时。

写景而情，自见真是唐音。

塞外行

乌鸦食肉雀食粟，啧啧哑哑诉不足。

蛮人不肯伤飞鸟，飞鸟苦多人苦少。

一半送入梵王家，口吹觱篥身袈裟。

不耕不牧食于人，为尔大众转法轮。

塞燕行①

塞外飞飞燕，不识巢梁栋。

只缘毳幕居，难与鸟衣共。

我有高楼列西东，帘卷户开梁栋空。

让尔营巢伴人宿，一变旧日野处风。

梦后作

持帚花前扫薄埃，晚看山外夕阳开。

如何不愿经心事，反自三更梦里来。

义山风味

枕上飞魂幻不穷，入神出鬼又仙风。

---

① 此诗为歌行体。

世间怪怪奇奇事，也在人情物理中。

寓言又似香山。①

巴塘晤孙少尹【1】

一从后藏走至此，道路已足四千里。

边马元黄奴仆劳，旅馆暂且休行李。

乍见似若不相识，谈深前事始记得。

迩来心劣固善忘，长途君复形骸黑。

君言去时过丹达，二月高山积深雪。

雪中仄径若滑足，此地又增一菩萨。

今日归来值夏秋，秋山霜散满征裘。

莽里荒村炊落叶，竹巴古渡漱寒流。【2】

此去蜀郡一月程，昔托妻子问友生。

上官酬庸恩意厚，坐见长才得专城。

屈指我当及瓜代，后会应在三年内。

芦酒饮惯毋推辞，娓娓且尽一夕话。【3】

"雪中"二句极苦事，妙在以诙谐出之。

【1】少尹名廷选，管理后藏粮务，期满旋省。

【2】莽里、竹巴，俱巴塘地名。

【3】云南大理府经历解饷至丹达山。路傍雪深数丈，鞠坠其一，迫而求之，遂坠雪死。明年雪消，经历兀坐鞠上如生。蛮人以为神，立庙祀之，称"丹达菩萨"。

暮秋枉陈明府手札【1】

金天气肃秋易老，西方极西寒来早。

九月山积八月雪，卷土猛风不能扫。

田中粟尽雁无粮，坡上刍衰羊难饱。

数点寒鸦噪古木，塞外风景颇枯槁。

---

① 此处香山指唐代大诗人白居易。白居易（772—846），字乐天，号"香山居士"。

蛮酒味逼宦情淡，藏香烟逐客愁绕。

东望良朋隔别久，寂寞何以开怀抱。

陈侯手札适然至，洒洒千言犹恨少。

为言蛮荒数千里，层峦叠嶂烟岚绕。

气候自与中华殊，起居更宜慎昏晓。

况当萧瑟授衣节，毋使霜威侵袍袄。

近日一事快人心，数年军须今可了。

元侯赫怒率铁骑【2】，将军贾勇奋金爪。【3】

巴西楚北秦终南，不留余力图蔓草。

方腊杨太早授首，残贼一一应弦倒。

下皋竟羡秋鹘健，掘地难容俯兔狡。

水关无须坚壁垒，山民何用修城堡。

伫看库藏于思甲，不劳舟挽琅琊稻。

纸长尚未读三过，已除心中旧懊恼。

忆我前守剑门关，腾腾妖氛暗蜀道。

境内军士大斩获，余党窜迫徒奔扰。

承乏渝州重江防，插岸旗帜兼羽葆。

兵忌间谍示森严，吏整戎行矜强矫。

而今藏事指顾间，义含杀气符苍昊。

远近闻之皆忭舞，保民民亦能自保。

网开三面听其逸，猛兽猖狂自纠绞。

羽毛劳劳凤凰心，只为世间出妖鸟。

淋漓痛快，畅所欲言。此坡仙①**得意之作。**

【1】作琴。

【2】经略额勒公登保。

【3】四川将军德公楞泰。

---

① 坡仙，指宋代文豪苏轼（1037—1101），其号"东坡居士"，自号"玉堂仙"。文才盖世，仰慕者称之为"坡仙"。

读吴表弟小松《松花庵记》[1]

松花道人已作古，菊巷巷北留花坞。

季子词坛号小松，不敢擅作松菊主。

园中挺立五大夫，恍惚月下精灵聚。

一花一石一禽鱼，父之所爱爱如父。

援笔作记示无忘，郑重不啻承厥绪。

呜呼梓泽宴群贤，安仁赋诗成谶语。

平泉花木空经营，种橘龙阳心亦苦。

惟此小园同寝邱，已不与人人不取。

约略布置清且幽，冬日烹雪夏课雨。

沅州太守多隐功，世当大启尔门户。

君才亦不甘学圃，此间终非处士墅。

【1】松花庵，先姑丈吴沅州公之别业。公字"信辰"，号"松花道人"。

燃灯节[1]

身居不夜城，无月亦光明。

佛火传千古，禅灯觉众生。

破荒蛮貊辟，烛暗鬼神惊。

散漫香烟里，时闻法鼓声。

【1】十月二十五日，佛寺及僧众蛮民，家家燃灯于屋上。相传是燃灯佛诞日。

巴塘食鱼作

寒风吹水凝冰初，有人钓得双鲤鱼。

形超秃尾异缩项，得亦不卖特献余。

羊肉酪浆不惯食，作羹此地又无鲫。

偶然鱼脍供一餐，欲为王余安可得。

鲤也昔号赤鲜公，禁之不入盘飧中。

夷人见鱼不敢取，谓鱼种类即为龙。

中华人来纵口腹，一竿饵及鳞六六。

不设网罟水族福，蛮荒尚沿古风俗。

七古每以峭折矫健取胜，不袭唐人窠臼。

题朱明府仿唐六如白描《洛神图》

八斗才成《洛神赋》，万古千秋推独步。

丹青描写恐难如，况以淡墨施缣素。

六如居士笔有神，纯用白描传其真。

秋菊当阶矜独秀，芙蓉出水净纤尘。

转相摹仿更超绝，迥若流风回艳雪。

颜色莫令脂粉污，神光不随烟雨灭。

慕主当年有至情，摘华揽藻借为名。

此意贵能写得出，莫将感甄误平生。

细意熨帖，一结尤立言有体。

乞人移梅

闻道山中多野梅，烦君移得几株来。

肯甘淡泊邀谁赏，定有因缘为我开。

对酒更宜兼雪霰，临轩不使惹尘埃。

此花品格能医俗，好共琅玕一处栽。

白描佳句，诗中上乘。

小　寒

方入小寒寒气增，天时人事岁相仍。

砍柴驴子怕驮雪，取水鱼儿惊凿冰。

土砵晨炊煎乳酪，琳宫夜梵点酥灯。

主人馈我葡萄酒[1]，闲对残花饮一升。[2]

新奇。

【1】适宣抚司吹忠札布送葡萄酒。

【2】时番菊尚开。

五　更

夜静滩声入耳遒，极寒霜气入衾裯。

连宵未续红炉火，出塞宜裁白氎裘。

万里断蓬飞绝域，五更残月下高楼。

梦魂才自家乡返，又欲迎风向陇头。

高唱又是李沧溟。①

拥　炉

边方无事吏无忧，独拥红炉懒下楼。

窗隙风威利于刃，檐前晷影疾如流。

可怜作客迁夔府【1】，为问何人坐剑州。【2】

万里烟鸿飞复下，雪泥又有爪痕留。

【1】时读少陵客夔府诗。

【2】余从事巴塘，本任剑州上宪委员摄篆。

出　郊

冬至已旬余，平原地气舒。

牛耕欣土润，马踏怯冰虚。

危径通蛮寨，寒林抱梵居。

迎人人不到，归去且徐徐。【1】

【1】时迎四明府，不至而回。

大朔山麓送四明府赴成都【1】

大朔山近天尺五，游人登陟叹辛苦。

西麓林木荫道周，东麓高下不毛土。

忆我来当四月天，雨中银霰扑马鞯。

---

① 李攀龙（1514—1570），字于鳞，号"沧溟"，山东济南府历城（今山东省济南市）人，明代著名文学家。他的诗体骨气道劲、寄托遥深，情思壮阔、气势昂扬，以七言古诗和律绝为典型。

今君东去岁云暮，身披鹤氅随鸟渡。

山头一望尽雪山，不辨成都在何处。

行到华阳欲仲春，花明柳媚正芳辰。

回念三年居塞外，终日茫茫对沙尘。

【1】四十八，双流邑宰。管理察木多粮务，期满旋省。

溪 竹

疏枝照水影横斜，更傍溪桥卖酒家。

踏雪寻君亦不俗，一樽何必就梅花。

妙有新意。

昭陵石马歌【1】

三尺剑，得天下，六匹名传破敌马。

刻石昭陵宛如生，迎风直欲骋四野。

渔阳鼓角动地来，大河南北一旦起。

黄埃当御骕骦尽，为禄山有沙苑，所存只此区区之驽骀。

潼关一战大失利，痛愤谁识神灵意。

黄旗军与白旗交，数百阴兵纷纷竟突骑。

战罢归立灵宫前，汗血流溢毛仍拳大唐。

社稷山河终如故，神功鬼谋兆其先。

石马兮石马，当与扫除祸乱之郭李同垂，奇勋灵迹于万年。

音节长短参差入妙，而题事无不详明。

【1】学使观风题。

咏 烛

一炬清辉照案头，自煎原不自为谋。

结花专报人间喜，不学离人涕泪流。

即　事【1】

执剑逐魑魅，年年岁暮时。

夜又频舞蹈，菩萨亦威仪。

法宝珊瑚造，山精骷髅为。

纷纷善男女，歌呗不知疲。

【1】番僧于每岁十二月下旬，装西方诸变相舞蹈，俗谓之"跳鬼"，亦古傩意也。

立春日

春到无先后，谁言黍谷迟。

云皆含雨意，柳欲露风姿。

关塞怀人日，池塘梦弟时。

笔端生气出，剪彩笑参差。

人日二首

人日天晴爽，今年人人好。

众口同一辞，欢喜欲绝倒。

我年过半百，从事边城堡。

岁余惯风土，不愁老更老。

缓步出郊游，出水扩怀抱。

麦芽欲出土，花蕾满树梢。

虽无落梅桩，柳条渐袅袅。

有何伤心处，诗兴来觉早。【1】

番俗喜为僧，生齿恨不繁。

何当人其人，绵绵生子孙。

多牧牛羊马，荒地开田园。

上完天家租，下报父母恩。

熙皞享岁月，恭从讲貌言。

此乃极乐国，空门终空门。

一铸而成，自然高妙。前首见性情，次首见经济。

【1】苏诗：人日伤心极，天时触目新。[①]

正月十日

不苦三冬雪[1]，犹占十日晴。
畦蔬寒未种，沙草暖先生。
春水迷人影，和风变鸟声。
重裘方减半，步屧觉身轻。

闲适之作。

【1】去冬巴塘无雪。

入　春

入春春到否，一望尚荒芜。
霞变云轻重，冰缘水有无。
猿思攀碧树，马欲秣青刍。
药圃分泉灌，人工课獠奴。

春　寒

春色缘山断，寒云抱日升。
炉空仍举火，砚冷又呵冰。
谷鸟迁犹待，潭龙起未能。
东西村店里，酒价一时增。

颔联天然妙对。

闻啄木声

门可罗禽鸟，人谁投漆胶。

---

① 此为宋代诗人唐庚《人日》中诗句。原诗如下：人日伤心极，天时触目新。残梅诗兴晚，细草梦魂春。挑菜年年俗，飞蓬处处身。螟颐频语及，彷佛到东津。

偶然闻剥啄，一似学推敲。

楼豁峰峦入，墙低树木交。

错疑远客到，书卷暂时抛。

雅极，趣极。非俗吏所能知。

述　闻[1]

公主乘车驾，幢幡到处迎。

宝衣千劫化，玉镜一方明。

觱篥蛮中乐，琵琶马上声。

陋他青冢草，空见岁枯荣。

【1】闻前藏每岁正月望日迎唐公主像仪仗，音乐极其美盛。

郑观察静山先生新春颁寄咸菜、椒酱诸品

空自酌屠苏，春盘生菜无。

远音传驿使，清味付山厨。

菘韭夸高士，盐梅望腐儒。

胜他承露薤，裁句比青刍。

清新切题。

德阳彭香谷明府解银赴西藏，途次巴塘，诗以送之

塞外逢良友，浑忘久别离。

酒酣红见面，吟苦白生髭。

王事供奔走，边防待度支。

阿咸能耐苦，相伴到天涯。

此地通西藏，悠悠道路遥。

春风虽已到，冬雪未全消。

入水龙犹蛰，登山马不骄。

余寒何料峭，且莫解狐貂。

真挚。

野 雀

野旷炊烟少，山深积雪多。
春田方播种，谋食近如何。
庑下频春米，门前不设罗。
粒红抛满地，薄暮一相过。

副土司园中看花留饮

田间小径斜，不速到君家。
甕启三年酒，轩临一树花。
主人惟简默，坐客自喧哗。
赢得青衣醉，酡颜映晚霞。

意兴萧疏，诗则妙入化境。

野 园

无人踏莎草，有客辟柴门。
喋喋禽争树，猖猖犬守园。
野云停径暗，溪水落坡喧。
谁聚生公石，顽头可与言。

静观未半日，稍稍慰诗魂。
信有莺迁木，谁言鹤在樊。
短墙山入座，独木水环村。
文杏如招我，重来载酒樽。

夜

边塞不闻更，寥寥洪化城。[1]
星垂天有色，风吼水无声。
僧定任喧寂，客来增送迎。
明朝骑款段，权作踏春行。

【1】洪化城中尽为番僧所居，粮台附焉。

治圃

及肩墙累石，出口水分畦。

台畔留余地，花间辟小蹊。

锄从邻舍借，事与小人齐。

采撷当春夏，风光羡瀼西。

瓶中杏花

未向花村去，双枝折得来。

将毋怜远客，以此作良媒。

泥已沾飞絮，炉宁然死灰。

晴窗暂相对，只好拨春醅。

一气浑成，有神无迹。

晤梁明府[1]

报最三年满，登途两月余。

何时别大府，几夜宿穹庐。

水鉴须眉古，月窥囊橐虚。

莱芜重到日，依旧釜生鱼。

【1】生桂夹江令，管理拉里粮务，期满回任。

咏桃杏

夭桃与文杏，颜色恰相当。

共入潘安县，同登宋玉墙。

春风无厚薄，月旦莫低昂。

两美邢兼尹，合之宁两伤。

客心

悠悠客子心，遇物动成吟。

句莫论工拙，情原有浅深。

望鸿青嶂外，系马绿杨阴。

闲踏王孙草，低徊不自禁。

古来真正诗人，惟白香山有此兴趣。

桃　花

山失焉支妇女愁，此花还逞旧风流。

宜栽仙子吹笙院，莫近倡家卖酒楼。

恐妒冶容惟敛笑，欲通隐念却含羞。

东风一去无消息，结得木桃何处投。

深情若揭，好句似仙。

巴塘桃花淡红色，似杏，而瓣稍大，不类中国种。而中国种亦间有之，土人谓之"汉桃"

东风队里施妆薄，竹外溪边意态闲。

一自昭君来绝漠，焉支妇女失红颜。

鸳鸯桃花【1】

脂粉催妆尚未匀，此间谁是画眉人。

鸳鸯花下衔杯坐，相对无言度仲春。

情在言外。

【1】淡红与深红花色相间，故名。

屋　上

野屋碍人眼，言登屋上头。

最怜临水岸，权作看花楼。

日映桃绯丽，风飘柳带柔。

谁言边塞陋，文物仿神州。

细腻。

花朝同弟献夫北堂郊游

探得村桃正缀英，雁行天畔寄芳情。

看花莫拟梅花赋，风格终输宋广平。[1]

花下衔杯柳下行，春禽尚惜少流莺。

土人言语浑难辩，当作绵蛮树上声。

每有新意，未经人道。

【1】皮袭美感广平之所作，复为《桃花赋》。

偶　见

春怀全付与春风，日向郊原觅艳红。

忘却小桃园里笑，等闲寂寞倚墙东。

胡　燕

营巢岩穴里，岁岁在家乡。

不解春秋社，何劳来去忙。

塞垣青草短，野岸紫泥香。

耻作依人计，羁栖玳瑁梁。

看村花

羊裘侵晓怯春寒，子夏何妨戴小冠。

难得狂飙不作恶，村花半日倚墙看。

望山柏

劲柏春来尚旧容，数株共占一高峰。

云穿烟锁无人顾，岸柳溪桃色正浓。

寄托遥深。

梨　花

一色后于桃李开，洗妆人斗竹根杯。

风前记得曾相见，一片春云梦里来。

秾短织长总不宜，对花休咏女郎诗。

风流才调香山老，万树清香雪满枝。

二首情韵绝佳。

春日怀吴小松

自入西川契阔深，况听羌笛与胡琴。

参军虽学蛮人语，羁宦宁忘越客吟。

作雪才情输塞柳，鸣春声调逊山禽。

知君近日追韩笔，箧内应多谀墓金。

远　道

远道思家游子情，况逢令节是清明。

无憀正值桃花落，有恨偏开杜宇鸣。

望眼时飞云一片，吟须渐染雪千茎。

东风亦属人间客，年去年来送送迎。

情景交融，格调似许丁卯①一结尤为超逸。

菜　花

颜色千百般，芳菲斗草木。

春华秋有实，实终逊五谷。

原野黄一片，藻彩何繁缛。

亦是嘉禾种，土不择瘠沃。

正色表中央，迷离映朝旭。

直讶天雨金，绝胜地种玉。

长安尚牡丹，开时车接毂。

甚至黄梅柳，反将贱菽粟。

焉得一顷地，种菜菜连屋。

朝看花露满，暮看花雨足。

清风一洒洒，结实收千斛。

易米充晨炊，取油资夜读。

---

　　① 指唐代诗人许浑，以丁卯名其诗集，后人因称"许丁卯"。其诗攻律体，题材以怀古、田园诗为佳，以偶对整密、诗律纯熟为特色。

元亮田家诗，吟咏兼及菊。

菜花即景句，何嫌格调俗。

大　风

万弩射蛟鲸，波翻浪不平。

东风何激烈，春令过清明。

不促潜龙起，空烦宿鸟惊。

裴忧雾易散，李靖雨难行。

古塞牛羊卧，边方草木萌。

速宜鞭大石，应候转阴晴。

一起雄壮。

副土司折赠牡丹数株

万里洛阳花，谁人移绝域。

摇曳春风里，脂粉淡妆饰。

地主烦折赠，瓶水弥护惜。

无言两相喻，同是天涯客。

三月十九日雨

惊聋止有一声霆，霭霭湘帘昼欲暝。

塞外山头春又白，雨中柳眼晚弥青。

不须奔走鞭阴石，犹以滂沱祷毕星。

今夜更问檐溜滴，雷同亦拟喜名亭。

晚眺东山

众阜拥高岑，松杉色郁森。

春云和雪冷，暮雨入山深。

屈曲来时路，苍茫此日心。

塞垣通陇坂，一纸竟浮沉。

"暮雨"句耐人寻味。

201

山　雪

春雪满峰峦，楼中拄笏看。

日光惊闪烁，风力费雕刊。

未使聪明净，空教气象寒。

边荒三月尽，尚觉卸裘难。

楼　上

西原春婉晚，北斗夜阑干。

塞上胸襟豁，楼头眼界宽。

云屯风谷薄，月过雪山寒。

卫藏今安稳，军中有范韩。

大有少陵风味。

副土司园中赏白芍药

独尚西方色，开为西域花。

容颜虽素淡，气象反豪奢。

飞雪炼三日，沉香焚数车。

献宜珍卞玉，割不费胡沙。

净傍瑶阶种，迷因粉壁遮。

素心相对久，翻羡雨无瑕。

格调又近玉溪。①

异　方

榴花如火柳如绵，陇上澜翻小麦天。

殳矛卧残千帐雨，鸣鸠啼散一林烟。

浪花滚滚将侵岸，山草青青欲到巅。

---

① 玉溪指唐代著名诗人李商隐，字义山，号"玉溪生"。

忆得尘衣来抖擞，异方风味已经年。

志和音雅，格调犹在中唐。

端午日有客备酒肴郊游，余亦有是举，遂相会于副土司射圃中

覆座清阴满，环墙碧水通。

暑消三雅后，愠解五弦中。

丝结合欢索，襟披如意风。

杯盘聚一处，谁是主人翁？

饮酒任从容，何妨日下舂。

挽弓思札柳，点笔拟哦松。

艾叶门悬虎，兰舟水斗龙。

故园多胜友，踏春喜相逢。

灌　园

引泉人白昼，分水我黄昏。

稍减炎歊气，能添雨露恩。

印星光的皪，漱石响潺湲。

宛似塘三亩，青荷叶乱翻。

清凉世界，方便法门。

夏日赏丽春花

春花难争胜，迟迟丽于夏。

得时故恬退，掞藻能蕴藉。

萼娇和露绽，茎弱因风亚。

绕丛最宜蝶，含香却厌麝。

雅依芍药栏，清近蔷薇架。

艳妻更少好，仙女何娅姹。

葵藿甘与亲，桃李肯随嫁。

炎日照不畏，世人知反怕。

粟教兄弟容，风合姊妹迓。

少陵江头咏，千古增声价。

格高气老，戛戛生新。

以葫芦为花瓶

如胆瓶难得，葫芦倩尔为。

腹圆能受水，腰细可缠丝。

挂壁添家具，无花插果枝。

怜僧傥来借，汲涧胜军持。

题最雅，而诗亦新奇。

六月六日赴龙王塘纳凉

约伴过野桥，溪边趁幽事。

点点白杨花，依依青草地。

湍激惊雷霆，石蹲骇巅屃。

傍有泉一泓，大树久荫庇。

前因祷雨切，率众徒步至。

三日降甘霖，万民纾愁思。

是处龙宫通，何人燕脯寄。

重来倍虔肃，相与诧灵异。

昔人避暑饮，今日临流醉。

蝉蜕发新声，蝇来尝异味。

脱钩鱼有神，卸鞍马如意。

西日射食单，南风醒酒气。

子季兴未尽[1]，犹作弹棋戏。

伫立望小洲，霜衣一鹤踑。

【1】谓弟献夫。

园中种葵甚多，戏为绝句

双扉怜户小，五品叹官卑。

旌节纷无数，何由到绿墀。

牛羊气味膻，肉食非所好。

昔笑葵与藿，今被葵藿笑。【1】

【1】古诗：无以食肉资，取笑葵与藿。①

---

① 语出西晋著名文学家、书法家陆机《君子有所思行》。

巴塘诗钞 卷下

李华春实之评选
临洮李苞元方稿
弟芍相徵校阅

闰六月六日

令节复天贶，小年仍日长。
恒情恋上国，薄宦任边疆。
食爱青椒辣，衣嫌白裌凉。
数茎须又变，六月有清霜。

清雅宜人。

巴塘立秋前一日

洪炉铸两仪，寒暑暗中移。
火气将销日，商飙又到时。
感人蜩尚噪，作客燕先知。
边塞寒来早，裳衣授莫迟。

虹

不必辨雌雄，长桥架碧穹。
斜拖残雨白，遥带夕阳红。
龙吸西江尽，鲲翻北海空。
云霓人共望，何以赞元功。

颔联工切。

梦 人

明月怜游子，清光入竹扉。

亦知劳梦想，特地现容辉。

两地精神合，三更笑语稀。

帘钩风忽动，觉后尚依依。

一往情深，温李①正派。

槐花即事

曾随举子昔年忙，今日投闲入大荒。

卫藏安宁星使少，槐花时节醉壶觞。

野塘遣兴

龙藏旱不干，风过绉罗纨。

更引流泉至，频添止水宽。

云涵千片净，山入数峰寒。

柳态仍张绪，新秋镜里看。

蜻蜓偕蛱蝶，侧翅点池塘。

共助幽人兴，应耽野趣长。

树荫频徙座，水气欲侵裳。

云黑东南角，催诗雨不妨。

静者心多妙，飘然思不群。

七月一日

商声满天地，边塞已惊秋。

闰月花仍放【1】，高田麦未收。

星飞驿使急，雨少野人忧。

从事偕予季，徘徊共倚楼。

起佳。

---

① 晚唐诗人温庭筠、李商隐的并称。两人作品同属绮丽风格，在当时齐名，故称"温李"。

【1】前月闰六，戎昱诗云：溪添闰月花。

溪边小园

蛱蝶点秋光，畦花一片黄。

无人园僻静，有石水奔忙。

垣短桃全露，沙颓柳半僵。

偷闲时遣兴，行坐午风凉。

写景而情在其中，自然娟秀。

雨

空中忽泼墨，云脚四山拖。

老畏雷声大，贫贪雨泽多。

百家檐决溜，两岸水增波。

地瘠防秋旱，山田有晚禾。

秋夜听溪声

时当群动息，只有一溪流。

响异天人籁，声兼树木秋。

荡胸云共爽，入耳夜偏遒。

恍宿咸阳驿，秦川古渡头。

一结情韵更佳。

望二郎山

巍峨五千仞，划破天青苍。

如望衡九面，处处会二郎。

横侧形不一，中洼类筐箱。

积留太始雪，日照色晶光。

上应产雪莲，花开十丈长。

世人采不得，帝座达清香。

去夏宿山麓，洒洒雨送凉。

今秋复经过，八月飞严霜。
马上频瞻眺，寒气透衣裳。
聪明未能净，面且惭相当。

喇嘛垭道中

结屋两三层，平顶类屠苏。
瘠团家数亩，青稞仅输租。
牦牛赁过客，取赀争锱铢。
行未三十里，路长日已晡。
番兵十余骑，背枪气豪粗。
咋来何处盗，御人此萑苻。
追捕既不得，蛮荒纲本疏。
予亦有戒心，促仆趁前途。

瘦硬通神，一洗纤靡。

宿野屋

山昏何处宿，旷野一间房。
囊橐堆如堵，门扉卸作床。
无鸡更莫辨，有犬夜能防。
尚恐马牛逸，羁縻秋草场。

年侵觉夜长，早发怯风霜。
展转重衾里，咏吟孤烛旁。
儿啼蛮妇乳，客起主人忙。
铛小难炊饭，晨寒共饮汤。

荒凉之景如在目前，句句清真，字字新颖。觉鸡声、茅店之句，未足称奇。

里塘晤筱园兄即事呈五律二首

塞外今相见，霜髭各数茎。
年惭长一岁，事欲话三生。
头戴晨星冷，眼迷秋雪明。

艰辛君不惮，喜得弭戎兵。

蜂虿毒无几，熊罴威有余。
终能停羽檄，非是惜军储。
诸部羁縻得，片言雠怨除。
莫云蛮貊异，信可及豚鱼。[1]

【1】里塘附近之毛丫土司阿须丹津身故，其子白旬崇庆例应承袭。有阿须丹津之弟罗朱云旬，勾引瞻对土司工部三招，率领番众前来毛丫帮同争袭土司，要取印信。建昌道郑静山先生、署打箭炉同知李筱园兄、在文都司图荫齐棠阿，先后来里塘，会同查办。将白旬崇庆所属帐房、番民分给罗朱云旬百余顶，瞻对土司出具"永不滋事"甘结，完案。

头塘晨发

室暗无窗牖，天明尚须烛。
点检笔墨砚，襆被同一束。
登途不数里，秋雪降滕六。
行行且复止，抖擞一身玉。

两　山

两山近相对，上齐若平衡。
南山草木黄，北山草木青。
青女无厚薄，霜降俱五更。
阴阳分向背，彼悴此犹荣。
浩浩乾坤内，材贵择地生。
春来必早逢，秋至不先零。

览物有悟，词能达意。

自喇嘛垭至三坝

行役太劳人，不见风景好。
两程并一程，况是屈曲道。

雨雪湿征衣，浸润将及袄。

板桥泥滑滑，骑过愁马倒。

投宿时值酉，翻较昨日早。

炉火最亲人，村酒喜已老。【1】

萧瑟八月天，霜黄塞上草。

刈来秣白驹，务同侏儒饱。

峨峨三坝山，一径入云表。

明日劳登顿，启行趁天晓。

难在真实朴老，非大手笔不能。

【1】酒陈者，谓"老酒"。

过三坝山至大朔塘宿

秋雪不盈尺，漫漫已迷路。

得逢饭牛人，导将山岭度。

中道苦饥渴，无处可小住。

行行天色晚，投宿一荒戍。

是日中秋节，云开露蟾兔。

月光与雪色，清寒上下互。

伫望姮娥宫，遗恨在平素。

众仙咏霓裳，此会未能赴。

景真情真，写来凄婉动人。

八月十六日早发过大朔山，行抵巴塘署中

中秋一轮月，已堕碧云端。

马趁晨星发，人经积雪寒。

古杉排峻坂，巨石束奔湍。

贡使中途遇，叮咛行路难。【1】

树上冰如柱，峰头雪作冠。

下山愁径窄，过涧喜桥宽。

邮宿烦军吏，郊迎劳土官。

家书来万里，珍重喜频看。

【1】时巴塘宣抚司遣头人入贡。

副土司园中赏菊。菊两畦，止红色一种

小园亦有菊，寻芳兴转赊。

均为簪组客，爱此隐逸花。

八月傲严霜，雨畦停断霞。

文章少五色，风格自一家。

在昔陶靖节，篘酒倩乌纱。

宾主何太俗，相对只煮茶。

"文章"二句比意巧妙。

秋郊寓目

古寺东门外，一舒天涯目。

秋逼山林黄，寒入溪水绿。

循行阡与陌，家家正获谷。

稽事蛮妇谙，闲田番童牧。

今岁幸有秋，民得果口腹。

邻境不用兵，更喜免迫逐。

"秋逼山林黄"二句，清微淡远。

裘庆堂太守赴昌都过巴塘，诗以志别

山路崎岖甚，难容五马行。

一鞭才北上，双旆又西征。

禾黍秋风熟，松杉晓雪晴。

天涯暂相会，絮絮说平生。

重话南江事，劳心叹六年。

红粳输鸟道，白梃突狼烟。

古县无城郭，荒村有陌阡。

茧丝兼保障，黎庶得生全。【1】

塞垣饶物产，最著是昌都。

脐重香留麝，裘轻腋集狐。

清高君自惯，节俭我何须。

他日整归辔，一钱囊有无。

三律精工，具有章法。

【1】公前为南江令，时教匪滋事，转远防堵，甚有力焉。

出　游

秋风招我出，一整郊游屐。

水净陂塘冷，田闲路径捷。

逢人问菊花，看客射杨叶。

从事不拮据，经年少边牒。

六朝人有此气味。

副土司①别墅有牡丹一株，移植家园中，代占一律

亦是吾家物，移来用意深。

近供宾客眼，远慰子孙心。

芍药宜为侍，藤萝莫漫侵。

知君性好酒，浇罢复长吟。

和献夫弟山头秋雪诗

西风吹塞外，积雪满山头。

壁立三千尺，琼雕十二楼。

云来迷玉叶，月过冷银钩。

冠冕真司冠，陶钧尚蓑收。

脊令栖野岸，鸿雁落沙洲。

共讶边寒早，萧萧又一秋。

此处两韵，有神无迹。

---

① 底本作"官"，据文意改。

和献夫弟九日诗

呈来新句墨初干，触我情怀忽万端。

满院花随秋气老，高山雪逼日光寒。

授衣更较豳风早，涉世真知蜀道难。

且喜埧篌相唱和，天涯作客免孤单。

情景交融，真得七律三昧。

秋夜忆内寄子作新

月色冷窗棂，寒灯分外青。

夜长怯孤枕，天净望双星。

井臼劳将代，刀圭术不灵。

塞垣千万里，犹嘱采参苓。

悱恻笃婉，深情若揭。

巴塘九日登高同土司之子阙万福及舍弟二人

中原人在此，九日必登高。

韵事添边塞，佳辰献浊醪。

山容成白首，草色变青袍。

霜肃增雕力，风遒落雁毛。

客情殊旷远，秋思转牢骚。

秦陇乡山远，徒然望眼劳。

两地插茱萸，三人各不孤。【1】

那知绝域况，迥与故园殊。

锁塞陇山古，入河洮水迂。

自从违鸟鼠，遂尔落鱼凫。

邑剧掺刀割，崖悬叱驭趋。

短衣从事日，令节感今吾。

往复回环，游刃有余，章法本自少陵。

【1】余弟五人，莊、蔫、芍在家，芹、萱随来巴塘署中。

署威远明府蔡二兄弟书来，诗以答之

篱下黄花老，山头白雪新。

多君烦旅雁，为我致文鳞。

绝域多垚埳，吾乡少缙绅。

壮年须努力，事业宰官身。

弹丸威远县，叠石作城闉。

一岁牵丝熟，三秋锁印频。

书生仍好学，廉吏不嫌贫。

治理应成谱，何妨寄远人。

清真老到，不落套言。

秋夜即事

巴童催睡早，灯暗月临窗。

刍少枥喧马，人稀村吠尨。

鸣螺开晚梵，吹笛起边腔。

旅客增愁思，何当酒注缸。

赠梨树汛马外委

梨树称名雅，往来冠盖疏。

山高常积雪，地冷不生蔬。

对客作蛮语，教儿钞汉书。[1]

天涯征戍久，应亦忆吾庐。

【1】蛮人以四子书①为汉书。

忆陆兄秀三②

天末思才子，车应返旧邱。

---

① 四子书即"四书"，指《论语》《大学》《中庸》《孟子》四部儒家的经典。

② 陆秀三，今甘肃省临洮县人，嘉庆时举孝廉方正。范锴《汉口丛谈》卷五记其曾主讲武汉勺庭书院，谓陆氏"诗文瑰丽雄伟，硬语盘空，时有惊人之句"。

刘蕡竟下第，宋玉易悲秋。

书任三冬有，文从万里求。

君家传奏议，终见达螭头。

友人问巴塘风土，以诗答之

边塞足风飙，人稀村寂寥。

秋来少过雁，夏尽尚鸣蜩。【1】

玉箸蛮葱辣，金杯藏菊娇。

沙田青稞外，郑重是甜荞。【2】

【1】岑嘉州《轮台》①诗云："秋来惟有雁，夏尽不闻蝉。"此地不然。

【2】巴塘荞麦有甜、苦二种。

叹 息

叹息临洮子，今非年少时。

强弓空欲挽，劣马不能骑。

累月闲游屐，经秋复饮卮。

加餐甘野饭，倩客射山麋。

戛戛生新。

追忆王芍坡夫子【1】

长鞭加驽骀，日行不百里。

鹩鸠虽奋飞，抢仅枋榆止。

余昔秉铎日，从学王夫子。

阻我毋为吏，劝我成进士。

学宦两碌碌，蹉跎已暮齿。

哲人不可作，前言犹在耳。

【1】夫子讳曾翼，江南吴江人，曾任兰州道。

---

① 指唐代岑参的《首秋轮台》。

海都阃招饮，即席奉赠

一饮辄千钟，前身是酒龙。

精神更觉旺，言语不嫌重。

兵且三年戍，侯应万里封。

何须叹岁晚，老健大夫松。

一气浑成，清空如话。

赠巴塘汛把总何公【1】

松潘古要隘，北去接洮阳。

生长俱西鄙，同来又大荒。

短衣披夜月，古剑带秋霜。

善病维摩诘，何时作道场?【2】

【1】何陞，松潘人。

【2】何善病，故云。

梦

千林黄落日，一枕黑甜时。

梦入天台路，桃花露竹篱。

暝

夜气方来寒气增，四山积雪水生冰。

蛮村早挂黄昏月，佛寺犹燃白昼灯。

择树羁栖惟野鸟，闭门入定有高僧。

痴云不预人间事，岭上闲眠更几层。

七律上乘，如初写《兰亭》，恰到好处。

十月十四日，闻副都统文公因事又赴西藏

寒天天上去，西城地形高。

风虐鞭人面，霜严脱马毛。

射麋饶野味，泛蚁乏醇醪。

春夏才旋返，又因王事劳。

雪　后

冻云犹暖暐，微雪不模糊。

风急宜扃户，人寒欲拥炉。

纵横飞野隼，饥饿噪林鸟。

肃肃元暝节，穷通物态殊。

巴塘冬日怀潘清溪、孙庆庵、陈大亨、云叔、毛冠英、刘仲恺诸友

黄云征士戍，白板野人扉。

地势卑如臼，山形曲似帏。

三冬悭雪瑞，五夜怯霜威。

寂寂年将暮，良朋怅久远。

怀田梦九[1]

不以儒为戏，蜦闲能自防。

策怀方正士，船觅孝廉郎。

松桂寒仍秀，芝兰久更香。

何人复同志，浊酒话绳床。

【1】梦九，嘉庆元年举孝廉方正。

十月廿二日即事

特特迎官长，停骖涧水边。

日斜山气变，屋破野风穿。

有石人堪坐，无炉火不燃。

寺中老都讲，来此费周旋。

岩下草

三冬岩下草，青翠色仍深。

不使霜威到，兼邀水气侵。

全生天地意，扶弱圣贤心，

傲骨无依傍，寒松自古今。

小中见大，老杜往往着此议论。

晓 行

清晓见牛羊，满身浑是霜。

宿云霾古戍，斜月下寒塘。

落后侍僮慢，争先过客忙。

沙尘容易起，马上拂衣裳。

"宿云"一联，唐人佳句。

送宋明府随都统赴西藏

小寒大寒严冬节，塞外千山万山雪。

狐兔潜藏飞鸟绝，行人手皲面欲裂。

问君何事随节钺，西向卫藏劳驰跋。

君言此行充记室，笔点砚池寒冰结。

灯下频呵气不热，夜夜布衾冷于铁。

到此行未及一月，半途已笑同跛鳖。

今日相见即相别，匆匆近事不须说。

我临岐路嘱君切，寒须酒入觥心凸。

家家炉火燃榾柮，莫嫌客馆黔如突。

牛羊膻气不可遏，日久浸淫恐入骨。

此地有泉温且洁，回时请君一澡祓。

章法清楚，笔力老健。

鸡 鸣

鸡鸣催我起，双扉且半辟。

烧烛三寸许，东方犹未白。

云淡山隐隐，风回树寂寂。

悠然清磬声，邻僧频戛击。

咏副土司宅中所养鹦鹉，此鸟乃巴产也

尔非陇山鸟，我是陇山人。

久与林泉隔，宛如猿鹤亲。

絮飞千树暗，锦簇万花春。

借酒谈心事，休嫌来往频。

莫以羁栖故，颓唐老此身。

羽毛宜整刷，言语贵清真。

会有开笼日，终非失意人。

上皇问安否？感激意前因。

饶有寄托。

晨园炉火

寒气炉能御，袁安晓不眠。

拨残灰未死，吸久炭方燃。

客拥锱铢火，邻分榾柮烟。

区区及有限，无褐更谁怜。

冬日游北谷中

水落波澜小，山寒草木昏。

谷中平坦处，岸上两三村。

拙鸟巢严隙，饥驴啮草根。

野炉无宿火，煖酒款柴门。

梦在家中与弟山薑观行草诸笔迹

兄弟不善书，雅好讲翰墨。

闻人工行草，有无求不得。

屈垂俨金玉，纵横森剑戟。

蛟龙蟠劲姿，蛇蚓标新格。

势或逞径丈，纸或长一尺。

云烟衬画图，光怪动墙壁。

嗜好入梦寐，相聚共赏识。

评书犹余事，喜见弟颜色。

一树紫荆花，烂漫映第宅。

过庭问诗礼，情景宛如昔。

胜借邯郸枕，荣华俱阅历。

醒时觅笔砚，作诗寄乡国。

弟同此梦否，为我通消息。

花枝当酒筹，应忆梁州客。

情真语挚，笔有余妍。

巴塘种田歌

前山后山山雪白，中间地洼水渐释。

才届四九事播殖，溪水灌田疏地胍。

土非驿刚杂沙砾，百亩先将马粪积。

蛮家男妇齐尽力，无牛赁牛敢嫌瘠。

此地老鸦不种麦，惯翻土中麦种吃。

人少鸦多护不得，惟望来春泽下尺。

豚蹄酒盂祷侯伯，未苗先想饼饵食。

何异屠门大嚼客，虽未得肉意且适。

古质。

十二月盆中番菊

若遇陶公①也爱怜，数盆栽种自秋天。

---

① 陶公，指东晋诗人陶渊明（约365—427），浔阳柴桑（今江西省九江市）人，东晋杰出的诗人。字元亮，晚年更名潜，字渊明，别号"五柳先生"，私谥靖节，世称"靖节先生"。被誉为"隐逸诗人之宗""田园诗派之鼻祖"。是江西首位文学巨匠。他弃官归隐，作诗尤多，以田园诗成就最高。一生嗜菊，超然洒脱。

严霜夜避深庭内，旭日晨暄古槛边。

虽少晚香分老圃，堪留冷艳过新年。

胜他剪彩无生趣，点缀徒矜藻色鲜。

十二月八日走马过野屋题壁

人间闷如醉，马闲骄且嘶。

前游涧水东，今走涧水西。

高坡横枯荆，碍冠头屡低。

春近云活泼，山晴雪离迷。

行过蛮人寨，独木竖危梯。

攀登第三层，身与树木齐。

红崖作屏风，闲田绕回溪。

客意正流连，催归午时鸡。

试问风尘吏，闲情有此无。

郑观察静山先生录寄于役鱼通诗，并赐别后奉怀之作。即事成七律一首

先生旌旆莅西戎，毳幕氆墙问土风。

诗补大荒经未备，文烦重译语能通。

此行暂作天涯客，已去犹怜塞上翁。

至味寄来虽淡泊，细尝元酒胜邾筒。

嘱人自成都寄来水仙花十余，本巴塘所未有也

现身偶尔到西天，不是金仙是水仙。

从此夷人传韵事，此花留种自青莲。

自然入妙。

乙丑生日巴塘作

陈家昆仲并驰名，我字元方亦是兄。

再过四年周甲子【1】，尚余九日属嘉平。【2】

佛龛灯灿分长照【3】，邻圃花繁羡早荣。

不效老莱堂上舞，寿星遥见老人明。

冰雪净聪明。

【1】余年五十六。

【2】余生于乾隆庚午十二月二十日，今腊月小尽。

【3】官舍在寺中。

感石梅溪观察

梦里如逢石曼卿，自言去主芙蓉城。

岂知古事成今事，漫说无生胜有生。

观察又临川北境【1】，度支尚感华阳兵【2】，

男婚女嫁区区愿，不得金瓯覆姓名。

慨当以慷，应属神来之作。

【1】公前任保宁府，于嘉庆十年六月补川北兵备道，十一月二十九月去世。

【2】教匪滋扰以来，军需各项观察总理其事。

瓶中早花

树壮开花早，瓶长贮水多。

双枝烦折赠，五字费吟哦。

窗纸胭脂画，书惟锦绣窠。

阿谁怜蜀客，令我忆秦娥。

独坐愁如许，相逢梦不讹。

日迟帘幕静，酌酒醉颜酡。

情韵俱佳，可以夺温李之席。

初春野望

北山春积雪，东岭晓飞霞。

浅碧双溪水，微红一树花。

苗疏不掩地，蜂少未成衙。

即此是佳景，流连西日斜。

新移水仙开花

瓦盆瘠土又沙尘，风韵依然故国春。
莫怅芳根移塞外，此间犹有赏花人。

与堪布野坐[1]

黑业除来白业进，机心化尽道心存。
偶然相对无言说，反恼溪流触石喧。

阿耨多罗通梵语，秀支仆谷解铃音。
何如尽在不言里，微笑拈花意更深。

【1】番寺掌教大喇嘛称为"堪布"。

元宵有感

山隔家乡几百层，长空只有一轮冰。
遥知儿女游观处，十字街头万点灯。

看　花

多情春日起春愁，又况天涯作远游。
惭愧不如闲树木，年年自在趁风流。

荆棘为篱曲径通，一园芳树笑春风。
惜无人面来相映，遂使桃花独自红。

滂葩浩艳映高楼，万缕千条拂陌头。
杨柳虽非花树比，花娇反逊柳风流。

风流绝世，不减张绪当年。①

① 《南史·张绪传》："绪吐纳风流，听者皆忘饥疲，见者肃然如在宗庙。虽终日与居，莫能测焉。刘悛之为益州，献蜀柳数株，枝条甚长，状若丝缕。时旧宫芳林苑始成，武帝以植于太昌灵和殿前，常赏玩咨嗟，曰：'此杨柳风流可爱，似张绪当年时。'"后遂以"张绪风流"为咏柳的典故。

《 224 》

北谷春游

东风来仁厉，人仗树身遮。

煮茗山泉近，茹荤野饭奢。

孤村空吠犬，荒岭乱鸣鸦。

何以消游兴，红桃正发花。

古桃树

两人围不了，错节又盘根。

老至颜如故，秋来实亦繁。

武陵千树远，度朔一株尊。

兜率非仙境，沧桑谁与谕。

野园桃花

送酒红衣人去后，空传歌曲想清才。

忽闻几树垂垂发，无那多情得得来。

塞外园林虽有主，天边风月可为媒。

春心未逐芳心尽，日日勾留不忍回。

寻　芳

另着寻芳屦，单携煮茗炉。

小桥临碧涧，一径入青芜。

燕子江湖客，桃花吴越姝。

相逢休怅晚，春色正华腴。

淡而腴。

殊　方

求友不曾来好鸟，订盟无自觅闲鸥。

纵令蛮女千回笑，肯作殊方半日留。[1]

山雪融时空怅望，村花多处且遨游。

何当戍到瓜期代，销却天涯一段愁。

【1】韩诗云：越女一笑三年留。①

将拟寻花因大风不果，遂赴香林

狂风如俗子，亦能败人意。

春游兴不禁，咫尺到邻寺。

劲柏森成林，苍然含古翠。

天花嫌色相，纷纷任堕地。

香分物外僧，荫及天涯吏。

半日袭余清，终身仰高致。

林杏与园桃，不过工妩媚。

何苦日寻探，流连花下醉。

起笔超拔。

漫 兴

行行三里外，一片簇红霞。

疑入天台路，言寻仙女家。

鸳鸯眠露冷【1】，蝴蝶舞风斜。

刘阮尘凡辈，归来别恨赊。

风人的□断，推此种大似吾乡胡静庵。②

【1】鸳鸯：桃花深红浅红相间。

三月三日游春至乐梨树下尚未发花

折枝画不羡边鸾，野外携茶手自煎。【1】

处女无情筘笑口，游人有意耸诗肩。

春寒未落桃花雨，风定初凝杨柳烟。

---

① 出自唐代韩愈的《刘生诗》："越女一笑三年留，南逾横岭入炎州。"

② 胡钅川（1708—1770），字鼎臣，号"静庵"，甘肃秦安人。著有诗文集二十卷。胡钅川以诗著名，风格刻意沉博，赋物言事，必肖其形，不苟为藻饰。诗篇流播于秦陇间，与临洮吴镇、潼关杨鸾并称"关陇三诗杰"，与吴镇同为"西州骚坛执牛耳者"。

寄语东君须勒住，休教早放艳阳天。

【1】放翁梨花诗云：征西幕府煎茶地，一幅边鸾画折枝。

出 门

出门今日合寅时，唤起奚童莫要迟。

触石马蹄敲碎火，栖林鹊爪握高枝。

计程共有三塘路，听讼应须半月期。

府牒不劳催促紧，吾行及早整鞭丝。【1】

【1】巴塘土司与江卡营官有构讼事件面奉驻藏大宪，赴交界地方讯断。

闻巴塘地方惟空子顶有梅百余株，相距一百六十里，不获特访为憾。今二月九日，因公过此，梅花正开，雪亦霏霏。何相值之巧若此。爰赋诗以志之

人言此处有芳梅，匹马经过花正开。

半壑残水坚气骨，一天春雪净尘埃。

不逢高士空惆怅，一见伊人欲溯洄。

今夜寒山孤店里，梦中尚可策驴来。

气韵高寒。

为梅花解嘲

梅花岂肯受人怜，入梦罗浮语妄传。

自是山精呈伎俩，迷魂化作一婵娟。

翻案意新，词亦清老。

邦木寓舍

心寒塞上风，竟日卧帷中。

笔札烦邮吏，时辰问侍童。

招魂迷蛱蝶，祛病失芎蒪。

多谢南墩客，炉添炭火红。【1】

【1】邦木地方寒苦，余丙寅仲春因公事寓蛮寨中，区区一室，非炉火不足御寒。炉中非煨牛粪，即燃榾柮。幸得南墩客民，以木炭来遗。

即　事

崇佛惟知拜宝幢，蛮风今日失敦庞。

邻封敢作逋逃主，顽户轻违父母邦。

渐觉鸟言多可晓，谁言獉性不能降。

薄书期会无难事，磨墨研朱夜对釭。【1】

【1】巴塘土司禀控江卡营官收留巴塘逃民数十户，恳请查还。

邦木塘晨眺

客衣狐貉厚，寒气尚侵肌。

已到春分日，无殊冬至时。

草荒青稞地，雪缀白杨枝。

几处人烟起，熬茶当早炊。

空子顶闻鹦鹉

九坂云开吴岳①卑，家山迢递苦相思。

蛮中鹦鹉天边路，恍似垂鞭度陇时。

空子顶谷中漫兴

芳树闻啼鸟，幽溪泛落花。

偶然逢好景，忘却在天涯。

自然高浑。

回巴塘过野园，梨花尚开。喜而赋诗

去时尚末饰花钿，直恐来时化作烟。

俗事将人增懊恼【1】，花神与我有因缘。

---

①　即岍山，在今陕西省宝鸡市陇县西南。

谁家玉琢千寻树【2】，几处雪翻三月天。

径欲洗妆林下饮，征尘尚复逐丝鞭。

【1】 办理夷务，江卡营官不遵传讯，而回。

【2】 巴塘梨树最高大似百余年物，花实俱繁。中华未见此物。

野园遣兴

细水作琴声，泠泠客思清。

菱花干不落【1】，嫩草踏还生。

新燕穿林过，春鸠隔涧鸣。

呼童采苜蓿，归去伴藜羹。

五律多臻浑化，得力于杜者居多。

【1】 巴塘桃、杏花俱萎而不落。

春 游

宦游分外惜春华，来坐园林日又斜。

暖起青烟笼柳叶，香霏白雪散梨花。

渴凭苦茗清肠肺，老怯酸榴软齿牙。【1】

庭讼全无公事少，闲于树下看蜂衙。

仰面贪看鸟同此情趣，通体雅炼。

【1】 时客馈去年石榴数枚。

楼上闲望

霭霭覆云阴，邻园春色深。

花从楼上看，鸟入叶间吟。

清梵因风远，遥山带雨沉。

薄寒人易中，今夜拥重衾。

工练之极，入于浑成。

春 晚

短榻生长林，梨花落满襟。

感怀春事晚，回首夕阳沉。

塞外劳人梦，陇头流水吟。

故园当此日，桃李亦成阴。

沉郁。

三月五日客赠牡丹一枝

身滞殊方老，心惊国色来。

怯风辞院落，含露上楼台。

似有衷情诉，频将笑语陪。

清香留得住，莫遣户常开。

新诗如弹丸脱手。

遣　兴

榴叶初生别样红，晚春天气正冲融。

山头虽积皑皑雪，陇上还吹澹澹风。

步屧独寻芳草地，携樽又访牡丹丛。

莫言塞外荒芜甚，此地园林似蜀中。

食　荠

野荠采来盈竹笼，岂真种菜老英雄。

居夷久染腥膻气，明志应存淡泊风。

滋味甘能和黍稷，饔飧美不让葵菘。

盐醢姜桂寻常物，方法还宜学放翁。

鹁　鸠

二三月内少幽禽，此鸟时闻唤绿林。

度陇暗沾朝雨湿，隔溪遥送夕阳沉。

农夫感物兴春事，君子留宾怀好音。

犹有不遑将父意，翩翩翻动使臣吟。

不 寐

有情学得似无情，今夜愁从何处生。

却恨溪声来枕上，搅人不寐到天明。[1]

凄婉成诗妙。

【1】丙寅三月十四日夜，枕上口占此诗。次日接家信，以妻亡闻。

望对面高山

九曲屏风千尺强，中间划破透斜阳。

懒云不肯为霖雨，高树无缘作栋梁。

谷口丹梯险欲绝，山腰金刹烂生光。

几时回过鹦哥嘴，背看峰峦向帝乡。[1]

第二联用意深远。

【1】鹦哥嘴在山脚，往来路必经此。

游山寺

雪岭入大荒，梵刹开绝巘。

来当诞佛日，予季为同伴。

启寿比邱斋，诵经男子善。

随喜聊尔耳，溪泉供清盥。

寺旁几人家，耕雪种禾晚。

井底笑蛙龟，云中养鸡犬。

客衣振高冈，兴与天路远。

一株松倚身，万叠山在眼。

东有黑云起，祝风莫轻卷。

急须雨滂沱，一救半月旱。

足下闻雷走，山腰看电转。

今宵不须归，沉香添宝篆。

卷舒自如，诗中老境。

夏四月中旬即事

麦气香如饼饵炊，酒家预备煮新醅。

风和柳絮从容舞，日丽榴花烂漫开。

估客能医采药去，戍兵无事钓鱼来。

已过浴佛龙花会，寺外优婆绕百回。[1]

"估客"一联，事新而句亦佳。

【1】夷人男妇于浴佛节前后多日绕寺歌呗，谓之"转招"。招，华言"寺"也。

梦在家与文贤若游

洋州去后又衡山，潇洒风流水石间。

竹画千竿君不惯，诗成百首我曾删。

苍茫宦海愁中渡，迢递家乡梦里还。

揽胜探幽如昨日，超然台上共追攀。

清真工雅，不落套言。

蔬园遣怀

墙低畦小径横斜，学到樊迟兴亦赊。

抱瓮身劳当运甓，种蔬眼悦抵栽花。

生儿莱菔参军地，供客葫芦丞相家。

只有一端歉人意，秋来不结邵平瓜。

雅人深致如在目，前诗更精工入妙。

三弟鹗一寄来哭幼女诗，词甚凄怆，因以诗遣之

造物善戏弄，使尔生女好。

当其学言语，便如绿衣巧。

韶龄入家塾，幼仪即通晓。

孝经并小学，大义渐了了。

惯用兄笔砚，楷书蝇头小。

柳絮方萦管，荷英才发沼。

斗然被罡风，吹入青云表。

咄咄造物意，故使父母恼。

试尔忘情否，闻道早不早。

尔胡不自遣，气短英雄老。

反被揶揄辈，从旁笑绝倒。

问天亦多事，尔诗勿存稿。

稿存一触目，愁肠终萦绕。

我诗最有味，可作忘忧草。

蒙吏①达观，香山②妙境。

静山观察寄蒙山茶

谏议新茶寄玉川，开缄诗意更缠绵。

可怜精好来蒙顶，那有清泠比惠泉。

藏得双瓶堪待客，吃才六碗欲通仙。

临风再诵东坡句，骨鲠如君乃谓贤。

党里寓舍

望中眼界斗然宽，第四层房憩长官。【1】

几户人家居水畔，两山鸟道入云端。

回泉灌麦高坡绿，积雪侵松半岭寒。

更爱浓阴墙角遍，胡桃皮嫩缀琼丸。

写景逼真。

【1】蛮人土屋层层相累，有多至四层者。

梦在家中前摄州刺史陈天石夫子赐鲜荔枝

不听管弦三十春，分甘犹作梦中人。

---

① 指庄周。《史记·老子韩非列传》载："庄子者，蒙人也，名周。周尝为蒙漆园吏。"
② 指白居易，字乐天，号"香山居士"。

琼丸别树垂垂老，火实堆盘颗颗匀。

要比含桃先荐庙，还同怀桥欲贻亲。

陇西无此红鲜果，初食应怜气味新。

五月十七日即事

束缚乏闲情，将迎增俗事。

权作半日游，马回亦缓辔。

午雨暗前山，夏木隐古寺。

过客问余馆，半亩借金地。

答陈立斋书

雅州连夜雨，池水溢芙渠。【1】

忆我一年别，多君千里书。

稽含状草木，郭璞注虫鱼。

小物关风雅，邮筒更启余。

府拾即是，亦复精工。

【1】来书云：雅州近日多雨。

赠林明府荫亭

君家林子羽，名誉著词坛。

入海琴声古，冲霄剑气寒。

先生善学杜，后起直追韩。

三礼多疑义，疏通永不刊。【1】

江津水浩浩，百里下渝州。

渔舍桃花晚，鸥汀芦叶秋。

讼田原接壤，济险更同舟。

两载巴山雨，天涯忆旧游。【2】

三年君报最，西藏返辕时。

话别偕子季，论文信我师。

犹谈秋柳句，未读雪莲诗。【3】

皇甫能为序，惭余非左思。

【1】君著《三礼陈数求义》数十卷。

【2】君宰江津，余权巴县篆，通府连界。

【3】君《西藏诗草》在行箧中，未得捧读。

邻僧起屋

屋上重修屋，番僧弟子多。

不教容燕垒，只许作蜂窠。

展席延开士，分灯礼释迦。

一方明月影，邻舍亦相过。

梦入棘闱

锁院当年作草虫，吟声未断漏声终。

而今笔砚焚来久，梦里犹燃官烛红。【1】

【1】陕西贡院给举子大烛二枝。

番　俗

垂缨类缦胡，毡带喜悬弧。

赊本权轻重，赍原量有无。

见官惟脱帽，拜佛必燃酥。

青稞登场后，荒山好射狐。

老洁。

照　镜

貌逐风霜悴，身随天地遥。

何缘髭上雪，微向镜中销。

愁至常须遣，魂归不待招。

倾冠多忽略，取鉴在朝朝。

风味直追少陵。

绝 塞

涧溪众水向东流，直到金沙可放舟。

绝塞风云通上国，远山苍翠入高楼。

墙隅树老饥鸢坐，园内花残冷蝶偷。

身在异乡时节改，无人肯作致书邮。

高浑过李沧溟。

初 秋

卫藏迤西天尽头，塞垣时节异神州。

萧疏旧雨连新雨，惨淡初秋似杪秋。

薄雾锁空晨色暗，凉风入树晚声遒。

御寒已作三冬计，长物犹存季子裘。

有客自西藏来，谈其梗概

通道又西宁，明驰发北庭。

唐碑零塞雨[1]，汉使应台星。[2]

商贩诸蛮货[3]，僧藏千佛经。

柳传公主植，万树不先青。[4]

【1】前藏有唐显宗与吐蕃分界碑。

【2】驻藏大臣二人，总理藏事。

【3】西洋货物由廓尔喀转贩至前藏。

【4】大招内有古柳一株，相传唐文成公主手植，至今犹茂。此地多柳，每岁入春，此柳萌叶独早，一似众柳不敢先者然。

早秋漫兴

高山草欲枯，寒色满烟芜。

秋到西方早，云飞北岭孤。

梁空钱一块，园富菊千株。

酷爱长江集，诗如野鹤癯。

工雅浑成，真入化境。

有客至自西藏

一路经过处，应悲壮士怀。
荒村饮火断，峻坂卧云埋。
马倩秋风送，人怜晓月偕。
今宵留客宿，可使菜无鲑。

塞外无秋虫二首

塞外无秋虫，鸣秋即是风。
寒声满大地，劲气慑西戎。

庭草尚萋萋，不闻蜻蜊啼。
长夜秋寂寞，转使客心凄。

晚　眺

读多书引睡，凭眺小楼东。
薄雾零残雨，斜阳映晚虹。
风林森飒飒，烟水远濛濛。
儗倩龙眠手，写归图画中。

中秋待月

羁旅遇佳节，日匿待朗月。
塞山几千丈，光辉尚隔绝。
隔绝不须臾，山高月更高。
数片白云远，万里碧天寥。
栏杆锁小楼，徘徊独自立。
襟袖忽生凉，飒飒晚风急。

闻侄振新摄安定司训寄示

明经岂在得高官，且羡今朝苴蓿盘。
学政传宣新律令，簧宫拜跪古衣冠。

趋跄大府无庸数【1】，来往诸生一任酸。

泮水不深亦不浅，何曾风猛有波澜。

【1】音朔。

偶　然

风吹两黄蝶，时绕山楼飞。【1】

此景偶然遇，闲吟送夕晖。

【1】吴天章句。①

园中红菊变为黄色者数枝

佩兰户服艾，臭味信差池。

荃蕙化为茅，美恶随转移。

小园菊成丛，昨秋红离披。

今仍吐寒艳，黄华标数枝。

丹砂与黄金，均属大药资。

炼深能变化，仙人不吾欺。

罗含昔致仕，瑞菊生阶墀。

余犹恋微禄，花前对沉思。

会心不远，妙在大方。

丙寅九日邀海【1】、程【2】二都，闿王【3】、柴【4】二把总，小饮斋中

九日不登高，恐触望乡愁。

邀来天涯客，樽酒纷劝酬。

饮酣忘其老，偏裨想封侯。

一二年方壮，心轻万里游。

红叶未离树，点缀天地秋。

郁郁园中桂，晚花寒更幽。

---

①　语出清代吴雯《乡宁山城即景》。吴雯（1644—1704），清代诗人，与傅山有"北傅南吴"或"二征君"之称。字天章，号"莲洋"，原籍奉天辽阳，后居山西蒲州，诸生。康熙十八年试博学鸿词，不第。游食南北，足迹几遍天下。其诗清挺生新，自露天真。

感物增遐思，衔杯销旅忧。

明年重九日，后会如此不？

中间着点景，语得风人遗意。

【1】山保。

【2】褒①。

【3】大相。

【4】理。

送程公【1】自戍回蜀，时程已除泉州洪濑乡都司

前观巴渝舞，心想邯郸步。【2】

一听蛮夷歌，曲误亦不顾。

秋雪漫层峦，寒烟隐孤戍。

防边十三载，岁向天涯度。

来如上鞲鹰，去如脱网兔。

中道暂流连，欢然道其故。

贻我佛两尊，供奉香一炷。

为君祷平安，万里沧江路。

【1】褒。

【2】公肥乡人，邻邯郸，出任川北左营守备。

读 罢

读罢渊明诗，乍如弃官归。

看山山有情，近树树依依。

落叶随风远，无数黄蝶飞。

仿佛洮水畔，欲觅旧钓矶。

以疏淡胜，亦颇似陶。②

----

① 程褒，直隶广平府肥乡县（今河北省邯郸市永年区广府镇）人，由武进士。曾任川北左营守备、巴塘都统，又赴泉州都司署事，嘉庆十四年赴福建台湾镇标左营游击署事。

② 指陶渊明。

赠江卡张守戎[1]

闻君昔追贼，所持惟长枪。
两足疾于马，登山若康庄。
纷纷散鸟兽，奄奄毙豺狼。
以此异于众，立功在战场。
小鬼既歼灭，从事又边防。
万里天涯静，千山日月光。
只有娴射猎，逐兔追黄獐。
有余波及我，宜酬以桃榔。
食任厨人为，馎饦或饦馇。
彼此不负腹，彭亨嘲何妨。[2]

【1】洪成。
【2】塞外地寒多不产小麦，惟巴塘产，而且好。

送何把总回松潘

塞外从王事，与君共二年。
虏酒不醉人，藉此时周旋。
遥遥戍相望，夜夜火平安。
守边学李牧，乘障笑狄山。
瓜期今已代，七月理征鞍。
归添行李重，毪毻两三端。
直北是松州，鸿飞路一千。
匹马向东去，却嫌道路偏。

与诸客谈饮作

昔牛从军客，今日列四座。
谈到战酣处，精神不少挫。
万人肯用命，那见弱一个。
须臾馘俘献，舞蹈军吏贺。

大帅登虎帐，赏赐贱财货。

剖符有尊卑，与宴无小大。

一路凯歌归，田父为之和。

夙抱四方志，姓名乃远播。

嗟嗟此腐儒，意气日衰惰，

舌空三寸在，书未万卷破。

只效阮籍醉，不受方朔饿。

毫无分寸功，何以副考课。

通衢任驰骤，驽驾叹辕轲。

借观天下事，吾过真吾过。

笔力苍劲，具体少陵。

觅　句

气象何惨淡，穷冬又边徼。

即景欲觅句，肠枯无诗料。

忽见霞五色，东西纷炫耀。

异彩散遥天，余辉连夕照。

绛雪岭头积，彩云山外绕。

遥遥隐赤城，点点明野烧。

向晚鹜不飞，欲栖鹊争噪。

呼童燃残烛，纸上笔空到。

目见耳闻无非诗，料非雅人。深致不能领会甚妙。

奉寄秦晓峰同年时由给谏迁授湖北盐道

白兰峙城南，黄河流城北。

山水钟灵秀，笃生文章伯。

早岁登木天，乌台又衮职。

近闻司䲽政，鸣驺入楚国。

矶上古黄鹤，遥想振羽翼，

也随簪缨辈，迎公江岸侧。

蛇山吾旧游，乘月看江色。
残灯沽酒市，时闻吹短笛。
非宦亦非商，旋即整归策。
馋想武昌鱼，临风忆畴昔。
公居监司位，声华已赫奕。
喜极奉潘舆，荣逾捧毛檄。
登楼望秦关，乡愁亦可释。
知遇恩优渥，报答自努力。

格调高浑，不落纤靡。

怀清涧李学博坦庵

举觞忽不乐，思我同袍友。
西北各天涯，何日共杯酒。
忆宰渝州时，远辱赠新诗。
入怀明月朗，清风左右吹。
案牍劳晨暮，文墨不遑务。
韵未和尖义，情空寄云树。
嗣来入边荒，两载理糇粮。
坐听蛮语惯，差免马蹄忙。
行箧检诗轴，茫然失珠玉。
白雪晚纷霏，谁赓梅花曲。
乘障出狄山，广文糜郑虔。
燕山风雨夜，曾记对床眠。

步骤整齐，起结更佳。

寄吴洵可

水虽分清浊，奔流无大小。
顾惟碧玉潭，渊渊涵幽抱。
鹦鹉不受羁，终向陇山老。
汉禽入番地，自愧秦吉了。

纯用比体，诗格甚高。

怀于或庵时任闽县主簿

一别音尘绝，疑世无尔我。

闽海鱼不飞，塞雁路相左。

廿年日月去，万里云烟锁。

曲成为谁弹，默默横琴生。

一起警绝，余亦简老。

晓闻磬声

光淡窗有月，气肃炉无火。

邻僧冒寒起，敲磬若为我。

斗然尘梦醒，几忘樊笼锁。

心地一何清，碧池水淡沱。

闭关刘伶善，晚起嵇康惰。

世务不来迫，披衣且静坐。

神来之作，不可多得。

友人贻烛

酒仙非吾友，睡魔招不来。

苦此冬夜长，羁思纷难裁。

塞外有故人，意气无嫌猜。

助我以清辉，旧书读百回。

始信陶渊明，古今一大才。

东坡和不得，余子安论哉。

烛尽对窗卧，月光正徘徊。

数枝影横斜，疑是梅花开。

夜 坐

老至将同退院僧，那堪空对寂寥灯。

一炉火作寒宵伴，千卷书为旧日朋。

至味咀来浓似酒，残灰拨后冷于冰。

夜深不恋南柯梦，且看檐前挂玉绳。

格调在许丁卯间。

寄赠张忠州

屏风山绕玉溪回，刺史登临亦快哉。

桂醑馨香浇禹庙，竹枝缥缈奏巴台。

昔年小市常争米，今日东坡合种梅。

一幅木兰图更好，烦君远寄塞垣来。

送人游峨眉山

山到峨眉峭且幽，不知鬼斧几雕镂。

佛光时向空中现，客意将从物外游。

雷洞上升凌碧汉，云涛东望没乌尤。

盘旋仄径临危壁，切莫轻身逐玃猴。

半轮山月似蛾眉，恰有双峰对相奇。

着屐胜登孤屿上，闻钟多在五更时。

远邀群岳朝天帝，僻为诸蛮镇地维。

骑马青衣江畔路，渔洋空咏望峨诗。

朴老高浑，卓然大雅。

移来水仙，次年不花

一别水云乡，含凄欲断肠。

年华销绝塞，魂梦恋清湘。

初带烟霞气，终韬兰蕙香。

恼人人亦恼，何若两相忘。【1】

【1】 山谷《咏水仙》诗云：坐对真成被花恼。①

---

① 出自宋代诗人黄庭坚的《王充道送水仙花五十支》。

清代诗词类藏学汉文文献集成（一）

祭　诗

祭诗当早起，不待汝南鸡。

色活花开树，光寒月映溪。

导源千派远，登岳万峰低。

此境终难到，空烦费品题。

非于此道有心得者，不能道。

实之广文假归养亲，因寄赠

亲在远游非，多君早拂衣。

解鞍怜马瘦，入□喜鱼肥。

园径存松菊，家山长蕨薇。

相逢林下日，樽酒伴斜晖。

入　寺

欲求安心法，还须问禅祖。

整履入空门，瓣香烟如缕。

罗汉一十八，缄口坐殿宇。

时有天风来，铃铎与客语。

惊　蛰

今日当惊蛰，空将岁谱看。

遐荒春未到，天地气犹寒。

卉草埋根久，萌芽透土难。

穴虫应怯冷，僵卧似袁安。

小　园

昨日和风到塞外，又兼微雨洗尘埃。

小园一树杏花发，便有游蜂无数来。

妙有深意。

寄赠南先生斗岩

为政风流不可攀，况君宦迹近湘山。
浮云天上看苍狗，秋月笼中放白鹇。
民爱邓侯空欲挽，贤如陶令早知还。
门多桃树园多梓，伫见阴连杖履间。

闻于元圃兄授邵阳司训戏赠

数行竹报附邮筒，得悉寒官奖郑公。
手笔输君今日大，头衔与我昔年同。
赊来曲米为春酒，让出台阶种早菘。
除却门人问字外，自家尽可课儿童。

三月四日郊游

双双海燕与蛮鸠，故故飞鸣伴我游。
万点桃花红雨落，几行杨柳绿烟稠。
草茵平坦容箕踞，纱帽倾欹任掉头。
忘却天涯尚从事，一时旷放似庄周。

二三句写景最佳。

漫　兴

雨后墙阴一道苔，梨花新傍晚桃开。
美人睡起披衣坐，玉镜台前绣被堆。

妙有会心。

林檎花

贫女寒庐甘守贫，可怜今日也逢春。
薄妆却被红儿笑，几点胭脂染未匀。

里塘有斗杀土司之事。余呈情于郑观察先生：
若用兵请从事。观察寄诗云：抚边不用劳师旅，
端重深筹藉故人。因以其意奉和

筹边楼晓角频吹，几载西南控外夷。

天子赫声诸部慑，使君德意远人知。

偶然格斗同蛮触，何必张皇用虎貔。

奸厥渠魁余不问，伫看处置合机宜。

入山林见有木被火自焚者

生不在牛山，得免斤斧危。

避人兼避地，山木亦若斯。

雨渍苔满身，将军佩锦衣。

又如被发客，纷纷缀绿丝。

不审何道理，阴火竟潜滋。

虎倒龙亦颠，纵横在路岐。

我来阻其前，下马辄太息。

余烟尚腾腾，扑灭已无及。

山中有一木本花，四月下旬正开。
高者丈余。询之土人，曰：野牡丹也。大不类

窄径盘旋陡又迂，下山应仗小奚扶。

眼明忽见花迎笑，蛮女丛中有越姝。

笑颜淡白又轻红，凝露含烟态更浓。

野牡丹花殊不似，依稀比作木芙蓉。

在山在水在天涯，万紫千红不一花。

造物何曾立名字，南强北胜任人夸。

题妙，诗更新奇。

临卡石

碧草如裙曳水湄，黄花似靥点山陂。

此间妇女无妆洗，空使村边叫画眉。

风韵绝佳。

自临卡石至章坝即事

行帐门开向水滨，数家毳幕暂为邻。

夜来燃起松明火，惹得山龙错吠人。

地高环顾四山低，山雪晶莹眼易迷。

自是去天才尺五，云中有犬却无鸡。【1】

戛戛生新，饶有竹枝遗响。

【1】夷人游收处，畜犬不畜鸡。

自章坝返，咏所见

走马平原入翠微，野花香气扑人衣。

临溪忽见鸳鸯起，背着行人贴水飞。

入章坝峡谷

高山天设险，夷界划荒陬。

谷会三义水，碉存八角楼。

汤泉烊鹿兔，枯木卧龙虬。

匹马萧萧雨，寒披季子裘。

溪　水

触石雷霆怒不休，一溪涨水解分流。

纷纷蛱蝶过溪去，只为花开满小洲。

赠张都阃

张公足迹遍天下，西至卫藏东台湾。

壮岁从军耻苟得，垂老奏捷终南山。
惜哉未遂封侯志，置身尚在偏裨间。
且喜酬庸蒙异数，头上孔翠光斑斓。
我今瓜代将归去，君方出塞绥夷蛮。
握手相见旋相别，数日杯酒犹言欢。
当暑不效河朔饮，绨袍一雨生微寒。
梅子半黄杏子熟，苜蓿花紫榴花丹。
山地麦长掩乌鸦，下喂牛伴黄云眠。
一年此日风景好，多君初到开尘颜。
大朔山东水草美，可放蚩马任宽闲。
一俟秋风清塞外，策肥正好驱狐狟。

赠陈四敬和

陈生来绝域，年久二毛侵。
茶马羌中市，筝琶塞上音。
蕃王频把臂，边将亦倾心。
萍水相逢处，占爻利断金。

赠蔡二

忠信行蛮貊，如君最可人。
藏香虔供佛，边酒喜延宾。
梦逐潞村月，魂销蜀塞春。
还家非易事，及早觅骐驎。

卸巴塘粮务篆

洽重柔远人，羁縻遍海岛。
矧此巴塘地，久隶剑南道。
分职理边务，宣猷在惠保。
俾各奠室家，毡墙即城堡。
承乏予三年，瓜代归去好。

无事庸庸福，自注下下考。

长官逢郑庄，推毂恐不早。

知遇良可感，仔肩何日了。

别题副土官园林

五亩一林园，闲来把绿樽。

禽犹与客语，花似为余繁。

午雨常移榻，秋风尚扫门。

别时情不尽，匹马入荒原。

卸巴塘篆务行抵炉城。郑静山夫子即赐三年报最进关图并长歌。诗以志谢

先生日日望我来，陟冈我马叹虺隤。

急遣肩舆催行走，一见先生开笑口。

赠我报最进关图，红树山山风景殊。

长歌珠联二百字，片纸缕述七年事。

浮云无定忽西东，总在青天函盖中。

先生爱我忘其丑，下交真视如旧友。

我今树立梁公门，逢春难忘雨露恩。

新诗首节同韵簌，何以报之无佳句。

襜帷驻处凝秋烟，明朝拜别又东去。

"浮云"二句，入比兴妙。

入荣经县界

一入荣经界，行人意畅然。

风光翻草木，和气蔼山川。

下噀偏多水，中华别有天。

回思居塞外，愁闷过三年。

喜溢眉宇。

过荣经县城谒朱明府不遇

昔日题诗处，重来过古原。

四围山逼县，一带水环村。

鸟怅青云远，虫愁白露繁。

主人不在署，客况与谁言。

遇朱明府却寄

不料神明宰，相逢道路间。

船停秋水渡，马立夕阳山。

话旧无多语，伤离有惨颜。

尘劳计将息，此去唱刀环。

巴塘竹枝词四十首

钱召棠

产生于巴渝与荆楚一带的竹枝词，因其乡俗野语，历朝并不受到文人雅士的重视。从唐至宋，鲜有和者。至明、清两代，特别是清朝，状况遽变，不仅广受追捧，成为文学创作中诗词类的一大清流，而且数量庞大，题材丰富，所反映的社会现实也巨细无遗。据相关学者研究："清代是竹枝类乐府的泱泱大国，其中，又以各类竹枝词的数量之多而雄视千古。据《历代竹枝词》统计，在由唐至清的 25000 多首竹枝词中，唐、宋、元、明四朝 1026 年（618—1644）的竹枝词总共只有 2490 首，而清代的竹枝词则有 23000 首左右，其数量之多将近为前者的 10 倍。这一数据表明，竹枝词的发展之于清代，已呈现出了一种空前繁荣发达的创作局面。而且，清代竹枝词在题材内容的开拓方面，也是前无古人的。"①

清代竹枝词的另一个显著特点是以"边疆""边地"为主题，以少数民族为中心的竹枝词大量涌现。竹枝词长于写实、重于实录的诗风，使这一批"边地竹枝词"成为我们今天溯源民族历史、考证民族族群与风俗演化的重要史料。鉴于这些地方大多志乘阙缺，这些作品更可裨补漏缺，殊为珍稀。被誉为"清代巴塘藏族社会生活风俗画"的《巴塘竹枝词》，便是其中较为典型的代表。

钱召棠，字蕅农，浙江嘉善县（今浙江省嘉兴市嘉善县）人，监生。道光十八年（1838）任四川新宁县（今四川省达州市开江县）知县，道光二十二年由四川新宁知县调任巴塘同知。钱召棠来到巴塘后，见本地向无文献，诸事莫

---

① 王辉斌：《清代的海外竹枝词及其文化使命》，载《阅江学刊》，2012 年第 1 期，第 107 页。

可稽考。由于巴塘的沿革与里塘相同，他参照嘉庆初陈登龙纂的《里塘志略》体例，广为采访搜集，亲自厘定编次，于道光二十三年编成《巴塘志略》二卷。此志分十七门附二门，分山川、职官、衙署庙宇、塘汛渡船、粮务题名、土司、风俗、杂识等门类，最末附录"巴塘竹枝词四十首"，被后世题为《巴塘竹枝词》。"钱召棠的这四十首竹枝词，保持着竹枝词传统的特点，清新明快，朗朗上口，诙谐而不粗俗，刺世深但不低沉，有很强的艺术感染力。在内容上，它选取了不少重大社会题材，深刻反映了当时巴塘地区的许多社会问题，又是难得的历史资料。"① 也有学者评价其为"清代中期成篇的一组颇具史料价值和艺术价值的咏藏诗力作"②。

《巴塘志略》今存清道光二十三年抄本，1993 中国藏学出版社出版《番行杂咏 巴塘竹枝词》一册。本书以《中国西藏及甘青川滇藏区方志汇编》中收录的《巴塘志略》影印本为底本，另参考中国藏学出版社版本进行点校。

---

① 张羽新：《清代巴塘藏族社会生活的风俗画——读钱召棠〈巴塘竹枝词四十首〉》，载《西藏研究》，1989 年第 2 期，第 37 页。

② 顾浙秦：《钱召棠和他的〈巴塘竹枝词〉》，载《中国藏学》，2004 第 2 期，第 104 页。

巴塘竹枝词四十首

一①

蜀疆西境尽巴塘，重叠川原道路长。

地脉温和泉水足，何曾风景似蛮荒。

二

衣皮食月古无传，记得投诚属鼠年。

日入部归日出主，春风从此靖戈铤。【1】

【1】康熙五十八年壬子，赴营投诚。番人以地支属肖纪年。

三

天分中外地相参，宁静山高接蔚蓝。

扫尽阵云堆鄂博，又将余壤拨滇南。【1】

【1】雍正四年，定以巴塘西宁静山之内为四川边界，又以奔子栏②一带地方拨归云南。垒石为界，名"鄂博"。

四

番汉居民数百家，何须晴雨课桑麻。

繁霜不降无水雹，鼓腹丰年吃糌粑。【1】

【1】秋收最惧霜雹。炒青稞磨粉和酥茶抟食，曰"糌粑"。

---

① 钱召棠将其《巴塘竹枝四十首》称为"谑词"，概因其竹枝词将大量民族词汇收录其中，但记录真实而注释详尽，俗而不庸，雅而不迁，反成为其作品最为鲜明与成功的特色。原作收入《巴塘志略》时无序号，为方便读者使用，本书依原书次序编号。

② 原文为"楠"，据文意径改。

五

青旗红盖马前开，夹道争看破本来。

莫笑无谋徒肉食，安边原不仗奇才。[1]

【1】称文官曰"破本"。惟下车之日，土司具仪仗相迎。

六

夏麦秋荞地力肥，圆根歉岁亦充饥。

板犁木耒农工罢，黄犊一双系角归。[1]

【1】圆根，似北地擘蓝，以饲牲畜，年荒亦以果腹。伐木为农具，犁必二牛，系皮条于角端，呼牛曰"笃"，或即"犊"之转音。

七

文杏大桃花信阑，牡丹芍药又开残。

四山积雪消融尽，不识边城五月寒。

八

泉山环绕莫愁贫，云雾迷漫望不真。

明丹渐沉星斗斓，方知夜气识金银。[1]

【1】四山夜静，有气如云。云是金银之苗，土司禁人开采。

九

邺架曹仓未足多，竹林宝笈等恒河。

何时重倩鸠罗什，翻出真文白马驮。[1]

【1】喇嘛寺中经文甚多，想其中尚多未入中华之本也。

十

哈字萦行涎篆蜗，卓书瘦硬折金钗。

儿童三五团围坐，下笔光描白粉牌。[1]

【1】字细如游丝，莫寻起讫，公私文字用之，曰"哈"。笔画停匀，以写

梵经者，曰"卓"，若汉书之有真草。幼童席地坐，以竹签画粉牌学字。

十 一

新筑高楼大道边，一家眷属学神仙。

倘教拔宅飞升去，鸡犬相随也上天。[1]

【1】盖楼两三层，人居其上，饲牲畜于下。

十 二

穴壁开窗拟凿楹，楼头黄土垫来平。

松风一枕熬茶熟，卧听嘛呢打麦声。[1]

【1】穴窦甚小，楼顶平铺黄土。凡农家场圃之事，均在其上。同力合作，
齐念"唵嘛呢叭呢吽"，以代劳者之歌。

十 三

腰间匕首插精莹，腰下长刀泼水明。

安得迎来龚渤海，尽驱牛犊事无耕。[1]

【1】居常腰左插短刃，出行则又佩腰刀。

十 四

祖父流传是业巴，敢将门户自矜夸。

请看房顶牛毛盖，便是中华阀阅家。[1]

【1】管事大头人号"业巴"，亦论家世。结牛毛绳，如盖竖立房顶，名
"夹仓"。土官缘布三道，业巴二道，余人不许用。

十 五

随地迁移黑帐房，全家生计在牛羊。

今年草厂前山好，马粪堆中奶饼香。

十 六

夫妻不羡双鸳鸟，掉首分飞各自行。

父子却如栏畔鸭，寒塘相对各呼名。[1]

【1】夫妇一言不合，各自分散。父母无尊称，均以名相呼。

十 七

何曾地下可埋忧，妙品莲花火宅抽。

最是年年寒食雨，绝无怀酒酹荒邱。[1]

【1】死者火葬，无坟墓。

十 八

何必龙宫觅禁方，奚烦时后问青囊。

但听一片波罗密，勿药能占病体康。[1]

【1】患病不信医药，惟延喇嘛诵经。

十 九

清修何必太常齐，嗜好熊鱼一律偕。

我法但沾功德水，当唇休问酒如淮。[1]

【1】喇嘛不戒腥血，惟饮酒避人。

二 十

红罽偏单马背横，团团席帕似金钲。

如何遁迹空门去，还向邮亭事送迎。[1]

【1】大差过境，堪布、喇嘛亦随众迎送。

二十一

临邛客至斗茶纲，土锉新煨榾柮香。

闻道相如解消渴，葡萄根碗劝郎尝。[1]

【1】邛州产茶，行于塞外，饮茶皆以木碗，葡萄根碗尤为珍贵。

二十二

郎心有如麻密旗，终日摇摇无定时。

妾心却似麻密石，弃置路旁无转移。【1】

【1】印经于布，立杆门首，名"麻密旗"。镌经石片，堆置道旁，名"麻密堆"。"麻密"二字，盖即"嘛呢"之转音。

二十三

笼头小帽染黄羊，窄袖东波模格长。

满饮葡萄沉醉后，好携纤手跳锅庄。【1】

【1】妇女穿小袖短衣，名"东波"，细摺桶裙，名"模格"。每逢筵会，戴黄羊皮帽，联臂唱歌，以足蹋地，为节日跳锅庄。葡萄酿酒，色红而微酸。

二十四

绷开五色绉留仙，窄地流苏立比肩。

一曲歌残齐蹋足，看他步步有金莲。【1】

【1】以五色彩帛系裙，上下垂排穗，名"绷开"。

二十五

谁家抱母【1】貌如花，出水双芙白脚丫。

结伴山头砍柴去，尼麻浪索【2】便还家。

【1】闺女。

【2】日落。

二十六

埙篪琴瑟迭吹弹，大被姜家共合欢。

阿达【1】生嗔罕伦【2】喜，方知左右做人难。【3】

【1】兄。

【2】弟。

【3】兄弟数人同娶一妻，能调停和好者，群推其能。

二十七

赶会南墩少褚巴，天寒十月雪飞花。

当窗手燃羊毛线，隔夜为郎织纳哇。[1]

【1】十月内，汉、番商贩齐集南墩贸易，若内地之庙会。"褚巴"蛮衣，"纳哇"即襆子。

二十八

拾翠来游色楮滨，蛮靴步去不生尘。

中流浑脱归何处？枉结千丝笑越人。[1]

【1】金沙江番名"色楮"，土人以皮船为渡。

二十九

一泓热水浸方塘，扶起春酣似海棠。

可惜荒城无蜡烛，故烧明火照松光。[1]

【1】温泉番名"擦楮"，土名"热水塘"。劈松木燃火，以代油蜡，名"松光"。

三　十

鹦鹉漫天草色低，核桃树底乱鸦啼。

三年不见东家采，间然墙阴独木梯。[1]

【1】核桃熟时，鹦鹉成群而至。断独木为梯，以便登降。

三十一

荞子归仓豆刈管，三时辛苦一时闲。

龙天功德何由报，相约去朝鸡①足山。[1]

【1】秋收事毕，结伴朝山。鸡足山在云南境。

三十二

传牌一纸促星邮，乌拉飞催不少休。

明亮夫同汤打役，裹粮先去莫迟留。[1]

【1】人畜应差者，皆为乌拉。背夫为"明亮夫"，司茶水者为"汤役"，司刍牧者为"打役"。

---

① 原文为"杂"，形近而误，今径改。

三十三

鞭垂如雨索骑驮，通事还须逐即[1]多。

一簇马头尘过处，烂银鞍上坐蛮娥。

【1】程仪。

三十四

听来乡语似长安，何事新更武士冠。

为道客囊携带便，也随袴褶学材官。[1]

【1】陕商贿差带货，以省脚价。

三十五

宿顿先期备帐房，热熬几日费供张。

重罗如雪酥如玉，更事征求毂觫羊。[1]

【1】管一乡之头人曰"热熬"。大差到站，番民例供羊、面、薪、刍之属。

三十六

盐酪刍粮奉土官，喇嘛也要索衣单。

催输终岁无时歇，那得蓸腾一觉安。[1]

【1】土司盐、酪①、杂粮，喇嘛衣单、银，均在夷赋内支给。

三十七

蛮蛮元气本敦庞，剥削何堪到蠢蠢。

犹有护羌诸校尉，钉槌敲又木钟撞。

三十八

跂行喙息亦吾民，安忍相看判越秦。

口纵难言心自感，谁言顽性不能驯。

---

① 原文为"酥"，依词句改。

三十九

莋马旄牛尽□^①关，土司随众入年班。

千官仗下瞻天阙，御府珍奇拜赐还。^{【1】}

【1】向例，土司三年朝觐^②，近奉恩旨，改为五年。

四　十

蛮府参军有谑词，婋喝今又跃清池。

待浓策蹇东归日，付与玲珑唱竹枝。

---

① 《中国西藏及甘青川滇藏区方志汇编》中《巴塘志略》影印本此字缺，中国藏学出版社出版《番行杂咏 巴塘竹枝词》中校为"款"。

② 原文为"观"，据文意径改。

下编

《墨麟诗卷》咏藏诗

马维翰

马维翰（1693—1740）字默临，又字墨麟，号"侣仙"，浙江海盐（今浙江省嘉兴市海盐县）人，清朝官吏。康熙六十年（1721）进士。雍正元年（1723），授吏部主事；八年，留补建昌道副使。乾隆二年（1737），起授江南常镇道参议。丁父忧，归，卒于家。

马维翰著有《墨麟诗卷》（十二卷）、《旧雨集》七卷。《墨麟诗卷》后收入《清代诗文集汇编》二七三卷。后人评其诗："以纵横排傲为长，意之所向不避险阻，然神锋太俊者居多。"

《墨麟诗卷》，今所见刻本主要有以下几种。

《墨麟诗卷》十二卷，清仿宋精刻本，今藏南开大学图书馆。

《墨麟诗卷》十二卷，清浙江巡抚采进本。

本书以"采进本"为底本点校，并参《清代诗文集汇编》二七三卷。诗作录于《墨麟诗卷》第十一卷、十二卷。

即事四首

萦纡辵道上岩峣，指日蛮荒伏莽消。
岂是防秋劳突骑，正传出塞领骠姚。
风驰急羽飞尘过，星散团营宿火摇。
石砮师中知最劲，健儿切勿射云雕。

丞相祠前数骑回，边书昨夜过邛崃。
黄沙月落乌乌角，黑帐风鸣隐隐雷。
化蜀文翁还有意，和戎魏绛已无才。
刀耕火耨非奇策，尚语行辕辟草莱。

滴博蓬婆掌上收，将星浑耀锦官秋。
千年殊域宜归命，六月王师慎壮猷。
露布自来磨盾鼻，晨炊此去渐矛头。
只疑绝塞无炎暑，睥睨西山积雪稠。

百蛮久已靖氛烟，不分威弧又控弦
玉局译来回鹘信，铜山铸得邓通钱。
旗旄易近啼鹃树，苜蓿难肥跋马田。
为吊筹边唐宰相，高楼突兀暮云连。

发雅州　用杜诗《发同谷县》韵

矫首万仞山，黛色来几席。
俯首万里流，下有老蛟宅。
旁午羽檄驰，暇及夙所僻。

筹笔独徘徊，边兵待于役。

悠悠卷旆旌，弓刀事远适。

结束短后衣，高下蹴碎石。

阴崖地脉润，常日乳犹滴。

载欣山田熟，民气欢不慼。

顾笑我仆愚，色动骇虎迹。

跋马跨飞龙【1】，送此长风翮。

【1】山名，上有关。

九折坂　用杜词《木皮岭》韵

盘盘出鸟道，杳杳行人村。

斗起邛崃山，仄隘逾剑门。

天险溯开凿，未可常理论。

阴阳分向背，旦夕殊寒暄。

连山走云气，倏忽同追奔。

一峰独秀上，颇似岳势尊。

其下九折坂，巉绝割厚坤。

况复急雨薄，万壑当昼昏。

回舆与叱驭，北辙视南辕。

所志各有托，忠孝惟其根。

踟蹰两不决，心绪蚕丝繁。

峭壁落井底，一发青天痕。

人生鲜百岁，只有名常存。

勒铭匪易事，或用酬惊魂。

蛮庄　用杜词《白沙渡》韵

蚁缘转山腰，千尺耸碕岸。

板屋十数家，衣装杂蕃汉。

问之曰蛮庄，邮程未及半。

木杪出旌竿，前驱隔林唤。

水深泥滑滑，日澹风漫漫。
修樾荫乘藤，点点牛羊散。
星火迫挽输，鱼贯人影乱。
倘非幸有秋，箸画徒永叹。

泥头寨 用杜诗《水会渡》韵

日夕群动息，旅次行即安。
我今事巡历，岂得畏路难。
燃竹涨烟气，江岸窄不宽。
恶草苦未薙，勺水庸生澜。
马蹄时一蹶，黑风吹骨寒。
榛莽穴狐兔，礨砢克杯盘。
忆昨正经界，几令口吻干。
勉旃尔寨人，渴饮饥有餐。

林 口 用杜诗《飞仙阁》韵

山径转丛曲，所畏谬厘毫。
悬崖筑谁屋，厌置恐不牢。
林口一线白，此是千丈涛。
宁□澜势阔，但听雷怒号。
稍稍云雾集，回首昧低高。
前途正修阻，何暇诉疲劳。
私心急王事，职分无所逃。
栖巢彼燕雀，乃迫求其曹。

飞越岭 用杜诗《五盘》韵

恍接岭猿啸，仰瞻万仞余。
古树苔藓满，箐黑密不疏。
守株或得兔，缘木宁求鱼。
商估无羽翼，奇货何由居。

丈夫即涉险，壮气亦以舒。

绝顶望章吞，欃枪慎扫除。

天戈但西指，努力开榛墟。

边氓尽赤子，速计归田庐。

冷 碛　用杜诗《龙门阁》韵

西南行渐远，夷风异中土。

冷碛最苦寒，质野拟太古。

三五拜马前，鹘面大蓝缕。

负戴似不胜，步步相支拄。

射生为糇粮，碉房立风雨。

比栉竖干旄，此义焉所取。

长官亦民牧，何以实仓庾。

挥手起道旁，不堪重指数。

泸定桥　用杜诗《石柜阁》韵

落日岚气阴，斜照峰顶赤。

泸河卷雪来，激荡河边石。

底定定何时，盘马对绝壁。

铁索系两岸，缚桥渡行客。

人影漾惊波，行空无辙迹。

前滩势未平，后浪声转迫。

猛虎捉深山，长蛇捕大泽。

踟蹰毋乃痴，利涉恣所适。

烹 坝　用杜诗《桔柏渡》韵

石壁根急浪，凿孔架偏桥。

策马马不进，向风鸣萧萧。

烹坝路旁堠，积雨半飘摇。

冠军尽雄略，厮养亦以骄。

传呼走竟去，持檄待招要。

天边瀑布水，十里喷怒潮。

彻明响不已，益觉境空寥。

连冈若遥指，明程更丹椒。

金钗碥　用杜诗《剑门》韵

群山呈螺髻，金钗最杰壮。

是石尽崚嶒，走势作南向。

烟光壁飞动，绘画不可状。

一峰高一峰，峰峰互依傍。

寻径入空嵌，岝崿险堪怆。

凭虚府云海，郁气忽一放。

白日行青天，谁暇计得丧。

千古磊砢人，志定神自王。

取义生可舍，当仁师不让。

境过何险夷，茫茫但青嶂。

因风寄万里[1]，不用增惆怅。

【1】时正修家间。

大胡梯　用杜诗《鹿头山》韵

涧溜响潺潺，接臂数猿渴。

清秋媚景光，正喜阴氛豁。

巨石排我前，连级不可越。

上天亮有梯，危磴狭不阔。

延绿千层霄，石罅烟云发。

微开一线天，日轮挂其阙。

悠然见雪山，几点白突兀。

宁虞太瘦生，已觉高马骨。

西陲本隩区，矧此造化窟。

圣明照万方，疾苦皆可达。

蠢尔占兑①民，有身不求活。

草间挟弧矢，秋空射汉月。

打箭炉　用杜词《成都府》韵

地势稍开拓，天风飘衣赏。

云此打箭炉，夙昔皆蛮方。

至今设官府，变化同华乡。

使者行窃叹，可识声教长。

童童四山立，上侵天色苍。

夷俗亦和乐，伐鼓吹笙簧。

湍回江水急，欲渡非无梁。

司马智且勇[1]，转运岂渺茫。

薄伐记犷狁，史册余辉光。

嗟彼采芑士，无然动悲伤。

【1】炉地设有郡丞。

即事三首

荒徼团团汉月明，登高时复看云生。

自从北极来南极，几历山程与水程。

红帽番僧工咒雨，银刀都领慎佳兵。

低徊往事通邛筰，节使如今愧长卿。

艰难转粟青天上，绰绰蛮风卷旌旐。

草木变衰番垒出，雪霜稠叠哑江流。

孤城日落回侦骑，绝塞秋深揽敝裘。

多少材官尽雄略，重烦飨士夜椎牛。

折多西下碉楼迥，精锐同时作急装。

本谓置罗遮穴兔，漫劳弧矢射天狼。

① 又译为"瞻对"。

云根隐隐风鸣角，沙碛茫茫日照梁。
仗策营门功不细，将军擒贼只擒王。

感事四首

绝巘峰烟路未通，又传焚劫到乌蒙。
无边山气迷寒雨，不断江流滚朔风。
列戍群知逢小敌，报书多信策奇功。
虎头别具封侯相，相见当牛食肉同。

踌躇形胜历穷边，旌旆西来已近天。
鹿角稍闻坚贼垒，羊肠何计射蛮毡。
戎轻不整盍三覆，师克在和期万全。
此日八方同职贡，休令兵气井参躔。

庐墩南去生番砦，珍重嫖姚训士齐。
空壁一军驰雪岭，长围几文踏云梯。
妖氛或俟歼戎首，衰草何当散马蹄。
闻道受降如受敌，威名莫褒夜郎西。

灵关羽檄从天下，片影飞驰一骑昏。
老忌孤军悬别堡，疏防间谍近行辕。
临边部曲多回纥，出塞弓刀倚吐蕃。
经画自惭守土吏，五更寒立对朝暾。

集杜五首

西征问烽火，余孽尚纷纶。
勋业频看镜，军需远算缗。
碧溪摇艇阔，野饭射麋新。
故老思飞将，危楼望北辰。

华夷山不断，匹马逐秋风。
经济惭长策，蹉跎效小忠。
萧萧古塞冷，片片晚旗红。

用意崎岖外，将军胆气雄。

真宰意茫茫，端忧问彼苍。
寒风吹日短，秋草遍山长。
愁眼看霜露，云台引栋梁。
氛埃期必埽，努力事戎行。

畎亩孤城外，昆仑万国西。
地偏应有瘴，林僻此无蹊。
斜日当轩盖，他乡亦鼓鼙。
群公纷戮力，归路恐常迷。[1]

【1】时建昌亦以乌蒙事戒严。

山路时吹角，朝廷谁请缨。
草轻蕃马健，沙乱雪山清。
俯仰悲身世，驱弛厌甲兵。
今朝乌鹊喜，万里正含情。

江南徐弁呈所作，书二绝示之

葡萄新款入军中，烽火寒山照雪红。
安识短衣鞭匹马，飘零城北尚徐公。

将军此日拥旗旄，金柝声声汉月高。
一万二千人出塞，不知谁更赋同袍？

病中三首

北望重云阻，南来积雪连。
道谋同筑室，庙算或屯田。
扶病劳磨盾，飞书勉着鞭。
长围行岁暮，早晚靖风烟。

远宦羁愁结，早衰筋骨疲。
严寒亲苦药，绝塞试庸医。

昏黑番僧角，平明大将旗。

氛埃足双鬓，乍染一茎丝。

不埽欃枪灭，难教肝胆灰。

闲还盘马出，困即试弓来。

夜梦亲军垒，晨吟对将台。

无戎有长略，何日凯歌回？

浴麟宫温泉歌

两旬臂痛不可耐，药饵无功医色怠。

怜我情知水部真，再三为道温汤在。

日射西峰白雪寒，肩舆南北聊盘桓。

獠奴狂走推扉入，一片清瑶屋底看。

解衣跣足岩边阁，水面烟生如雾薄。

未获金丹换骨方，且沾玉液沦肌乐。

辗转宁辞拂拭频，暂从此处浣风尘。

地蒸阴火吹常活，天煮炎波暖欲春。

可惜泉流落蛮徼，远道空山路非要。

若教屈注到天河，甲兵尽洗应难料。

气周大宅渐濛濛，下有砂床定不空。

纵使华清称第一，莫言不数浴麟宫。

大喇嘛寺歌

我无摩泥照浊水，偶参上乘心清凉。

惠师罗什亦已化，今之行脚惟衣粮。

西炉自昔西番地，旧无枝屋皆碉房。

不生草树山壁立，茫茫沙碛谁稻粱。

晨星散落住井底，白云但起沈中央。

恭惟先皇赫威命，版图始入开封疆。

至今万里乌斯藏，亦来重译瞻冠裳。

奈仍夙昔锢不解，此类宁尽生空桑。

空诸所有有彼法，如何佛寺犹雕梁。
缭以垣墙一百丈，甃用文石周四方。
横窗侧闼面面辟，幡竿略绰当门张。
其上层楼缋金碧，下画鬼物东西厢。
寺僧少长凡几众，不语前立纷成行。
偏袒右肩事膜拜，双瞳转仄黝有光。
宰生割剥了不怖，呼号其侧神扬扬。
六时梵呗若功课，渴饮酪乳饥牛羊。
宵分聚徒大合乐，互吹骨角声低昂。
即论释典尚清净，此宁有意登慈航。
或云流传术颇异，播弄造化如寻常。
安禅毒龙致时雨，诵咒青女停飞霜。
毋乃实具定慧力，竟能默感回穹苍。
咄尔世人迷不悟，福田利益萦中肠。
乾坤高厚妙运用，岂得尺寸量短长。
圣人深意在柔远，顺育万类通要荒。
因势利导牖蒙昧，欲使寒谷盈春阳。
昭昭大道揭日月，异教岂足萦纪纲。
矫首夷风倘一变，饮食男女真天堂。

闻建昌地震，将发成都前一夕，席上感赋呈诸僚长四首

省灾已捧中丞檄，存恤行邀圣主恩。
夙按图经窥绝塞，曾区疆理历荒原。
竹弓射虎天边岭，棕缆钩鱼泽畔村。
南诏咽喉关不小，须教蕃汉尊惊魂。

颓垣震荡尽堪哀，野哭声传沫水来。
怪雨腥风雕欲下，纯砂紫氕汞初开。
伤心忍把斋中酒，蒿目先登树杪台。

尔日坤维资镇定，不知谁是济艰才。

结束严装匪胜游，凄然心迹溯江流。
劫灰一动空春草，噩梦千家起暮愁。
血渍平芜闻杜宇，风飘大树见休留。
月明想得邛池水，未必仍临望海楼。

邮亭几处近征鞍，跋马行登十八盘。
万里总烦唐节度，百蛮原熟汉衣冠。
枥榆隔岁天常暖，菽麦连塍地稍宽。
矫首关山无羽翼，东风一为涕栏干。

名山晓发即事二首

《茶经》漫谱蒙山顶，石上云腴采摘难。
一笑鹿官少风味，不曾亲制小龙团。

五夜何人礼醮坛，出门微雨晓钟残。
晨鸡乱唱东方白，竹外一枝红杏寒。

雅　州

山城如斗大，石磴接云高。
市榷茶盐税，人娴虎豹韬。
津亭横铁索，潮岸出银刀。
为逼西南塞，年年输挽劳。

邛崃行

荣经县西郭，孟获初擒处。
至今丞相祠，石阙耸当路。
行路何险艰，铁绠双重关。

羊肠走一线，乃是邛崃山。①

邛崃山

邛崃之高高万丈，盘盘迥出层宵上。

不见椒花瘴峤开，只闻瀑布烟峦响。

雪气冥蒙阴力骄，随风飘堕泠萧萧。

直从九月堆初厚，待至三春化不消。

层冰峨峨马蹄滑，明日危桥愁早发。

岭际猿声几遍哀，湾头鸟道连年踏。

觅蹬缘崖行人少，茫茫云海渡迷津。

孤村野戍方吹火，隔涧山樵有负薪。

我行欲住岂得住，回车不能还叱驭。

垂鞭小立漫踟蹰，前旌荡漾山腰去。

清溪偶成

幸未椒花落，无虞起瘴烟。

风沙时不定，寒煖候常偏。

长吏栖茅舍，诸蕃讼芋田。

便宜分井邑，弹指又三年。【1】

【1】清溪向为黎州千户所，余奉使时请改隶有司。

大渡河

平沙浩欲没，乱石纷已多。

回首汉阳树【1】，群山递逶迤。

断岸见版屋，蓬茅结行窝。

土著十百辈，识我昔经过。

再拜相慰藉，恋恋词色和。

---

① 原本此后未提行，原文"羊肠走一线乃是邛崃山邛崃之高高万丈"。疑漏刻，今更正，另加题《邛崃山》。

是时日西落，回光照崇阿。

我马忽不前，足底生素波。

心知古沫水，流注为此河。

上通夷村，下通鬼皮罗。

【1】清溪县南二十里为汉阳街，即隋汉源县地。

墨麟诗卷 　第十二卷

雨中越飞龙关抵荣经。浃日渡江至小溪坝，即事偶纪

漏天自古闻梁益，积气由来钟地脉。

奈当六月火欲流，值此三方雨为厄。

竟埋永日一轮红，不放遥岑半寸碧。

飞龙背上湿征鞍，怪鱼脚底惊行客。

云势俄从空际浓，雷声即在林间擘。

黄土峰腰陷壑盈，白沙渡口穿滩瘠。

边江岸仄崩几时，野寺门欹开向夕。

灾沴宁辞问水滨，挽回或费寻山屐。

群道田禾大蚀伤，肯惜衣装小狼藉。

乘桴便可涉波涛，揽辔何曾要扶掖。

竹径寒多路已纡，桃源俗古居先僻。

篱落轻摇河鼓花，沟塍直映秋潭石。

鸟啼树暝忽油油，屋绕烟霏随霡霂。

阅人南北亭短长，送我往还堠双只。

老翁雪涕长史闲，风吹冷瀑岩前白。

南行漫兴八首

沈黎南下路迢迢，仰面青天欲射雕。

何处标名铜作柱，早时转饷铁为桥。

王师久驻将无倦，荒服多虞或未骄。

正值原田望霖雨，每占箕毕起中宵。

远书底用问边鸿，得失因缘塞上翁。

敢惜金缯当此日，正期锁钥仗群公。

夫人堡有和番计，丞相碑传纵虏功。

可信降酋无叵测，漫教部曲卧雕弓。

透迤北望杳心期，取次乘槎信息迟。

弃地尚怜披绘绣，当筵真见坐琉璃。

深林叶老归何党，大海萍飘事可知。

扼腕艰难须上策，为言凡百慎交绥。

插天屏障纪邮程，触忤江流总不平。

南斗晨辰方烜赫，西山豹虎敢纵横。

布金围外仍输粟，盘马场边更筑城。

指点浮空千雪岭，倘应镇静慰苍生。

梵音宣罢覆金函，三丈穹碑凿翠岚。

法嗣何人传咒钵，天魔有女护灵龛。

踌躇戎首山云白，荡漾尊前江水蓝。

闻道乌斯多毳幕，重烦借箸及西南。

苦竹丛深瘴气蒸，悬崖处处见垂藤。

烟中人语危楼柝，雨后猿啼远涧灯。

私计探丸谁所致，公然完璧尔何凭。

西方多说无生法，但演刀山即下乘。

露冕行今遍井参，劫灰飞处有蹄涔。

稍闻技习能穿缟，端讶才长解摸金。

溷鼠避人机最捷，林魈作魅气常阴。

三缄规切良朋意，话到穷檐恐不禁。

徙倚层楼发浩歌，四山突兀势嵯峨。

不毛枉用搜林急，革面终宜解网多。

黑箐牛羊依虎穴，青燐风雨杂渔簑。

登临久矣惊心目，邛海波兴是浊河。

《藏行纪程》咏藏诗

杜昌丁

杜昌丁（？—1761），字松风，青浦（今属上海市）籍，家江苏太仓，副贡生出身，任浦城县知县，有政声。

雍正十二年（1734），出任首任永春直隶州知州。大兴水利，造福乡泽。杜昌丁为人正直清廉，豪肝义胆。乾隆二十六年（1761），卒于永春官邸，囊箧无余财，士民争送赙仪以殓。棺柩运归原籍之日，泣奠者盈于道。民国时纂修的《永春县志》评其云："其廉洁宽厚，深得人心，三百年中，盖无其比。"

康熙五十九年（1720），都统武格、将军噶尔弼率师入西藏，以云南粮运艰难，欲自四川运粮济给。四川总督年羹尧奏言滇、蜀俱进兵，蜀粮不足兼供，乃命云贵总督蒋陈锡与巡抚甘国璧速运。由于蒋陈锡筹济不力，责其自备资斧运米入藏，杜昌丁护送蒋公进藏。其述曰："庚子十二月初八日，云贵总督蒋公因秦、蜀、滇会剿西藏误粮，奉命进藏效力赎罪，藏故险阻，非人所行，从者皆散归。余于公有知己之感，谊难舍去，独以倚闻之望，不能久稽，请以一载为期，送公出塞。因遣仆从，孤身就道。"沿途所记，汇为《藏行纪程》。

《藏行纪程》详细记载了康熙末年杜昌丁自云南昆明至西藏洛隆宗的往返行程，是《三省入藏程站记》《西藏通览》《西藏新志》《西藏志》等书滇藏交通部分内容的直接或间接资料来源，是研究清代滇藏交通的珍贵史料。①

《藏行纪程》清代版本计有以下几种。

《藏行记程》一卷，清雍正刻本。

---

① 张钦：《〈藏行纪程〉所载滇藏交通研究》，载《中国边疆史地研究》，2020 年第 1 期。

《藏行纪程》一卷，清道光中吴江沈氏世楷堂刻本，今藏四川大学图书馆、武汉大学图书馆等处。后收入《昭代丛书》辛集卷第二十五。

《藏行纪程》一卷，清光绪三年上海着易堂铅印本，今藏北京大学图书馆、河南大学图书馆等处。

《藏行纪程》一卷，清光绪十七年上海着易堂铅印本，今藏北京大学图书馆。

吴丰培将之辑入《川藏游踪汇编》，1985 年 11 月由四川民族出版社出版。

本书以世楷堂刻本为底本，只录其中诗作。

藏行纪程 《昭代丛书》辛集卷第二十五

出塞就道口占

为有知音感，游踪未遽东。

桐会余纛下，锥竟处囊中。

行矣心还健，归欤事不同。

丈夫然诺重，匹马独从公。

十二阑干道中

夷险殊华夏，真称行路难。

危滩奔一线，峻岭恐于盘。

薄暮休回首，临深敢据鞍。

报恩轻险阻，漫说倚阑干。

阿敦子雪山道中

山程纤曲似回肠，独步危梯鸟道茫。

销雪有声飞瀑远，寻芳无意野花香。

蹇驴背上添离恨，芦管声中忆故乡。

自笑何缘经绝域，此行兼为谒空王。

渡澜沧有感

澜沧西渡欲何之，为访仙槎旧路歧。[1]

碌碌渐知名是梦，星星博得鬓成丝。

才为身累殊多愧，客作生涯可有期。

万里自来称绝域，而今万里未云奇。

别怨离怀触绪生，牵情翻悔是多情。

风波尽日消难得，书剑频年学不成。

愁碧漫看春草色，啼红忽忆杜鹃声。

可怜游子何穷恨，掩袖斜阳涕泗横。【2】

【1】擦瓦、崩达等部落皆张骞误入斗牛所经之地，产葡萄、苜蓿、石榴、胡桃等物，并有鹊桥遗迹，另载于后。

【2】塞外禽鸟惟雕与鸦雀，余皆无有，故不觉杜鹃之系人怀抱也。

雪坝感怀

金风飒飒起乌鸦，扑面边尘日易斜。

白骨有知还入梦，青山何处可为家。

一肩犹剩西归履，八月空随误泛槎。

却怪劳人奔走惯，鞭丝帆影老年华。

叹所乘马

七月阴寒塞草稀，驽骀逸足总常饥。

泥涂忍便埋芳径，鸟道难辞上翠微。

雪岭流泉惊乍冷，秋原苜蓿叹空肥。

可怜疲瘦留皮骨，仆仆津梁尚未归。

鹊桥七夕

辜负灵霄异域过，芳踪无那鹊桥何。

客星定识支机石，鹤驭仍停织锦梭。

自昔仙槎来已久，此宵离恨诉应多。

堪怜游子天涯路，不得寻常一渡河。

雪山大雾次曹敬亭韵

冒雪行空迹似仙，蛮烟瘴雨斗牛边。

乍疑宵汉人难到，错认蓝关马不前。

只恐此中无去路，更从何处睹穹天。

知他脱得凡胎否，漫说云游等逝川。

溜筒江

一索横飞过，危悬无着身。

非船登彼岸，不筏渡迷津。

疑是秋千戏，真成解脱因。

下临波浪涌，何处世间尘。

途中遇雨次曹敬亭韵

水云凝不卷，泥滑雨无休。

老马频冲惯，归鞭肯暂留。

山迷人自远，林暗鹊多愁。

喜是中华路，天边有酒楼。

沫滂坡回望丽江雪山口占

数日勾留丽水滨，鞭丝依旧扑芳尘。

雪山又作经旬别，回首天涯是故人。

《华阳谷威信公容斋诗集》咏藏诗

岳钟琪

《华阳谷威信公容斋诗集》（简称《容斋诗集》，又称《岳容斋诗集》《威信公诗集》），岳钟琪著。

岳钟琪（1686—1754），字东美，号"容斋"，四川成都人，原籍凉州庄浪（今甘肃省兰州市永登县）。岳飞二十一世孙，四川提督岳升龙之子，清代康熙、雍正、乾隆时期名将。累官拜陕甘总督，封三等威信公，屡平边地叛变。

康熙三十五年（1696），岳升龙跟随康熙帝征伐噶尔丹，因功提为四川提督，岳钟琪随父来川。康熙五十年，由于边地战事频仍，岳钟琪投笔从戎，任四川松潘镇中军游击。

康熙五十六年，准噶尔汗率兵入侵西藏，康巴地区多地藏族首领乘机作乱，情况危急。32岁的岳钟琪被提拔为四川永宁（今四川叙永）协副将，驻打箭炉。在都统法喇的指挥下，岳钟琪率六百精兵作为先遣部队向里塘、巴塘进发，击溃叛军，势如破竹，遂降服献户，顺命归降。后岳钟琪又率兵抵察木多，沿途随叛各藏部落首领惊闻官兵天降，数万户尽皆降顺。在平定准噶尔策妄阿喇布坦的叛乱中，岳钟琪出奇兵，献计策，剿抚并用。康熙六十年，晋迁左都督；五月，升任四川提督，得赏孔雀花翎。

康熙六十年十月，青海辖境索罗木发生郭罗克上中下三部落反清叛乱，岳钟琪奉旨率师征讨，大获全胜。

其后，在"平定青海之战""改土归流"等筹边事件中，岳钟琪屡立奇功。雍正赠诗赞曰："风送铙歌声载路，鼎钟应勒姓名香。"乾隆称曰："三朝师武臣，钟琪为巨擘。"

考清一代，《容斋诗集》版本众多，主要有以下几种。

《岳容斋诗集》四卷，道光鹅溪孙氏古棠书屋刻《古棠书屋丛书》本，今藏国家图书馆、首都图书馆等处。

《威信公诗集》四卷，光绪十年（1884）岳维尧广州刻本，今藏国家图书馆等处。

古棠书屋刻本将岳钟琪原《蛮吟集》《姜园集》《复荣集》合编，并为《华阳谷威信公容斋诗集》，简称《容斋诗集》。此版今又收入上海古籍出版社2010年版《清代诗文集汇编》258册，本书即以此为底本，为首次整理，选自《岳容斋诗集》卷一、卷二与卷四。特别说明，此为后人编选，对其原作有所删减。编者孙澍，生卒不详，四川郫县（今四川省成都市郫都区）人，咸丰乙卯科举人，与兄孙镇构"古棠书屋"，闭门治学。著有《瘦石诗文钞》《郫书》《蜀破镜》等。

黑龙江番寺夜宿

画角遥遥月转廊，声喧梵呗室凝香。

重围不锁还乡梦，一夜秋风起战场。

军中杂咏二首

列灶沙关外，营门淡晚烟。

月光斜照水，秋气远连山。

归雁穿云去，慈鸟带子还。

征西诸将帅，转战又经年。

地在乾坤内，人居朔漠间。

日寒川上草，松冷雪中山。

铁骑嘶沙碛，金戈拥玉关。

楼兰诚狡黠，不灭不生还。

和何镇侯春兴韵

久宦羁留锦水滨，十年风云共芳晨。

定巢紫燕春为主，傍屋黄鹂晓作邻。

夜月乍窥寻梦客，飞花偏趁著诗人。

漫云如水臣门冷，粗粝犹堪不算贫。

西藏口号

几度平蛮入不毛，心倾报国敢辞劳。

天连寒草迷征马，雪拥沙场冷战袍。

七纵计成三戍靖，六花阵列五云高。
壮怀自若硎新发，匣剑时闻龙怒号。

军中闻笛

细雨微风夜气清，貔貅十万远连营。
谁家长笛征人怨，何处高楼思妇情。
塞上梅花翻古调，军前杨柳送边声。
故乡烟月芙蓉水，三度缄书问锦城。

军中夜雨答高夫人见寄之什

雨淋铃帐觉衣单，天外西风雁阵寒。
蝴蝶绣衾空有梦，芙蓉锦水好谁看。
三川戍客恩开府，万里新疆诏筑坛。
重叠涛笺相慰藉，戎臣报主倍加餐。

塞上登高答胡将军

数年绝塞乏萸囊，空忆东篱菊绽黄。
天意只教人作□，秋风那管鬓成霜。
强从戎马酬佳节，况介星轺促□乡。【1】
阃外峰烟何日靖，江湖廊庙两茫茫。

【1】 自注：昔奉旨之京师。

残　月

玉宇澄新练，银潢湿未干。
半轮秋不减，孤枕晓生寒。
砧杵愁难遣，关山梦不安。
金闺当此夕，儿女泪痕看。

启户容秋至，斜晖已下檐。
参差波荡壁，隐约霾穿帘。
玉兔深藏腹，银河半没蟾。

月圆犹有缺，人事岂能兼。

白　燕

露华春晓傍朱门，旧国乌衣自一村。
曾佩夜珠归汉苑，却随飞絮入梁园。
轻穿帘晃柔无影，深映梨花淡有痕。
怕见玉人惆怅处，石阑烟月又黄昏。

出征西宁，口号别高夫人

嗟余五载九征蛮，骨瘁神疲力已殚。
泸水瘴迷征士泪，天山雪压使臣鞍。
别时儿女牵衣泣，归日宾僚握手欢。
愿得太平边事缓，牛衣卧对养衰残。

早秋塞上闻笛

碧天如水暮愁生，月上牙旗分外明。
小立却沾霄露重，初更愈觉葛衣轻。
风飘玉笛刚三弄，秋入阳关第几声。
十万健儿同掉首，一行鸿雁自南征。

夜宴诸将席散独坐书怀

老去家何处，空闻醉有乡。
十年三出塞，百战九征场。
瘦犬窥邻灶，饥鼷啮客床。
寸心空恋阙，辛苦事戎行。

军中感兴

朔风吹帐卷弓刀，大雪铃辕夜寂寥。
万里旌旗开玉塞，三年戎马锡金貂。
弓蛇毕竟成疑影，斗米何曾惯折腰。

未向林泉消积习，山灵入梦远相招。

次前韵示军幕诸人

无才屡试愧铅刀，铁马金戈兴不寥。
官领故乡衣绣豸，恩从绝域珥金貂。
秋防鱼海弓悬臂，夜牧龙堆剑佩腰。
十载沙场成底事，劳劳戎马漫相招。

述怀古诗

拘幽寂无事，心绪忽茫茫。

连宵迥不寐，兀坐更彷徨。

忆昔少年日，所食尽膏粱。

肉必啖大胾，酒必饮巨觞。

手能格猛兽，足可逐奔狼。

无志事毛锥，请缨誓戎行。

喜驰花叱驳，爱射野黄羊。

狡庐忽蠢动，十载客沙场。

恒河饮战马，番藏跃龙骧。

克汗悉授首[1]，天威震穷荒。

论功邀上赏，提封万里疆。

青海忽传箭，东井见欃枪。

秦边围未解，蜀兵远调防。

赤血污白刃，金甲幂银霜。

历程两阅月，百战抵河湟。

二月草未萌，同马正羸尪。

趁时当入朝，行谋自上方。

枭虏十万级，九成一飨羊。

出师未十日，生擒十八王。[2]

凯旋报天子，车服凛煌煌。

晋爵为上公，总制领故乡。

殊恩深且厚，山海亦难量。

惟知筹国计，身家念早忘。

西夷屡犯顺，负固扰戎羌。

奉命统锐师，用将挞伐彰。

街亭马竖子，纵寇翻自戕。

罟鱼不入馔，解网任远扬。

宸怒震虓虓，被逮缩银铛。

君恩生已负，臣罪死应当。

但闻传露布，含笑赴黄壤。

【1】自注：擒斩伪藏王达克咱等。

【2】自注：青海十八部落皆封王爵。自二月三日出师，至十日，俱克
擒斩。

岳容斋诗集 　卷第四·复荣集下

飞越岭

戈甲临飞越，途冰滞马蹄。

危桥防险侧，高磴极攀跻。

寺冷无僧住，山空有鸟啼。

崇椒凭一望，大壑冻云迷。

尹大司马过村舍

边城烽火静，军府罢传书。

视稼重经野，看花远过庐。

樽倾花市酒，脍斫藕塘鱼。

论事情相洽，同舟济有余。

尹大司马和韵见示次答

筹边同聚米，论事各征书。

风袅沿江柳，云藏绕竹庐。

秋深蛙噪月，溪浅鹭窥鱼。

即事多欣赏，重束借闲余。

送别尹大司马

陇树秦关翠不分，几回立马怅离群。

一樽小益青山酒，目断遥天剑阁云。

余闲居十二年，童头齿豁，景逼桑榆。因大金川土酋狂悖，致干天讨。自乾隆十二年五月进兵至十三年五月尚未克捷。钟琪奉旨统师党坝，上又命大学士公纳亲经略军务，督师进剿。自立秋以来，淫雨连旬，阻我长驱，有感而作一首

遁迹邱园十二年，于今又着祖生鞭。

铜标未建将军柱，锦缆重牵相国船。

泸水瘴来云似墨，蛮荒秋后雨如泉。

淫淋欲识苍苍意，先挽天河洗秽膻。

《小仑山房诗集》咏藏诗

袁 枚

《小仑山房诗集》，袁枚著。

袁枚（1716—1798），字子才，号"简斋"，晚年自号"仓山居士""随园主人"等。钱塘（今浙江省杭州市）人，祖籍浙江慈溪。清朝诗人、散文家、文学批评家和美食家。

袁枚少有才名，擅长写诗文。乾隆四年（1739），进士出身，授翰林院庶吉士。乾隆七年，外调江苏，先后于溧水、江宁、江浦、沭阳共任县令七年，为官颇有声望，但仕途不顺。乾隆十四年，辞官隐居于南京小仓山随园，吟咏其中，广收诗弟子。嘉庆二年（1798）去世，世称"随园先生"。

袁枚倡导"性灵说"，主张诗文审美创作应该抒写性灵，要写出诗人的个性，表现其个人生活遭际中的真情实感，他与赵翼、蒋士铨合称"乾嘉三大家"，又与赵翼、张问陶并称"性灵派三大家"，为"清代骈文八大家"之一。文笔与大学士纪昀齐名，时称"南袁北纪"。主要著作有《小仓山房文集》《随园诗话》《随园诗话补遗》《随园食单》《子不语》《续子不语》等。

《小仓山房诗集》清代版本主要有以下几种。

《小仓山房诗集》三十六卷，附《补遗》二卷、《文集》三十五卷、《外集》八卷，清乾隆刻增修本，《续修四库全书》本。

《小仓山房诗集》三十一卷，附《补遗》一卷、《附录》一卷，清道光二十八年启元松刻本，今藏重庆市图书馆等处。

《小仓山诗集》三十七卷，后续二卷，清随园刻本，今藏靖江市图书馆等处。

本书以《小仓山房诗集》三十七卷本为底本。

小仓山房诗集 二十五卷

答大廷尉王兰泉先生见寄诗扇

先生名昶，以吏部郎从阿将军桂征金川，同行者赵文哲等俱殁于阵，而先生独凯旋，论功擢廷尉。

谁佐平西第一功，汉家廷尉重于公。

心怜旧雨贻纨扇，身出重围感塞翁。

皓首军机双鬓雪，高冠孔翠一翎风

遥知清瘦书生貌，画上凌烟便不同。[1]

【1】公以军功赐孔雀翎，图形内府。

杀贼金川当壮游，宝刀光里万貔貅。

云山看到中华外，鼓角听残白帝秋。

半夜天星摧上将，一军风鹤起深愁。

斯时代作孤臣想，可有生还两字不。

且喜谋参李药师，生擒颉利返牙旗。

手书露布三边读，甲洗银河万马知。

草檄已完孙楚事，从军应赋仲宣诗。

何当洗耳华堂上，听说蛮溪苦斗时。

故人纵迹久离群，记否萧斋酒半醺

打桨舟忘桃叶迎，磨崖字许小山分。[1]

思量鸿爪痕常在，传说莺迁信屡闻。

此后袁丝休惜别，举头天上见卿云。

【1】公镌"澄碧泉"三字在随园假山。

哭侍卫明公

公名仁将军，忠列公名瑞者之弟，年少能诗，在尹相国处见予篇咏，寄声索赠。予感其意，书扇贻之，而公已从征金川，殁于军矣。

远蒙京国问才名，知己何曾一识荆。

团扇诗才从北寄，雕弓人已赋西征。

通侯门第文兼武，上将沙场死亦生。

遥奠寒云招左毂，海天兜率尽交情。

小仓山房诗集 三十五卷

福敬斋、孙补山两相国和希斋大司空、惠瑶制府同征西藏。军中各寄见怀之作，赋诗答谢。

答敬斋公相

圣世韦平两代贤，瑶华来自大西天。

百僚谁敢奔趋后，一士偏蒙淑问先。

塞上风云摇彩笔，山中熏沐展长笺。

梅花香里千回读，绕屋光生五色烟。

弱冠终军早请缨，旌旗所到将星明。

崆峒挂剑碑留字，蛮海班师浪洗兵。

招引降王朝紫阙[1]，平反冤狱活苍生。[2]

卿云直把山河覆，岂止朝朝捧日行。

【1】领安南国王入朝。

【2】广东黄养水一案。

履曳星辰下殿迟，黄银腰带好威仪。

千金有赏如挥土，万马无声听咏诗。

已作盐梅调鼎鼐，更悬冰镜照茅茨。

箕山颖水巢由事，都被皋夔一笑知。

记识先公玉殿旁，非常矜宠梦难忘。

扫门未得瞻麟角，芳讯犹通及雁行。[1]

半世因缘谁介绍？一门天性爱文章。

执鞭莫笑侯赢老，留与他生愿转长。

【1】谓我斋诸公。

答和希斋大司空

星象三台动，云笺万里来。
居高偏下士，为国自怜才。
五字长城重，千秋只眼开。
江淹斑管秃，何以报琼瑰。

少小闻诗礼，通侯即冠军。
弯弓朱落雁，健笔李摩云。
罢猎随拈韵，安边更策勋。
擎天兼捧日，兄弟各平分。

忘却天人贵，甘居弟子行。
长途怜老马，古剑识干将。
招隐心何切，□谦道愈光。
平生知己感，东海水难量。

地位云泥隔，精神梦寐通。
光分青海月，远照白头翁。
西笑侬无分，南来日望公。
定知唐节度，即是汉司空。

答瑶圃中丞

闻昔裴令公，金甲受降时。
念及香山叟，军中常寄诗。
我公镇西域，箛鼓连天响。
亦复怀随园，秋水兼葭想。
先和《生挽诗》，再和《告存》作。
爱之欲其生，高歌和延祝。
我如深秋草，含霜翻得露。
公如佛国云，万里相遮护。
有缘公渐近，移旌来汉阳。

中有红鲤鱼，衔书可寄将。
想思渺无极，相见知何日？
黄鹤楼虽高，借鹤骑不得。
安得吹公来，江右拥八骓。
凤鸣野鸟答，一笑三千秋。

《芸香堂诗集》咏藏诗

和 琳

和琳所著《芸香堂诗集》，考其清代版本，计有以下几种。

《芸香堂诗集》不分卷，清钞本。

《延喜堂诗钞》一卷、《芸香堂诗集》二卷合刊本，（清）丰绅殷德、（清）和琳撰，清嘉庆刻本，今藏南开大学图书馆。

《芸香堂诗集》二卷，清嘉庆十六年（1811）刻本，今藏吉林省图书馆。

《芸香堂诗集》二卷，清裕瑞辑，清嘉庆十六年刻英额和氏诗集本。

另尚有和□的《和□诗集》、和琳的《芸香堂诗集》、丰绅殷德的《延禧堂诗钞》，三者合为一函，称《英额和氏诗集》，又名《嘉乐堂诗集》，版本更多，此不再冗述。

本书以《芸香堂诗集》不分卷的清钞本为底本，为首次整理。

芸香堂诗集

入蜀谒武侯祠

何缘入蜀瞻遗像，净土妖氛太白明。

辨赋权应归宿将，安边事亦假书生。

九重庙算承提命，一路春风曳旂旌。

欲得西南夷向化，谁师丞相斗心兵。

渡飞越岭

峻岭忽梗跖，势欲摩青天。

华夷古为界[1]，飞越已多年。

四时积霜雪，一线通行躔。

舆马挂岩壁，鸟雀盘云烟。

翻有生人到，而无野猿悬。

俯视万峰低，皆若子孙然。

王侯称设险，王道当坦夷。

沧海久澄波，昆仑何巍巍。

渺兹廓尔喀，凭陵复奚为？！

【1】唐宋皆以此为界。

阿丫坝偶成

驱马出炉城，折多山始迈。[1]

荒岩起炊烟，碉房半破坏。

乱石生荆棘，童山无草芥。

301

暮宿塘铺中，人马鸡犬对。

番妇与番民，赤脚蓬头辈。

面目率黧黑，居然遇襁褓。

谁云恶鬼道，地狱人间在。

皎皎中华民，熟习不相害。

堂堂天子臣，见惯不为怪。

人言亦可怜，西去形尤秽。

便至极乐国【2】，而鲜衣冠态。

静听嗤且疑，君言无乃太。

佛法贵西方，见性死为快。

果如公所云，修行皆聩聩。

客忽发狂笑，子真滞而隘。

卫藏万佛子，一心慕东界。

豁然贯通焉，无需求诸外。

【1】此山有瘴气。

【2】佛经云：西方为极乐国。

里　塘

四面童山雪，碉楼数十家。

里塘风夙［早］① 冷，孟夏草无芽。

日亦临边淡，衣从出塞加。

楼兰俘未献，投笔事方赊。

中渡题壁

雅龙江口戍兵塘，去此程遥水草乡。【1】

蛮户竟知天使贵，土官翻避上差忙。【2】

惊心鸟道千盘过，漫说皮船一苇杭。【3】

用夏变夷谁作圣，坡田都可教耕桑。

---

① 此书，原刻本有修改，下划线表原字，"［］"表改字，下同。

【1】是日未时即住。

【2】有小头人自闻军需即逃躲。

【3】有木船一只。

午日有怀香林李制军却寄

谈兵要服泯乡心，蓦地惊闻令节临。

四面髡山家万里，一盘角黍谊千金。【1】

门粘梵咒当符祓，炉热芸香代艾簪。

绝域不堪回首处，个人谁复是知音。

【1】适有送角黍三十枚者。

频年况味客途尝，未觉他乡异故乡。

触目衣冠非族类，怀人心思到河梁。

玉堂好奉真生佛【1】，金膝惭拳假法王。【2】

颠倒琴书无那里，笥中欣携〔佩〕小荷囊。【3】

【1】香林事母最孝。

【2】见达赖、班禅，例以佛法见。

【3】乃太夫人去岁午日手赐者，上绣五毒。

军书旁午未云劳，酬国酬恩此日遭。

报捷敢希新雨露，安边忍耐旧膻臊。

西陲风气犹春服，中土河声正夏涛。【1】

万里锦鳞良不易，愿言珍重托霜毫。

【1】夏至后公当防汛。

无 题

我亦惜〔伤〕春杜牧之，半生花里有情痴。

谬闻琼树留香蒂，翻悔红桥结色丝。

重币果堪求逸女，轻车何忍遣杨枝。

又怜葵性殊凡卉，心向青阳不转移。

偶　成

长夏西招渐绿芜，放衙燕坐小屠苏。

诵颂不辨维摩诘，解语应惭介葛卢。

山雨欲来烟乍起【1】，寺僧入定犬群呼。【2】

客中赢得消闲计，夜对痴童说鬼狐。

【1】南山有湖，每烟雾起必有雨。

【2】藏中彻夜犬吠不止。

七夕邀幕僚小酌各赋一律

相看河鼓渡天津，印度虚过乞巧辰。

贝叶阙文书鹊驾，优婆无女赛针神。

梦为远别心俱幻，功到垂成酒自醇。

一酹双星三致意，多情从古是仙人。

中秋夜宿垅堆德庆道中作

山峻肩舆缓，征人夜未休。

久忘家万里，惊见月中秋。

去岁姜肱被，今宵王粲楼。

喜成充国计，含笑解吴钩。

倒叠补山中堂《惜别见怀》元韵

送客身犹客，离情系柳丝。

黯然江令赋，凄绝少陵诗。

白日催旌转，红尘逐马驰。

归鞭容得意，长路好扶持。

孙补山参政大拜予晋司空，时补山已过拉台，便中致贺兼志感恩

巡宣元老莅天涯，一骑红尘降白麻。

凤阁于今增右相【1】，鸾旂先我返三巴。

阳春到处原多脚，卿月当空自耀华。

阅历风霜冰雪性，者回应不惮途赊。

【1】大学士现无缺，恃恩添设。

愧我追随骥尾尘，何当天语亦频频。

司空不悉筹边略，治粟还输造命人。

为报佛家休借寇，传闻帝室欲完姻。【1】

锦官城内梅花发，留待探花奉使臣。

【1】闻小女大婚将届。

藏中杂感四首

蔓草荒烟万里余，民无城郭傍山居。

田畴租纳僧尼寺，鹰犬腹为男女墟。

纵有安奔【1】难变俗，竟无奴谷【2】亦能书。【3】

一长堪取尤堪笑，阿甲【4】人人善积储。【5】

【1】大人也。

【2】笔也。

【3】蛮家以竹作字。

【4】妇人也。

【5】蛮女凭人拣择，方言曰"坐"。皆能理家防兵，有致富者。

黄金殿瓦焕朝阳【1】，门向东西意可伤。【2】

幽恨似应怀故土，归心无那事空王。【3】

美人计好朝廷小，中科【4】名留蛮貊长。【5】

甥舅联盟碑耸峙【6】，由今视昔吊衰唐。

【1】大、小招庙极壮丽，瓦皆镀金者，昔为唐公主建造。

【2】大招西向，小招东向。

【3】小招像云公主肉身，而传言公主好佛。

【4】番语，作上声。

【5】藏中最重中科之族，传系唐一东阁老陪公主来此。

305

【6】在大招前，乃唐德宗时诏。

独上碉楼望眼宽，四山积皑雪漫漫。
一声冈洞[1]僧茶罢[2]，半万更登[3]乌食残。[4]
灯样仅传公主履，灶形犹仿尉迟冠。
黄金铺地谁饶舌，致累阇黎色相难。[5]

【1】人腿骨，吹之，其声似喇叭。

【2】番人日熬茶数次。

【3】僧也。

【4】注见前。

【5】番僧无不爱钱。

天恩幸免久淹留[1]，都护还须定远侯。
论政番官重译苦，转输佛子敛财谋。[2]
四时雪色寒常在，镇日蛮声聒不休。
从此皇华离卫藏，算来东胜是神洲。

【1】昨接办理善后事竣，即回京恩旨。

【2】运粮脚价，达赖喇嘛及营官、头人半皆入己。

西招四旬初度，感而成咏

黄花香里是生辰，虚度今年亦四旬。
秩晋六卿忻强仕，化行三藏庆和钧。
虽离儿女称眉寿，也有僧伽祝大椿。
服习圣言应不惑，时还自勉受恩身。

静庵大母舅自廓卜多以诗见寄，依韵奉答

分守先人归宅庐，敢希甲第亦云如。
频年况赋皇华什，一纸新开塞雁书。
何事宦途安畎亩，未甘荒服耐居诸。
当时同证西来意，真个西来孰起予。

福川[1]白楮[2]水分流，风远中州叹马牛。

不道三危真襁褓，谁知四季少春秋。【3】

王师大振夷初化，佛国全安我暂留。

莫信西方即净土，期君收什拥鸣驺。

【1】廓卜多河名。

【2】藏河名。

【3】男女一生皆不浴淋，四季无甚寒暑。

贺敬斋福大将军相国凯旋，即以送行

重臣秉钺出湟中【1】，荒服奇勋又借公。【2】

千叠山川七战取，廿余部落六旬通。【3】

湛恩汪秽真无忝，锡赉便蕃愧亦同。【4】

善后谋酋随骥尾，更欣绝域领春风。【5】

【1】去冬由青海出口。

【2】公前岁平台湾。

【3】廓尔喀有二十四部落。公自进兵至受降，七战七胜，得地千里，计在两月中。

【4】屡同公相得赏扳指、荷包等物。

【5】奉命与公及补山中堂、瑶圃制军办理善后事。①

记从簭仕列班行，即荷青眸一寸光。【1】

幕府夜谈刁斗静，旌旐日映酒杯长。

几多故吏惊知遇，争似新交得未尝。

底事程门开佛国，彭宣恓尺易升堂。【2】

【1】予任工部司员，深蒙荐拔。

【2】予寓与公寓相隔不及一箭。

黄扉虚席待盐梅，十乘元戎指日回。

惭我分符来万里【1】，思公翘首望三台。

青琴协律逢知己，红药将离怯举杯。

———————————

① 补山中堂即孙士毅，瑶圃制军即奎林。

料得平章怜旧雨，入朝丹诏共春来。

【1】奉命暂留镇抚。

送敬斋相国入朝六律

久住难为别，离筵几度张。
经年烦使节，一叶理归装。
叠嶂冰犹积，平原草已芳。
临岐频望远，心比去途长。

其　二

卫霍承恩重，专征岂惮劳。
功收鹅鹳阵，官领凤皇曹。
星盼归躔朗，云因捧日高。
乌斯耕已遍，从此废弓櫜。

其　三

万里西招地，筹边荷发蒙。
高谈春酒绿，低唱玉缸红。
韦杜声名重，芝兰臭味同。
解衣情恋恋[1]，不畏岁寒风。

【1】时荷重裘之赠。

其　四

无限低回意，尊前我独知。
久隆调鼎望，莫赋出车诗。
枫陛鸣珂日，兰陔洁膳时。
尉佗台下路，迢递去应迟。[1]

【1】时有令公赴广西之命。

其　五

迹已形骸弃，心还水乳投。

入朝当首夏，握手或中秋。

持赠余团扇，离怀付酒筹。

恐劳公远注，勉遣涕痕收。

其 六

屡辱琼瑶赠，难忘缟纻亲。

诘朝真作别，今夜意重辛。

听漏殊嫌促，倾醅不计巡。

惟余情脉脉，宛转遂雕轮。

题杨荔裳《桐华吟稿》①

大手推杨忆，相逢卫藏中。

番人传檄草，战马挂诗筒。

载读《桐华集》，频倾柏酒空。

登楼谁望气，光焰烛长虹。

其 二

词客与诗人，从戎拟不伦。

短衣随绝塞，长剑倚秋旻。

选调才无敌，拈毫句有神。

论文重载酒，醉倒接䍦巾。

答敬斋相国《留别》元韵

欣依棨戟百三旬【1】，佛地追陪晤〔悟〕夙因。

怀抱倾时宁有靳，形骸脱尽始为真。

冬迎使节张青幔，春送归旌趁绿菌。

怅望行辕攀不住，躬随千里遂征尘。【2】

【1】 相国自旋军至藏，迨启行凡百三十日。

---

① 指杨揆的《桐华吟馆诗稿》。杨揆，号"荔裳"。其诗稿中"咏藏诗"，本书有录。

【2】不忍遽别，拟送数程。

那得心情事事谐，相公谦甚不论阶。【1】
一时缟纻卑流俗，当日趋陪异等侪。
夜月衔杯听玉漏，春灯并马路花街。
深谈每至鸡人报，如此交期忍去怀。

【1】予系公旧属，蒙公以兄弟论。

虎帐宵阑细论兵，荷戈愧我未从征。
记曾转粟输边塞，旋报降幡竖敌城。
赦典才看丹诏沛，台星应傍紫垣明。
那知西粤烦南顾，筹笔仍须倚世卿。【1】

【1】时安南阮王卒，上恐该国不靖，命公前往镇抚。

邕管迢迢瘴厉浮，安边全赖上公筹。
春深雪峤宵弛马，雨足蛮畦早叱牛。
方使三危疆壤辑，又经五岭路途修。
我如首夏邀恩召，计与君逢尚是秋。

旅馆今宵斗酒兵，诘朝风雪送征程。
临岐洒遍千行泪，惜别欣随四日旌。【1】
西去吟鞭愁古驿，夜来倚枕数残更。
重寻白楮河边渡，无限天涯万里情。

【1】送至仁进里相，公不令再前。统计四日。

花朝记否互招寻，击钵催诗月满林。
赢得此时皆泪眼，何如当日不盟心。
一年先后遥持节，万里怀柔永献琛。
从此西南歌乐土，壶浆夹道感恩深。

锦城花发映莓苔，蜂蝶欢迎意不猜。
都督登楼原未暇【1】，州民卧辙也应该。【2】
趱行漫趁桃花浪【3】，觅睡须擎竹叶杯。【4】
莫以停云劳怅望，峡猿声里首频回。

【1】公意抵川兼程前进。

310

【2】公前督川，惠泽于民甚厚。

【3】川江最险，未可乘舟。

【4】公不少饮，不能安卧。

> 后回联吟自有期，多情谆嘱惜分岐。
> 风行卫藏谈何易，政济宽严计得宜。【1】
> 爱我深怀逾骨月，感君雅谊荷维持。
> 于今判袂天南北，日盼双鳞慰所思。

【1】公戒：治藏不可过严。

题"喜相逢书扇"赠敬斋相国

> 两两斗婵娟，春光在眼前。
> 试看花片丽，得意自年年。

题袁简斋《小仓山房诗集》二首即以奉寄①

> 不信红尘里，神仙携眷居。
> 旷观百岁事，大隐六朝墟。【1】
> 天女多从学【2】，梅花伴读书。【3】
> 世间饶热客，应亦薄金鱼。

【1】先生三十三岁即致仕，居白下随园，山水最佳。

【2】女弟子极多。

【3】手植梅花七百本。

> 数卷《仓山集》，先生道性灵。
> 锦心罗万象，妙手运无形。
> 侯合依前席，彭应侍后庭。
> 因缘知有日，天不堕文星。【1】

【1】先生年登大耋，康健不减少壮。

---

① 指袁枚的《小仓山房诗集》。袁枚，字子才，号"简斋"。其诗稿中"咏藏诗"本书有录。福康安曾记："余自束发时即耳闻随园名，知为当代作者。而南北相睽，不得一见，心辄向往……兹来卫藏军事之暇，适补山相国、瑶圃制军成共朝夕，谈次时及随园。和希斋大司空携有《小仓山房文集》，因得读之。"参见田勇：《清代富察氏家族》，载《寻根》2013年第5期。

步瑶圃制军韵二首

瓶中桃花

春心何处不勾留，廿四番风忍便收。
谪向世间星是朔，携来洞口客仍刘。
肯随流水依浮梗，爱傍骚人遭旅愁。
为语军持好调护，折技尚拟当觥筹。

瓶中海棠

红酣睡餍日三巡，春事阑珊我亦鄞。
倩影尚宜金作屋，前身合是玉为人。
关心儿女犹萦梦，到眼繁华且当真。
更把观音一枝柳，助他娇态倍精神。

夜雨不寐

铃辕凄柝声，风雨越分明。
烛短鸡三唱，衾寒梦数惊。
未曾消夜饮，底事动乡情。
回忆长安路，潺湲记不清。

送　春

雨雨风风春又阑，壮心消释讶无端。
频年绿暗鸣驺过[1]，此地红稀按剑看。[2]
何事东君先税驾，不容客子共归鞍。
殷勤嘱咐问桃李，谩道军中仗一韩。

【1】予七八年来春夏之交，总出差在外。

【2】适方撤兵。

寄所寄

一样别离人，煞为情颠倒。

目断属车尘，梦魂常在抱。

瑶圃制府以乩诗见示，题联珠三首

又是清和四月天，西招何事滞行骖。

边庭净洗三军甲，内诏清筹九府钱。[1]

风乱双檠灯晕泪，月明孤馆夜忘眠。

更当长昼官衙静，试写新诗抵野禅。

【1】因制军会办销算。

试写新诗抵野禅，知音有个大罗仙。

再来瑶圃人千载[1]，秘密惊鸿爪一篇。

示我多情惟眷属，起予大觉亦因缘。

朗吟数过心花现，云敛晴空月印川。

【1】制军唐时即号"瑶圃"。

云敛晴空月印川，这①般光景忆他年。

于今许国三千果，当日耕心一寸田。

春满园林花得意，风恬江海水澄鲜。

与君话到忘机处，又是清和四月天。

四月二十四日，祝瑶圃制军寿

黄梅时节共淹留，借得琼浆酌寿筹。

去佛生辰则半月，溯唐事业已千秋。[1]

边陲风带春无恙[2]，富贵花如客好逑。[3]

试向昆仑直北望，仙姝齐簇玉京楼。

【1】公扶乩，判公前身为唐时驸马。

【2】藏中风寒真，首夏犹清和也。

———

① 原作"者"，据文意改，下同。

【3】公寓牲牡丹盛开。

> 金符昔绾护西边，艳有真人诵大年。【1】
> 如柏如松天不老，知非知命月常圆。
> 思亲未免乡心炽【2】，称寿休辜友谊绵。
> 明岁桂丛堂上客，抠衣应许厕华筵。【3】

【1】公前镇守伊犁。诞日，群仙降坛联句。

【2】公时刻不忘太夫人。

【3】桂丛，公家堂名。

端阳前送补山相国回川

> 半载他乡足友于，匆匆又见赋骊驹。
> 纵凭尺素青鸾杳，欲写相思红豆无。
> 今日一杯浇短漏，明朝双筛首长途。
> 临岐漫作分离感，留取箴规记绀珠。
>
> 不事边功崇宋璟，宁希投笔效班生。
> 风调雨顺征佳兆【1】，犬吠鸡鸣鲜恶声。【2】
> 祖帐中流当夏午，过宾西蜀计秋成。
> 也知暂别无多日，偏捧霞觞说饯行。

【1】大兵后藏中，时和年丰。

【2】刘琨、祖逖同行，闻鸡鸣，逖曰："此非恶声也。"

> 万里山川雪正消，此回不惮路迢迢。
> 风吹节相旌旆转，花助登仙士马骄。
> 惯送行人如岸柳，抛将别绪付诗瓢。
> 更期刘晏纤筹画，早发蓉城共入朝。

癸丑午日

> 西南夷久通声教，地腊时仍滞使槎。
> 客裹何妨阙艾叶，蛮中应不产萱花。
> 碉楼小雨风犹劲，角黍晨餐味亦嘉。

记否江乡看竞渡，暗抛红豆是谁家。

赠别瑶圃制军

红云峪里种花人【1】，慧光十丈含精神。
佛地追随八越月，这番缘合都前因。
回忆当年乍谋面，胜朝陵寝重相见。【2】
分趋宦辙路西东，河鱼塞雁音书便。
丙午吴山立马秋，小郎翩翩相唱酬【3】
花朝泛宅西湖水，月夜联镳苏小楼。
尧年大蓄诸侯来，跄跄跻跻闾阖开。
共聆仙乐酣仙酒，直上瑶池十二台。
此时意气遥相许，鹓行无瑕深交语。
我持绛节再临齐【4】，公衔丹诏先旋楚【5】
江淮河济一苇杭，鲁多君子诗书香。
密迩畿东股肱郡，非公孰可修明堂【6】
公来治政我治漕，临风把盏同潦倒。
国是何妨借箸筹，从兹由也登堂奥。
忽睹西南太白明，羽书驰奏妖氛情【7】
黄衣教亦等苍生，蠢兹小丑须用兵。
嫖姚旧建大将旂，貔貅十万皆英奇。
晋公破蔡功李愬，运筹帷幄较胜之【8】
从来足兵先足食，声援后路需人力。
亲承庙算走传车，我亦春风来得得。
七战七胜欺孙吴，追奔逐北敢负隅。
夜半昆仑关已破，崎岖险阻成夷途。
贼酋举国心胆寒，肉袒牵羊永奉藩。
净洗甲兵常不用，壮士凯歌入汉关。
边事一劳求永逸，泉刀百万还征实。
事际艰难复仗公，惭予附骥空筹笔【9】
半载公余形迹忘，故知真个逢他乡。

雨霁云开宵问月，帘闲风静昼燃香。

益州沃野称天府，公为节度今严武。

遐荒底事久淹留，整顿归鞭当夏五。

河内初安借寇公，我马未容首已东。【10】

六旬祖帐三言别【11】，目断天涯七二峰。【12】

感君恋恋深惜别，新诗诉尽衷肠热。

冀我清秋整辔还，人心应与天心彻。

果然内召如君期，子美草堂丞相祠。

胜地定留鸿爪迹，锦官城际驻旌旗。

今日河梁酌君酒，临岐珍重握君手。

山川修阻自维持，枚卜欢逢当不久。

忍泪遥看归马骄，无情堤柳绿条条。

任人惆怅浑不识，风前乱舞秾纤腰。

【1】瑶圃别号。

【2】予修明寝，公往收工。

【3】五十一年同令弟审案杭州。

【4】予番案滨州，后巡漕。

【5】时过万寿，公即奉命回湖北抚任。

【6】是冬，公即调任山东。

【7】廓尔喀抢掠后藏，前藏震动。

【8】特命大学士公福为大将军、瑶圃为参赞，率索伦、金川等处官兵进剿。

【9】公同予奉命办理善后事宜及销算军需。

【10】上以廓番新附，暂留予镇抚。

【11】先送福、孙二相国，今又送制军。

【12】自炉至藏凡有名大山七十二座。

答瑶圃制军《别后见寄》元韵

灯暗穹庐百感并，频倾浊酒订深盟。

忍收别泪心先醉，刚放颦眉夜又明。【1】

　　　　风定野攒哀角起，雨余山遣嫩寒生。

　　　　须知病为离愁作，铁石人禁月几更。【2】

【1】是日深谈一夜。

【2】瑶圃次日早行，予因病未能远送。

瑶圃书问客况，诗以奉答兼述寄怀

　　　　几番白楮赎骊驹，目断登仙马载途。

　　　　镇日山风送凄雨，一灯孤影坐屠苏。

　　　　遥想归旌绕乱山，山容新沐簇烟鬟。

　　　　行人云际须眉露，恍驾鸾骖拾翠还。

　　　　衔书青鸟影相望，慰我相思墨数行。

　　　　欲识近来岑寂况，为君欣染兔毫霜。

　　　　铃辕昼永足张罗，书卷盈其读又过。

　　　　野马穿窗天色暝，不妨聊遣醉颜酡。【1】

【1】禁酒已二年，到此复开。

　　　　夜气才舒晓渐融，雨余盛夏讶秋风。

　　　　宦途饶得山居意，一卷心经写易终。

　　　　闲中解识静中缘，烦恼消除即洞仙。

　　　　半亩小园围万绿，夕阳初下鸟谈禅。【1】

【1】予寓中有树，早晚鸟鸣颇佳。

　　　　山云初起电光斜，山雨欲来风气加。

　　　　一霎小楼云雨过，最高峰上落梅花。【1】

【1】雨后山顶有雪。

　　　　煞好光阴驹隙过，遒荒肯放志蹉跎。

　　　　茶香酒味摊书趣，与古为徒日唱和。

即　事

　　　　鸟声断续树扶疏，政简焚香读道书。

试问阇黎齐诵佛，可能官里得真如。

几设文房阁架经，迟迟驹隙度窗棂。
山花芳艳无名字，自择青红贮胆瓶。

晚　眺

雨过山呈色，风来树弄声。
凭栏东北望，惟有暮烟横。

西招中秋

秋空云敛玉蟾悬，塞上今宵倍可怜。
分得瓣香深拜月，藏将斗酒待留仙。[1]
山容寂寞偏宜雪[2]，沙色虚明不辨烟。
乙夜气寒惊坐久，嫦娥休笑醉贪眠。

【1】邀幕僚玩月。

【2】四山早有积雪。

闻瑶圃左调山东抚军，奉寄二首[1]

记从白楮饯归旌，相约欢逢过锦城。
时倚小楼觇凤影，昨驰一骑震鸾声。
班超幸遂瞻天愿[2]，张咏权资镇蜀名。[3]
我暂不虚东道主[4]，与公何日话平生。

【1】一惜其去，一慰其迁。

【2】已有内召之旨，尚无期日。

【3】敬斋相公旧曾督川，今再至。

【4】藏中全赖蜀中借贷。

东坡夙有惠山缘，公在山东想亦然。[1]
萱室正虞秦陇峻[2]，圣心已念鲁齐便。
令威此去如乘鹤，刘宠将行漫受钱。
安奉板舆欣禄养，蓬莱虽近胜求仙。

【1】瑶圃曾抚山东。

【2】公太夫人虞远，不肯就养四川。

梦中归过丹达之作

登山不见山，俯视列平地。

万峰攒莲花，漏泄千载秘。

天风飘旌旐，衣带湿空翠。

十四夜望月

雪峰四面蠹青天，中间无物胜白烟。

不知世界有三千，但见一轮空中悬。

问佛无语仙无缘，广寒寂寞年复年。

满浮三卮醉欲眠，明宵醒眼觑婵娟。

月夜不寐寄怀敬斋相国

分明一样月，塞上可怜宵。

冻烛侵寻炉，凄更断续敲。

相思人万里，觅醉酒三浇。

孤枕不成梦，趾离何处招。

其　二

欲画相思寄，无形落笔难。

情肠鸣白纻，心事付乌阑。

别又经新岁，春应续旧欢。

君平犹卖卜，曾否一占看。

答瑶圃惠制军《泛舟见怀》元韵

秋水明于镜，秋容淡似波。

公余寻胜迹，心旷足高歌。

红软无由践，黑甜自觉多。

感君怀旅客，情不隔山河。

答补山孙相国《泛舟见怀》元韵

十部声歌泛碧流，何如连臂听蛮讴。
魂飞万里桥西路，遮莫诸公得得游。

荡舟载酒寻常事，久滞山隈忆水隈。
胜地联吟犹念我，感余翻妒寄诗来。

甲寅初春偶成

春到西边信较迟，惊沙淡日斗风姨。
暗香月夜思游地，嫩绿烟堤记此时。
自暖浊醪酬塞火，喜凭清梦认京师。
御沟冰畔朝曦丽，生意融融到玉墀。

剩 有

剩有观书趣，开帘日又斜。
寒林容噪雀，返照送归鸦。
政简三餐愧，亲遥百感加。
从知班定远，不待老思家。

西招四时吟

莫讶春来后，寒容转似添［威倍胜前］。
小窗欣日色，大漠渺人烟。
风怒沙能语，山危雪弄权。
略应桃柳意，塞上怯争妍。[1]

【1】藏中入春，风雪转盛。

山阳四五月，嫩绿渐生生。
草老刚盈寸，花稀不识名。
开窗纨扇废，挟纩绰罗轻。[1]

树有浓阴处，都翻纴索声。【2】

【1】藏中极暖，只须棉衣，二袭扇则可永不用。

【2】藏中树木本稀，蛮家妇女无论贵贱，多于树阴（荫）连臂踏歌。

南山看雾起，雷为雨吹嘘。【1】
淡淡秋无迹，淙淙夜不虚。【2】
池塘堪浴佛【3】，稞麦渐仓储。【4】
更喜羊脂厚，厨供大嚼初。【5】

【1】注见前。

【2】所喜雨，多在夜。

【3】达赖喇嘛于七月下山，洗澡即用冷水。

【4】八月收获后，皆供商上。

【5】羊惟此时方肥，余时无油。

木炭供来日【1】，陂塘半涸冰。
草枯归牧马【2】，寒重敛飞蝇。【3】
沙渍衣多垢【4】，山童雪不凝。【5】
客游闲戏笔，真个悟三乘。

【1】例系江达外委于十月中送炭。

【2】例系羊八井放马，此时回营。

【3】藏中苍蝇极多，十月后方少。

【4】街土，上衣即垢，似有油状。缘男女溺便随处，皆有不知几百年积秽所致。

【5】冬日反无雪。

偶 吟

衙报晨昏欣鸟语【1】，日来鼓吹验僧声。
藏香氆氇闲罗致，归恐人嗤囊橐轻。

【1】早暮雀噪，不失常时。

春 夜

银缸闪闪漏迢迢，风送边声助寂寥。

残月印窗天似晓，寒鸡叫月梦偏遥。

频年客况当春甚，一味乡心易鬓凋。

莫以沐猴讥项氏，夜行衣锦笑班超。

闲 吟

锁钥西门年复年，春深闭户手韦编。

三危破酉非无意，恰喜此间无杜鹃。

插 花

三月夭桃渐吐华，斐几瓶浸一枝斜。

半开笑靥娇相向，争似销魂解语花。

小饮偶成

摒挡公事片时中，二六光阴惜转蓬。

摊饭忘传为秘诀，浇书谁道得闲功。

蛙穿凤尾音终涩[1]，食遍神仙字未通。

向夕一樽惭恶客，瓶花无语蜡灯红。

【1】予最好音，而全不能。

咏新柳

放眼舒眉半月中，此情全不领春风。

如何尽送[送尽]西征客，滞我骊驹首未东。

宿宜党却寄和太庵（存目①）

曲水古柳歌

柳老恒自烈，怪兹灵奇根。

一株互盘曲，都作虬龙蹲。

横亘百尺路，荫拂十亩园。

侧枝临清沼，渴虹势吸吞。

吁嗟乎尔材，虽巨宁无用。

不居中土来，穷番凄风寒。

月耐偃仰徒，为假佛擎幢。

幡庙庭初不，栋梁弃胡为。

乎心甘小隐，居山村古柳。

古柳似解语，我今为汝转。

一言深山穷，谷岁月久绵。

绵恬养性命，存准待□□。

玉皇召侍香，案侧下方草。

木资煦温漫，道举世重象。

教便希旃檀，香木模世尊。

曲水渡河宿巴则

左山右临河，人力开纤路。

平地不方轨，藏南咽喉固。

逾此五十里，洪波梗千步。

锁桥曳半空，鱼贯蹀躞渡。

懦夫数十守，万众徒骇顾。

拙哉唐古忒，奇险历无戍。

虽有一营官，户少非人慕。

我来二载余，设施惭未具。

所恃圣天子，太平应无怖。

过巴则山宿白地，次日至浪噶子沿海行

山高三十里，三盘始到巅。

人喘挥雨汗，马疲折藤鞭。

无树遮炎炙，有风吹衣穿。

后山积年雪，海气为之宣。

蹭蹬下山足，心放身有权。
森森目无极，天水相澄鲜。
柴窑陶器贵，其色相当然。
里言周海岸，马行四十天。
忆昔我赴援，穷日沿西边。
今际清平日，缓程恣流连。
帝力诚大矣，番氓耕凿田。
冠公虽暂借，乐意赓歌焉。

旅　夜

山远天无际，当空月半规。
马鸣行帐静，人醉夜风窥。
久客频搔首，闲情转放眉。
翻愁清梦错，错梦在家时。

宜郊道中

山行镇日厌髻山，游目初新转一湾。
石壁蠹天松点缀，羊肠盘地水潆还。
远殊栈道千重秀，也变夷途一味顽。
怪煞山神何太雅，在生应不是愚蛮。

春堆再叠前韵却寄太庵

春堆风冷讶深秋，笑我无端热［远］宦游。
剩有泉声喧毳幕，却无人迹倚危楼。
客途藉酒偏难醉，诗思凭邮不暂留。
聊托蜀笺相慰问，未能心事话从头。

江孜寓中对月

蛮楼四面像回廊，规月当中一丈方。
记得江南天井制，花香鸟语水横塘。

札什伦布公寓远望

登临忆旧游，惊度两春秋。

山水仍朝佛，年华感逝流。

一瓶花解语，数盏酒为谋。

莫谩怀乡国，途遥梦不由。

又

塔铃风动韵东丁，一派天机静室生。

山吐湿云痴作雨，水吞活石怒为声。

札什伦布对雨，适太庵和韵寄怀之作，三叠以答

山房晓雨气支秋，珍重蛮笺慰客游。

寡和阳春骄楚馆，可餐闺秀艳隋楼。

花王似受空王戒，国色端为好色留。

我本情痴饶蒜发，正防肤亦笑如头。

对雨有感[1]

能使峰岚势不分，化工权合让阴云。

平添千涧波涛吼，静扫十洲疫疠氛。

中土麦秋泽未降，边庭仲夏陇初耘。

远臣私向天曹祝，无宁〔畿辅〕先沾慰大君。

【1】时北五省少雨。

晴

湿云归未净，放出日光来。

平地流犹乱，高山雪转堆。

因缘休问佛，行止且衔杯。

挟纩开窗坐，为容眼一开。

325

不　寐

梦到绸缪恰醒时，凄更残月入罗帏。

睡情又被钟敲断，悔不多倾酒一卮。

札什伦布夕望

夕阳回返照，古殿耀金光。

层楼踞山顶，平视烟茫茫。

有树辨村墅，积涝识坡塘。

饥隼盘大漠，野鸳宿僧房。

冈洞四面起，群鸟习不翔。

我见亦已惯，矧乃卫藏伥。

日月无私照，嗟不分夏荒。

转笑见何小，大哉天苍苍。

晚　眺

山暝苍紫变，势如秦长城。

火云乍隐显，疑是野烧生。

道路尚了了，疏星一二明。

梵楼列灯火，归鸦相和鸣。

居高窥世界，信易得下情。

胡为临民者，终日醉宿醒。

江孜归，次四叠前韵却寄太庵（存目）[1]

和太庵《济咙禅师祈雨辄应志喜元韵》（存目）[2]

① 见《卫藏和声集·江孜归，次叠前韵（希斋）》，第123页。

② 见《卫藏和声集·答前韵（希斋）》，第123页。

赋得虞美人 限"愁"字（存目）①

喜雨（存目）②

旅馆独酌（存目）③

答太庵《夜雨屋漏呼童戽水》元韵

承尘夜半涌飞泉，顷刻凌波步水仙。
旄节暂为勾漏令，土泥难补女娲天。
榻间似放支祈入，屋上谁将息壤迁。
我笑阿兄睁困眼，强拈诗说野狐禅。

壬子岁春，敬斋相国率六师徂征廓尔喀，不再战而番民
降服，永为外藩。某以筹办军粮来藏。事定，随留镇抚。
见川民运饷者，流落不能旋里，捐资拨兵护送启行。其有
生计听留外，三次共得二百人。因诗以志焉（存目）④

赏心十咏（存目）⑤

与和太庵联句一首（存目）⑥

遣怀即事五律十首（存目）⑦

① 见《卫藏和声集·赋得虞美人（希斋）》，第 124 页。
② 见《卫藏和声集·喜雨（希斋）》，第 125 页。
③ 见《卫藏和声集·旅馆独酌（希斋）》，第 126 页。
④ 见《卫藏和声集·壬子岁春，敬斋相国率六师徂征廓尔喀，不再战而番民降服，永为外藩。
某以筹办军粮来藏。事定，随留镇抚。见川民运饷者，流落不能旋里，捐资拨兵护送启行。其有生计
听留外，三次共得二百人。因诗以志焉（希斋）》，第 127 页。
⑤ 见《卫藏和声集·分赋赏心十咏（希斋）》，第 131 页。
⑥ 见《卫藏和声集·旅馆小酌联句》，第 133 页。
⑦ 见《卫藏和声集·遣怀即事五律十首（希斋）》，第 136 页。

命驾未行速，柬已至。且喜且感（存目）①

闻成本家摄杭州将军篆（存目）②

联句（存目）③

和太庵《食菜叶包》元韵（存目）④

答太庵《大暑节后得食王瓜、茄子喜赋》元韵（存目）⑤

答太庵《七夕遣怀》元韵（存目）⑥

立秋日遣怀⑦

炎销青女候融融，三载安边第几功。
顾恺不妨头早白，朝云何处泣残红。
空阶滴滴催诗雨，大漠萧萧落叶风。
日暮酒阑人籁寂，秋声又起梵王宫。

答太庵《关帝庙拈香口号》元韵（存目）⑧

答太庵《中元夜感怀》元韵（存目）⑨

---

① 见《卫藏和声集·俟驾未行速，柬已至。且喜且感（希斋）》，第 138 页。
② 见《卫藏和声集·闻成本家摄杭州将军篆（希斋）》，第 138 页。
③ 见《卫藏和声集·联句（希斋　太庵）》，第 141 页。
④ 见《卫藏和声集·答前题元韵（希斋）》，第 141 页。
⑤ 见《卫藏和声集·答前韵（希斋）》，第 142 页。
⑥ 见《卫藏和声集·答前韵（希斋）》，第 145 页。
⑦ 《卫藏和声集》中此诗极个别文字与此处不同，故录。
⑧ 见《卫藏和声集·答前韵（希斋）》，第 149 页。
⑨ 见《卫藏和声集·答前韵（希斋）》，第 149 页。

答太庵《达赖喇嘛浴于罗卜岭往候起居》元韵（存目）①

太庵生日（存目）②

中秋无月（存目）③

食桃偶成（存目）④

太庵小恙顿愈，以诗见寄赋答（存目）⑤

甲寅冬仲，余奉诏东旋。留别太庵四律，
聊作骊歌一阕耳（存目）⑥

闻敬斋相国莅川寄贺

战袍才解又分符，一道苍生付上枢。
诸葛入川崇教化，汾阳在外预讦谟。
笑攀旧植甘棠树，闲拾新还合浦珠。
闻道琴书随八座，莲花幕下止监奴。

草堂门接水粼粼，二相公余选主宾。
频倒金樽花笑客，醉挥玉尘鸟窥人。
相思两地逢长夏，寤寐三生忆昨春。
最是灵犀无间阻，每随意马傍清尘。

平泉旧馆峙东厢，一度思量一断肠。

① 见《卫藏和声集·答前韵（希斋）》，第149页。
② 见《卫藏和声集·太庵生日（希斋）》，第150页。
③ 见《卫藏和声集·中秋无月（希斋）》，第151页。
④ 见《卫藏和声集·食桃偶成（希斋）》，第152页。
⑤ 见《卫藏和声集·戏答（希斋）》，第153页。
⑥ 见《卫藏和声集·甲寅冬仲（希斋）》，第157页。

下编

此日仅传交甫佩，何时重接令君香。

棋敲花落知官味，酒战灯昏觅醉乡。

昨夜梦差宜禄至，累余终日立回廊。

谁道途遥面不通，策动应录趾离功。

联情但倚游仙枕，税驾须乘列子风。

月魄流光春酒暖，花枝照眼蜡灯红。

知君念我还如我，彼此欢逢旅梦中。

夜　雨

空阶滴夜雨，干叶鸣西风。

断续漏声永，短长鸡唱同。

小窗纸渐白，残烬灯犹红。

客子遽然觉，如守三尸虫。

寄复李香林河督兼简顾元吉

故人书一纸，绝域抵千金。

忆旧回环读，浇愁浅满斟。

年华看逝水，事业付丛林。

力定怀乡国，依然少壮心。

口占（存目）①

答太庵和少宗伯自后藏见寄

磨盘开祖帐，小别又经旬。

山水迎仙驭，风光爽客身。

燕居增寂寞，邮信转因循。【1】

翻望西征辔，遄归一解鞻。

【1】盼松大，空无信。

然巴途次

插天石壁峭，二十里蚕丛。

涧水涟漪碧，山花踯躅红。

似经西蜀北，忽忆大江东。

嗟我身都历，妍媸会个中。

答徐观察《鱼通见寄》元韵二首

频年绝域理乘轺，尺五天人万里遥。

自愧凌烟初入赞，谁知充国未还朝。

离群牧马惊沙语，求友鸣鸠唤雪飘。

敢勒燕然留姓字，西方今日少因霄。

书生聚米辨河山，首虏双擒匹马还。

闲写性情杯里物，漫嗟事业镜中颜。

公休诱我为人患，我未知公见豹斑。

此后莫赓三叠曲，炉城应不减阳关。

答李剑溪《西席见贺》元韵

筹笔边庭慕五知，天恩内召恰瓜时。

怀君叠咏拾遗句，治蜀遥瞻忠武祠。

敢以旌麾鸣得意，学于民社戒非宜。

一言训吏能箴我，问政他年怯采诗。

玉门欣入历金门，半幅云笺暂足言。

数载未能陪讲席，明春满拟奉匏樽。

惭无窈窕充姬媵[1]，小有泉刀佐晚飧。

月下高歌花下饮，胜予车马日声喧。

【1】剑溪今冬赘婿。

巴塘途次

行近巴塘部，欣看春已回。

原田抽早麦，桃柳吐新核。

山渐成平远，河翻作怒豗。

江南风景好，只是少尘埃。

鱼通头道水瀑布洵为奇观。壬子春，缘有廓藩之警，匆匆未暇流连。今内召遄归，再经胜地，瞬息三年。爰题二律

瀑布千古说庐台，此论平分一脉来。

绝顶云居悬匹练，万年日月走□雷。

罡风有力吹难断，犀角无权画不开。

逝者如斯三载别，山灵应识故吾回。

银河曲涌万峰头，化作长虹下饮流。

势撼玉龙三百窟，气争金母九天秋。

虚声莫谩惊人也，实际逾能润物不。

非我浪邀传姓字，摩崖聊以记曾游。

戏题便面

只为寻春去较迟，夭桃破笑柳舒眉。

几回结伴溪头望，惟有东风扑面吹。

桃比容华柳比腰，风前婀娜不胜娇。

奴奴试凭栏杆立，彩笔丹青任画描。

盼望春来春竟来，无情翻被有情猜。

喃喃拟向东君叩，何事觉侬今日才。

艳质秾酣弱体轻，惯承色笑惯逢迎。

何妨齐向天台路，阻隔仙郎不远行。

江达寄太庵

临岐珍重语，初值塞寒新。

家计休萦虑，国恩勉致身。

只因欢会惯，乍觉别离辛。

他日蓉城畔，为公佛路尘。

邛州途次闻逆苗扰及秀山，随即带兵往剿，自破晏农苗匪，军威日震。欣喜之余，因而成咏

万里归来日，风光恰小春。

桃腮娇夜雨，柳眼觑行人。

未遂瞻依愿，适与侮慢尘。

秀山今秉钺，逆命讵三旬。

自敬斋相国剿通、松、桃后合兵一路，诗以志慰

安边返旆又论兵，虎帐欣随大将旌。

日赞军机威八面，夜谈心曲话三生。

古人信有阳春脚，今我翻承丑类情。

佛说因缘缘自在，瓣香从此重金经。

《桐华吟馆诗稿》咏藏诗

杨 揆

清代诗词类藏学汉文文献集成（一）

《桐华吟馆诗稿》，杨揆著。

杨揆（1760—1804），江苏无锡人，字同叔，号"荔裳"。乾隆四十五年（1780）南巡时召试赐举人，授内阁中书，旋以文渊阁检阅入军机处行走，从福康安预廓尔喀之役。擢甘肃布政使，调四川，累官四川布政使。以积劳卒官，赠太常寺卿。揆少与兄芳灿齐名。所作骈体文沉博绝丽，下笔千言，诗初学长庆，出塞后，异境大开，格律亦因之一变。著有《桐华吟馆诗稿》十二卷、《桐华吟馆词稿》二卷、《桐华吟馆文钞》一卷，均于嘉庆丁卯年（嘉庆十二年，1807）刊行，还著有《卫藏纪闻》等。

乾隆五十六年，廓尔喀再次入侵西藏，将后藏扎什伦布寺抢劫一空，七世班禅被迫逃往前藏。为维护祖国统一，清政府派福康安为大将军、海兰察为参赞出兵西藏，杨随福康安大军一同进藏。《桐华吟馆诗稿》中的咏藏诗即杨揆撰于进军闲暇之际的吟咏之作，"这些诗歌形象描绘了西藏的山川风物、真实记录了驱廓保藏的战斗史实"①。"杨揆是清代前期咏藏诗人中的杰出人物，他在抗击廓尔喀入侵西藏的正义战争中，作为大将军福康安的心腹幕僚，出谋划策，建立了不朽的丰功伟绩，作为诗人，他在戎马倥偬、羽檄纷飞的军务空隙，又用雄健而不失优美的诗笔描画了藏地的大好河山，精心讴歌了驱廓保藏战争之艰辛及战果之辉煌。他的诗在清代前期咏藏诗的星空中绽放出夺目的异彩，具有突出的史料价值和文学价值。"②

---

① 王金凤：《咏藏诗歌集〈桐华吟馆卫藏诗稿〉浅析》，载《青海师范大学民族师范学院学报》，2012年1期，第36页。

② 顾浙秦：《杨揆和他的〈桐华吟馆卫藏诗稿〉》，载《西藏大学学报》2005年第1期，第8页。

考清一代，《桐华吟馆诗稿》版本主要计有以下几种。

《桐华吟馆诗稿》六卷、《桐华吟馆词稿》二卷合刊本，清乾隆五十八年刻本。

《桐华吟馆诗稿》十二卷、《桐华吟馆文钞》一卷、《桐华吟馆词稿》二卷合刊本，清嘉庆十二年刻本。

《桐华吟馆诗稿二钞》，清嘉庆间刻本。

《桐华吟馆诗词稿》，江阴缪氏云轮阁钞本。

《桐华吟馆诗稿》六卷、《璎珞香龛词》一卷合刊本，清青浦王氏家塾钞本（王昶校）。

本书依清嘉庆十二年刻本为底本加以点校，卷七与卷八选录。

桐华吟馆诗稿　卷七

辛亥冬予从嘉勇公相出师卫藏，取道甘肃。时伯兄官灵州牧，适以稽查台站，驰赴湟中，取别同赋十章并□①三弟

弹指三年别，相逢却黯然。
烦君驰驿骑，慰我事戎旃。
禁旅风行速，军书火急传。
天寒听陇水，出塞正溅溅。

迢递金城路，漂零记旧游。
繻应关吏识，榻尚使君留。【1】
斜日明千嶂，寨烟暝一楼。
重来更结束，腰下带吴钩。

闻到乌斯国，遥连舍卫城。
谈空惟选佛，纵敌竟销兵。
搜括徒输币，跳梁敢悔盟。
皇威震重译，蕞尔漫纵横。

上相承方略，专征大纛开。
银刀严部伍，玉帐许趋陪。
愧未工蛮语，何能辨劫灰。
梯山兼栈谷，前路剧崔嵬。

作客身原惯，兹行学荷戈。

---

① 吴丰培《川藏游踪汇编》中为"示"。

穷荒春不到，沙碛草无多。
健翮摩苍鹘，明蹄骋紫驼。
莫持青镜照，双鬓恐先皤。

问讯频年事，官闲少是非。
高堂能健饭，稚子渐胜衣。
有禄喜堪养，无田且漫归。
惟应嗟陟屺，目断塞云飞。

未见怜子季，将离思倍加。
从兄常傍母，得妇已成家。
不习弓刀队，应登着作车。
春明期北去，我室尚京华。

临歧本仓猝，欲去强逡巡。
制泪各无语，加餐惟此身。
衣裘烦料理，僮仆勉艰辛。
才作连床梦，窗鸡又向晨。

戍鼓连营动，严程犯雪霜。
河冰朝惨白，山日暮荒黄。
风栉千丝发，轮摧九转肠。
书回须改岁，何况计归装。

此去昆仑外，犹应见贺兰。
征途苦憔悴，官阁喜团栾。
共作刀环望，频将剑铗弹。
堂前凭慰藉，莫话我行难。

【1】谓勒制府。

夜宿东科尔寺

古寺枕山麓，地僻人踪稀。
风急堕檐瓦，月寒浸门扉。

征夫深夜来，支床息饥疲。
炊薪借佛火，遮户移灵旗。
一灯照深龛，澹澹宵焰微。
枯僧瘦如腊，尘渍百衲衣。
面壁偶转侧，块独闻垒欷。
将非入定禅，疑是未解尸。
误来穴窗见，慄然粟生肌。
感叹不成寐，空槽马长嘶。

日月山

从军远行迈，言度日月山。
地势束全陇，边形控群番。
时平四夷守，设险勿置关。
旷望极原野，剩垒多萧寒。
王师从天来，负弩趋羌汗。
蛮靴缚裤褶，罗拜千声欢。
分旗驱战马，征车走班班。
宵崖冰雪悬，队队相跻攀。
返景下前谷，无风月生阑。
连嶂插枯绿，一云露微殷。
男儿重横行，心敢怯险艰，
侧耳听湟水，东流正潺潺。

青海道中

朝从青海行，暮傍青海宿。
平野浩茫茫，隆冬气何肃。
悬军通间道，万骑夸拙速。
严霜拂大旗，边声动哀角。
飞沙怒盘旋，迎面骤如雹。
时当泽腹坚，海水冱而涸。

层冰摇光晶，黯惨一片绿。

忽闻大声发，冻坼千丈玉。

中流起危峰，势可俯乔岳。

将倾未倾云，欲飞不飞瀑。

云是太古雪，压叠如靫瘃。

出没冈象形，吐纳蛟蜃毒。

西荒此巨浸，洪流所潴蓄。

卑禾百战地，秦汉尚遗镞。

萧萧古垒平，兀兀边墙蠹。

青怜风焰小，白骨苔花驳。

夜深驻戎帐，冻土遍垚堁。

冷月悬一钩，荒荒坠崖谷。

嗟哉征戍士，辛苦离乡曲。

试听青海头，烦冤鬼犹哭。

青海道中赠方葆岩前辈

莽莽黄沙外，霜花冷佩刀。

石飞风力健，山合瘴烟高。

身手原疲苶，心情正郁陶。

不知身渐远，翻惜马跪劳。

语我频年事，尊前气似虹。

将军真爱士，词客惯从戎。

铁骑萧关道，楼船大海东。

冲寒更西去，三度学弯弓。

本是无衣客，同为有母人。

千山双茧足，万里一劳薪。

荒碛月长晓，枯沙草不春。

河流随处合，那得有鱼鳞。

莫问归何日，应知到亦难。

飞书燃夜烛，凿雪事晨餐。

壮志看传箭，乡心想钓竿。

占星同起望，天际敛芒寒。

夜行多伦诺尔道中，见野烧数十里。其光烛天，荒山无人，起灭莫测，人马数惊，几至迷路。爰作长句纪之

苦月无光路深黑，万壑千岩蔓荆棘。

忽然天际红鬖□①，夜半海娇生丹霞。

此间日脚走不到，卷地还疑烛龙照，

长风惨惨沙冥冥，神焦鬼爛一炬惊。

祝融叱驭空中行，陆浑山上无其明。

熛飞焰发断复起，尽道军容合如此。

断枪折戟古战场，赤帜团团曳牛尾。

荒原火种谁所遗，吞吐恐是奇兽为。

冻云压岭烘不化，漫空五色堆琉璃。

昆仑山

绕河三匝积石雄，支辅上与昆仑通。

昆仑嵚崎出霄汉，詄荡阆阖吹回风。

灵鸧振翅巨鳌戴，周圆如削开天墉。

下浮弱水波晶晶，傍绕炎火光熊熊。

三壶五岳遥拱揖，何论太白兼崆峒。

我来陟险跨西域，绳行沙度迷遐踪。

邱陵駊騀寒翳日，冰雪岝峉高摩穹。

八隅九门渺惝恍，但觉天人灏气盘心胸。②

昔闻群真宴元圃，周穆八骏驱如龙。

渊精光碧邃而密，王母正坐琉璃宫。

---

① 吴丰培《川藏游踪汇编》中为"鬂"。

② 此处有误刻。疑应为"但觉天灏盘心胸"。

开明守户目睒□，钦原集柱毛氄氃。

沙棠琅玕不死药，凉风四至摇玲珑。

琼华紫翠倏明灭，少广自是仙灵宗。

又闻山名阿□达①，巨冢高碣营丰隆。

恒流曲折极西北，迦叶说法燃□②空。

辟支野鹿棲古苑，耆阇雕鹫撑孤蜂。

庄严妙境足供养，天魔舞罢云蓬松。

按图考索据经说，灵境咫尺非难逢。

胡为骞英走不到，远舍蓝莫遗樊桐。

捧车杳未经禹迹，荷精无自归尧封。

仙耶佛耶剧荒吻，意想仿佛欺颛蒙。

层崖嶒崒了无睹，烟灌相望殊绵濛。

元霜零零石齾齾，冻云折堕声碻礐。

或言去古千万载，天荒地老山应童。

蓬莱清浅火宅壤，琪花贝叶无乃为蒿蓬。③

心焉然疑口箝喋，欲问青鸟杳不知西东。④

我朝疆索大无外，节使到此曾支筇。

神祇受范方位定，枝流异派徒交攻。

征人自诩得巨观，奇气奔逸无牢笼。

吴门匹练莫回顾，快意且挂天山弓，

此时河水正消落，一发天际微摇溶。

马上口占

出塞才经第几程，朔风猎猎尽边声。

书生若个凌烟画，偏逐沙场老将行。

回首重城思不禁，清笳吹遍助悲吟。

---

① 吴丰培《川藏游踪汇编》中为"耨"。
② 吴丰培《川藏游踪汇编》中为"薪"。
③ 此处有误刻。疑应为"琪花贝叶为蒿蓬"。
④ 此处有误刻。疑应为"欲问青鸟杳西东"。

五千番路无村落，早夜严霜压满襟。

斧冰渐米镇长饥，马啮残刍不肯肥。
只有皂雕盘地起，更无雅雀敢西飞。

氊罽毳幪列平沙，盼到营门路转赊。
如此乱山残雪里，乡心不独为梅花。

星宿海歌[1]

平沙浩浩丕无垠，黄雾四塞长风翻。
凭高极际目眩眴，潹泱巨浸坏混元。
谁欤远佩囊与鞬，直跨地首摩天根。
十步九折愁攀援，瘴烟黯淡旟旗幡。
我闻导河出昆仑，贯纳忽兰兼赤实。
宁知一脉遐荒存，灏气磅礴相吐吞。
皇舆纪载穷垓埏，祀典崇列肸蛮尊。
陈以卤匘投牺豚，远超岳渎陵厚坤。
百泓所汇万马奔，泡泡汩汩还浑浑。
沮汝洄洑失晓昏，高泻直欲浮中原。
巨灵伸掌不敢扪，蓄束幸藉山为门。
阳鸟咮缩鳌足蹲，下穴龙蜃蛟鼍鼋。
雄哇雌唅卵育繁，欲出不出层波掀。
霜飙中夜迷征旛，众星倒景何煇煇。
车舍旛积勾陈垣，大若悬瓮小覆樽。
分野莫辨牛斗痕，有时天际生朝暾。
白毫万丈惨不温，玉龙露脊遥蜿蜒。
乃是太古坚冰嶟，汉家使者辞帝阍。
远过大夏经乌孙，枯槎安得通星源。
沐日浴月摇心魂，凿空或者乘鹏鹍。
我行陟险随戎轩，弓刀列帐千军屯。
穷冬草落山顶髡，斧冰凿雪劳炮燔。

清代诗词类藏学汉文文献集成（一）

马蹄半脱骊与骠，车轴全折辀与軏。

清角夜奏同哀猿，壮士僵立愁还辕。

何如排风驱九鲲，手握斗柄凌云骞。

下瞰大泽如盘盆，倘遇博望毋厄言。

【1】即火敦脑儿。

察罕鄂尔济道中，除夕书怀二十韵

同云四塞夜漫漫，岁容征人自趄欢。

东下河流惊脱箬，西沉嵫景惜跳丸。

壮心屼峍空提剑，瘦骨崚嶒怯据鞍。

万里只愁前路迥，千军无奈此身单。

飞沙作旋风棱直，枯草深埋雪片干。

隐隐连营飘叠鼓，潺潺坏道泻哀湍。

星垂芒角疑天近，野卷烟氛觉地宽。

客梦飘摇随甲帐，乡思迢递忆辛盘。

笛中柳色何曾见，镜里霜华正耐看。

榾柮煨炉聊代烛，饽锣充橐且加餐。

宵衾展铁侵肌冷，腊酒凝冰沁齿酸。

衔勒更愁饥马蹶，压鞯还恐卧驼寒。

唾能生玉休轻落，泪易成瑰莫暗弹。

好语但将僮仆劳，远书宁慰弟兄叹。

从来骨相真寒士，岂有心情羡热官。

回首家山增怅望，关心儿女话团栾。

粘鸡贴燕居人乐，淅剑炊矛行路难。

尚傍军门趋靺鞈，遥瞻天阙拜衣冠。

春回黍谷重调律，晓盼扶桑试扣盘。

闻道来朝共相祝，甘泉烽火报平安。

病仆吟

寒水凝皓皛，晨炊苦难饱。严霜飘缤纷，夜眠愁不温。我行既艰仆更惫，

343

仆病呻吟据鞍背。头痛身热面目顤，主人勿嗔行敢迟。张吻强欲语涕泗，交下何涟洏。仆言有母兼有儿，远行觅衣食，辛苦分所宜。身今抱病不自保，中道零落何由归切切。向中夜转侧，还纍欹好语勉。相慰爇火劝哺糜，穷途浦糜当胜医。诚信遇险应如夷，吁嗟仆兮勿苦谛。仆闻我言感更泣，蒙面横眠体盘曲。戍鼓登登晓星没，上马寒风复吹骨。

病兵吟

道旁逢老兵，颜色殊惨凄。路长官马力苦疲，徒步牵马行踌踌。破帽不盖头，敞裘不掩胫。斜风倒吹雪满领，欲诉艰辛语还哽。自言十五二十时，滇南蜀北屡出师。长年未必脱兵籍，点行复遣征乌斯。朝不得食，荷戈拓戟；暮不得息，践更行汲。天寒行汲山复深，十步九折伤人心。徘徊踯躅不能去，但恐鸟鸢啄肉来相寻。忽逢官骑一何怒，嗔汝灰颓更箠楚。令严何敢与龃龉，但闻垂首背人语："此辈当年本同伍。"

番地杂诗八首

四山欲雪边风劲，雪霰交零风转定。

山深谷转一片阴，万马萧萧失蹊径。

严寒夜碎铁□矛，着体似觉无重裘。

傍人指点向余说，此地前年丈余雪。

西来估客雪底埋，山畔皑皑作枯骨。[1]

【1】番地雪大，行旅遇者，往往人马皆没。

三更淅米争斧冰，五更哺糜糜未成。

呼僮爇火尽僵卧，仆地但听鼾齁声。

晓光荧荧露岩窦，人不得餐马无豆，

倦来枕手我亦眠，魂梦惝恍心烦煎。

回头却望昨来处，大雪正压昆仑巅。

茫茫苦雾迷沙碛，时见群番马行迹。

杀人骑劫争长雄，野性从来驯不得。

长年居逐水草移，三十九族连鸡楼。

团团列帐若网罟，此辈为人亦良苦。

不耕不织风雪中，但有牛羊与为伍。【1】

【1】三十九族番人，皆居黑帐房，不知耕织，惟以放"夹坝"为事。"夹坝"，犹言"盗"也。

层崖插空冰岝崿，攒石山腰成鄂博。

更无亭堠堪记程，莽莽西荒脱肩锁。

或言封石栖山灵，阳和不到天冥冥。

番民会识山灵意，瘗血迎神有常例。

要祝阴氛尽涤除，将军昨夜椎牛祭。【1】

【1】番地攒石成堆，名曰"鄂博"。所以分界，或言即山神所栖过者。遇大风雪，祷之辄验。

暮云卷散如奔涛，苍狸惊窜元猿号。

破空日脚尚余紫，大星历历悬岩嶅。

须臾路黑云更合，怪石迎人作人立。

遥遥却见深谷中，万枝火炬争殷红。

即之无赌远复起，知有古血凝蒿蓬。【1】

【1】夜行荒山中，所见往往如此。

瘴烟濛濛黮而恶，辟瘴无方乞灵药。

十步五步争呻吟，鬼难风灾厉于疟。

荒原萧瑟真不毛，团若馈馏浮还坳。

狂飙吹衣衣缝裂，衣带条条不能结。

仆夫蜎缩偎卧驼，晓看浓霜满须发。

诏书夜半驰急邮，三军迅发无敢留。

点行咸怯履决踵，欲语尚防舌卷喉。

宵分驻帐爇官烛，草檄千言手辄瘃。

层冰满砚烘不销，着纸秃尽中山毫。

书生有笔投未得，惭愧腰下悬银刀。

屈指元辰更元夕，马上行人多失日。

漫言弱水共西流，却讶长庚向东出。
征途如此到亦难，车轮历碌何时还。
从军苦乐本来异，险处已过心尚悸。
朝来闻语差放怀，争说前邮经佛地。

彭多河

匹马向何处，凌空度索桥。
严霜封短树，斜日冷危碉。
面岂观河皱，心缘举旆摇。
居然成聚落，烟火晚寥寥。

官军至前藏作

信说红尘外，华严世界开。
三军超乘过，千佛顶经来。
劫火维摩室，惊波船若台。
皇威真布濩，万里扫氛埃。

呈大将军福嘉勇公

徼外军书午夜来，将星又见动中台。
九重授钺先声壮，三十登坛众望推。
佩印密承宣室诏，分旗尽典羽林材。
路人争问嫖姚贵，此事专征第几回？

传闻舍卫本西方，蠢尔祆酋敢陆梁。
风动相轮飞怖鸽，星明弧矢射贪狼。
祇园偶被修罗劫，梵宇全韬舍利光。
自有收边长策在，防秋都护漫仓黄。

崑仑崖厂峭摩空，凿险兵行衽席同。
膜手齐教千佛拜，输心先使百蛮通。【1】
跻攀路探星源上，指顾人惊月窟东。

玉帐遥开刁斗肃，果然驾驭有英雄。

【1】时作木朗等部落咸愿效命。

跳荡功成拜衮时，凌烟飒爽见英姿。

楼船沧海扬帆度【1】，车骑天山跃马驰。【2】

勋望昔曾瞻独坐，威名今见压三司。【3】

更凭大力驱龙象，法界华严要护持。

【1】公曾渡台湾，平林爽文。

【2】公奉使喀什噶尔，为西域最远处。

【3】时加大将军衔。

暂驻牙旗大众欢，筹边楼上倚阑干。

中宵鼓角横戈听，绝域山川聚米看。

燃烛两行分草檄，解鞍千骑会传餐。【1】

须知上将能持重，姓氏先令贼胆寒。

【1】时调索伦劲旅，甫抵前藏。

黄封络绎御香薰，飞骑争传日夕闻。

玉佩玲珑凝湛露，琼函璀璨获祥云。【1】

登筵味自天厨锡【2】，犒士金从内帑分。【3】

珍重酬恩心更切，会收琛赍策奇勋。

【1】时蒙恩赐亲佩玉扳指、吉祥宝盒等件，宠眷特异。

【2】屡赐鹿尾、牛酥。

【3】特赏万金为犒师之费。

裤褶蛮靴结束轻，容参幕府学谈兵。

摩云远过阎浮界，计日应收的博城。

麾下偏裨皆壮士，军中礼数到书生。

骕骦感赠银蹄迅，得免长途款段行。【1】

【1】余经行青海，马力甚疲，公以所乘马予之，甫得达前藏。

回首扶桑好挂弓，扫犁深愿慰宸衷。

肯容孤兔狲三窟，自整貔貅运九攻。

伏弩连营飞硬雨，横刀斫阵卷长风。

携来秃管休轻掷，要写燕然第一功。

偶　作

偶来窗外听鸣禽，一种钩辀似故林。

人到天西已重译，不知林羽可同音。

得伯兄见寄长句依韵寄怀

穷荒三月无春色，苦傍戎轩跨西域。

朝吁暮喑空拊髀，展转劳薪几时息。

河湟握手倏改岁，别恨苍凉满胸臆。

尺书乍附邮筒来，略喜长途未填塞。

开缄珍重百回读，梦里吟边意何极。

欲将好语慰远人，不问归期相促迫。

我今踪迹逾万里，瘦骨峻嶒面黧黑。

千言磨盾本未工，一饱炊矛讵能得。

赴壑鳞看巨鱼纵，摩空翅羡饥鹰侧。

射雕真愧健儿手，缚鸡安用书生力。

牙旗玉帐清边氛，鹤剺犀渠数军实。

昨来弛檄谕蕃部，准拟长缨早擒贼。

倾巢讵敢逞枭凶，扫穴正应同鼠殛。

行间辛苦幸无恙，绝壁悬崖屡攀陟。

中天高见化人台，大地遥经羞民国。

作书回睇贺兰山，塞柳青时正相忆。

呈地穆呼图克图

地穆为达赖、班禅大弟子，有呼毕尔罕。相传一世能通经典，一世能宏法力。余于前藏往来见之，年甫十五六，长身广颡，具欢喜相。所居有小园，花木葱蒨。丈室严洁，偶忆唐贯休诗，云："得句先呈佛。"爰作诗以献云。

曾闻天外有人区，今到伽蓝访净居。

妙取烟云成供养，递参薪火悟乘除。
众生须识三涂苦，外道难观八胜虚。
倘有蒲团堪借坐，声闻常愿听钟鱼。

暇日从过祇树园，伊蒲香饭好同餐。
磨砖作镜功难就，买钵投针契自存。
花雨满檐飞怖鸽，香烟绕榻卧灵猿。
共看丈室包容大，长者争持五百幡。

万里恒河浩渺开，每愁飘堕向无雷。
却从沙度绳行处，竞脱风灾鬼难来。
过眼原知皆露电，定心何事起尘埃。
大千凭仗空王力，梵宇偏经小劫灰。

遍地谁铺布施金，宝山虽到费招寻。
不缘求福飯莲座，偶为闻香梦棘林。
许着褊衫从合掌，但归只履是初心。
当前指点无多妙，檐葡花中梵呗音。

半生烦恼几时休，随处津梁总倦游。
已到悬崖难撒手，早知彼岸合回头。
空中舍利原非相，象外摩尼讵易求。
八部天龙归竖指，只愁无力转泥牛。

漫夸慧业冠人天①，小堕阎浮亦可怜。
未必宰官能说法，更惭文字本离禅。
丰干座下曾饶舌，舍卫城中尽祖肩。
满放光明照西土，龙华高会鹫峰巅。

清明日出游，长句呈方葆岩前辈

征裘未脱寒成阵，瑟瑟边风吹短鬓。

---

① 齐代释僧祐编撰《释迦谱·序》云："体域中之尊，冠人天之秀。"

朝来闻说到清明，枝头不见催花信。
悔洽戎装事远游，绝无暇日赋登楼。
谁题锦字烦黄鹄，偶办丝鞭控紫骝。
与君同是江南客，寻芳每忆江南节。
细柳摇青护酒帘，浅莎漾碧团渔蒻。
六曲阑干十里桥，嬉春伴侣互相招。
流杯树下曾邀笛，荡桨湖头惯倚箫。
风光燕市尤堪羡，春城处处飞花片。
帘外时闻睍睆莺，梁间曾识呢喃燕。
蹀躞天街骋马蹄，如酥小雨易成泥。
绿槐覆阁铃声静，红药当阶漏点稀。
扈游更忆田盘路，交枝桃李纷无数。
照夜如明火九微，媚晴恍现云三素。
橐笔人从豹幄来，层宵一一好楼台。
闲心共理登山屐，佳约同消承露杯。
今年草草过寒食，极目萧条但荒碛。
隐约长堤露烧痕，微茫远树含风色。
百丈山头日渐晡，天涯何处听提壶。
长烟空翠遥明灭，落絮游丝乍有无。
回首欢场如转毂，关河迢递归难速。
慷壮聊为敕勒歌，凄凉谁解摩支曲。
忆事怀人总惘然，去来弹指惜韶年。
可堪藉草无人醉，且学拈花倚佛怜。

唐 柳[1]

一种灵和树，婆娑倍可怜。
根株依佛土，栽植记唐年。
照影曾临水，牵情乍禁烟。
晓风江岸上，斜日寺门前。

髡顶零秋早，空心耐火煎。

倦时休作雪，老去罢吹绵。

青眼人谁识，纤腰岁屡迁。

慈云叨荫久，甘露忝恩偏。

已断沾泥性，容参离垢禅。

昙华分妙相，贝叶订前缘。

过客刚闻笛，逢君暂寄鞭。

飘零真有憾，憔悴镇无眠。

草暗长堤路，鸦归薄暝天。

攀条思寄远，垂手重流连。

【1】在大昭前。

双忠祠　并序

　　乾隆十五年，都统傅公清、左都御史拉布敦奉命驻藏时，朱尔墨特那木札尔袭其父颇罗鼐藏王，封专藏事，多不法。

　　两公廉其叛逆有迹，密疏："请便宜从事！"旨未至，反谋益急：凡驻藏大臣一举动，辄逻侦之，禁邮递，不得通。潜结准噶尔为外援，事且不测。两公遂定密计，告其党罗卜藏达什曰："召藏王来，有旨，令议事。"朱尔墨特那木札尔以公势孤，不之疑，亦不设备。两公登楼置酒待之，止其众于楼下。引入卧室，门急阖，以刀斫之，中项而仆。从者竞前，以掊击其首，立毙。罗卜藏达什等闻格斗声，知祸发，抉窗跳，告其婿第巴喇布坦等，号召贼众，须臾麕至，积薪楼下，烈焰四起。傅公手刃数贼，身被三伤，力竭自尽。拉公亦中创死。

　　番人感两公忠烈，为祠于大昭东北，岁时香火，至今不绝。余经其地，瞻拜堂庑，谨作诗以记。

在昔蛮首狡，筹边倚重臣。

两公当发难，一死共成仁。

反侧谋先泄，包藏祸竟真。

势将遮汉使，党已构番邻。

告变空丸蜡，临危剧厝薪。

孤军悬绝域，赤手制狂鳞。
起陆机难测，称天讨合申。
当筵刀俎设，布地网罗匀。
随嗾凶渠入，传呼杀气堙。
挥戈心耿耿，衷甲服振振。
漫许轻排闼，何劳更设茵。
登楼缘觥尰，行酒乍逡巡。
仓卒无旋踵，艰虞肯顾身。
揕胸欣剸刃，溅血快沾巾。
巨寇才除猰，群奸倏聚麇。
环攻飞烈焰，骇窜起嚣尘。
竞肆豺牙厉，偏伤虿尾辛。
创深拳尚握，力尽目犹嗔。
早分埋焦土，无从叩紫宸。
衅非由敬牧[1]，功讵让甘陈。
作气山河壮，褒忠雨露均。
崇祠留异地，伟绩报明禋。
偶展椒浆奠，长留香火因。
乌斯千佛国，姓氏永嶙峋。

【1】事与后汉长史王敬、拘弥主簿秦牧诛于阗王绝相类。惟两公便宜从事，力诛叛酋，非贪功构衅也。

皮　船

刳木制为舟，利用涉水可。
大如艑与航，小或艇与舸。
驾风蒲帆扬，沿流筏缅锁。
指迷师用篙，蹑险工唤柁。
今来藏江侧，厉揭测诚叵。
洪涛砉奔翻，巨石耸砐硪。
番人夸荡舟，舟小殊眇麽。

外圆裁皮蒙，中虚截竹荷。
浅类笪可盛，欹讶筐欲籤。
着足当中央，俯身戒侧左。
形模嗤浑沌，躯壳仅蜾蠃。
傍岸任孤行，邀人只双坐。
俄惊层波掀，真拟一壶妥。
骇耳声铮拟，眩眼势嵬砢。
附毛识命轻，存鞿嗟身瘣。
相触心毋褊，群争指休堕。
微生惯江湖，到此良坎坷。
倘从鱼腹游，宁殊马革裹。
曾闻慧海航，止泛莲花朵。
彼岸幸非遥，津梁勿慵惰。

索 桥

山川阻洪流，深广讵可越。
两崖兀相望，怪石起嶵崒。
飞空架索桥，锁钮危欲绝。
曳踵窘不前，森然竖毛发。
宛宛虹舒腰，落落蛇蜕骨。
迥疑匹练铺，窄抵长绳拽。
谁遣高梯横，莫挽巨筏脱。
翻风乍飞搴，缘云更跪脆。
手怯朽索扪，足苦缩版裂。
前行不得纵，后武宁许突。
俯视逆流进，疾较飞电掣。
夭矫龙尾垂，凌乱雁齿缺。
驱鼍既难凭，驾鹊苦乏术。
挂杖心魂魂，褰裳趾兀兀。
杠非冬月成，绳岂太古结。

艰危信多端，绝险谁所设。

行矣勿回顾，中道未容辍。

侧听步虚声，长吟踏摇阕。

柱敢马卿题，驭比王尊叱。

一坠无百年，登陆股犹慄。

晓发春堆

际晓角声动，平沙万帐收。

遥瞻日东出，时见水西流。

独犬吠番堡，群鸦散驿楼。

行行荷戈去，五月尚披裘。

定　日[1]

古戍无城郭，环山抵作州。

空槽遗病马，荒陇卧牦牛。

巡垒看传箭，携粮听唱筹。

参军蛮语熟，渐解辨咿嘎。

【1】为后路屯粮处。

自宗喀赴察木，骋马疾驰。番路不计远近。薄暮抵一处，适山水骤发，溪涧阻绝，复翻山而行，为向来人迹不到之地。流沙活石，举步极艰，不能前进。下闻惊涛澎湃，骇荡心魄。僵立终夜，五更山雨卒至，衣履沾濡殆遍。因作长句纪之

朝闻官军已临贼，跃马提戈不遑食。

崇山连连起嶙峋，路转山回骇难测。

初行天际犹见星，旋讶午日悬铜钲。

有时深堑落窈冥，倾耳淅沥松涛声。

须臾斜照堕西岭，饮涧长虹黯无影。

石梁盘空类修缏，野火烧岩作虚警。

鹡鹍叫啸鼪鼯啼，迅马但觉风生蹄。
营门迢递不可期，毛发森竖心然疑。
危坡下注忽千丈，断涧惊流晚来长。
峻嶒石角大于象，岩溜春撞殷雷响。
道傍山势高刺天，太古萧瑟无人烟。
连鸡作队猿臂牵，度涧无术还升巅。
手扪峭壁势欹侧，杳杳烟萝夜深黑。
仰攀举步不盈尺，一坠百年那可得。
流沙活石齐动摇，着足无地能坚牢。
前驱壮士惨不骄，什什伍伍空连镳。
奔涛绝壑尤汹汹，俯听如闻井泉涌。
悄然以悲倏然恐，贲育能教失真勇。
四更山月光熹微，似见前路通林扉。
欲明不明星点稀，盼晓何处鸣天鸡。
星沉月落云渐上，山气森寒出丛莽。
洒空两脚飞过颡，盖头无茅眩俯仰。
平居岂识行路难，僵立中夜衣裳单。
百苦交集力已殚，但冀脱险如生还。
长征万里足忧抱，展转劳薪剧潦倒。
微躯今夕幸相保，略喜朝光吐林杪。

桐华吟馆诗稿 卷八

热索桥

热索桥高两崖耸，热索桥深万波涌。

高不容马深无舲，连臂渡涧愁生猱。

危桥横亘计以寸，阻隘能令一军顿。

将军夜半斫贼营[1]，壮士毋那飞而行。

惊湍巨石互摩戛，不用军声乱鹅鸭。

如此风波尚可壶，宁论滟滪瞿塘峡。

桥头逐队驱旌旄，回流呜咽争磨刀。

将军磨刀我磨墨，欲记此间曾杀贼。

【1】谓海超勇公。

胁布鲁

前军斫贼贼宵遁，三日烧岩尚余烬。

鼓行突下番须兵，荡决当前少坚阵。

山腰列栅抵作城，巨炮轰掣如奔霆。

危坡荦确无寸土，遗骷断骼交相撑。

沸泉出窦气蒸燠，炙手骇同饮甋熟。[1]

投鞭已溃丸泥封，饮马还防上流毒。

提戈战胜将士欢，营门鼓角催传餐。

书生佩剑胆亦壮，然烽照夜知平安。

【1】地有温泉，泻入深涧。

自胁布鲁进兵，山路奇险，有一处巨石夹立，如口翕张，隘不容马。同人戏谓之"虎牙关"

连山路窄不容步，更转山腰窄无路。
呀然巨石如张颐，锯齿森森向人怒。
延缘人傍石齿扪，石亦作势思嘴吞。
两崖无风自阴翳，枯藤郁郁盘虬根。
不知何年一石落，半壁垂藤倒缠络。
下有洪流百丈飞，摩空惊起双青鹤。
前行欲却后武来，入耳万壑松涛哀。
我愁石口呀更阖，手乏巨斧难为开。

东觉山[1]

奇峰出云复入云，招邀欲逐云中君。
冥冥线路万夫傍，仰视如昼重累人。
承之以肩挽以手，不用衔枚齐嗫口。
更无石蹬容少休，偶抚枯松暂横肘。
当空落落昼见星，天近或者星长明。
半崖濛濛复飞雨，斜日偏明雨飞处。
阴晴昼夜变幻奇，恍惚四顾心然疑。
饥鹰晾翅去矫矫，野鹿戴角来觺觺。
土花满地少行迹，千尺藤萝萦绝壁。
上头旌旆乍飘红，远处衣裳惟见白。
扶摇似觉生羽翰，足底万叠青巑岏。
天梯休快到顶易，试问几时还着地。

【1】山高径上百余里，进兵最险处也。

蚂蝗山[1]

出深虎豹薮，水深蛟蜃居。
由来山泽间，毒厉所蓄潴。

357

我行历万山，兹山更盘纡。
危磴苦曲折，烟灌交紫敷。
中途风雨来，跬步皆崎岖。
夜半憩山麓，积泞成沮洳。
有虫曰水蛭，遍地来徐徐。
湿生兼化生，聚族而相于。
宛宛始缘足，喷喷旋侵肤。
体类蠖伸屈，尾学蚕卷舒。
潜伏拟蜥蜴，游行同蝍蛆。
枵腹苦蜷缩，馋吻争嗫嚅。
丑尔形龌龊，憎尔行趑趄。
壮士按剑怒，不能斫尔躯。
虞人烈泽焚，不能歼尔徒。
践尔使糜烂，得水还蠕蠕。
啜吸偶下咽，脏肺愁尔嘴。
兀坐劳周防，偃卧益可虞。
眼耳鼻舌身，所到皆觊觎。
谁为蛙黾禁，急共螟蝗除。
尤善钉【2】马腹，嘬啮成溃疽。
可怜拳毛骒，顿作汗血驹。
尔性实饕餮，诛之不胜诛。
有客代画策，是物非难图。
不用薰牡蓣，勿烦烧蓄畲，
惟当渍盐汁，获则投诸盂。
如彼赴烛蛾，如彼游釜鱼。
縠觫如蜎缩，宛转如蚕枯。
奄然躯壳化，朝暮蜉蝣俱。
喜此筹策良，相视同揶揄。
从知辟蠹方，酸咸功用殊。
安能使朽壤，速变斥卤欤。

因思涉异域，奇诡无处无。

赤蚁或若象，元蜂或如壶。

影恐溪蜮射，声戒山魈呼。

区区蜾蠃微，伎俩非夔魖。

信宿幸无恙，焉用并力祛。

【1】番民呼其地曰"章"。遍山皆蚂蝗，能啮马至死，向来人迹罕到。

【2】去声。

马上口占

自昔看山不喜平，过奇未免戒心生。

譬如结客逢豪侠，肝胆轮囷转可惊。

雍雅道中呈方葆岩前辈

参天榕木昼阴森，飞瀑交流涧道深。

虚壑风多疑作飓，浃旬雨久苦成霖。

人经绝塞长枵腹，马到悬崖亦小心，

最是输君腰脚健，艰难差喜托同岑。

堆布木军营帐房苦雨述事

军行苦秋霖，浃旬不能止。

雨从山头来，云向山腰起。

云起雨随注，雨歇云不收。

山风入夕凉，雨脚还飕飗。

束薪不成炊，褰衣不能燎。

似此泥途中，谁掀公出淖。

四立本非壁，一椽亦非庐。

仰视良可叹，区区片瓦无。

列帐地偏仄，俨若车中藏。

郗生谁入幕，毛公终处囊。

随身倚竿木，何异傀儡场。

支板且为几，叠石聊作床。

往往坐卧处，急溜过淋浪。

苦虞黑蜧跃，远盼金乌翔。

油衣易穿漏，会着铁袮襠。

千山转馈劳，师行不宿饱。

曳踵行蹒跚，垂首色枯槁。

朝闻僮仆语，我粮亦已休。

囊橐羞罄如，升斗将谁求。

黄独未可镵，白石不堪煮。

始信索蜜人，呵呵口良苦。

蒙被暂坚卧，轣辘鸣饥肠。

将非渡漂渚，得勿来翳桑。

筹策幸不迟，画饼君莫笑。

夜唱且量沙，晨餐当减灶。

有客馈花猪，脏神梦先觉。

诘朝发空函，偏成覆蕉鹿。【1】

同人笑相顾，食籍良不诬。

料量盐菹肠，空憎羊触蔬。

盘餐虽未供，且作屠门嚼。

会待战胜归，椎牛共行酌。

萧萧首飞蓬，双双足重茧。

冒雨昨夜来，登席竟徒跣。

骨相本徒步，宁畏跋涉劳。

但恐屦齿折，兼愁屦价高。

撩衣更前行，汩汩泥没膝。

纵使履已忘，犹幸袜可结。【2】

雨久山易晦，不知日西斜。

凄迷近黄昏，但见投林雅。

昼短夜何长，压帐云幕□。

呼灯灯不来，烛烬不可得。【3】

愀然正襟坐，形影无所依。

空际闻鬼车，呼雨还群飞。

寥寥掩虚帷，沉沉转寒柝。

我辈非曹刘，何从暗中摸。

忆昨过绝巘，有马堕崖谷。

爱汝性最驯，险阻随屈曲。

百□逢一豆，长向空槽伏。

中道与汝违，使我徒踯躅。

将军真爱士，空群选骏足。

珍重载赠贻，矫矫方瞳矏。

解鞍付圉人，择地慎刍牧。

宁知作塞翁，一失不可复。

空入书生手，竟果老兵腹。【4】

何以为解嘲，焉知此非福。

一身长物无，所处亦贫悫。

入室但悬磬，出门谁假盖。

行路日以远，归思日以深。

未归且言归，共慰劳者心。

归来愿岂奢，生计良易足。

饘粥二顷田，风雨三椽屋。

【1】林西崖廉访，遣人馈花猪，猪坠崖谷，仅达空函。

【2】冒雨徒步日久，鞋底尽脱。偶得双屦，价值数金，且不易得。

【3】时灯烛俱告罄。

【4】随行止一马，过蚂蝗山堕崖而死。其马甚俊，殊可惜。大将军又贻一马，旋为索伦兵窃食。

军行粮运不继，士卒苦饥，日采包谷、南瓜、杂野草充食，感赋四律

转饷千山力易疲，经秋辛苦傍征旗。
谁收橡栗能供饱，偶掘凫茈不疗饥。
授麨几时重说饼，团沙无术可炊糜。
多惭闲①却腰间箭，合向高原学射麋。

军声三绝更三通，阻峭凭深路渐穷。
带甲已看精力惫，呼庚那便糇粮空。
肠肥莫笑餐糠籺，腹疾真愁问曲劳。[1]
柳往雪来时序晚，九重宵旰盼成功。

【1】时军中疟痢大作。

度支日费水衡钱，蒙棘披苦足不前。[1]
都尉虚名专治粟，将军列议或屯田。
风声吹堕千林叶，霜气零消万灶烟。
我本平生藜藿愿，何心食肉慕鸢肩。

【1】时用番夫转运，多半道亡失。

层崖入望势崔嵬，煮石无方剧可咍。
饮马行将摩垒返，牵羊差喜叩关来。[1]
荒畦秋老爪难摘，空铛宵寒芋未煨。
扳臂孰呼创病起，但添战骨委蒿莱。

【1】时廓尔喀已遣使诣营乞降。

廓尔喀纳降纪事

天弧星傍帅旗明，万里奇功七战成。
昨夜将军新奉诏，临边许筑受降城。[1]

【1】廓尔喀震惧军威，遣使乞降。大将军不敢专，具奏报。可，始许之。

---

① 原文为"间"，疑误，据诗意改。

隼旟虎节玉麟符，细柳营开见亚夫。

要识番人心眢慄，和门抟颡听传呼。

愿编亿兆作王臣，佛土重联香火因。

遣使输诚先诣阙，代身不用铸金人。

褫负归仁大众欢，蠢居乌牧永相安。

梯山从此敢言远，日出处瞻天可汗。

番书不与梵音通，奉诏称名上九重。

谁译华言成训诂，帐前郡椽有田恭。[1]

【1】廓尔喀自为文书，与唐古特大西天字不同，通译甚难，惟千总马廷相能深晓其辞义。

休论雕脚与穿胸，回面皆叨圣度容。

印绶好夸夷邑长，唐缯新领白狼封。[1]

【1】时封其酋长拉特纳巴都尔为廓尔喀王。

方物虔修进上台，喜看通贡到重垓。

不因地瘠求盐谷，香象渡河天马徕。[1]

【1】时进驯象、番马。

千层锦绮彩霞舒，百结流苏八景舆。

孔雀二双犀角十，居然南粤尉佗书。[1]

【1】所进有金、银、丝缎、孔雀、犀角、象牙、肉桂等物中，有番轿一，其形制特异。

殊音异节类俳倡，僸休何堪隶太常。

自是使臣辞令好，亲□槃木献三章。[1]

【1】献乐工二人，试询其所歌，大将军以为不庄，来使乃尔与。次日另制以进，歌咏圣德，颂扬极得体。

犬牙壤地莫相侵，更返华严布施金。[1]

钞掠归人尤感激，佛天重见泪盈襟。[2]

【1】所掠扎什伦布诸物悉献出。

【2】前藏噶布伦丹津班朱尔，于济咙被掠而去，至是始归。

推心置腹更何疑，秋肃春温总圣慈。

幸列要荒求内属，爻闾休后五年期。[1]

【1】廓尔喀先请三年一备职贡，大将军以其道远，令五年一贡，用示柔远

之意。

东鹣西鲽会祥符，月窟遥开益地图。

闻说同时英吉利，占云航海达皇都。[1]

【1】英吉利国在东南重洋之外，从未得通中国，兹亦遣使来贡，与廓尔喀

正同时也。

中秋夜偶成

如此清秋合举觞，可堪愁坐听更长。

劳心著梦时惊愕，远道思家转渺茫。

戍火微争星影淡，阵云低罨树声凉。

乡书欲寄真迢递，有可南归早雁翔。

回军驻济咙作

记得收边日，三军此祃牙。

危碉摧烈焰，折戟卧平沙。

下国通狼鹿，穷荒靖豕蛇。

占星盼天末，端正照归邪。

蕃部秋余暑，归途戒早寒。

朔风朝凛冽，边月夜团圆。

乍脱兵戈险，方知魂梦安。

劫灰烧不尽，废垒剩巉岏。

恩赐花翎恭纪

翩翩影丽侍臣冠，圣代从来乌纪官。

奉出云霄真翼翼，装成戎马自桓桓。

翱翔定许随风举，颜色还宜就日看。

试学山鸡争拜舞，路人休更笑号寒。

池上徘徊岁月深，奋飞无术每沉吟。
梳翎谁识嫌笼意，秃尾长怀择树心。
分向纥干成冻雀，宁期广囿作祥禽。
一番翅翮从天假，占籍真应隶羽林。

斜风摇曳锦屏舒，郑重君恩胜赐鱼。
一种氍毹堪爱惜，几回丰满待吹嘘。
簪毫归想趋鸾掖，佩剑行还逐隼旟。
闻道东南飞处好，朝班鹓侣共相于。

人似鸊鹈去复还，同时文彩见斑斑。[1]
争夸送喜凭乌鹊，特用为仪比白鹇。[2]
弱质何缘成吐绶，微生知感合衔环。
载吟朱鹭铙歌曲，奕奕影缨过万山。

【1】时户部巴君得斋同邀恩赐。

【2】余擢官侍读，五品服，例用白鹇。

喜葆岩前辈以太常少卿加三品卿衔

功名真见出兜鍪，瘦骨峻嶒万里游。
奏捷濡毫弛露布，谈边挥麈擅风流。
头衔今得同三品，足迹曾经更九州。
归去定应叨上赏，太常斋日不须忧。

甲错白

狞风怒卷边声恶，冷日无光向西落。
征人下马色死灰，重裘压肌如纸薄。
连营列帐依山椒，枯蓬满地鸣萧萧。
微茫沙径屏人迹，黯淡时见残磷飘。
中宵蒙被作僵卧，噩梦屡惊心胆破。
左魂右魄何处来，争乞巫阳招楚些。[1]

天明欲去不敢留，此身幸未埋荒邱。

回头试看昨宿处，衰草短垣堆髑髅。

【1】长四林亭。是夜梦阵亡将士无数，环乞引路。

补山相国寄惠狐裘，诗以志感

长征度绝徼，颜色日憔悴。

淫淫秋霖深，猎猎朔风厉。

浃旬走荒漠，倥偬骋归骑。

衣尘积盈寸，栉沐事俱废。

缘领虮虱多，爬搔愧腥腻。

决踵双屦穿，露肘单衫敝。

欣逢驿使来，喜极迎倒屣。

函书荷温问，解襦存古谊。

探箧得珍裘，入手吉光丽。

回思从征久，万里逾藏卫。

徒步援荆榛，枵腹耐瘴疠。

结束事轻装，遑为御冬计。

长宵枕戈卧，风雨不能蔽。

岂徒赋无衣，衾枕亦久弃。

感兹千金赠，拜赐出迢递。

严霜正纷霏，冷月光满地。

着体既蒙茸，夜寒兼当被。

宁关重狐貉，报服洵非易。

同时念旋卒，破褐袒半臂。

惊沙扑面飞，边云惨阴噎。

欲前屡后却，垂首但歔欷。

枕藉山谷间，尪瘠甘待毙。【1】

家人望生还，征衣远难寄。

锋镝与沟壑，相去亦无几。

豺狼终夜嗥，乌鸢半空唳。

中道忍弃捐，乍见辄心悸。

微躯藉轻暖，曷取告劳勋。

前途幸暄和，努力自勖厉。

甘苦那得同，揽袂转衔涕。

安能遍三军，挟广恩共记。

【1】是时天气骤寒，征士冻死于道者，不可胜计。

札什伦布

峭嵲法界试登临，一载重来祇树林。

贝叶吹香缯白氎，昙华现影散青琳。

虚无不动庄严相，钞盗偏空布施金。【1】

过眼前尘还恐怖，护持终仗帝恩深。

【1】庙经廓尔喀所掠，遗失金赀颇多。

回至前藏作

小春气候转暄和，快马平沙作队过。

贾勇三军齐脱剑，劳旋八部竟吹螺。

传来消息人天喜，话到艰难涕泪多。

怅望东归犹万里，且安行脚礼维摩。

留别惠瑶圃制府

身行一万六千里，芒鞋踏破征衫敝。

听尽金戈铁马声，惯经朔雪炎风地。

男儿不合轻兜鍪，弯弓直向天西头。

运奇漫许通三略，凿空真看隘九州。

公持玉节佩苍琥，旁行剑㯺前驱弩。

束炬幽崖苦月阴，悬绳绝壁层冰阻。

飞行突骑从天来，祅氛计日清重垓。

何期壮士环营列，却许书生抵掌陪。

将军转战威名重，短衣结束赢粮从。

六月淫霖喷若雷，千林毒雾凝如淞。
公来筹粟兼论兵，高牙往复无时停。
番人共识旌旗色，敌骑惊闻鼓角声。
王师七捷飞奉告，征人争唱思归调。
喜见降书络绎来，复看边月弯环照。
侧身东望心兢兢，饥鹰戢翼思鸢腾。
千言盾鼻书应倦，五夜刀环叩不应。
军门暇日幡然过，牛心行炙金卮大。
顾我宁为礼法拘，见公能令烦忧破。
当筵拉杂容诙调，自怜踪迹原蓬蒿。
定知疏放非关傲，不论升沉或可交。
离歌明月门前唱，久客言归转凄怆。
把盏休辞别酒深，压装更荷新诗□。
千盘蜀道郁崔嵬，迢递双旌盼早回。
我过浣花溪上拜，西川节度总怜才。

作《廓尔喀纪功碑铭》成偶赋一绝

玉勒雕鞍金仆姑，纷纷名姓上麟图。
他年倘有词人到，能访寒陵片石无。

军事告竣从西藏言旋，率成四首

归期休更怨因循，送过严寒又好春。
如此斜阳边草外，登楼还有未归人。

独立风前叩剑镮，征衣着破竟生还。
纪行诗里无他语，只写中华以外山。

冲风晓发见星餐，峭壁悬崖路大难。
犹恐高堂频念远，题书反复报平安。

回头往事转心惊，万里关山匹马行。
一十八回明月照，这番方照到归程。

渡藏江

昔渡藏江来，今渡藏江去。

江流逐归心，日夜向东注。

临岐转惆怅，经岁此留住。

浮屠三宿缘，何日是归处。

回首盼华严，天花散如雨。[1]

尘根殊未净，初地宁易遇。

弹指去来今，羁怀共谁语。

【1】是日大雪。

禄马岭[1]

层冰何峥嵘，峭壁立千丈。

集霰初濛濛，俄惊雪如掌。

延缘苦颠踬，推挽失依仗。

徒侣皆睅眙，呼声应岩响。

艰难到绝顶，俯瞰弥震荡。

凌风一振衣，十指若槌强。

所幸趋归程，鼓气能勇上。

地险心则夷，毋为惮劳攘。

【1】在藏东，属江达汛。

边　坝[1]

山路缭而曲，断涧流溅溅。

隔烟闻暮钟，襆被投阇黎。

小步纵远目，四垂天幕低。

挐云击苍鹘，窜穴惊妖狸。

番人为我言，此地傍海涯。

往往见怪物，喷涛斗鲸鲵。

森然锯牙齿，马首而牛蹄。

白光莹如炬，戴角双觺觺。

出没致风雨，鼓浪山与齐。

所言信非妄，毋乃是水犀。

稽古辨其族，本出西南夷。

谁能刺坚革，长剑空手提。

【1】一名"达隆宗"，在拉里东南。

鲁工喇【1】

棱棱耸石角，设险抵剑门。

雪霰零其巅，草木不肯蕃。

径仄复斜注，仅有屐迹存。

冰柱森槎丫，袖手莫敢扪。

愿借九火铄，畀以一炬燔。

度使穷谷底，飞灰转春温。

此志宁易遂，徒与愚公论。

拄杖三叹息，谁为收惊魂。

【1】属达隆宗。

丹达山【1】

昔闻兹山奇，绝险今始遘。

玉龙作之而，势欲与天斗。

连峰排岝崿，寒色逼金宿。

突兀穷荒中，阳和不能透。

想当鸿蒙辟，钜手出极构。

石棱间缺啮，嵌空琢冰甃。

一片玻璃光，千斛琼屑糅。

阴风中怒号，虚响沸岩窦。

行旅惨不前，十步九颠覆。

勇上未盈尺，陡落千丈溜。

踯躅马脱蹄，毰毸鸟缩咮。

有时朝日开，如慰绡縠皱。

晴光相激射，到眼胥眩瞀。

我寻西荒经，险阻亦既觏。

信知九州遥，岂为五岳囿。

何图归程急，到此空引脰。

人言山之神，灵爽兹妥侑。

阴霾变倏忽，窈冥失旦昼。

来从万玉妃，旋转飘缟袖。

筑雪如作城，森寒巨灵守。

时虞长围压，谁敢孤军逗。

狂飙一倒吹，万牛尽回首。

往往昏黑中，不复辨崖岫。

倏见神灯迎，出险相引救。

我行日亭午，千洞鸣玉漱。

幸值气暄和，谓为神所佑。

心怯卦习坎，事喜象遇姤。

整衣拜丛祠，兼以村酒酎。

视秩少桓圭，升香无玉豆。

作诗志兹行，用当神弦奏。

【1】路径奇险，上有雪城山神。屡著灵异，奏列祀典。

瓦合山[1]

连峰百余里，溪涧互萦抱。

拾级身渐高，横空断飞鸟。

晶莹太古雪，山骨瘦而槁。

浩浩驱长风，扑面利如爪。

为怯度岭迟，预属戒途早。

悬崖月魄青，堕壑灯焰小。

盘盘巨石蹲，落落枯松倒。

状疑狮鬣髯，势若龙夭矫。

足疲苦蹩躠，目眩失窈窱。

问程无来踪，记里少立表。

山厂屋数椽，倾侧短垣缭。

于此置急邮，轻骑驰间道。

重烦驿吏迎，好语问寒燠。

饥肠任粗粝，羸马恋刍藁。

少憩难久留，憧憧寸心扰。

乍见晴光来，午日露分秒。

积阴所酝酿，惨淡失昏晓。

疾下缘坡陀，百折路逾拗。

山灵大狡狯，刻画弄神巧。

本来绝攀跻，谁使强登眺。

俯仰叹劳人，顺鬓此中老。

【1】在类五齐西南，属乍丫汛。凡番地山之险峻者，以丹达、瓦合为最。

黎树山[1]

山灵不容人，作势有余怒。

但闻人声喧，飞雹疾如弩。

徒御宿相戒，毋敢试芥卤。

攀援乍升巅，屏息视步武。

俄焉云蓬蓬，礌硪半崖吐。

骤倾万斛珠，殷空杂钲鼓。

蜥蜴纷闪尸，破石肆飞舞。

羯来偶假道，恶剧亦何苦。

倏忽过前峰，晴曦正卓午。

【1】属昂地汛。每行旅经过，辄有冰雹。

嘉玉桥[1]

悄悄日西下，溅溅水东流。

倦客暮投宿，凄然生远愁。

仄径俯深壑，双崖夹寒湫。

横空驾飞梁，蹴浪惊潜虬。

淡月一回照，千峰影如浮。

山重水更复，归路何其修。

【1】属察木多。

巴　塘[1]

巴塘气候暖，入夏见新绿。

绕涧繁杂花，列岫荫嘉木。

征裘渐可脱，旅食供野蔌。

解鞍许暂留，失喜到童仆。

乍看鸟登巢，翻讶人居屋。

窗楹颇清洁，开牖面层麓。

朝光明滉漾，负暄使心足。

诘旦将前途，能毋恋三宿。

【1】时驻土官司寨。

奔叉木[1]

剿天起叠嶂，寄石皆倒生。

瘦削类东笋，植根缘青冥。

飞瀑相交流，斜照半壁明。

长风嘘万窍，窣窣驱云行。

棲岩饥鹳斗，饮涧雌蜺横。

轩然列屏障，粉本如天成。

荆关笔不到，奇秀徒峥嵘。

欲去更回顾，言将补《山经》。

【1】距巴塘四十里，气候极寒，与巴塘迥别。

竹巴笼[1]

湛湛长江横，惊涛怒喷涌。

谁施泄障功，颓岸森欲动。

临流日将暮，俯视心骨悚。

蒙皮制作舟，颠簸势汹汹。

衔石未能塞，囊沙宁可壅。

披发学狂夫，竞渡贾余勇。

生还信徼幸，遇险仍震恐。

屈指多畏途，何时许息踵。

【1】属巴塘。由此渡金沙江，水势甚大，番人以皮船济渡。

里 塘【1】

边草无春姿，边云无霁色。

原野渺冥冥，长空郁深黑。

万山迭奔辏，到此势暂辟。

其水尚流沙，厥土未宜麦。

番性矫不驯，驰骑岸虎帻。

终年事剽掠，雄长角以力。

王师唱凯来，群慝且潜匿。

伏莽终可虞，倾耳防鸣镝。

【1】其地多"夹坝"，行旅苦之。

高日寺山【1】

言过里塘来，山势渐趋下。

拔地起巉岩，犹足匹嵩华。

冈峦起还伏，时节春徂夏。

绝壑声琮琤，冬冰未全化。

却从深雪底，时见花朵亚。

莹白冒殷红，被径足娇姹。

登陟忘险艰，奇境天所借。

指点祝晚晴，斜阳漏云罅。

【1】在里塘东北。

折多山[1]

层坡走逶迤，乍喜断冰雪。

得得马蹄轻，线路任旋折。

天时寒暖异，地势中外别。

却顾来程遥，千岭争凹凸。

苍苍暮云横，澹澹空烟灭。

饱经穷荒道，视此培塿列。

慎勿忘戒心，犹虞踬于垤。

【1】自前藏至打箭炉，相传有大山七十二，到此进口矣。

飞越岭[1]

沈黎古边郡，颇觉山水恶。

凌晨过清溪，迎面耸崖崿。

元和置县废，遗址失城郭。

岢然峻岭存，拔地上寥廓。

艰危扳石磴，百折势磅礴。

阴霾惨冥冥，蜚廉肆威虐。

囚涧伏蛟蜃，腾空断雕鹗。

苕亭见邛崃，修坂天际落。

蝮蛇何蓁蓁，吐瘴昏旦错。

毒厉能中人，奚敢试徒搏。

其巅尤峻嶒，虹栋构飞阁。

莽莽控番夷，天然设扃钥。

西陲倚屏障，造化非苟作。

险可一夫守，隘岂五丁凿。

经春霜威严，不夜磷火爝。

从灌走魑魅，穿岫啸猿玃。

平生跳荡心，顾盼成骇愕。

着足借蟠藤，扪手怯朽索。

我欲图真形，放笔写岩壑。

缥缈无端倪，方壶定惭怍。

【1】属清溪县。

跋①

方伯卓荦天人流，坤舆历偏轻九州。

筹边只今玉垒外，参军忆惜青海头。

青海迢迢三万里，分野天文聊井鬼。

吐蕃部落偏河湟，一线中分藏江水。

藏江水碧澄玻璃，卑禾地界西南夷。

班禅达赖彼所敬，琳宫直接河源西。

本朝幅员迈前古，国初早定遐方土。

恭绎仁皇御制文，扫荡邪魔仗神武。

小丑无端肆陆梁，修罗戈甲敢猖狂。

只闻劫火销金地，不见天龙护法王。

梵书呼求皇心怒，轮台地重增兵戍。

河魁玉帐出甘凉，上公秉钺西征去。

书剑从容绝域行，君时奉命许随征。

暂辞粉署风流也，去听金戈激荡声。

沙度绳行尽□历，盾鼻磨冰晨草檄。

北望伊犁有断云，茫茫一线通戈壁。

此地从来最苦寒，千年古雪玉龙蟠。

怒江水恶皮船渡，热索桥高铁马盘。

月中刁斗闻传箭，上将天威申七战。

有诏辕门许受降，捷书夜奏南薰殿。

几番慷慨看吴钩，阅尽风霜老敝裘。

---

① 此为陈文述诗，原无标题，编者为区别而加。陈文述（1771—1843），初名文杰，字谱香，又字隽甫、云伯、英白，后改名文述，别号"元龙""退庵"等，又号"莲可居士"等，钱塘（今浙江省杭州市）人。嘉庆时举人，官昭文、全椒等知县。诗作博雅绮丽，在京师与杨芳灿齐名，时称"杨陈"。著有《碧城诗馆诗钞》《颐道堂集》等。

一夜黄封弛驿骑，貂蝉真见出兜鍪。

雪山崖石横天半，大笔淋漓虹气贯。

写到燕然第一功，古来多少英雄羡。

我闻此地古西羌，赞普和亲说李唐。

九曲河西赐汤沐，金城怅别凤池乡。

遗迹于今留大诏，当年杨柳空凭吊。

读到联盟甥舅碑，奉春遗智真谌笑。

亦有军中休暇期，登临投赠漫留题。

凭将辛苦三年事，写入苍凉百首诗。

山峙昆仑海星宿，落日大旗闻鼓角。

断戈折戟未全消，战绩依稀记年岳。

十曲黄人奏凯旋，金瓶从此靖西天。

只怜战渭埋荒草，愁绝招魂《路引篇》。

去从后藏归前藏，中土西陲尚东望。

战地生还亦偶然，短衣孤剑偏神王。

频年秦蜀未休兵，君作屏燕在绵屏。

闻道红旗催报捷，应销金甲劝春耕。

君家大谢才犹大[1]，吟诗爱学西昆派。

也曾百战障孤城，中朝人物应称最。

新诗如此古无人，西望峨岷隔栈云。

当作□□□□诵，贝多叶写佛香熏。

嘉庆癸亥闰春，下浣钱塘陈文述题于都门宣南寓舍并校字。

【1】谓□□农□。

《白华诗钞》咏藏诗

吴省钦

吴省钦（1729—1803），字冲之，号"白华"，江苏南汇（今上海市浦东新区）人。乾隆二十八年（1763）进士，由编修累迁左都御史。

乾隆二十二高宗年南巡，召试省钦，钦赐举人，授内阁中书。二十八年中进士，改庶吉士，授编修。大考一等，擢侍读学士，历都察院左都御史，嘉庆四年（1799）罢归。省钦七典乡闱，四督学政，为同考官者三，为副总裁者一，荣遇罕比。在都时，购地置松江义冢，葬同乡旅榇者。吴省钦归田后，复置义冢，举办掩埋。设与善堂，舍棺施药，待亲故皆有恩谊。初以无子，嗣弟省兰子为后。年七十二，生子敬沐，成童即补诸生，卒年仅十八。

嘉庆初，白莲教起义。秀水王昙（仲瞿）诡称能作"掌心雷"，省钦荐之，以诞妄夺职。吴省钦同弟弟吴省兰同为和□的老师。因和□精通满、汉、蒙古、西藏四种语言，更通读四书五经，深得老师吴省钦、吴省兰喜爱。

吴省钦卒七十五，墓在松江府西白洋滩。工诗文，其诗初学渔洋、竹□，后自辟蹊径，有《白华前稿》（六十卷）、《白华后稿》（四十卷）及《白华诗钞》，另自撰《吴省钦年谱》（一卷）。

《白华诗钞》清代版本众多，主要计有以下几种。

《白华诗钞》十三卷，清刻本，《续修四库全书》本。

《白华诗钞》（不分卷），清光绪间刻本，今藏湖南省图书馆。

《白华诗钞》，清刻本，今藏国家图书馆。

《白华入蜀文钞》五卷，附《白华诗钞》十三卷，清刻本，今藏青海省图书馆。

《白华诗钞》四卷，清道光间成都学署刻本。

《白华诗钞》五卷，清刻本，今藏浙江大学图书馆。

今藏湖南省图书馆清光绪间刻本《白华诗钞》，凡分五册，不分卷，无序跋，封面和正文均题为《白华诗钞》，但第一册目录处题为《白华入蜀诗钞》，不知何故。我们以此为底本，辑录吴省钦入蜀时，由邛州至宁远府途中邛州至清溪一节所作诗咏，录于《白华诗钞》册二《剑外集》。另附咏藏物诗数首，录于《白华诗钞》册三《学舍集》。

白华诗钞 剑外集

发邛州宿百丈驿【1】

日出城鸟飞，喜色动徒御。

渐移画堞阴，遂截彩舟渡。

流泉浸良苗，淡烟隐远树。

颇觉所历高，罢饭大塘戍。

前峰知几重，点点引凉鹭。

复翠生柴扉，孤青下松路。

废县虽不存，孤馆幸如故。

亭亭绿曲屏，座后作环护。

江南一发山，僧绍渺何处？

箛鼓且勿喧，迢迢梦归去。

【1】驿后有栖霞山。

金鸡关

大鸡何昂然，高戴大蒙顶。

我循蒙麓行，彼雌伏其影。

不飞复不鸣，金距为谁猛？

岂知乘橇人，旅平费咨儆。

厥背田可犁，厥胔路能梗。

守关才一夫，老瘦目微眚。

语我行巂南，绝险推相岭。

羲娥半晌晴，杉桧六月冷。

顾此如鷇雏，双耸请徐秉。

险夷遇有常，在心岂在境。

慎毋怯小敌，盍且视平等。

嗟哉折臂翁，浩歌忘酸哽。

下望蒙阳城，一环潆烟井。

蔡　山[1]

昨发百丈驿，遥见周公山。

争长惟大蒙，西东耸两鬟。

何年凿混沌，界以江势潺。

高低缭千堞，左右萦七盘。[2]

堂堂武乡侯，在昔劳驻鞍。

周情与孔梦，寤寐仪心颜。

自来伊吕俦，岂屑萧曹班。

伏弩示神授，缺胝歌生还。

所嗟冲幼姿，晚节终昏孱。

要其作庙初，降鉴惊百蛮。

羌髳誓牧野，公亦殷恫瘝。

欲语戒轻吐，下有龙穴蟠。

【1】今名"周公山"。

【2】名山。

平羌渡望铁索桥

平羌江口浪花恶，我之渡江竹箄掠。

从船则危桥则安，指点桥头板橐橐。

优游掉臂同石矴，熙攘摩肩胜木杓。

箄夫笑我言大夸，险艰如斯逾架阁。

有刚百炼柔绕指，纷锁交钩亘蛸蠖。

一丝袅袅百丈牵，双杙丁丁两崖削。

枯桩瘦铁相撑扶，如胻在背胫在脚。

版之被铁才一重，不横而纵罅历落。

下编

几人窘步争捷径，作队踉跄似□玃。

足所未到腰已软，摇扬风旌了无薄。

四顾绝岸先彷徨，下瞰澄潭尤错愕。

前年负戴过者多，十条索截七条索。

千夫瞪视惨呼汹，白日青天喂鲛鳄。

而我闻言起三叹，夷险信天倍宽绰。

古称州域置绳桥，人说星文应井络。

唐蒙发率马卿谕，汉代沈黎遂名笮。

连峰蔽日阴檀栾，绕郭含烟乡膈膊。

我侪题柱志未颓，尔辈成梁庇谁托。

使节还须泸水行，庙谟那数灵山拓。

呜乎安得此索飞[1]，加颈银铛二酋缚。①

【1】度刮耳崖。

雅安使院杂题

三面沧江一面山，山城两戒控诸蛮。
谁知饟馈军装外，多少青袍迓北关。

锁院新营近泮宫，百金谁买小玲珑。
推窗细数朝曦影，偏似平羌水向东。[1]

【1】院斋东北向。

蕉红蓼紫水添瓶，只欠龙观[1]一角青。
忽听阁铃墙外语，几时借作看山亭。

【1】山名。

如睡烟鬟枕月心，半迎朝霁半含阴。
峰巅百顷平于掌，未许樵耕借径侵。

盲风冻雨昨消除，藤箸连权丙穴鱼。
却记青衣桥上过，几曾撒网见村渔。

暮暮朝朝白苎衣，掠檐蝙蝠到偏稀。
扑来漫道蜻蜓小，此是花蚊作队飞。

木桃花与海棠同，结子曾教赚獠童。
馋杀林禽酥样软，搓来也似佛唇红。

罪言才气紫薇称，亲把阿房示武陵。
为报虎头更凝绝，恶诗重与夜挑灯。[1]

【1】昨和凝台四诗，寄示晴沙。顷见报，云：病中。挑灯读之霍然起坐。

雅州得补山学使贵阳书却寄

君按黔中我蜀中，当年荡节往来同。
犬能吠日情多怪，驴解鸣山技易穷。
敢比江湖怀魏阙，故应邹鲁变夷风。
青青不及筇枝影，一路阴连贵竹东。

铜壁岩岩瘴雾昏，短裘身裹待招魂。
已无堠烟惊诸吏，薄有涓埃动至尊。
卫妇下车言未敢，楚人洴绕价休谕。
只怜解粽金盘会，为殓荆钗返玉门。

犛牛徼外对床难，远问传来强自宽。
一字尽能关痛痒，几人曾与念饥寒。
征夫病夫团圆梦，嫁女婚男黯淡看。
话到隔墙居住好，喜心多遣泪痕干。

羁縻古郡穴窥蜓，三道悬军问不庭。
新驿细筹诸葛笔，雄关遍勒孟阳铭。
橐垂烂颗沙漂白，梯突危碉发缭青。
惭愧枝官闲袖手，棺阴榴火锁深厅。

雨抵荣经

竹雾沈冥石蹬遥，棕榈叶暗接芭蕉。

楚人聚落空严道，汉相威名始孟桥。
峰势极天围古障，涧声终夜打秋潮。
来朝走马关山阻，欲醉芳樽意已消。

过大小关山

关上复有关，山上复有山。
关山陡上更，无下一下百。
□增屏颜初，如螺旋后蛇。
蜕步步纡折，腰弯环粗者。
为砂大者石，石涧阴森卧。
蛟脊晴天白，日轰怒雷乱。
洒飞湍打行，客林虚箐密。
熊虎骄畏险，不我争秋毫。
危峰压人面，休仰飒沥愁。
煞阴风摇野，店苍凉傍荒。
戍歇马店前，倚枯树山家。
却指相公岭，关山是平路。①

大相岭

既拜丞相祠，遂陟丞相岭。
祠荒岭更荒，石笋怒交迸。
一鞭虱其间，尺寸靳移影。
碎石轧马蹄，危栈堕人顶。
所喜身历高，下方瞰智井。
蓬蓬铺白云，万古混溟涬。
得母龙与蛇，嘘气蔽曦景。
蛰物忌阳灵，鼓角响斯屏。
当时景川候，只手凿顽犷。

---

① 原刻"如此关山是平路"。

为德苦不终，鳖行命须并。

不知未凿初，丞相辔焉秉。

时清睑自夷，世乱坦皆梗。

我亦渡泸人，吟成越罗冷。

清　溪

仆马盘云下，邛人杂笮人。

孤城浮薜荔，数口托蒸薪。

瘴远山仍合，泉枯□未匀。

阑风吹到晓，百里剧清贫。

白鸡关[1]

吉甫真雅材，穆如被弦诵。

云何疑掇蜂，有子隐衔痛。

兹土周髳人，风教阻愚蠢。

凄凉履霜操，倾耳听谁共。

庙貌俨降灵，关名误起讼，

白鸡暗无声，今古罕折衷。

翻疑猓夷俗，诅盟为援重。

十姨诗老讹，百牛圣门哄。

要知纯孝心，惨惨格有众。

拜罢登笋舆，下关如入瓮。

【1】关上有伯奇庙，俗讹为"白鸡"。

大渡河

南条尊大江，木塔溯戎徼。

滥觞非自岷，特以禹功导。

平羌首效职，直下卷飞瀑。

是川不受成，突起势雄怓。

蚴蟉青龙尾，矫然作东掉。

寻源在土番，到此极票姚。
虽亦归夔门，其利溥黎徼。
竭来万工坡，牲醴冀神劳。
绝壑戒舟航，县流戍旒蘽。
大泽徙龙蛇，深山迁虎豹。
如何画斧人，断渡弃南诏。
智乃逊韦皋，积弱可先料。
击楫歌慨慷，何时计鱼钓。

白华诗钞 学舍集

藏　枣

核物备五宜，来来着标格。

藏产推果珍，楛皮【1】裹成腊。

小者扶寸余，黏腻不容擘。

大者指数围，恬澹不容醋。

如瓜虽未能，入药真足惜。

大荒处极西，厥汗受符册。

觅种盈万栽，有皖挂林隙。

晕紫攒鳞鳞，皱红披的的。

采经乌拉【2】驮，饱同囊宋【3】吃。

其核尤出奇，无复仁可获。

仳离两已背，浑沌一爻画。

齿之若槟榔，生涩介喉嗌。

以彼寒苦地，乃集甘温益。

句胪传唱人，练气秘服食。

繄余屡病身，内景滞胸膈。

筐倾坐难致，竿打路偏隔。

想象西南番，万里献心赤。

一笑检农书，帘影枣花北。

【1】番纸名。

【2】番语，牲畜。

【3】番语，庶子出家者

榕巢观察自徽外贻五加皮，反其诗意答之

蕃土宜五加，采采抉荒碛。

使君悯民病，作诗寄心恻。

一把朝见遗，通体费爬剔。

所取翻在皮，彼皮壮吾力。

医流及道流，秘义演前籍。

作酿香醰醰，金玉贱不直。

是名文章草，谯侯证诠释。

亦名白刺颠，方言蜀人识。

原野纷提筐，为利逊稑麦。

末重农易伤，产奇吏斯蚀。

而我持论殊，亭徼山涤涤。

坚苍入草木，谷实久寒瘠。

以彼不毛地，苦此资民食。

大法占小廉，岂至患共忆。

江河发源处，叶叶告蕃殖。

受者登麹方，掘者免菜色。

俭堂观察自郎驮曼陀寺寄题拙刻

奏赋忝通籍，作诗从弱龄。

随作手随弃，囊锦长漂零。

昨行剑南道，栈石驱玲珃。

喟焉感鱼鸟，各爱鳞与翎。

吟成付抄写，要岂谋杀青。

墨板夸益州，唐末垂模型。

十笺既傅印，了了砭朋丁。

陆郎[1]苦相劝，雕刷喧都亭。

工纸顿粗劣，百蠢无一灵。

封题寄夷徼，佛火宵荧荧。

洒将曼陀雨，落笔开丹棂。

君诗数千首，哀玉编珑玲。

近成北征集，掩耳惊飞霆。

会当绣蛮布，何止藏禅扃。

我为和凝符，君为楼护鲭。

谁为主客图，一啸天光冥。

【1】赤南。

藏　香

薰笼媚闺情，炷炉诵佛号。

香市喧蜀都，却被海南笑。

谓乏龙脑珍，兼逊鹧斑耀。

下驷安可充，先韦幸无躁。

尸陀林各天，西藏直西徼。

唾弃南北宗，贴耳奉黄教。

吹螺响呜呜，转幡影浩浩。

正法如日悬，一气大感召。

甘松及珠贝，百炼入铠铫。

捣为元霜精，搓作金管貌。

星星微火来，烟篆四腾掉。

其臭淡无言，其烛光有曜。

重帷闭少时，融液透百窍。

辟邪具神通，那必数医疗。

方今威德宏，神僧契元照。

重舌赴东土，焚顶秘虔告。

区区登贡余，惹衣记廊庙。

使臣荷分致，羌情验欢叫。

束香同束刍，价压万蹄嗷。

郑重烧博山，心清远闻妙。

后 记

2014 年 9 月 9 日，习近平总书记在视察北师大时，曾说：我很不赞成把古代经典的诗词和散文从课本中去掉，"去中国化"是很悲哀的。应该把这些经典嵌在学生的脑子里，成为中华民族的文化基因。2019 年 9 月 27 日，在全国民族团结进步表彰大会上，习近平总书记又发表了重要讲话，指出："中华文化是各民族文化的集大成。我国各民族创作了《诗经》、《楚辞》、汉赋、唐诗、宋词、元曲、明清小说等伟大作品，传承了格萨尔王、玛纳斯、江格尔等震撼人心的伟大史诗。"对于中国古代诗歌在中华历史与文明中的贡献，习近平总书记给予了高度的评价。

在政协甘孜藏族自治州第十四届委员会以及雷建平主席、曲梅副主席、原副主席蒋秀英同志的大力支持下，近年来，甘孜州政协文化文史和学习委员会积极与电子科技大学、四川文化艺术学院等高校，以及中国非物质文化遗产研究院、区域文化研究中心、康巴文化研究中心等高校科研机构合作，从 2014 年开始，持续开展了以康巴地区为中心的文史调查、整理与研究工作，先后开展了"康巴藏族传统村落文史资料调查""川藏茶马古道文史资料调查"等重大项目，成果较多，先后公开出版了《扎坝藏族文史调查与研究辑要》《茶马古道"锅庄"文史调查与研究辑要》《打箭炉志书点校》等专著。图书出版后，受到全国政协文化文史和学习委员会及四川省政协文化文史和学习委员会的高度评价。

本书是政协甘孜藏族自治州第十四届委员会与以上合作机构开展的"川藏茶马古道文史资料调查"项目的又一重要成果，是贯彻与落实习近平新时代中国特色社会主义思想中"文化建设"思想以及新时代党的治藏方略的具体行动；是落实与践行习近平总书记在中央第七次西藏工作座谈会中"挖掘、整理、宣传西藏自古以来各民族交往交流交融的历史事实，引导各族群众看到民族的走向和未来，深刻认识到中华民族是命运共同体，促进各民族交往交流交融"重要讲话精神的具体行动。

"诗言志，歌永言，声依永，律和声。"在中华传统优秀文化中，诗词类的文学创作体裁历史悠久、内容丰富，深刻影响了中华文明的发展进程，对塑造中国人独特的审美情趣产生了重要的影响。从古至今，诗歌伴随着历朝历代的沧桑起伏，伴随着中国人的日常生活与情感抒怀。从《诗经》的"诗史合一"到王摩诘的"诗画合一"；从子美的现实主义记录到太白的浪漫主义豪情，中国古代的诗歌用精美的文言诗藻和精巧的艺术结构，层垒出浩瀚而磅礴的艺术殿堂，灿若群星，延如银河。

清代是我国统一多民族国家巩固和发展的重要时期。随着清政府对康藏地区行政管理的加强与影响力空前的深入，藏汉民族之间政治、经济与文化的交流日趋频繁和密切。有清一代，诗词类藏学汉文文献（又俗称"咏藏诗"）蔚为大观，几近历代同类作品数量与质量之巅峰。咏藏诗作为明清盛行的"乡土词"（乡土竹枝词）的一种特殊类别，在坚守诗歌创作文学规范的原则上，其体式、题材与创作手法有不少新变化，趋于世俗化、民俗化与方志化的发展态势日益明显。故而近年来，原本认为只是单纯文学作品的咏藏诗词，受到跨学界越来越多的重视与关注，其独特的历史、民族与民俗学价值也在研究与挖掘中日趋丰富。我们组织选编与出版《清代诗词类藏学汉文文献集成》，一为"存史"，旨在系统整理清代诗词类藏学汉文文献，古为今用，让过去的古文献"活起来"；二为系统搜集清代各民族在康藏大地团结奋进、共铸"中华民族命运共同体"的文学资料，以期"资政、团结、育人"。我们认为，本书有以下较为突出的特点。

第一，全。国内对清代诗词类藏学汉文文献的整理工作（影印除外），较之其他类藏学汉文文献，客观而言，一直滞后。为数不多的出版物，基本上都是选编本，即使对于其中任何一位作者而言，也难以观其全貌。加上编者取舍各有标准，故呈散漫与残碎。本书为"清代诗词类藏学汉文文献集成"工作的首期成果，上编为专事咏藏的诗词专著，全本全录；下编为个人集中的咏藏诗词，全编选录。本册共收录 14 部 20 卷清代咏藏诗词集，其中上编 6 部 7 卷、下编 8 部 13 卷。

第二，新。本书系统收编的"咏藏诗"，90％以上为国内首次整理与点校。对于其中部分已点校作品，作者以清本为底本，再次进行了勘误与修订。这些足以代表目前国内清代诗词类藏学汉文文献整理与研究的最新成果。

第三，严。本书乃清代诗词类藏学汉文文献整理工作成果，多数以清代刻本为底本，逐一点校。对于刻本中有引用或转录他人诗作的，均再找原清代版本比对，最大程度避免了讹传与误作。

第四，实。国内清代诗词类藏学汉文文献整理工作既有的成果，编选时大多以作者为题，涉及个人诗集的题名，不少自创，如"某某诗集卫藏诗选""某某咏藏诗钞"等。本书以清代刻本为准，统一书题，上编书题依原刻本，下编书题统一在原刻本书名后加"咏藏诗"，最大程度保存了文献原貌。

第五，巧。本书选择体例不同的两类书籍：清代专事咏藏的诗词著作和个人集中的咏藏诗词，凡分上下两编，不仅较好实现了两者以"咏藏诗"为主旨的统一，又适度体现了各自的差异和特色。

古籍整理，青灯苦旅。众所周知，清代诗作，字多好异体，又喜用典。加上笔走偏锋，格押险韵，奇屈拗口，点校殊为不易。本书即将付梓之际，我们首先要感谢点校者的辛勤付出与努力，还要感谢四川大学出版社的编辑老师们，正是由于他们的努力，是书才得以从书斋走向社会。感谢四川省社会科学重点研究基地康巴文化研究中心将本书列为 2022 年重点项目（编号：KBYL2022A002）。康巴文化研究中心一直扎根康巴大地，注重基础研究和应用研究的双结合，以关注康巴地区民族文化，促进地方优秀传统文化的保护、传承与创新性发展为己任，推出了不少在省内乃至全国有代表性的科研成界，本书能入选其中，我们倍感荣幸。我们还要感谢龚珍旭、蒋秀英、任新建、李旭、孙前、曾雪玫、陈书谦、周安勇、高富华等茶马古道研究专家、学者对我们工作的支持和帮助。

由于搜集、梳理茶马古道历史文献工程浩大，加上我们学识有限，可谓挂一漏万，不足之处还望学界批评指正。

丛书编委会

2021 年 12 月 14 日于成都